CARE SANTOS

BEL: DIE LIEBE LEBT EWIG

Care Santos

Bel: Die Liebe lebt ewig

Aus dem Spanischen von
Sabine Giersberg

Baumhaus

Baumhaus Verlag GmbH

Deutsche Erstausgabe

Original title: »Bel: Amor más allá de la muerte«

German edition published by arrangement with Ediciones SM
through Martina Nommel

Lektorat: Greta Steenbock
Umschlaggestaltung: Manuela Städele
Satz: Bosbach Kommunikation & Design GmbH, Köln
Gesetzt aus der Neuen Helvetica von Linotype
Druck und Einband: CPI – Ebner & Spiegel, Ulm

Printed in Germany
ISBN 978-3-8339-3742-2

5 4 3 2 1

Sie finden uns im Internet unter: www.baumhaus-verlag.de
Bitte beachten Sie auch: www.lesejury.de

»Den Geborenen ist es bestimmt zu sterben,
den Verstorbenen, wieder zu leben.«

Sprüche der Väter, 4, 29

ERSTER TEIL

Sag meinen Namen,
errette mich aus der Dunkelheit

MONTAG, 2. FEBRUAR

BELS ANWESENHEIT STÖRT DIE NÄCHTLICHE STILLE DES KRANkenhauses nicht. Schon beim Betreten des Gebäudes spürt sie den Schmerz der Menschen an diesem Ort. Sie sieht sich um, studiert die Hinweistafel. Ein kurzer Blick auf den Informationsschalter, dessen Fenster geschlossen sind. Eine Krankenschwester sitzt vor einem Fernseher, mit dem Rücken zu ihr, sie kann sie nicht sehen. Sicheren Schrittes strebt Bel auf die Aufzüge zu. Die Türen stehen offen. Sie huscht in einen hinein und drückt auf die Fünf.

Mitten in der Nacht sind die Flure menschenleer. Die im fünften Stock sind nur schwach beleuchtet; das ist angenehm, denn sie hat festgestellt, dass ihre Augen im hellen Licht schmerzen. Bel weiß, am Ende des Flures wird sie den Menschen treffen, den sie am meisten liebt auf der Welt. Und sie weiß, dass dieser Mensch leidet. Sie spürt seinen Schmerz. Deshalb scheint sie hier zu sein. Sie kann nicht ertragen, dass er leidet.

Es waren insgesamt einhundertzwei Schritte. Sie hat sich angewöhnt, ihre Schritte zu zählen, als wäre das auf einmal wichtig. Sie biegt rechts ab, lässt das unbesetzte Stationszimmer links liegen und betritt die Intensivstation. Wieder rechts, da ist das Zimmer. Sie öffnet die Tür und sieht hinein.

›Mein Gott, wie blass er ist.‹

Am liebsten würde sie losheulen.

Etwas schnürt ihr den Hals zu. Doch die Traurigkeit wird sogleich von ihrer Liebe zu ihm erstickt.

›Endlich bin ich bei dir. Ich werde dich nie wieder allein lassen.‹

Die geschlossenen Augen, die reglosen Hände neben dem Körper, der Plastikschlauch in seinem Mund, das Signal seines Herzschlags auf dem Monitor … Auf den ersten Blick ist Ismael nur ein Patient, der mit dem Tode ringt. Doch für sie ist er mehr, viel mehr als das.

»Hallo, Isma, da bin ich. War gar nicht so einfach, hierherzukommen. Wenn du wüsstest, was für eine Odyssee ich hinter mir habe …«

Bel versucht zu lächeln, aber es gelingt ihr nicht.

Sie setzt sich ans Bett. Fasst seine Hand, lässt ihren Kopf daraufsinken, streichelt sie sanft mit der Wange, fährt mit den Lippen über seine Finger. Bewegt flüstert sie ihm zu:

»Ich werde herausfinden, was passiert ist, das verspreche ich dir. Und ich werde dich jeden Tag besuchen, bis du wieder gesund bist.«

Stundenlang bleibt sie an seinem Bett sitzen. Manchmal schließt sie die Augen. Wenn sie sie öffnet, sieht sie Ismaels Gesicht vor sich, und all die Wut, der Schmerz, die Liebe und die Verwirrung sind wieder da. Szenen aus der Vergangenheit kommen in ihr hoch, aber sie kann sie nicht zuordnen. Worte hämmern in ihrem Kopf: *I'll be okay*. Sie weiß, dass diese Worte eine Bedeutung haben, aber nicht, welche. Mit aller Kraft wünscht sie, Ismael möge gesund werden, die Augen aufschlagen, wieder selbstständig atmen. Er soll leben.

»Ich weiß, du schaffst es. Etwas anderes darfst du nicht einmal denken!«

Einen Moment lang scheint es, als schelte sie ihn. Dann streicht sie ihm das Haar aus der Stirn und entdeckt die dunkle geschlossene Wunde an seinem Kopf. Ein Hämatom, Stiche. Am rechten Arm hat er eine Gipsschiene, unter dem Laken erahnt man weitere an den Beinen.

»Du Ärmster, was ist nur passiert?« Bel weiß, dass ihr niemand antworten wird.

Auf dem Flur tickt eine Uhr. Bel hat keine Ahnung, wie spät es ist. Draußen herrscht immer noch stockfinstere Nacht. Sie küsst jeden einzelnen Finger von Ismaels linker Hand.

Irgendwann lässt das Geräusch von über den Flur eilenden Schritten sie auffahren. Sie weiß, was das bedeutet: Ein neuer Tag im Krankenhaus beginnt, die ersten Krankenschwestern der Frühschicht treffen ein, mit der nächtlichen Ruhe ist es vorbei. Als sie aus dem Fenster blickt, stellt sie fest, dass es schon dämmert.

»Ich gehe jetzt besser.«

Der Schlauch in Ismaels Mund stört sie nicht. Und auch nicht, dass er ihre Anwesenheit überhaupt nicht bemerkt hat. Sie weiß, dass der Besuch einen Sinn hatte und dieser Kuss jede Distanz überwindet. Bel muss an *Dornröschen* denken, und sie wünscht sich, auch ihr Kuss möge den Bann des Todes brechen. Doch Ismael schläft weiter. Und sie muss gehen, obwohl sie sich um nichts auf der Welt von ihm trennen will.

»Morgen Nacht komme ich wieder. Jede Nacht, bis du aufwachst.«

Sie glaubt, er habe gemerkt, dass sie von weither zu ihm gekommen ist. Vielleicht hat er gespürt, geahnt oder geträumt, dass sie da war.

»Bis Morgen, mein Schatz.«

Dann entschwindet sie lautlos, unbemerkt.

In letzter Zeit fällt ihr das Gehen leichter als das Denken. Deshalb läuft sie lieber durch die menschenleeren Straßen, anstatt den Bus nach Hause zu nehmen. Die Dämmerung taucht die Stadt in ein fahles Grau. In einigen Bäckereien brennt Licht, und man erahnt die hektische Betriebsamkeit hinter den Mauern. Ein Wagen der Stadtreinigung säubert lautstark die Straßen. Es sind nur wenige Autos unterwegs. Die Fahrbahnen sind verlassen.

Bel sieht im Schaufenster eines Juwelierladens nach der Uhrzeit. Zwanzig vor sieben. Ihre Mutter liegt wohl noch im Bett, und ihr Vater wird gerade erst Feierabend machen, weil er Nachtschicht hatte.

Bestens, denn sie hat keine Lust, mit jemandem darüber zu sprechen, was geschehen ist. Ihr Kopf ist wirr.

Zum Glück hat sie ihre Schlüssel dabei. Sie macht kein Licht in der Diele und schließt leise die Tür. Ein paar Sekunden verharrt sie reglos, lauscht. Alles still. Der Wecker ihrer Mutter hat noch nicht geklingelt. Auf Zehenspitzen schleicht sie durch den Flur in ihr Zimmer.

Sie kommt an Trasto vorbei, ihrer Bulldogge, die in ihrem Körbchen schläft. Mit geschlossenen Augen beginnt Trasto zu schnuppern und knurrt.

›Wahrscheinlich träumt er‹, denkt Bel und schließt die Tür hinter sich.

In ihrem Zimmer fühlt sie sich sicher und geborgen – wie ein Schiffbrüchiger, der Land erreicht. Doch als sie sich umsieht, beschleicht sie ein eigenartiges Gefühl. Irgendetwas in dem Zimmer ist anders. Irgendein kleines Detail ist verändert. Aber welches?

Es ist dasselbe Gefühl wie damals, wenn sie als kleines Mädchen aus den Ferien zurückkam. Nach sieben oder acht Wochen Abwesenheit hatte sie immer den Eindruck gehabt, ihre Sachen hätten sich verändert. Sie hatten etwas Befremdliches, als gehörten sie nicht ihr, schienen ihr ungleich schöner als vor ihrer Abreise.

So auch jetzt. Sie betrachtet ihre alten Poster an den Wänden, die Fotos, den Computer mit der schrecklichen blauen Hülle, die ihre Mutter genäht hatte, den Plüschelefanten aus Kindertagen, die vielen Bücher in den Regalen und alles andere. Als wäre es das Zimmer einer anderen.

Plötzlich fällt es ihr wie Schuppen von den Augen: Die Ordnung! Alles ist perfekt aufgeräumt. Auf dem Stuhl stapeln sich keine getragenen Klamotten, und es liegen nicht überall Bücher und Comics verstreut. Die Schranktüren und Schubladen sind geschlossen. Die Rollläden sind heruntergelassen. Der Papierkorb quillt nicht über. Keine benutzten Gläser oder leeren Getränkedosen auf dem Schreibtisch. Das Bett ist gemacht.

Sie kann sich nicht erinnern, ihr Zimmer je so aufgeräumt gesehen zu haben.

Als sie sich auf ihre rosa Kitty-Decke legt und den Kopf auf das Kissen sinken lässt, läuft ihr ein Schauer über den Rücken. Sie blickt zur Decke, auf die geometrischen Muster, die das durch die Ritzen der Rollläden einfallende Sonnenlicht erzeugt. Dann wendet sie sich den Fotos an der Pinnwand zu. Auf dem ersten, ihrem Lieblingsbild, ist sie gemeinsam mit Isma im *Piojo Mareado*, ihrer Lieblingskneipe, zu sehen – da waren sie erst einen Tag zusammen. Hinter ihnen der Billardtisch, an dem sie gerade gespielt hatten. Das Foto hatte natürlich Amanda gemacht, die wie immer mit von der Partie war: Das Trio auf Achse. Auf dem zweiten Foto waren nur die beiden Mädchen zu sehen.

Amanda und sie waren seit der fünften Klasse unzertrennlich. Bel kann sich noch gut erinnern: Man hatte sie neben eine neue Mitschülerin gesetzt, die beharrlich schwieg. Doch auch ohne Worte hatten sie beide gleich gewusst, dass sie dieselbe Wellenlänge hatten: Sie trugen dieselben Turnschuhe, benutzten dasselbe Parfum und hatten sogar dasselbe Lied von Pink Floyd als Klingelton auf dem Handy:

We don't need no education
We don't need no thought control…

Das war die unglaublichste von allen Gemeinsamkeiten, denn es war nicht gerade ein angesagter Hit. Nach zwei Tagen waren sie enge Freundinnen. Und heute, fünf Jahre später, war Amanda noch immer ihre einzige Freundin, der Mensch, der sie am besten kannte. Amanda erzählte sie absolut alles, Sachen, die man nicht einmal der eigenen Mutter anvertraut. Geschweige denn dem Vater.

Auf dem Foto lächeln sie Wange an Wange in die Kamera. Amanda, rank und schlank wie eh und je, mit der hüftlangen Mähne, den wunderschönen grauen Augen und dem bezaubernden Lächeln, dem niemand widerstehen kann – auch die Lehrer nicht. Und neben ihr Bel: ebenso langes, aber dunkleres und gewelltes Haar, ein wenig fülliger und nicht ganz so strahlend. Doch ansonsten hätte man sie für Zwillinge halten können: dieselben Sonnenbrillen, dieselben Armbänder, sogar dasselbe eng anliegende, rosafarbene T-Shirt mit der Aufschrift »I'm crazy, lazy and sexy«, bauchfrei. An Amandas Nabel glitzert ein Piercing. An Bels nicht, denn ihre Eltern hatten es ihr trotz Bitten und Betteln nicht erlaubt. In ihrer Wut hatte sie geschworen, sich an ihrem achtzehnten Geburtstag sofort piercen zu lassen.

Bel betrachtet das Foto, das sie schon so oft gesehen hat, und muss schmunzeln, wenn sie an den Tag denkt, an dem es aufgenommen wurde. Es war in den letzten Ferien. Sie waren gemeinsam am Strand gewesen, und Amanda hatte darauf bestanden, etwas an der Bar trinken zu gehen, in der ein ziemlich gut aussehender, durchtrainierter Mulatte bediente.

»Mal sehen, wer ihn mehr antörnt, du oder ich«, hatte Amanda sie herausgefordert. »Es ist unsere letzte Chance für ein Date, und die sollten wir nutzen. Wenn die Schule wieder anfängt, ist damit erst mal Schluss bis zu den Weihnachtsferien.«

Das Foto war der Aufhänger. Amanda hatte den Mulatten gefragt, und er war bereitwillig darauf eingegangen. Danach hatte sie einen Gin-Tonic bestellt. Mit skeptischem Blick hatte er gefragt:

»Kann ich bitte eure Ausweise sehen?«

Amanda hatte sich mit gekreuzten Armen über die Theke gebeugt – in der Haltung waren ihre prallen Brüste nicht zu übersehen – und lasziv gesäuselt:

»Kannst du nicht mal eine Ausnahme machen, ein einziges Mal?«

Der Mulatte hatte nicht gewusst, wo er hinschauen sollte. Er hüstelte, öffnete den Kühlschrank, machte ihn wieder zu, nahm ein Glas, stellte es weg, hüstelte erneut. Dann wurde er sehr ernst und sagte zu Amanda, den Blick mit Mühe auf ihre Augen gerichtet:

»Nein, kann ich nicht.«

Amanda hatte schließlich einen Schoko-Milchshake bestellt.

»Aber schön kalt, eiskalt, ja?«, hatte sie gesagt und dabei die Lippen geschürzt.

Amanda hatte gewonnen, wie immer. Mit einem spöttischen Blick auf den Mulatten hatte sie Bel zugeflüstert:

»So werde ich dich immer besiegen, du Schlafmütze.«

Bel hatte gelacht und erwidert:

»Vielleicht lass ich dich ja gewinnen, Amy. Hast du daran schon mal gedacht?«

Bel war die Einzige, die Amy zu ihr sagte, sie selbst hatte ihrer Freundin den Kosenamen gegeben.

Es war ihr gleich, dass Amanda ihre Wetten gewann. Bel fand es so amüsant, sie zu beobachten, dass sie gar nicht das Bedürfnis verspürte, ernsthaft einzusteigen. Außerdem hatten sie in Bezug auf Jungs ohnehin einen unterschiedlichen Geschmack. Bel verstand nicht, was Amanda an dem Mulatten fand. Ein Muskelprotz, der auf Muckibuden steht.

Damals war Ismael in ihrem Leben noch nicht präsent. Er war einfach nur ein Klassenkamerad – wie das eben in den ersten Jahren auf dem Gymnasium so ist.

Bel kommt es so vor, als sei das Foto vor tausend Jahren gemacht worden. Sie schließt die Augen und denkt nach, warum sie diesen Gesichtsausdruck hat, was jetzt anders ist. Plötzlich überkommt sie eine große Müdigkeit. Sie überlegt einen Moment, ob sie den Computer einschalten soll, doch dann beschließt sie, erst mal zu schlafen. Sie wirft einen Blick auf den Radiowecker. Sieben Uhr sechsunddreißig. Der Wecker ihrer Mutter hätte längst klingeln müssen. Doch sie hat nichts gehört.

›Seltsam. Sie steht doch immer spätestens um Viertel nach sieben auf.‹

Sie will schon nachsehen, was los ist, da hört sie, dass die Wohnungstür aufgeschlossen wird. Es ist ihr Vater, der von der Nachtschicht kommt. Sie erkennt ihn sofort an den Schritten und dem immergleichen Ablauf: der klimpernde Schlüsselbund, die Schublade, die aufgezogen und wieder zugeschoben wird, das Klicken des Schalters, der Seufzer, die Badezimmertür.

Bel späht in den Flur hinaus und sieht den Lichtschein unter der Tür, die ihr Vater gerade abgeschlossen hat. Sie will nicht, dass er ihr Fragen stellt, ihr steht nicht der Sinn nach Erklärungen, dennoch freut sie sich, ihn zu hören, zu wissen, dass er nach Hause gekommen ist. Die Uniformjacke hängt auf dem Bügel in der Diele. Sie versteht nicht, wie ihr Vater das nach all den Jahren bei der Polizei immer noch aushält. Ständig Nachtschicht. Nie hat sie aus seinem Mund ein Wort der Klage gehört, nie hat er eine Versetzung angestrebt wie die Mehrzahl seiner Kollegen. Und sie fühlt sich schon nach einem einzigen nächtlichen Streifzug völlig erschöpft und kraftlos.

Bel hört das Wasser der Dusche rauschen.

›Immer dasselbe Ritual‹, denkt sie und schmunzelt. ›Gleich geht er in die Küche, schaltet den Fernseher ein und macht sich Frühstück: Gedünstete Linsen, Spiegeleier, Brot, Wein und Nachtisch. Ein Frühstück für einen T-Rex. Dann ein kleines Verdauungsschläfchen bis zum Mittag, wie immer.‹

Als ihr Vater aus der Dusche kommt, geht er, wie vorauszusehen, in die Küche und macht den Fernseher an. Sie hört die Kühlschranktür und einen Stuhl, der über den Küchenboden gezogen wird. Doch das Brummen der Mikrowelle bleibt aus und sie hört auch nichts in der Pfanne brutzeln. Im Gegenteil: Nach einer Weile stellt ihr Vater sogar den Fernseher leiser, und es ist für diese Uhrzeit ungewöhnlich still im Haus.

›Was ist denn mit denen los? Ob sie sich gestritten haben?‹, denkt sie besorgt, weil ihre Eltern sich so merkwürdig verhalten.

Bel wagt sich aus ihrem Zimmer. Sie muss herausfinden, was los ist. Vom Flur aus sieht sie ihren Vater wie gebannt auf den Bildschirm starren. Er hat etwas in den Händen. Eine leere Tasse. Als sie genauer hinsieht, stellt sie fest, dass sein Blick gar nicht auf den Bildschirm gerichtet ist, sondern auf eine Fliese am Boden. Er kommt ihr blass vor, abgemagert, und er hat Augenringe, als wäre er krank, aber so genau kann sie es auf die Entfernung nicht erkennen.

Zum Glück hat er sie nicht entdeckt. Sie schleicht durch den Flur zum Schlafzimmer ihrer Eltern, an Trasto vorbei. Er ist sofort hellwach, spitzt die Ohren und knurrt.

»Was ist denn los, Dicker? Bist du sauer auf mich?«, fragt Bel und beugt sich hinunter, um seinen Kopf zu streicheln.

Aber noch bevor ihre Hand ihn berührt, steht er auf und trottet in die Küche.

»Was habt ihr denn nur alle?«, fragt Bel und schaut beunruhigt dem flüchtenden Tier hinterher.

Aber am meisten wundert sie, dass ihre Mutter noch im Bett liegt. Es ist schon fast acht. Der Wecker scheint ausgeschaltet zu sein – merkwürdig.

›Vielleicht hat sie heute frei. Oder ist Feiertag? Nein, heute ist doch … Vielleicht ist sie mit den Tagen durcheinandergekommen. Oder sie feiert Überstunden oder alten Urlaub ab. Ständig redet sie davon, macht es aber nie. Es wurde allmählich Zeit …‹

Bel setzt sich zu ihrer Mutter ans Bett. Es tut gut, ihr beim Schlafen zuzusehen. Das vermittelt ihr ein seltsames Gefühl von Ruhe. Auch ihre Mutter sieht dünner aus, wie sie da so unter der Bettdecke liegt. Ihre Wangenknochen treten stärker hervor denn je.

›Vielleicht ist sie krank und deshalb nicht zur Arbeit gegangen.‹

Sie liegt auf dem Rücken. Ein leises Schnarchen kommt aus ihrem Mund. Bel lächelt. Ihre Mutter würde sich zu Tode ärgern, wenn sie das wüsste. Sie macht immer Gezeter, wenn ihr Mann sagt, sie »säge« beim Schlafen.

Bel ist versucht, ihr über den Arm zu streichen und sie sanft zu wecken – wie früher, als Kind, wenn sie ihr Küsschen auf die Wangen drückte, damit sie aufstand und ihr Frühstück machte.

»Mama.«

Ihre Mutter hört sie nicht. Sie schläft weiter. So friedlich schlummernd sieht sie ganz anders aus.

›Am besten lasse ich sie schlafen. Sie ist bestimmt müde.‹

Ihre Mutter lächelt im Schlaf.

›Wahrscheinlich träumt sie was Schönes.‹

Als Bel aufsteht, bemerkt sie das Durcheinander, überall liegen Sachen herum: auf dem Frisiertisch, auf dem Boden, unter dem Bett. Das ist sehr ungewöhnlich. Ihre Mutter ist der ordentlichste Mensch der Welt.

Bel sieht sich die Sachen auf dem Boden näher an. Als hätte jemand eine Handtasche ausgeleert: Schlüssel, ein Kalender, ein Kugelschreiber, ein Päckchen Bonbons, ein Handy, Kreditkartenbelege, Rechnungen ... In der Tat: Die Tasche hängt über dem Hocker am Frisiertisch, leer, mit der Öffnung nach unten. Als wäre alles herausgefallen und niemand hätte sich die Mühe gemacht, es wieder einzusammeln.

›Dieses Chaos passt nicht zu meiner Mutter.‹

Bel legt die Kreditkartenbelege zur Seite und alles Übrige wieder an seinen Platz. Da fällt ihr etwas in die Hände, das sie stutzig macht. Eine weiße Karte mit einem Kreuz darauf. Eine Todesanzeige.

›Ist jemand gestorben, den wir kennen?‹, fragt sich Bel.

Es ist dunkel im Zimmer – die Rollläden sind nur einen Spalt breit geöffnet – und sie muss fast die Nasenspitze auf die Karte drücken, um sie lesen zu können. Als sie den Inhalt entziffert, verschlägt es ihr die Sprache.

›Mein Gott.‹

Auf ihrer Stirn bildet sich eine tiefe Falte, sie beißt sich auf die Unterlippe. Sie weiß nicht, was sie denken soll. Sie liest die Karte noch einmal.

›Das kann nicht sein.‹

Und noch ein drittes Mal, bis sie begreift.

---

†

BELINDA ANGLAS MAGEM

Ist am 22. Dezember 2008 im Alter von 16 Jahren verstorben.

Schließt sie in Eure Gebete ein.

In tiefer Trauer

Die Eltern und alle Angehörigen und Bekannten.

›Mein Gott. Das bin ich. Das ist *mein* Name.‹

Die Karte fällt ihr aus der Hand. Eine unbeschreibliche Kälte steigt in ihr auf.

›Ich bin tot.‹

Allein schon das Wort erschreckt sie: Tot. Es ist zu furchtbar. Zu endgültig. Zu fremd, dass es auf sie zutreffen könnte. Mit sechzehn ist der Tod noch sehr weit weg. Niemand in dem Alter geht davon aus, dass er hinter der nächsten Ecke lauern könnte.

Diese merkwürdige Kälte. Die Kälte, die das Grauen begleitet, die Wahrheiten, denen man nicht ausweichen kann. Dinge, die man nicht versteht, ganz gleich, wie viel man darüber nachdenkt. Andererseits, was gibt es da groß zu verstehen? Auch wenn es einem schwerfällt, es zu akzeptieren, der Tod ist keine große Sache. Gestern hast du gelebt, unzählige Möglichkeiten standen dir offen. Heute bist du nicht mehr da. Die Welt wird sich ohne dich weiterdrehen. Du bist aus dem Spiel. Game over. Das war's.

›Verdammt. Das kann nicht sein, das kann einfach nicht sein.‹

Doch sie hat den Beweis vor Augen. Sie ist tot. Sie weiß nicht warum, was geschehen ist und wann. Sie kann sich an nichts erinnern. Manchmal ist die Wahrheit grausam und schwer zu verkraften. Und voller Fragen. Doch wo gibt es schon eine Wahrheit ohne Fragezeichen?

Aber da ist noch mehr. Ihre Mutter. Ihr Zuhause. Ismael. Sie ist tot, doch ihre Ängste, Zweifel, Gefühle sind noch da.

›Was mache ich hier? Warum bin ich zurückgekommen?‹

Genau das muss sie jetzt herausfinden. Und das wird nicht einfach sein.

Bel zieht sich in ihr Zimmer zurück. Legt sich aufs Bett. Starrt mit ausgedörrten Augen an die Decke. Sie versteht die Welt nicht mehr. Sie muss nachdenken. Raus wagt sie sich nicht. Ihr Zimmer ist ihre Zuflucht.

Sie lauscht auf die Geräusche in der Wohnung. Der Fernseher in der Küche. Die Badezimmertür. Die Toilettenspülung. Die Schritte ihrer Mutter im Flur. Ihre matte, traurige Stimme, die zu ihrem Vater sagt:

»Ich habe geträumt, Bel wäre da. Sie saß bei mir am Bett und sah mir beim Schlafen zu. Sie war zum Greifen nah.«

»Das war kein Traum, Mama. Ich bin hier. Ach, könnte ich dich doch umarmen und dir sagen, wie leid mir alles tut.«

Ihr Vater zögert. Bel hört nicht, was er sagt, aber aus dem Tonfall seiner Stimme schließt sie, dass er versucht, ihre Mutter zu beruhigen.

Ihre Mutter weint und schluchzt wie ein kleines Kind. So hat Bel sie noch nie erlebt.

Sie geht zur Tür, hält den Atem an. Mühelos kann sie jedes Wort verstehen, das in der Küche gesprochen wird. Offensichtlich ist ihr Gehör schärfer als früher.

»Bitte, beruhige dich. Du musst versuchen, dich noch ein bisschen auszuruhen. Seit über einem Monat hast du nicht mehr richtig geschlafen«, hört sie ihren Vater sagen.

»Einundvierzig Tage«, erwidert ihre Mutter. »Heute ist es einundvierzig Tage her.«

Ein langes Schweigen. Ihre Eltern umarmen sich. Sie hört das Rascheln der Kleidung, das Geräusch aneinanderreibender Haut. Sie traut sich nicht die Tür aufzumachen, obwohl sie es liebend gern tun würde.

»Warum nimmst du nicht eine Tablette?«, sagt ihr Vater. »Du musst schlafen. Komm mit mir ins Bett. Ich massiere dir den Nacken, ja? Früher hat dich das immer entspannt.«

Früher. Manchmal verbirgt sich hinter einem einzelnen Wort eine so schreckliche Bedeutung, dass man es gar nicht laut aussprechen mag.

Ihr Vater bemüht sich um etwas Munterkeit, doch es klingt wenig überzeugend. Blanca, ihre Mutter, erwidert lustlos:

»Meinetwegen.«

Es stimmt, was ihr Vater sagt. *Früher* hatte er ihrer Mutter oft den Nacken massiert. Sie behauptete immer, dadurch kämen die Muskeln wieder in Schwung, und all die Stunden hinter der Ladentheke in der Parfümerie wären schnell vergessen. Oft war sie dabei eingeschlafen, und Carlos, ihr Vater, hatte ihr ein Kissen unter den Kopf geschoben, damit sie bequemer lag, oder er hatte sie zugedeckt wie ein kleines Mädchen.

Bel war stolz auf die Beziehung ihrer Eltern. Streit gab es nur selten, und wenn, verloren sie nie den Respekt voreinander. Bel fand ihre leise Art zu streiten ermüdend; die Diskussionen

drehten sich immer um dieselben Themen, doch bevor sie ins Bett gingen, versöhnten sie sich immer und gestanden einander ihre Fehler ein. Und im Alltag waren sie ein eingespieltes Team. Carlos erledigte bereitwillig die Einkäufe und den Abwasch, während Blanca sich um den sogenannten Nassbereich, also die Wäsche und das Badezimmer, kümmerte. Sie lachten viel, vor allem nach Tisch, und Bel hatte sie mehr als einmal überrascht, als sie sich in der Küche beim Abräumen umarmten und küssten.

Bel fand, das Einzige, was ihrer Familie fehlte, war ein weiteres Kind. Sie hätte gern ein jüngeres Geschwisterchen gehabt. Einen Spielgefährten, als sie noch kleiner war. Und jetzt hätte sie gern jemanden, mit dem man Musik hören und gemeinsam in die Schule gehen und dem man alles Mögliche anvertrauen konnte, einen Gleichgesinnten, der sie verstünde, wenn ihre Eltern das nicht vermochten.

Ihre Eltern hatten ihr erzählt, sie hätten es versucht, als sie drei Jahre alt war, aber ihre Mutter sei einfach nicht schwanger geworden, und sie hatten es nicht erzwingen und sich irgendwelchen Tests oder Hormonbehandlungen unterziehen wollen.

»Du warst so ein tolles Mädchen, da brauchten wir kein zweites Kind«, hatte ihr Vater gesagt.

Bel hatte sich natürlich geschmeichelt gefühlt. Und vom Schicksal beschenkt. Sie war schon alt genug, um zu begreifen, dass bei vielen Freunden die Eltern keine so gute Beziehung führten.

Die Schlafzimmertür ihrer Eltern ist geschlossen, wie immer. Von nun an vergeht die Zeit langsam. Die Wohnung ist in traurige Stille getaucht. Jeder, der sein Ohr an die Tür legte, würde sagen, es sei niemand zu Hause, alle Bewohner gingen ihren täglichen Verrichtungen nach. Bel versucht zu schlafen, doch es gelingt ihr nicht. In ihrem Kopf tobt ein Wirbelsturm aus Gedanken und Gefühlen. Vor allem aus Gefühlen. Das Bild ihrer weinenden Mutter geht ihr nicht aus dem Kopf. Oder das ihres Vaters, der mit der leeren Tasse in den Händen auf die Bodenfliese starrt. Ihre ausgemergelten Gesichter, die Traurigkeit in ihren Stimmen. Diese unerträgliche Stille im Gegensatz zu dem fröhlichen Leben, das sonst immer in der Wohnung geherrscht hat. Sie möchte weinen, aber sie stellt fest, dass sie das nicht kann. Dabei täte es ihr gut. Doch es ist ihr verwehrt. Eigentlich nur logisch: Wo hat man schon mal Tote Tränen vergießen sehen?

Die Situation entbehrt nicht der Ironie. Ismael und seine Freunde – Uri, Abel, und »Gato«, das Seelchen – sind begeisterte Anhänger des Spiritismus. Fast jeden Sonntag trifft sich die Gruppe abends in einem gruseligen verfallenen Haus, das sie das »verlorene Haus« nennen. Sie beschwören dort Geister mit dem Hexenbrett und führen angeblich übersinnliche Experimente durch. Anfangs waren auch Amanda und sie dabei gewesen, aber sie hatten bald die Nase voll. Amanda behauptete, das sei reine Zeitverschwendung, Kinderkram, sie würde sich lieber interessanteren Dingen widmen – »Sex, zum Beispiel« –, doch tatsächlich hatten sie das letzte Mal komische Geräusche gehört und sich zu Tode erschrocken. Es hatte sich angehört wie das

Knacken von trockenem Holz. Sie hatten keine Ahnung, ob es in dem Haus irgendwo Holz gab oder ob sich noch jemand darin aufhielt, und sie hatten auch keinerlei Interesse, das herauszufinden. Sie waren Hals über Kopf davongerannt und wollten keinen Fuß mehr in dieses alte Gemäuer setzen.

Später hatten die Jungs behauptet, sie hätten einen Geist gesehen. Durchsichtig sei er gewesen und habe zwei Handbreit über dem Boden geschwebt. Aufgebracht habe er versucht, sie anzugreifen, doch sie hätten die spiritistische Sitzung beendet, bevor jemand zu Schaden gekommen wäre. Bel hatte nur gedacht, zum Glück war sie nicht vor Ort gewesen, ganz gleich, ob das stimmte. Amanda sagte, das Ganze röche doch förmlich nach Lüge.

Geister und lebende Tote waren ständig Thema gewesen,

doch Bel hatte bislang nie an ihre Existenz geglaubt. Genaugenommen tut sie das auch jetzt nicht; sie hat keine Ahnung, ob sie technisch betrachtet ein Geist oder etwas anderes ist. Ein Zombie vielleicht? Doch dem widerspricht, dass die anderen sie nicht sehen können, und soweit sie weiß, sieht sie nicht unansehnlicher aus als vorher. Bel springt aus dem Bett, geht zum Kleiderschrank und öffnet die Tür mit dem Ganzkörperspiegel auf der Rückseite. Das hätte sie nicht erwartet. Als wenn nichts geschehen wäre: Sie trägt ihre Lieblingsjeans, einen roten Rollkragenpullover und die gefütterten Stiefel. Und unter dem Pullover ein langärmeliges Shirt. Bequeme und warme Kleidung.

Auf einmal wird ihr bewusst, dass sie gar nichts über sich weiß. Sie weiß nichts, welche Bedürfnisse sie hat, wie ihr Körper funktioniert, was ihr guttut oder schadet. Zu essen braucht sie offensichtlich nichts mehr, denn sie hat schon seit Stunden nichts gegessen und verspürt trotzdem keinerlei Hunger. Aber sie ist müde, ihr fallen förmlich die Augen zu.

›Vielleicht kann ich durch Wände gehen. Aber vielleicht ist das auch nur so ein Lügenmärchen wie die Behauptung, dass Tote kein Spiegelbild haben.‹

Das lässt sich leicht überprüfen. Sie schlägt mit der Faust gegen die Wand. Nicht übertrieben fest, nur so kräftig, dass sie prüfen kann, ob stimmt, was man Geistern nachsagt. Die Wand ist so hart wie immer, ihr Körper ist machtlos dagegen. Sie hat sich eine Schürfwunde an den Fingerknöcheln zugezogen, doch es kommt kein Tropfen Blut. Es tut auch nicht weh. Sie zwickt sich kräftig in den Handrücken. Kein Schmerz, kein unangenehmes Gefühl, nichts. Sie hält die Luft an, zählt im Geist die Sekunden. Als sie bei über dreihundert angekommen ist, legt sie sich gelangweilt wieder aufs Bett. Sie hat keine Veränderung gespürt. Luft braucht sie also keine mehr. Sie fühlt auch keinen Herzschlag. In ihrer Brust scheinen nur Stille und Zweifel zu wohnen.

›Und wenn ich kein Sonnenlicht mehr vertrage und Blut trinken muss?‹

Heute wird sie das jedenfalls nicht mehr herausfinden können. Der Himmel hängt voll tiefschwarzer Wolken. Es sieht so aus, als ob jeden Moment ein heftiges Gewitter niederginge. Eine Sonnenanbeterin ist sie ohnehin nie gewesen. Amanda hatte sie manchmal in Anspielung auf ihre Blässe, die vor allem im Sommer auffiel, eine »lebende Tote« genannt. Sie hatte ihr auch das schwarze T-Shirt mit dem Totenschädel mit Kopfhörern auf dem Rücken und dem Schriftzug »Dead Girl« auf der Vorderseite geschenkt. Es war mehr Amandas Geschmack als ihrer, und sie hatte es nicht oft getragen. Sie weiß nicht einmal, wo es ist. Aber die Idee fand sie witzig. Sie muss immer noch schmunzeln, wenn sie daran denkt.

›Ich muss etwas über mich in Erfahrung bringen. Vor allem, was ich für ein Wesen bin.‹

Als Erstes muss sie unbedingt herausfinden, wie sie gestorben ist. Sie versucht, sich zu erinnern. Etwas so Wichtiges kann doch nicht einfach so aus dem Gedächtnis verschwinden. Sie überlegt, welches ihre letzten Erinnerungen sind, von welchem

Tag sie stammen. Das Foto aus der Kneipe. Der Abend im *Piojo Mareado*. Das war am Tag nach Halloween. An die Party erinnert sich Bel besonders gut, denn an dem Abend hatte Isma sie gefragt, ob sie mit ihm zusammen sein wolle. Er hatte ihre Antwort gar nicht erst abgewartet und sie sofort geküsst. Es war ein kurzer Kuss, einer der ersten Versuche für Isma. Bel hatte da schon mehr Erfahrung.

›Und was kommt nach Halloween?‹

Die Frage könnte sogar ein Erstklässler beantworten, doch Bel ist die Antwort nicht so klar. Sie wirft einen Blick auf ihren Kalender. Er ist im Dezember aufgeschlagen. Das ist schon mal ein Hinweis. Sie sieht sich die rot markierten Daten näher an und überlegt, welche Bedeutung sie haben könnten.

6. Dezember, 8. Dezember, 25. Dezember. Plötzlich fällt ihr ein Lied ein, das sie als kleines Kind gelernt hat:

Zu Bethlehem geboren
ist uns ein Kindelein,
das hab ich auserkoren …

»Weihnachten«, flüstert Bel vor sich hin und versucht, den Sinn des Wortes zu erfassen.

Weihnachtsferien. Sie verspürt ein Kribbeln. Hatten sie Pläne geschmiedet?

Ihre Erinnerung ist wie ein großer leerer Sack.

Sie legt sich wieder aufs Bett. Sieht den Kalender durch. Tag für Tag. Bis ihre Augen an einem Datum hängen bleiben.

»Der erste Tag der Weihnachtsferien. Da war etwas, aber was?«

22. Dezember. Ein Montag. Zwei schwarze Flecken im Kalender. Sie erinnert sich, dass sie aufgewühlt etwas niedergeschrieben hat, aber sie weiß nicht mehr, was. Wozu sollte sie schreiben? An wen?

In diesem Moment klingelt es. Schlaftrunken schlurft ihr Vater über die Fliesen. Einsilbig antwortet er über die Sprechanlage. Er kehrt hastig ins Schlafzimmer zurück und fragt im Flüsterton:

»Liebes, Amanda ist gekommen. Willst du sie sehen?«

Ihre Mutter stammelt matt:

»Wie spät ist es? Was hat sie denn ...?«

»Ich mache auf, bleib liegen«, sagt ihr Vater.

Auch Bel fragt sich, was Amanda um diese Uhrzeit will.

›Das werde ich wohl gleich erfahren.‹

Sie freut sich, dass sie einen Vorteil aus ihrer Lage ziehen kann. Gespräche zu belauschen kann ausgesprochen amüsant sein.

Auf leisen Sohlen schleicht sie aus ihrem Zimmer und ignoriert Trastos Knurren. Ihr Vater wartet im Flur. Bel stellt sich neben ihn, unsichtbar.

Mit diesem Empfang hat Amanda bestimmt nicht gerechnet.

Bel kann es kaum erwarten, sie wiederzusehen.

Bels Vater öffnet die Tür, noch bevor es klingelt.

Amanda trägt schwarze Cordhosen, ihre Lederjacke, flache Stiefel und einen gestreiften Schal mit passenden Handschuhen. Sie hat Eyeliner aufgetragen und ein wenig Gloss auf den Lippen verteilt. Bel denkt, wie schön Amanda doch ist. Sie würde sie liebend gern in die Arme nehmen, und es versetzt ihr einen Stich, dass sie es nicht kann.

»Hallo, Carlos. Es tut mir leid, ich hab eben erst gemerkt, wie früh es ist.«

»Das macht nichts. Komm rein.«

Carlos löscht das Licht in der Diele und bittet sie ins Wohnzimmer. Bel folgt ihnen. Amanda legt den Schal und die Jacke ab. Sie trägt ein lilafarbenes T-Shirt mit der Aufschrift: »Wir sechzehnjährigen Mädels sind die besten«.

»Kann ich dir etwas anbieten?«, fragt Carlos.

»Nein, danke. Ich habe gerade gefrühstückt. Ist Blanca nicht da?«

»Sie liegt noch im Bett. In letzter Zeit schläft sie sehr schlecht. Ich wollte sie nicht aufwecken.«

»Natürlich. Die Arme.«

Amanda setzt sich auf die Couch, Carlos in seinen Fernsehsessel. Sie schlägt die Beine übereinander. Es ist so dunkel, dass sie die Lampe auf dem Ecktisch anmachen müssen. Bel bleibt weniger als einen Meter von ihnen entfernt auf den roten Blumen des Teppichs stehen.

»Wie geht es euch?«, fragt Amanda.

»Tja… Nicht besonders. Du kannst dir vorstellen, dass es sehr schwer für uns ist. Die schlimmste Zeit unseres Lebens.«

Betretenes Schweigen.

»Und dir?«, fragt Carlos irgendwann.

»Ich vermisse sie so sehr.«

Amanda bricht in Tränen aus, als hätten diese Worte alle Dämme gebrochen. Bel wünschte, sie könnte weinen. Sie würde ihre Freundin so gern umarmen, sie trösten, mit ihr reden. Ihr sagen, dass sie bei ihr ist, wie immer.

Carlos fühlt sich sichtlich unwohl. Er weiß nie, was er machen soll, wenn Menschen die Nerven verlieren. Er stammelt lediglich:

»Das ist doch normal.«

Bel schnürt sich der Hals zu, die Szene ist einfach zu traurig.

»Das hier trage ich immer« – Amanda fasst an ihren Hals und zeigt ihm einen herzförmigen Silberanhänger. »Er hat Bel gehört. Sie hat ihn in Paris gekauft, erinnerst du dich?« Carlos nickt. »Sie hat ihn mir geliehen…« Amanda weint bitterlich. Carlos weiß nicht, was er tun soll, überlegt, was Blanca sagen würde, doch es kommt kein Wort über seine Lippen.

Als Amanda sich wieder gefangen hat, zieht sie ein Taschentuch aus der Hosentasche und schnäuzt sich die Nase.

»Entschuldige«, sagt sie. »Ich hätte nicht herkommen sollen. Es tut mir sehr leid. Ich wollte euch nur sehen, wissen, wie es euch geht.«

Wieder betretenes Schweigen, zäh wie der Schmerz, der wie ein hartnäckiger, dichter Nebel in der Luft hängt. Dann fragt Amanda unvermittelt:

»Was habt ihr eigentlich mit Bels Sachen gemacht?«

»Nichts«, entgegnet Carlos, »alles ist noch genauso, wie es war.«

Amanda sieht ihn fragend an. Bel weiß, dass in ihrem Zimmer nicht alles so ist, wie es war: Jetzt ist alles aufgeräumt. Sie fragt sich, welchen Sinn es hat, das Zimmer einer Toten aufzuräumen. Carlos senkt die Stimme und sagt:

»Blanca will es so. Wenn du mich fragst, es hat doch keinen Sinn, alles aufzubewahren, das macht den Schmerz nur noch größer, aber sie will unbedingt, dass alles so bleibt, wie Bel es eingerichtet hatte.«

»Darf ich ihr Zimmer sehen?«, fragt Amanda.

Bel beruhigt es zu hören, dass ihre Mutter ihr Zimmer nicht ausräumen will. Sie will sich gar nicht vorstellen, wie es wäre, all ihre Sachen zu verlieren. Carlos nickt wortlos, und sie machen sich auf den Weg. Trasto wedelt freudig mit dem Schwanz, als Amanda an ihm vorbeikommt. Er leckt ihr die Hand und lässt sich von ihr streicheln. Doch ihre Freundin ist mit den Gedanken woanders. Amanda bleibt in der Tür zu ihrem Zimmer stehen. Nur zögerlich tritt sie ein, als hätte sie Angst vor dem, was sie erwartet.

Bel beobachtet Amanda vom Flur aus. Trasto lässt Bel nicht aus den Augen.

»Was hast du denn, du alter Brummbär«, sagt ihr Vater und tätschelt den Kopf des Hundes, der erst aufhört zu knurren, als Bel sich weit genug entfernt hat.

Die Schranktür steht noch offen. Traurig blickt Amanda auf

die Kleidungsstücke, die sich in den Fächern stapeln. Sie zögert, doch dann ringt sie sich durch:

»Darf ich dich um etwas bitten?«

Carlos nickt wortlos.

»Ich hätte gern eines von Bels T-Shirts. Als Erinnerung.«

Carlos weiß nicht, was er sagen soll. Mit solchen Teenagerlaunen kann er nichts anfangen. Wieder versucht er sich vorzustellen, was Blanca sagen würde. Amanda bettelt:

»Bitte. Nur eins.«

Carlos schüttelt den Kopf.

»Ich muss erst Blanca fragen. Sie ist wie besessen, was Bels Sachen angeht. Sie wäre bestimmt sauer, wenn ich etwas weggeben würde.«

Amanda senkt den Blick.

»Das verstehe ich«, sagt sie. »Wenn du willst, frage ich sie selbst.«

»Ja, das ist wohl besser.«

Sie verlassen das Zimmer. Carlos begleitet sie zur Tür. Bel folgt ihnen. Während sie auf den Aufzug warten, sucht ihr Vater nach Worten.

Am liebsten würde er Amanda sagen, dass es ihm nicht passt, dass sie Bels Anhänger trägt, aber er tut es nicht. Als hätte Amanda seine Gedanken erraten, streichelt sie das silberne Herz an ihrem Hals und sagt:

»Ich trage es gern, weil es mich an sie erinnert.«

Stille. Carlos zögert. Er dreht und wendet die Worte, doch am Ende spricht er es – zu seiner eigenen Überraschung – aus:

»Ich habe eine Bitte an dich, Amanda.«

Sie sieht ihn neugierig an.

»Ich möchte, dass du meine Frau eine Weile in Ruhe lässt. Ich weiß, das hört sich seltsam an, auch für dich ist das alles nicht leicht, aber bitte hab dafür Verständnis. Sie ist mit den Nerven am Ende.«

Amanda reißt die Augen auf. Damit hatte sie nicht gerechnet. Bel, offen gestanden, auch nicht. Und weil er glaubt, dass seine Erklärung nicht ausreicht, fügt Carlos noch hinzu:

»Blanca tut es nicht gut, dich zu sehen. Du warst die beste Freundin unserer Tochter. Du warst dabei, als es passiert ist. Es hätte auch dich treffen können, aber du lebst, und sie ist tot.«

Bei den letzten Worten ist Carlos' Stimme hart geworden. Amanda hat ein seltsames Blitzen in den Augen. Bel weiß nur zu gut, was es zu bedeuten hat: Wut, unterdrückte Tränen, Stolz, Ohnmacht…

»Bitte, versteh das doch. Wir haben keine Ahnung, wie es weitergehen soll. Du musst uns helfen.«

Amandas Unterlippe zittert, als sie zähneknirschend sagt:

»Schon gut, das verstehe ich.«

Matt schleppt sie sich zum Aufzug. Sie drückt auf den Knopf und wartet mit gesenktem Kopf. Bevor der Aufzug kommt, dreht sie sich noch einmal um und schleudert Carlos entgegen:

»Wenn es dir hilft: Ich wäre auch lieber anstelle deiner Tochter gestorben.«

Carlos weiß nicht, was er darauf antworten soll.

Bel ist stolz auf ihre beste Freundin.

›Prima, Amy. Du hast meinen Vater sprachlos gemacht, und das ist gar nicht so leicht.‹

In diesem Moment öffnet sich die Aufzugtür. Amanda drückt auf die Null, ohne sich von Carlos zu verabschieden.

Bel denkt nicht lange nach. Sie huscht mit in den Fahrstuhl. Ihr Arm streift Amandas, doch die merkt nichts davon.

Wie ihr Vater da auf dem Treppenabsatz steht, mit dem inzwischen viel zu weiten Morgenmantel, sieht er selbst aus wie ein Geist.

Zwei Mädchen verlassen das Haus, aber nur eines ist für die Sterblichen auf dem Bürgersteig sichtbar. Amanda hat am Montagmorgen zur ersten Stunde keinen Unterricht. Die Uhr auf dem Platz zeigt zwanzig vor neun.

›Wenn sie sich nicht beeilt, wird sie es auch nicht zur zweiten Stunde schaffen.‹

Amanda geht zügig wegen der Kälte, den Kragen der Jacke hochgeschlagen, Mund und Nase mit dem Schal abgedeckt. Für Bel ist es ein Debüt in ihrer neuen Rolle: Es ist das erste Mal, dass sie das Haus verlässt, seit sie weiß, dass sie ein Geist ist, und sie fühlt sich mächtig, fast wie eine Superheldin.

Amanda betritt die U-Bahn-Station. Linie Fünf. Dicht an ihre Freundin gepresst passiert Bel das Drehkreuz. Schuldbewusst

blickt sie zu dem Wachposten am Eingang hinüber, als habe der bemerkt, dass sie sich reingeschmuggelt hat, und würde ihr nun eine Standpauke halten. Sie schmunzelt.

Eigentlich müsste irgendwo ein Schild hängen, mit der Aufschrift:

GEISTER WERDEN
OHNE FAHRSCHEIN BEFÖRDERT

Der Waggon ist brechend voll. Unvermeidlich stößt sie mit Leuten zusammen, berührt sie. Da ist wieder dieses seltsame Kribbeln, das sie schon vorhin im Aufzug bemerkt zu haben glaubte. Nur ganz leicht – wie schwache Stromstöße.

Die Leute hingegen scheinen nichts zu spüren. Als wäre sie nicht da.

Fünf Stationen später steigt Amanda aus. Mit langen schnellen Schritten stürmt sie die Treppe hinauf, als hätte sie es eilig. Auf der Straße weht ein unfreundlicher, kalter Wind. Amanda schlägt den Kragen ihrer Jacke wieder hoch. Sie befinden sich in einer schmalen, belebten Straße. An einer Ampel bleibt sie stehen. In dem Moment klingelt ihr Handy. Voller Wehmut erkennt Bel die Melodie:

We don't need no education
We don't need no thought control…

Amanda zieht das Telefon aus der Tasche und schaut grimmig auf das Display. Wer immer der Anrufer sein mag, offenkundig will sie nicht mit ihm sprechen. Sie zögert, dann geht sie doch ran. Die Ampel ist inzwischen grün, aber sie hat es nicht gemerkt. Sie ist aufgebracht:

»Ich hab dir schon tausend Mal gesagt, du sollst mich nicht mehr anrufen! Ich will deine widerwärtige Stimme nie wieder hören, kapier das endlich! Lass mich in Ruhe, du Idiot! Egal, welche Nummer du abziehst, ich komme nicht zu dir zurück. Bist du taub oder was?«

Sie schreit so laut, dass alle Leute sie anstarren. Auch Bel ist überrascht. Sie hat keinen blassen Schimmer, wer am anderen Ende sein könnte. Sie hat ihre Freundin noch nie so aufgebracht erlebt.

Die Ampel ist immer noch grün, aber Amanda geht nicht über die Straße. Sie schnaubt vor Wut. Mit zusammengepressten Zähnen stößt sie ein Schimpfwort aus und atmet tief ein. Das Handy klingelt wieder. Sie holt es mit solcher Rage aus der Tasche, dass Bel schon glaubt, sie wollte es auf die Straße werfen. Es muss derselbe Anrufer sein. Amanda drückt auf den roten Knopf und murmelt:

»Fahr zur Hölle, du Dumpfbacke.«

Dann rennt sie über die Straße, als die Ampel schon auf rot gesprungen ist.

Bel folgt ihr, ohne lange nachzudenken. Sie könnte schwören, dass sie von einem Auto berührt wurde, aber sie hat nicht mehr gespürt als ein Kitzeln.

Amanda bleibt ein paar Meter weiter stehen und drückt auf den Tasten des Handys herum. Bel vermutet, dass sie es stumm schaltet. Sie will von dem Anrufer nicht mehr gestört werden. Dann sieht sie sich einen Hauseingang näher an, holt einen kleinen Zettel aus ihrer Tasche, vergleicht die Nummer – es ist die 87 – und klingelt.

Bel erinnert sich nicht, je an diesem Ort gewesen zu sein.

»Rosalía, ich bin's, Amanda.«

Man hört ein Summen, und ihre Freundin stößt die Tür auf. Es ist ein bescheidener Eingang mit einer einfachen Tür aus Glas und Aluminium. Als Amanda verschwunden ist, sieht sich Bel die Klingeln an. Keine Namen oder Schilder. Ein ganz normales Wohnhaus. Bel kennt keine Rosalía.

Sie hätte mit ins Haus gehen können, aber irgendetwas hat sie zurückgehalten. Amanda würde es nicht gefallen, wenn sie erführe, dass sie ihr wie ein Schatten folgt. Bel setzt sich auf eine Bank an der Straße und wartet. Ihr ist nicht kalt. Sie hat keinen Hunger.

Sie bleibt eine Weile sitzen, den Blick auf die Tür aus Aluminium und Glas gerichtet. Sie überlegt, wer in der Nummer 87 wohnen könnte. Ob ihre Erinnerung sie trügt und sie vielleicht doch schon mal an diesem Ort war?

Doch die Erinnerung bleibt ihr die Antwort schuldig.

Bald ist sie des Wartens müde und beschließt, nach Hause zu fahren.

Ohne Eile geht sie zur U-Bahn. Sie steigt eine Station früher aus als sonst. Sie verspürt eine unbändige Lust zu gehen, durch die Straßen ihres Viertels zu streifen. Um ein Haar stößt sie mit einem Mann zusammen, der einen Zebrastreifen überquert. Sie fragt sich, was wohl geschähe, wenn sie mit einem Sterblichen zusammenprallte. Sie hat Lust, es auszuprobieren. An der nächsten Ampel wählt sie einen Manager mit Aktenkoffer aus, der angeregt mit dem Handy telefoniert. Sie stellt sich ihm mitten in den Weg und lässt ihn nicht aus den Augen.

Und er erschrickt nicht. Er sieht sie nicht, hat nicht einmal eine Ahnung, dass sie da ist. Sie hingegen spürt die Berührung, die Wolle des Mantels, der sie streift, den kleinen Stromschlag. Er geht weiter, als wäre nichts geschehen, und plaudert munter über etwas, das ihn königlich zu amüsieren scheint. Bel runzelt die Stirn. Es ist schon ein komisches Gefühl, wenn mitten auf der Straße ein Passant quasi durch einen hindurchläuft, ohne etwas zu merken.

›Aber noch merkwürdiger ist es, wenn du von einem Auto angefahren wirst und nichts passiert‹, denkt sie.

Zu Hause angekommen, schließt sie vorsichtig die Tür auf. In der Diele ist es dunkel. Sie lauscht. Ihr Vater schnarcht. Alles scheint ruhig zu sein. Leise schließt sie die Tür. Trasto knurrt wieder, aber sie schenkt ihm keine Beachtung. Sie huscht eilig an ihm vorbei in ihr Zimmer.

Sie setzt sich direkt an den Computer und macht ihn an. Er funktioniert wie immer. Wieder denkt sie, was es doch für ein Glück ist, dass ihre Mutter ihre Sachen nicht anrühren wollte. Sie öffnet direkt das Mailprogramm. Rasch tippt sie ihren Benutzernamen ein, doch bei der Eingabe des Kennwortes steht sie auf dem Schlauch. Sie kann sich nicht mehr an die Zahlenkombination erinnern. Sie will es mit ihrem Geburtsdatum versuchen. Doch als sie es eingeben will, stellt sie fest, dass sie es nicht mehr weiß. Vielleicht hat sie es irgendwo notiert. Sie sieht sich auf dem Tisch um. Auf der ersten Seite ihres Schülerkalenders stehen ein paar Daten, aber nicht das Datum, das sie sucht. Ihr Blick fällt auf den Wandkalender. Sie blättert jede einzelne Seite durch, um einen Hinweis zu finden, welche Tage für sie wichtig waren. Im November und Oktober ist nichts markiert. Um den 29. September ist ein roter Kreis gezogen. Jetzt fehlt nur noch das Jahr.

›Ich bin sechzehn, also wurde ich …‹

Sie tippt als Kennwort ein: 290992. Eine rote Nachricht erscheint: *Benutzername oder Kennwort ungültig. Versuche es erneut.* Sie probiert alle Kombinationen aus – 29992, 29091992, 2991992 –, doch mit keiner klappt es.

›Vielleicht bedeutet dieses Datum etwas anderes.‹

Sie blättert weiter im Kalender. August, Juli, Juni, nirgends eine Markierung, auch im Mai nicht. Sie denkt schon, dass sie an der falschen Stelle sucht, da findet sie im April einen weiteren Kreis. Am zwanzigsten. Diesmal ist er grün, mit Textmarker gezogen.

›Wurde ich am zwanzigsten April geboren?‹

Ein neuer Versuch: 200492.

Benutzername oder Kennwort ungültig. Versuche es erneut.

20041992.

Bingo. Ihre Intuition war richtig.

Hallo, Bel! Du hast 56 ungelesene Nachrichten in deinem Posteingang.

Sie überfliegt die Mails. Vor allem Werbung. Die Absender sagen ihr nichts. Sie beschließt, sie später zu lesen und sich auf das zu konzentrieren, was sie tun wollte. Sie klickt auf »Neue Mail« und schreibt eine Nachricht an ihre beste Freundin.

Von: Bel
An: Amanda
Betreff: Überraschung!

Liebe Amy,

ich weiß, es wird dir seltsam vorkommen, wenn du diese Nachricht liest. Auch für mich ist es seltsam, dir eine Mail zu schreiben, anstatt mit dir zu reden, so wie immer, oder im Piojo Mareado abzuhängen und über Gott und die Welt zu plaudern. Aber nun ist es so gekommen, und niemand kann etwas daran ändern. Auch wenn es zum Kotzen ist.

Ich wollte dir sagen, wie sehr ich dich vermisse. Ich weiß, du mich auch. Frag mich nicht, warum, aber ich weiß, wie elend dir zumute ist. Wie meinen Eltern, wie Ismael und wie mir (nur mit dem Unterschied, dass ich tot bin, so viel weiß ich inzwischen, und das ist weit schlimmer).

Ich habe ein paar Fragen. Wenn du dich von dem Schreck dieser Mail erholt hast, musst du mir dabei helfen, ein paar Sachen aufzuklären und den Nebel in meiner Erinnerung zu lichten. Du musst mir erzählen, was passiert ist. Wie es zu dem Unfall gekommen ist. Hilf mir, es zu verstehen. Erzähl mir alles, bitte, jedes noch so kleine Detail.

Und noch was: Wer hat dich heute Morgen auf dem Handy angerufen, als du gerade an der Ampel standest? Du hast einen sehr wütenden Eindruck gemacht. Wer wohnt in dem Haus, zu dem du dann gegangen bist? Ich kann mich an nichts mehr erinnern! Woher ich das weiß? Weil ich dir nah war, sehr viel näher, als du dir vorstellen kannst!

Bel hört ein Geräusch auf dem Flur und sitzt wie versteinert vor dem Bildschirm. Da ist jemand. Sie beendet die Nachricht so schnell sie kann:

Ich muss jetzt Schluss machen. Denk daran, dass ich in deiner Nähe bin, auch wenn du mich nicht sehen kannst. Ich vermisse dich sehr und ich hab dich sehr lieb. Bel

Sie klickt auf »Senden« und seufzt erleichtert.

Sie lauscht, ob sich die Geräusche auf dem Flur wiederholen. Alles still.

In dem Moment geht zu ihrer Überraschung im unteren Teil des Bildschirms ein Fenster auf. Es ist eine Instant Message. Sie hat nicht daran gedacht, das Programm zu schließen, das beim Hochfahren des Computers automatisch aktiviert wird.

Die Nachricht stammt von einem gewissen Batiskafo. Seinen Worten nach zu urteilen, scheint er noch seltsamer zu sein als sein Name.

Wenn du Hilfe brauchst, musst du es mir nur sagen.

Bel beißt sich auf die Unterlippe. Sie überlegt kurz. Dann schreibt sie:

Kennen wir uns?

Die Antwort kommt prompt:

Nein, nicht dass ich wüsste, aber das macht nichts.
Magst du keine Blind Dates?

Bel lächelt boshaft. ›Ein Witzbold mit seltsamem Namen auf Baggertour‹, befindet sie.

Sie will etwas erwidern, doch in dem Moment hört sie wieder Geräusche auf dem Flur. Nur diesmal viel näher. Schritte. Eine Hand auf der Türklinke.

Die Zimmertür geht auf. Reflexartig streckt Bel den Arm aus und schaltet den Computer aus. Erst den Bildschirm, dann das Gerät selbst.

Zu spät. Ihre Mutter steht im Türrahmen, die Hand um die Türklinke geklammert. Ihre Lippen beben. Sie fasst sich mit der anderen Hand an die Brust, wo ihr Herz auf Hochtouren schlägt. Entgeistert starrt sie auf den Computer.

Kaum hörbar flüstert sie:

»Mein Gott.«

Danach ist die Aufregung groß. Carlos hat seine Frau in Bels Zimmer gefunden. Er weiß nicht, wie er ihr endlich begreiflich machen kann, dass sie diesen Raum nicht mehr betreten soll, dass es ihr nur noch größeren Schmerz zufügt, in den Sachen ihrer toten Tochter herumzuwühlen, dass das Andenken an Bel nicht in den Gegenständen weiterlebt, die sie hinterlässt, sondern in ihren Herzen und ihren Erinnerungen. Doch heute hat Blanca ihn regelrecht geschockt. Mit abwesendem Blick hat sie gemurmelt:

»Sie ist hier.«

Und dann:

»Ich weiß es, der Computer war an.«

Bel lehnt neben dem Fenster an der Wand und lächelt. ›Dir entgeht auch nichts, Mama. Du hattest schon immer den Durchblick.‹

Ihr Vater schüttelt den Kopf. Er ist besorgt. Natürlich glaubt er seiner Frau kein Wort. Wenn er das täte, wäre er auf dem besten Weg, selbst verrückt zu werden. Er ist überzeugt, dass mit seiner Frau etwas nicht stimmt, denn sie ist nicht mehr in der Lage, zwischen ihren Wünschen und der Wirklichkeit zu unterscheiden. Der Schmerz lässt sie Dinge als wahr annehmen, die sich nur in ihrer Fantasie abspielen.

Blanca entgeht der argwöhnische Blick ihres Mannes nicht, doch sie sagt nichts. Sie könnte es nicht ertragen, wenn er ihr sagte, sie würde sich das alles nur einbilden, der Schmerz würde ihren Verstand trüben und sie allmählich in den Wahnsinn treiben.

Sie weiß, was sie gesehen hat, das war keine Einbildung. Sein väterlicher Ton gibt ihr den Rest:

»Blanca, Liebes, uns ist etwas Schreckliches widerfahren. Ich weiß selbst nicht, wie ich damit fertig werden soll, ich habe keine Ahnung, wie wir ohne Bel weiterleben sollen. Ich weiß, dass es für dich noch schlimmer ist, weil du und Bel so eng miteinander verbunden wart, und es scheint unfassbar, dass sie nicht mehr bei uns ist. Aber wir haben doch noch uns, mein Liebling« – er küsst sie auf die Wange – »und wir müssen stark sein. Das ist das Wichtigste für mich. Wir werden einen Weg finden, weiterzumachen. Wir müssen ausgehen, gegen den Schmerz ankämpfen oder darauf warten, dass er von selbst nachlässt, keine Ahnung, aber bitte« – er fasst sie sanft an den Schultern – »du musst mir

versprechen, dass du dieses Zimmer nicht mehr betrittst und dass du mir erlaubst, etwas zu unternehmen, damit das aufhört. Du kannst so nicht weitermachen, das hat doch keinen Sinn. Du weißt doch, was der Psychologe im Krankenhaus gesagt hat: Wir müssen nach vorne schauen, wir dürfen nicht auf der Stelle treten. Bitte, Blanca, wir haben doch nur noch uns. Bitte …«

Bei den letzten Worten kämpft Carlos mit den Tränen. Bel kann es kaum ertragen, ihren Vater, der immer stark und entschlossen wirkte, so am Boden zerstört zu sehen. Sie würde ihn so gern umarmen, ihm sagen, dass sie den Kummer mit ihnen teilt, dass es auch für sie unerträglich ist, nicht mehr Teil ihres Lebens zu sein. Dass sie die Welt der Lebenden hinter sich lassen und sich in das Reich der Toten zurückziehen muss, wo jetzt ihr Platz ist. Diese Erkenntnis ist grausam, unerträglich. Wenn sie es noch könnte, würde sie weinen.

Blanca blickt gedankenverloren auf die Fotos an der Pinnwand. Bel scheint es, als schaue sie auf den Schnappschuss von Amanda und ihr, den sie selbst noch vor kurzem in der Hand gehalten hat.

»Bel ist hier«, wiederholt sie. »Wir werden das Zimmer nicht ausräumen, solange sie zu Hause ist.«

Bel gewahrt in den Augen ihres Vaters etwas, das sie noch nie zuvor gesehen hat: Panik. Ohnmacht. Entsetzen.

Er macht den Eindruck, als wolle er noch etwas sagen, aber er findet nicht die passenden Worte. Er fasst sich an den Kopf, schnaubt und verlässt das Zimmer. Blanca rührt sich nicht. Sie starrt weiterhin das Foto an und flüstert:

»Ich weiß, dass du da bist, Bel. Aber ich weiß nicht, was ich für dich tun kann.«

Bel ist gerührt. Schon immer hat sie sich ihrer Mutter eng verbunden gefühlt, und jetzt spürt sie, dass die Bande zwischen ihnen stärker sind, als sie je vermutet hätte. So stark, dass sie selbst den Tod herausfordern. Und doch ändert das nichts an der Tatsache, dass eine unüberwindbare Grenze sie daran hindert, ihre Mutter zu trösten. Der Schmerz liegt ihr wie ein Stein im Magen, wie etwas, das niemals verdaut werden könnte, und wenn tausend Jahre vergingen.

Bel macht einen Schritt auf sie zu und sagt:

»Ich bin hier, Mama. Kannst du mich sehen?«

Keine Reaktion. Ihre Mutter geht lediglich zum Bett, setzt sich auf die Kitty-Decke und starrt weiter auf die Pinnwand. Bel geht zu ihr und flüstert ihr ins Ohr:

»Danke, Mama. Ich hab dich sehr lieb.«

Wieder keine Regung.

Ihre Mutter mag ihre Anwesenheit spüren, aber sie kann sie nicht hören. Zwischen ihnen befindet sich eine Mauer. Daran ist nicht zu rütteln. Bel streichelt die Hand ihrer Mutter, sanft, langsam. Diese runzelt kurz irritiert die Stirn, doch dann schließt sie lächelnd die Augen und flüstert:

»Wie ich dich vermisse, Bel.«

»Ich dich auch, Mama.«

Eine Weile verharren sie noch so, schweigend, eng beieinander. Bis Bels Vater niedergeschlagen aus dem Schlafzimmer ruft:

»Bitte, Blanca, komm ins Bett.«

Ihre Mutter steht auf, seufzt, wirft einen letzten Blick auf das Foto, verlässt das Zimmer und schließt die Tür hinter sich.

Bel zieht Bilanz, was sie über ihre jetzige Lage in Erfahrung gebracht hat, viel ist es nicht.

›Ich bin seit einem Monat und elf Tagen tot. Ich habe nicht die geringste Ahnung, wo ich bis zu diesem Morgen war. Meine erste Erinnerung ist die an das Krankenhausgebäude in der Ferne, dann der Eingang, der Aufzug, der Flur, der Stuhl an Ismas Krankenbett. Von wo und wie ich dorthin gekommen bin, weiß ich nicht. Ich kann mich an vieles nicht mehr erinnern. Doch meine Sinne scheinen schärfer zu sein als früher. Ich kann die Lebenden besser hören (auch wenn ich nicht mit ihnen sprechen kann). Ich spüre ihren Schmerz, ihre Angst (auch wenn ich ihnen nicht helfen kann). Es scheint so, als ob Hunde mich wahrnehmen (doch sie mögen mich nicht). Ich habe keine körperlichen Bedürfnisse – Hunger, Kälte, Schmerz, auf Toilette gehen … –, nur müde werde ich (aber ich glaube, ich könnte auch ohne Schlaf durchhalten). Ich fühle lediglich ein leichtes Kribbeln, wenn ich einen Menschen berühre (oder wenn mich ein Auto anfährt) und eine seltsame Lust, spazieren zu gehen, irgendwohin (wohin, weiß ich nicht). Ich kann nicht durch Wände gehen, aber ich kann Gegenstände in die Hand nehmen (kleine und große) genau wie früher. Und ich kann mich im Spiegel sehen (auch wenn die anderen mich nicht sehen können).‹

Sie sieht auf die Uhr. Zehn vor zwölf. Weil sie nichts Besseres zu tun hat, legt sie sich ins Bett und schließt die Augen. Im Nu ist sie eingeschlafen.

Als sie aufwacht, zeigt die Uhr halb vier morgens. Sie hat mehr als fünfzehn Stunden geschlafen!

Wenn sie ins Krankenhaus will, muss sie sich sputen. Sie lauscht aufmerksam, ob alles ruhig ist, wirft einen Blick ins Schlafzimmer ihrer Eltern. Blanca schläft. Carlos ist noch auf der Arbeit. Trasto knurrt verschlafen. Alles im grünen Bereich.

Es ist seltsam, aufzustehen und das Haus zu verlassen, ohne vorher im Bad gewesen zu sein, ein Glas Milch getrunken oder sich umgezogen zu haben.

Als Bel die leeren Straßen betritt, fühlt sie sich ungemein erleichtert. Sie läuft eineinhalb Stunden. Selbstsicher betritt sie das Krankenhaus, sie kennt ja den Weg. Mit dem Aufzug in den obersten Stock, vorbei am unbesetzten Stationszimmer, das dritte Zimmer auf der rechten Seite.

Sie stößt die Tür auf und erkennt die Signale der Maschinen, an die Ismaels Körper angeschlossen ist. Der Stuhl der letzten Nacht scheint förmlich auf sie zu warten.

Isma auch.

»Hallo, mein Schatz, es ist ein bisschen später geworden, aber jetzt bin ich ja da.« Sie lächelt. »Lach nicht, ich bin eingeschlafen. Ich bin eine wandelnde Katastrophe.«

Zärtlich streicht sie ihm über die Wange. Küsst ihn auf die Lippen. Dann setzt sie sich an sein Bett. Beobachtet ihn. Eineinhalb Stunden lang.

Und sie denkt nach. Es ist, als erwache in ihrem Kopf eine Stimme zum Leben.

›Ich muss wissen, was passiert ist. Warum du bewusstlos bist. Warum ich tot bin, aber trotzdem hier an deiner Seite weile. Vielleicht ist das der Grund: Ich kann mich nicht von dir trennen. Ich will nicht gehen.‹

Am Ticken der Uhr im Flur hört sie, wie die Zeit verstreicht. Derweil schmiedet sie Pläne. In der kurzen Zeit hat sie festgestellt, dass die Zukunft für sie greifbarer ist als die Vergangenheit; sie hängt von ihrem Willen ab, sie kann sie verändern und über sie bestimmen. Von ihrer Vergangenheit hingegen weiß sie fast nichts. Sie stochert im Nebel, und es bedarf noch großer Anstrengungen, ihn zu lichten. Doch sie weiß, das muss sie auf sich nehmen.

»Vielleicht kann ich morgen nicht kommen«, flüstert sie Isma ins Ohr. »Aber übermorgen bestimmt. Versprochen.«

Langsam lässt sie ihre Lippen auf seine sinken. Könnte sie doch für immer hierbleiben, so nah bei ihm.

Es dämmert bereits, als sie die Krankenschwester der Frühschicht kommen hört; es wird Zeit zu gehen.

Der Aufzug ist voller Menschen. Im Erdgeschoss trifft sie unter den Wartenden, die nach oben wollen, ein bekanntes Gesicht. Es ist Marian, Ismaels Mutter. Auch sie ist sehr abgemagert und hat tiefe Augenringe, ihr Haar hängt strähnig und ungepflegt herunter. Sie sieht um zehn Jahre gealtert aus, seit Bel sie das letzte Mal gesehen hat.

Sofort fällt Bel das dunkle Armband aus geflochtenem Leder auf, das sie um ihr Handgelenk trägt.

Bel kennt dieses Armband. Es gehört Isma. Und es hat auch mit ihr zu tun. Aber was? Liedzeilen fallen ihr ein:

Ich brauche dich
wie das Sonnenlicht.
Deine Augen, der Abgrund,
in den mein Verstand stürzt.

Sie kann das Lied nicht zuordnen, weiß nur, dass es sehr wichtig für sie ist. Irgendwo in ihrem Gedächtnis muss auch die Melodie dazu vergraben sein, doch es gelingt ihr nicht, sie an die Oberfläche zu holen.

Marians abgezehrtes Gesicht verschwindet hinter den Aufzugtüren und mit ihm ein unerträglicher Schmerz.

Gegenüber vom Krankenhaus befindet sich ein Spielplatz; um diese Zeit ist er menschenleer. Bel setzt sich auf eine Bank nahe der Rutsche und versucht, ihre Gedanken zu ordnen. Ihre Erinnerungen sind wie verstreute Teile eines riesigen Puzzles. Ein Satz, Zeilen eines Liedes, ein Bild, ein Gefühl… Sie zusammenzusetzen ist, als versuche man, sich an einen Traum zu erinnern, der Wochen zurückliegt. Oder gar Jahre. Eine fast unmögliche Aufgabe.

Das Armband. Der Liedtext geht ihr nicht mehr aus dem Kopf. Immer wieder und wieder taucht er auf, als hätte er ein Eigenleben, oder als wollte er ihr etwas sagen.

Sie betrachtet die leeren Schaukeln, die sich im Wind wiegen. Die Schatten, die durch das Sonnenlicht langsam länger werden.

›Verdammt, was muss ich machen, damit meine Erinnerung zurückkommt?‹

Allmählich kommt sie zur Ruhe. Sie schließt die Augen. Die Welt verschwindet hinter ihren Lidern. Als sie sie wieder aufschlägt, ist kein Schatten mehr da, wo er vorher war. Die Schaukeln wiegen sich stärker.

›Ich darf nicht einschlafen. Sonst habe ich keine Kontrolle über die Zeit.‹

Ein alter Mann schlurft auf seinen Stock gestützt auf die Bank zu. Bel hat noch nie ein derart faltiges Gesicht gesehen. Es kommt ihr vor, als lächle er ihr zu, und das erstaunt sie sehr, da sie doch für alle unsichtbar geworden ist. Fragend sieht er sie an, ob er sich wohl zu ihr setzen darf. Bel macht ihm Platz. Er hat Brot in einer Plastiktüte bei sich. Langsam setzt er sich, macht die Tüte auf und wirft Brotkrumen auf den Boden. Die ersten

Tauben sind sofort zur Stelle. Eine Minute später sind es bereits über zwei Dutzend. Er lacht zufrieden. Das Vogelfüttern scheint ihm ein enormes Vergnügen zu bereiten.

Bel sieht dem Spektakel eine Weile zu, bis sie von etwas abgelenkt wird. Es ist Amanda. Sie strebt auf den Krankenhauseingang zu. Hübsch ist sie mit den knallengen Jeans und den hohen Lederstiefeln. Die seidig glänzende Mähne weht im Wind. Ihre Augen sind hinter einer Markensonnenbrille verborgen. Energischen Schrittes passiert sie die automatischen Türen, Bel hört die Absätze klappern.

Bel beschließt zu warten, bis sie wieder herauskommt, und beobachtet derweil den alten Mann und die hungrigen Tauben, die immer mehr werden. Dabei ist von dem Brot aus der Tüte schon fast nichts mehr übrig.

Immer wieder wandert ihr Blick zu der Glastür, und so sieht sie genau, wer in das Gebäude hineingeht oder wer es verlässt. Plötzlich kommt wie eine Schlafwandlerin Marian heraus und trocknet sich mit einem Papiertaschentuch die Tränen.

Bel überlegt nicht lange. Sie steht auf. Die Tauben bemerken es nicht. ›Ihr armen kleinen Dummerchen.‹ Der alte Mann hingegen lächelt ihr geheimnisvoll zu, als wüsste er von ihrer Existenz. Er trägt ein verschlissenes Sweatshirt, das ihm viel zu groß ist. Auf dem Rücken steht: »Trust me«.

Bel schüttelt den Kopf und legt einen Zahn zu. Marian ist schon fast an der Ecke. Mit drei Riesenschritten hat sie sie eingeholt.

›Dann wollen wir mal anfangen, das Puzzle zusammenzusetzen.‹

Marian konsultiert die Uhr auf ihrem Handy und tätigt einen Anruf.

»Ich hab mich verspätet, in fünf Minuten bin ich da.«

Sie geht in die Tiefgarage des Krankenhauses. Ihre Schritte hallen von den Wänden wider. Sie öffnet die Tür ihres kleinen roten Flitzers, legt die Tasche auf den Beifahrersitz und setzt sich ans Steuer. Diesen kurzen Moment hat Bel genutzt, um auf die Rückbank zu schlüpfen. Von dort hat sie alles im Blick. Marians Hand an der Gangschaltung zittert. Mit der anderen trommelt sie nervös auf das Lenkrad. Sie schaltet das Radio ein. Ein Lied dröhnt aus dem Lautsprecher.

Keiner hat's leicht
in diesem hart gefrorenen Iglu
so weit entfernt, so voller Abschiede,
so ohne dich.

Bel gefällt das Lied, es kommt ihr bekannt vor. Doch noch bevor sie darüber nachdenken kann, wie Titel und Interpret heißen, hat Marians Finger schon auf den Knopf gedrückt, und es wird mit einem Schlag still. Bel hört sie zischen:

»Scheiße.«

»Wenn man traurig ist, tut Musik weh«, sagt Blanca immer. Dies ist so ein Moment.

Marian lebt allein. Von allen Müttern ist sie die einzige, die nie einen Partner hatte. Ismas Vater war ihr erster Freund. Sie war total vernarrt in ihn, doch er hat sie sitzen lassen, als er von der Schwangerschaft erfuhr. Er hat sich nie wieder gemeldet. Seit Ismael auf der Welt ist, hat Marian sich ausschließlich um ihn gekümmert und die Männer aus ihrem Leben verbannt. Ihre Devise lautet: Es gibt nichts auf der Welt, das sie nicht sehr viel besser könnte als ein Vater. Und sie sagt immer, ihr fröhliches, resolutes Wesen sei ein Geschenk des Himmels, so wirke sie viel stärker, als sie in Wirklichkeit sei, das halte ihr die Männer vom Leib, die hätten nämlich panische Angst vor Frauen, die stärker sind als sie.

Marian hat sich mit ihrem Leben bestens arrangiert. Einmal in der Woche geht sie mit Isma ins Kino – in den letzten Wochen hatte Bel die beiden begleitet – und danach bei einem Italiener in der Nähe essen. Die Wochenenden verbringt sie gewöhnlich auf der Couch mit einem Buch. »Ich erhole mich immer noch von der Zeit, als Ismael klein war«, scherzt sie, wenn jemand sie fragt, ob sie der Leserei nicht überdrüssig wäre. Die übrige Zeit verbringt sie damit, ihre Firma zu managen, eine Druckerei mit sechzehn Angestellten, fast ausschließlich Männer.

Einmal hatte Bel Ismael gefragt, ob es ihm nicht seltsam vorkäme, dass seine Mutter nach seinem Vater keinen Freund mehr gehabt habe.

»Nein«, hatte Isma überrascht erwidert, »was soll sie denn mit einem Freund? Sie hat doch mich!«

Bel hatte gelächelt und gedacht, manchmal konnte man den Eindruck gewinnen, dass Jungs einfach nicht durchblicken, doch gesagt hatte sie nichts.

Doch jetzt hat Marian nichts mehr mit der selbstsicheren Frau gemein, die durch ihre vermeintliche Stärke die Männer einschüchtert. Auf einmal ist sie schwach, verwundbar. Vielleicht hatte Isma recht, und sie hat ihre Seelenstärke immer schon aus ihm gezogen.

Während der zwanzigminütigen Fahrt sitzt Marian mit versteinerter Miene und leerem Blick hinter dem Steuer. Manchmal tritt sie wie eine Irre aufs Gas, dann wieder hupt einer hinter ihr, weil sie nicht losfährt, obwohl die Ampel längst grün ist.

Sie fahren in die Neustadt. Marian stellt das Auto ab, vergisst aber, einen Parkschein zu ziehen. Es nieselt, doch Bel spürt den Regen nicht. Marian eilt im Schutz der Simse zu einem Café und verschwindet darin.

Es ist eines dieser Cafés, die zu einer amerikanischen Kette gehören, mit einem Widder im Logo. Die Theke ist voller verlockender Leckereien. Zumindest fand Bel sie früher verlockend. Doch jetzt hat sie ein ganz anderes Problem: die automatischen Türen. Sie ist auch für die Sensoren unsichtbar und folglich öffnen sich die Türen nicht. Sie muss auf den nächsten Gast warten.

Währenddessen blickt sie durch die großen Fenster in das Café hinein. Marian geht schnurstracks nach hinten durch, wo sie offensichtlich von jemandem erwartet wird. Es ist ein Mann. Er steht auf, um sie zu begrüßen, sie geben sich zwei Küsse auf die Wange. Allzu viel kann Bel nicht sehen, denn es steht eine Säule im Weg. Marian legt die Tasche und ihren Mantel in einen anderen Sessel, geht zur Theke und gibt bei einem lächelnden jungen Mann mit Mütze eine Bestellung auf. Während sie wartet, starrt sie gedankenverloren auf eine Praline in der Theke und kaut auf einem Nagel herum. Der Junge mit der Mütze muss Marian extra ansprechen, bevor er ihr das Wechselgeld und die Quittung reichen kann.

Jemand betritt das Café. Bel nutzt die Gelegenheit und strebt zielsicher auf die Säule zu. Sofort erkennt sie die Schuhe, das Jackett, die Hände auf der Lehne.

Der Wartende ist Carlos, ihr Vater.

»So, da bin ich«, sagt Marian, als sie mit ihrem Kaffeebecher, einer Serviette und einem Plastiklöffel zurückkehrt.

Carlos lächelt ihr zu. Bel setzt sich auf die Lehne von Marians

Sessel, und Marian legt ihren Arm genau auf Bels linkes Knie. Aber das merkt sie natürlich nicht.

»Wie geht es Ismael?«, fragt Carlos.

»Unverändert.«

»Was sagen die Ärzte?«

»Dasselbe wie immer.« Marian klingt niedergeschlagen. »Es kann sein, dass er plötzlich aufwacht oder aber er bleibt für immer in diesem Zustand. Bei Komapatienten darf man bis zu ein Jahr lang die Hoffnung nicht aufgeben.« Marian nimmt einen großen Schluck aus dem Becher und sagt: »Ein Jahr! Weißt du, was es heißt, so lange mit diesem schrecklichen Zweifel zu leben?«

Eine lange Pause entsteht, beide nippen nachdenklich an ihrem Kaffee. Dann fährt Marian fort:

»Die Brüche heilen sehr gut, er ist stark. Aber der Kopf kommt einfach nicht zurück. Sie sagen, es sei sehr wichtig, dass ich mit ihm rede. Ich soll ihm sagen, dass ich ihn liebe, dass ich bei ihm bin. Ich soll ihm zureden, dass er die Augen aufschlägt, und ihn an all die Menschen erinnern, die darauf warten, dass er wieder gesund wird. Man hat mir sogar vorgeschlagen, ich solle ihm etwas vorsingen oder vorlesen … Ich gebe ja mein Bestes …« – ihre Stimme wird brüchig, sie ist kurz davor, in Tränen auszubrechen. »Aber es ist so schwer! Ich weiß nicht mal, ob er mich hört oder ob das Hirn so geschädigt ist, dass er nie wieder aufwacht und all das reine Zeitverschwendung ist. Ich weiß nur, ich will ihn nicht in diesem Zustand sehen, an all diesen Geräten. Wenn er so weiterleben muss, dann wäre es besser …«

Carlos' Miene verhärtet sich. Marian merkt, dass sie einen Fehler gemacht hat.

»Tut mir leid. Ich weiß nicht mehr, was ich rede. Verzeih mir. Was ihr durchmacht, ist viel schlimmer.«

Carlos räuspert sich, windet sich im Sessel.

»Das alles ist furchtbar, Marian. Es geht uns allen an die Nieren.«

Marian holt ein Taschentuch heraus und trocknet ihre Tränen, trinkt einen Schluck Kaffee.

»Tut mir leid, ehrlich. Ich bin mit den Nerven am Ende. Eigentlich sollte ich dich trösten.«

Carlos fasst mit beiden Händen Marians Hand, um sie zu beruhigen. Da fragt sie unvermittelt:

»Wie geht es Blanca?«

Sein Blick verfinstert sich.

»Schlecht. Es wird immer schlimmer.«

Carlos' Finger spielen mit einem Zuckerwürfel. Seine Nägel sind viel zu lang. Bel entgeht nichts. Wenn jemand ihr Gesicht sehen könnte, würde er bemerken, dass sie ebenso traurig ist wie die Erwachsenen.

Carlos findet den Mut, weiterzusprechen:

»Es ist, als wäre sie nicht mehr von dieser Welt. Sie ist nicht mehr sie selbst.« Er macht wieder eine Pause. »Heute morgen hat sie etwas Furchtbares gesagt.«

Marian ist ganz Ohr, das Taschentuch hält sie in derselben Hand wie den Kaffee. Carlos senkt die Stimme.

»Ich habe sie in Bels Zimmer gefunden. Sie ist überzeugt, Bel sei in der Wohnung. Sie behauptet, sie benutze den Computer.«

Marian fasst sich mit einer Hand an den Magen. Ihr Puls beginnt zu rasen.

Bel legt ihre Hand auf die ihres Vaters. Sie weiß, er spürt sie nicht, ahnt nicht, dass sie so nah bei ihm ist, doch danach fühlt sie sich besser. Wenn sie ihn doch nur in die Arme nehmen könnte.

Carlos fährt fort:

»Ich habe sie heute noch mal eindringlich gebeten, das Zimmer auszuräumen. Es geht so nicht weiter. Sie verliert noch den Verstand. Den ganzen Tag sitzt sie da drin und beschäftigt sich mit Sachen, die nie mehr so sein werden wie früher. Ich hab mich nicht mal getraut, ihr zu sagen, dass ich mit dir verabredet bin. Sie wäre mit dem Inhalt des Gesprächs nicht einverstanden.«

Marian versteht Blanca nur zu gut. Mehr als sie Carlos gegenüber zugeben würde. Wenn Ismael sterben würde, wäre sie auch nicht in der Lage, Schränke und Schubladen zu leeren. Vielleicht würde auch sie ständig seine Sachen anstarren und verrückt werden. Vielleicht würde auch sie den richtigen Moment verpassen, sich davon zu trennen, in dem Glauben, solange sie noch da wären, wäre er noch nicht ganz von ihr gegangen. Für eine Mutter gibt es nichts Schlimmeres, als ihr Kind sterben zu sehen. Danach ist nichts mehr wichtig. Und sie wäre nie wieder dieselbe.

»Vielleicht braucht sie nur Zeit.«

»Ja, aber was sollen wir inzwischen tun? Verrückt werden? Zulassen, dass unser Unterbewusstsein unser Leben beherrscht?«

Wieder eine nachdenkliche Pause.

»Soll ich mal mit ihr reden?«, schlägt Marian vor.

Achselzucken.

»Keine Ahnung. Ehrlich gesagt, ich weiß nicht, was für alle das Beste wäre.«

»Du kannst dich jederzeit an mich wenden, wenn du Hilfe brauchst. Ich bin für euch da, das weißt du.«

»Natürlich weiß ich das. Deshalb habe ich dich um dieses Treffen gebeten. Du sollst etwas wissen. Ich habe sonst mit niemandem darüber gesprochen.«

»Schieß los.«

Carlos beugt sich zu ihr hin und sagt leise:

»Ich ermittle auf eigene Faust.«

Marian begreift nicht sofort. Ihre Augen sind weit aufgerissen. Auch Bel ist ob dieser unerwarteten Wendung ganz Ohr, sie will kein Detail verpassen.

»Ich dachte, der Fall sei abgeschlossen.«

»Ist er ja auch. Aber ich schenke keiner der offiziellen Versionen Glauben. Die Unfall-Hypothese halte ich für unglaubwürdig. Und die vom Selbstmord noch mehr. Das passt nicht zu Bel.«

Marian lauscht gebannt. Sie will noch mehr hören. Carlos fährt fort:

»Da ist doch dieser Junge … Fernando.«

»Schon komisch, dass Ismael ihn mir gegenüber nie erwähnt hat«, sagt Marian.

»Bel uns gegenüber auch nicht.«

›Klar, weil er der letzte von Amandas unzähligen Lovern war, die sie dauernd anschleppt. Ein Muskelprotz mit Spatzenhirn, auf die steht sie in letzter Zeit‹, denkt Bel.

»Das ging noch nicht lange zwischen Amanda und ihm, warum sollten sie es erwähnen«, denkt Carlos laut nach. »Bei all den Kerlen hätten wir am Ende den Überblick verloren.«

Carlos versucht zu lächeln, doch Marian missfällt die Bemerkung. Sie findet sie unangebracht. Ismael hatte ein paarmal voller Bewunderung über Amanda gesprochen. Was nicht weiter erstaunlich ist: Amanda ist ein intelligentes Mädchen, nett und witzig und ausgesprochen hübsch. Marian ist überzeugt, dass es Isma nicht leichtgefallen ist, sich zwischen Bel und ihrer Freundin zu entscheiden, und wenn die Entscheidung auf Bel gefallen ist, dann, weil Amanda ein ziemliches Biest sein kann und Bel dagegen ein wahrer Engel ist. Doch darüber will sie mit Carlos nicht sprechen. Das geht nur sie und ihren Sohn etwas an. Ismael hat sich ihr ja gerade deshalb anvertraut, weil er wusste, dass sie schweigen würde.

»Ist ja auch egal.« Carlos macht eine Handbewegung, als wollte er eine Fliege verscheuchen. »Fakt ist, dass dieser Junge bei ihnen war. Er hat an dem Tag gearbeitet, er war seit einem halben Jahr als Helfer bei dem Betreiber der Achterbahn in dem Freizeitpark angestellt. Er hat ihnen auch die kostenlosen Eintrittskarten besorgt. Die beiden Mädchen und dein Sohn haben sie kurz vor der Schließung des Parks abgeholt, denn sie wollten zusammen essen gehen. Da kam einer von ihnen auf die Idee, man könne doch mal allein Achterbahn fahren. Dieser Fernando hat behauptet, die Mädchen seien ganz wild auf die Achterbahnfahrt gewesen, sie hätten ihm keine Ruhe gelassen, und schließlich habe er nachgegeben, denn diese kleine Laune kostete ihn ja nichts.«

»Ja, das weiß ich alles.«

»Der Hauptangestellte war längst nach Hause gegangen und hatte ihm das Abschließen und den letzten Kontrollgang überlassen, wie jeden Tag. Nicht im Traum wäre er auf den Gedanken gekommen, der Junge könne die Achterbahn noch mal in Betrieb nehmen. Wusstest du, dass man den Angestellten, einen fast fünfzigjährigen Mann, der seit zwanzig Jahren dort gearbeitet hat, auch entlassen hat?«

»Nein, ich hatte keine Ahnung.«

»Die Leute wollen keine Probleme. Wenn sie jeden entlassen, der mit dem Unfall zu tun hatte, ist der Ruf des Parks gerettet. Und nach dem ganzen Medienrummel …« Er macht eine Pause und legt sich die Worte zurecht. »Man ist schnell und entschlossen vorgegangen. Sie haben den Jungen rausgeworfen, gegen den ermittelt wurde, und mit seinem Vorgesetzten machten sie dasselbe. Schnell legte man Beweise vor, dass die Achterbahn zwar alt war, aber alle Sicherheitskontrollen bestanden hatte. Gleich darauf wurde verkündet, man würde sie abbauen. Als sie in den Wagen stiegen, haben Amanda und Bel bestimmt nicht gedacht, dass sie die Letzten sein würden, die mit dieser Achterbahn fahren.«

»Was passiert jetzt mit Fernando?«

»Im Grunde nichts. In den ersten Tagen hat die Richterin wegen fahrlässiger Tötung die Einweisung in eine Jugendstrafanstalt angeordnet, doch er kam schnell wieder frei. Als sich nämlich herausstellte, dass die Wartung des Fahrgeschäfts doch nicht so einwandfrei war, wie anfangs behauptet wurde. Der Junge hat ausgesagt, er habe sich vergewissert, dass die Mädchen sich an die Sicherheitsvorgaben gehalten haben. Er selbst habe vor Beginn der Fahrt die Schutzstange einrasten lassen. Später hat Amanda ausgesagt, sie könne sich nicht erinnern, dass die Schutzstange geschlossen gewesen wäre. Ismael können wir ja bedauerlicherweise nicht fragen. Also hatten wir nur Fernandos Wort. Bis sich herausstellte, dass im letzten Jahr die Schutzvorrichtungen des Öfteren versagt hatten. Da hat die Richterin angeordnet, Fernando auf freien Fuß zu setzen und auf eine Anklage zu verzichten.«

»Aber für dich ist der Fall nicht so sonnenklar.«

»Ich halte Nando nicht für den Schuldigen, wenn du das meinst. Der Junge ist minderjährig, er hat keine Vorstrafen, war nicht alkoholisiert… Aber es erscheint mir zu einfach, alles auf die Sicherheitsvorrichtungen zu schieben. Auf der Bahn gab es alle drei Minuten eine Fahrt. Hätten die Sicherheitsvorrichtungen versagt, hätte es Dutzende Unfälle gegeben, nicht nur den meiner Tochter. Findest du das nicht alles sehr merkwürdig?«

Marian erwidert nichts, aber ihre gerunzelte Stirn kündet von Skepsis.

»Es ist doch völlig normal, dass du nach Schuldigen suchst.«

»Ich will es verstehen. Und mein Gewissen beruhigen. Ich muss mir sicher sein, dass ich alles Menschenmögliche getan habe, um die Wahrheit ans Licht zu bringen.«

Carlos nimmt einen großen Schluck von seinem Kaffee. Plötzlich ist Leben in ihn gekommen.

»Doch das ist noch nicht alles.« Hastig spricht er weiter. »Bei seiner ersten Aussage, direkt nach dem Unfall, hat Fernando behauptet, die Mädchen seien sehr ausgelassen gewesen und hätten unbedingt Achterbahn fahren wollen. Sie wären so glücklich gewesen, dass er im Überschwang gegen die Regeln verstoßen habe.«

Marian nickt.

»Am dritten Januar haben wir ihn auf dem Revier erneut befragt, und da hat er ausgesagt, Bel sei traurig gewesen, als sie in die Achterbahn stieg. Er habe gedacht, sie hätte sich mit Ismael gestritten. Und er habe geglaubt, ein wenig Zerstreuung würde ihr guttun. Zwei unterschiedliche Versionen in zehn Tagen. Kommt dir der Widerspruch nicht merkwürdig vor?«

Marian nickt lediglich. Sie will nicht immer und immer wieder mit dieser Geschichte konfrontiert werden, die sie innerlich zerreißt.

»Habt ihr ihn nicht gefragt, warum er nicht schon vorher erwähnt hat, dass Bel traurig war?«

»Ein Kollege hat die Aussage aufgenommen. Klar hat er ihm diese Frage gestellt. Die Antwort lautete, direkt nach dem Unfall sei er so entsetzt über die Ereignisse gewesen, dass er nicht wusste, was er sagen sollte. Solche Reaktionen sind typisch bei Augenzeugen. Vor allem bei jungen Menschen, die so eine schwierige oder brutale Situation noch nicht erlebt haben. Kann sein, dass der Junge die Wahrheit sagt. Vielleicht war er nur überfordert, und es steckt nichts dahinter. Mein Kollege hat ihm jedenfalls geglaubt. Aber für mich ist das nicht so eindeutig. Ich habe das Gefühl, irgendetwas passt nicht zusammen, kann aber nicht sagen, was.«

Marian hebt die Augenbrauen.

»Ihr habt bestimmt längst überprüft, ob das mit dem toten Winkel tatsächlich stimmt.«

»Sicher, das war das Erste, was wir gemacht haben. Ja, Fernando hatte recht. Durch einen makabren Zufall kann man genau die Kurve, aus der Bel geschleudert wurde, von der Steuerungskabine aus nicht sehen. Weder Fernando noch Ismael konnten etwas davon mitbekommen. Nur Amanda, die bei ihr war, könnte diesen Punkt aufklären, aber sie kann sich an nichts erinnern. Nur, dass plötzlich die Schutzvorrichtung aufgegangen und Bel in die Tiefe gestürzt ist. Aber das ergibt keinen Sinn!«

Carlos ringt um Fassung. Während der Ermittlung immer wieder mit bestimmten Punkten konfrontiert zu werden macht ihn fertig.

»Aber jetzt habe ich einen ersten Hinweis«, fährt er, schon wieder ruhiger, fort. »Ich war ein paarmal im Park. Ich wollte die Achterbahn noch mal in Augenschein nehmen, bevor sie abgebaut wird. In drei Monaten ist sie Geschichte, mit einem furchtbaren Ende. Und bei meinem letzten Besuch habe ich festgestellt, dass wir etwas Wichtiges übersehen haben.«

Er macht eine Pause.

»Es ist mir aufgefallen, als sie die Kamerainstallation abgebaut haben.«

Marian und Bel werden hellhörig.

»Welche Kamerainstallation?«, fragt Marian.

Bel weiß, wovon ihr Vater spricht, und schmunzelt.

»Vor der steilsten Abwärtskurve stand eine Digitalkamera. Sie macht automatisch Bilder, bevor der Wagen abwärts schießt. Die Kamera schickt die Bilder zu einem Computer am Ausgang. So kann jeder nach dem Aussteigen sein panisches Gesicht vor dem freien Fall bewundern und das Foto für ein paar Euro mit nach Hause nehmen, wenn er will. Es gibt mehrere solcher Apparate in dem Park. Das ist ein lukratives Geschäft.«

Marian fragt sich, warum man ein Foto mit nach Hause nehmen sollte, auf dem man mit angstverzerrtem Gesicht verewigt ist, aber es gibt so vieles, das sie nie verstanden hat, ihr Sohn aber toll findet.

»Und als ich sah, wie sie die Kamera abbauten, dachte ich, vielleicht gibt es Bilder von dem Unfalltag. Die Kameras übertragen die Bilder automatisch, unabhängig davon, ob jemand am Foto-Service sitzt oder nicht. Das Fahrgeschäft wurde danach geschlossen. Wenn es also Fotomaterial gibt, muss es sich noch auf dem Computer befinden. Und ich werde danach suchen.«

Marian sieht ihn irritiert an, als wollte sie sagen: ›Wie, jetzt? Hat er nicht eben gesagt, dass der Computer alle Bilder von der Kamera speichert?‹ Carlos schiebt eine Erklärung nach.

»Die ganze Anlage wurde abgebaut. Gestern haben sie das Häuschen abtransportiert, aber der Computer war nicht mehr da. Ich habe nachgefragt, aber keiner konnte mir sagen, wo genau er abgeblieben ist. Es handelte sich offensichtlich um ein altes Modell, und im Park hatte man keine Verwendung mehr dafür. Entsorgt wurde er aber auch nicht. Man hat ihn für einen symbolischen Betrag zum Kauf angeboten, auf einer internen Pinnwand, auf die nur das Personal Zugriff hat. Die von der Instandhaltung wussten nicht, wer ihn mitgenommen hat, nur dass es sich um einen Angestellten des Parks handelt.« Er macht eine Pause und trinkt einen Schluck Kaffee. »Es ist nicht leicht, die betreffende Person auszumachen, denn viele haben nur Zeitverträge, und dann sind da noch die vielen Studenten, die als Aushilfen jobben.

Heute Morgen hat man mir eine vollständige Liste der Mitarbeiter gegeben, die zur fraglichen Zeit im Dienst waren. Ich telefoniere sie gerade einen nach dem anderen ab, aber auch das ist nicht so einfach, denn um diese Jahreszeit sind die Festangestellten im Urlaub. Der Park ist den Winter über geschlossen und macht erst im März wieder auf. Es wird dauern, bis ich den Käufer ausfindig gemacht habe. Aber glaub mir, ich werde ihn finden. Und drück die Daumen, dass er die Festplatte noch nicht gelöscht hat. Diese Fotos könnten die Antwort auf all unsere Fragen sein.«

Aus Carlos' Worten spricht große Entschlossenheit. Marian bewundert ihn dafür.

»Und was hat das alles mit dem armen Fernando zu tun?«, fragt sie, weil ihr immer noch nicht ganz klar ist, worauf Carlos hinauswill.

Carlos zuckt die Achseln.

»Im Prinzip nichts. Eine Geschichte mit offenen Fragen« – Carlos schnalzt mit der Zunge – »und ich weiß aus Erfahrung, wenn es zu viele offene Fragen gibt, sollte man weiterbohren. Vertrau mir. Ich ziehe das durch. Das bin ich deinem Sohn und meiner Tochter schuldig.«

Marian sieht Carlos an und nickt. Sie zweifelt nicht an seinen Worten, aber genau das macht ihr Angst: dass am Ende der Schmerz nur noch größer wird.

Unbewusst zerdrückt sie fast den Plastikbecher in ihrer Hand.

Bel ist vollkommen verwirrt. Ihr Vater hat ein Wort ausgesprochen, das sie nicht erwartet hat: Selbstmord.

Sie, eine Selbstmörderin? Hat sie sich in einem unbeobachteten Moment vom höchsten Punkt der Achterbahn gestürzt? War sie tatsächlich wegen irgendetwas deprimiert? Warum erinnert sie sich bloß an nichts?

Sie hat nicht die geringste Ahnung, was vor zweiundvierzig Tagen im Vergnügungspark geschehen ist. Und auch an ihr vorheriges Leben erinnert sie sich nur bruchstückhaft; es kommt ihr vor wie das einer anderen. Sie will nicht tot sein, sie will leben.

Nachdem Marian sich von Carlos verabschiedet hat, kehrt sie zum Auto zurück und stellt fest, dass man ihr einen Strafzettel verpasst hat. Sie knüllt ihn zusammen und steckt ihn gleichgültig in die Tasche. Sie steigt ins Auto, steckt den Schlüssel ein und macht das Radio an. Fröhlich und laut tönt ein Lied mit ansteckendem Rhythmus aus den Lautsprechern, mit einer hastigen Handbewegung würgt Marian es ab.

Und Bel, auf dem Rücksitz, denkt, dass bestimmt Isma den Sender eingestellt hat. Obwohl es weiterregnet, setzt Marian ihre Sonnenbrille auf und rast davon. Ein paarmal klingelt das Handy. Sie wirft einen kurzen Blick auf das Display und legt den Apparat auf den Beifahrersitz.

Nach einer halben Stunde erreichen sie das nächste Ziel. Marian parkt in zweiter Reihe, eilt zu einem Blumenladen und sieht sich fahrig die Sträuße auf einem Tisch an. Sie wählt einen mit weißen Rosen und bezahlt. Bel fragt sich, was sie vorhat.

Da fällt ihr Blick auf einen riesigen Kranz im Eingang, mit Blumen und Schleife: »Wir werden dich nie vergessen. Deine Frau und deine Kinder«. In dem Moment wird es ihr klar: Sie befinden sich in dem Blumenladen nahe einem der größten Friedhöfe der Stadt – einer von jenen Läden, in denen die Hinterbliebenen Trauerkränze kaufen.

Marian kehrt zum Auto zurück und sucht einen Parkplatz in den umliegenden Straßen. Als sie eine Lücke findet, parkt sie gekonnt ein. Ohne nach rechts und links zu sehen, überquert sie die Straße und geht die kleine Erhebung zum Haupteingang des Friedhofs hinauf. Ihre Schritte hallen zwischen den Gräbern. Im vorderen Teil sind sie besonders prunkvoll gehalten: Riesige Marmormausoleen mit Statuen, von hohen Zypressen umgeben.

Als Bel noch klein war, hatten ihr die Statuen auf den Gräbern immer Angst eingeflößt, wenn sie das Grab der Großeltern an Allerheiligen besuchten. Doch jetzt ist der Tod für sie so selbstverständlich wie es früher das Atmen war.

Marian geht die Treppen hinauf und nach links. Dort befindet sich der Bereich mit den Grabnischen: Zu beiden Seiten lange Wände, die an Bienenwaben erinnern. Auf einmal verlangsamt Marian den Schritt. Man sieht das Grab schon von weitem. Es ist von einem Blumenmeer umgeben. Bel geht dicht hinter Marian. Seit Betreten des Friedhofs wusste Bel, wohin der Weg führte, dennoch beschleicht sie beim Anblick ihres eigenen Grabes ein seltsames Gefühl.

Es ist ein Stein aus weißem Marmor. In der oberen Ecke hängt ein Foto von ihr in einem ovalen Silberrahmen. Es wurde in der Schule aufgenommen, dezent geschminkt blickt sie ernst in die Kamera. Sie hat dieses Foto nie gemocht, aber dort stört es sie nicht. Es passt irgendwie zu dem Ort. Die Buchstaben ihres Namens sind ebenfalls silbern. Ihre Eltern haben aus Pietät nicht den offiziellen Namen gewählt, sondern den, mit dem alle sie immer angesprochen haben.

†

BEL ANGLAS MAGEM
Wir werden dich immer lieben

Marian steht starr vor dem Grab, wie eine Statue. Ein anderer hätte sich bekreuzigt, ein Gebet gesprochen, doch Bel weiß, dass Marian mit dieser Form des Glaubens nichts am Hut hat. Bel ist im Schweigen ganz nah bei Marian, sie fühlt mit ihr. In ihrem schwarzen Mantel mutet sie so traurig an wie die Zypressen.

Auf einmal beugt sie sich zu dem Stein vor und streicht mit den Fingerspitzen über die silbernen Buchstaben. Bel erschaudert, als hätten die Finger sie berührt. Marian legt die Blumen nieder. Die Vasen sind alle voll, sie rührt sie nicht an. Sie verharrt noch eine Weile dort, als habe jemand die Szene eingefroren. Bel glaubt zu sehen, dass sie die Lippen bewegt, als spräche sie mit sich selbst. Dann geht sie langsam wieder zum Ausgang.

Bel blickt ihr nach, bis die schwarze Silhouette am Ende des Nischenweges verschwunden ist. Sie will ihr nicht weiter folgen. Auch sie fühlt sich unendlich traurig. Sie wünschte, es wäre alles anders. Sie setzt sich auf ein Mäuerchen gegenüber von ihrem Grab mit dem Blumenmeer und stellt fest, dass sie sich an diesem Ort wohlfühlt.

›Klar, das ist der Ort, an dem es den Toten am besten geht, der Friedhof.‹

Hinter der Wolkenschicht erahnt man eine zaghafte Sonne, die am Ende des Tages langsam sinkt. Es weht eine sanfte Brise, die in den Zweigen der Bäume eine leise Hintergrundmusik erzeugt. Bel spaziert über die Wege, liest die Namen ihrer neuen

Gefährten; mit der Neugier einer Debütantin erkundet sie die höher gelegenen Bereiche, dann begibt sie sich wieder auf die Allee mit den Mausoleen und schleicht eine Weile um die Gräber der Reichen und Mächtigen herum. Sie betrachtet ausgiebig die Statuen und weiß nicht mehr, warum sie ihr früher Angst gemacht haben. Sie befreit einige längst vergessene Gräber von trockenem Laub, ihr tun die verlassenen Toten leid. Schließlich kehrt sie zu ihrem Weg zurück, geht auf und ab, setzt sich; Traurigkeit übermannt sie, sie fasst sich wieder. Irgendwann tauchen die ersten Sterne der jungen Nacht auf. Später zeigt sich hinter den hohen Zypressen ein rötlicher Halbmond. Bel findet, das ist eine passende Kulisse.

›Die Menschen fürchten Friedhöfe, weil sie sie nie in der Absicht aufsuchen, zu bleiben.‹

Der Tag ist zu Ende. Ein Mann schließt die schweren Tore des Haupteingangs. Um diese Zeit ist es absolut still, die Ruhe hat nichts mit dem Rhythmus der Lebenden gemein. Bel kann sich nicht erinnern, je ein solches Wohlgefühl verspürt zu haben. Würde keine Aufgabe auf sie warten, würde sie hier schlafen, an der Friedhofsmauer. Doch sie hat Ismael gesagt, sie habe etwas zu erledigen. Und es wird Zeit, mit ihrem Plan fortzufahren.

Es ist schon nach sieben, als Bel über eine seitliche Friedhofsmauer klettert. Sie landet auf einer abgelegenen Straße und macht sich auf den Weg zur nächsten U-Bahn-Station. Sie steigt in die einzige Linie, die von dort fährt, Richtung Stadtmitte. Ihr Ziel ist die Stadtbibliothek, dort muss sie vor acht ankommen.

Um diese Zeit sind die Straßen der Altstadt äußerst belebt. Die Scheinwerfer der Autos projizieren bunt schillernde Mosaike auf die nassen Fahrbahnen. Bald öffnen die Restaurants ihre Türen. Bel schwimmt im Strom der Passanten mit, bis sie die dicken Mauern der größten Bibliothek der Stadt erreicht hat. Schon immer, wenn sie den Eingang passierte, hatte sie das Gefühl gehabt, sie beträte einen Tunnel der Zeit. So auch diesmal. Der Springbrunnen, die Halbkreisbögen des Kreuzganges, der grüne Innenhof mit den Orangenbäumen, die majestätische Treppe ... all das versetzte einen Jahrhunderte zurück. Ursprünglich war das Gebäude ein Krankenhaus, das größte der Stadt und der Umgebung. Es dauerte Jahre, bis es zum Refugium für Leser und Studenten wurde.

Bel hatte die Bibliothek durch ihre Tante Adela kennengelernt, die im Lesesaal arbeitete. Sie hatte ihr beigebracht, wie man mit dem Computer recherchiert. Vor allem aber hatte Bel die Magie eines Ortes zu schätzen gelernt, in dem Worte konserviert werden, sorgfältig verwahrt in Millionen von Seiten, unzähligen Bänden. Die Bibliothek als Tunnel der Zeit, ein treffendes Bild: In ihren Wänden wird die Erinnerung der Menschen bewahrt. Zumindest der Teil der Erinnerung, den die Menschen zu verschiedenen Zeiten Büchern anvertraut haben. Durch die Bücher können alle Stimmen der Vergangenheit zu den Menschen der Gegenwart sprechen. Und eben das ist der Grund ihres Besuchs. Sie muss ihre eigene Erinnerung wiederfinden. Und dafür gibt es keinen besseren Ort als diesen.

Man kann sagen, Bel hat unter diesen hohen Decken ihre wahre Berufung gefunden. Sie mochte den Geruch von altem Papier und half ihrer Tante gern dabei, mit dem Wägelchen die Bücher zu transportieren. Die großen dunklen Magazine, zu denen das Publikum keinen Zutritt hat, übten eine große Faszination auf sie aus, mit all diesen Büchern, die darauf warten, dass ihr Moment in Gestalt eines Lesers kommt, der sie bestellt und mit in den Lesesaal nimmt. Und sie mochte die klangvolle Stille der riesigen Hallen.

»Das Mädchen ist für die Bibliothek wie geschaffen«, pflegte ihre Tante mit stolzgeschwellter Brust zu sagen.

Bel geht die Treppe hinauf und nutzt die Gelegenheit, dass ein paar kichernde Studentinnen herauskommen, um durch die automatische Tür zu huschen. An den Spinden herrscht Hochbetrieb. Die Leute holen ihre Sachen und suchen ihre Schirme. Ein Gong ertönt und über die Lautsprecher wird die letzte Ankündigung des Tages durchgegeben:

»Wir weisen Sie darauf hin, dass die Bibliothek in zehn Minuten schließt. Wir bitten Sie, Ihre Sachen zu nehmen und den Saal zu verlassen. Vielen Dank.«

Bel sieht von weitem ihre Tante, nähert sich ihr aber nicht. Allein der Anblick aus der Ferne versetzt ihr einen wehmütigen Stich. Einer nach dem anderen verabschieden sich die Angestellten von dem Wachmann am Eingang und gehen die Steintreppe hinunter. Nach und nach erlöschen die Lichter. Erst in den oberen Fluren, dann bei den Fotokopierern, zuletzt die vom Lesesaal und dem Eingangsbereich. Am Ende sind nur die am Empfang

noch an, wo sich der Wachmann hinter der Theke die Zeit mit einem winzigen Fernseher vertreibt.

Als Letzte verlässt ihre Tante Adela die Bibliothek, wie immer; sie übergibt dem Wachmann die Schlüssel und verabschiedet sich mit einem »Bis morgen«.

Danach herrscht absolute Stille. Es ist niemand mehr da. ›Die ganze Bibliothek für mich allein.‹

Bel weiß genau, wo sie suchen muss. Sie erinnert sich noch sehr gut, wo sich die Zeitungen befinden. Sie hat oft geholfen, die großen in Leder gefassten Bände wieder einzusortieren. Sie sind nach Monaten geordnet. Sie wählt den vom Dezember 2008 und schlägt ihn auf dem großen Tisch im Lesesaal auf. Zu ihrer Überraschung stellt sie fest, dass sie kein Licht braucht. Sie setzt sich auf den Stuhl, auf dem sie schon so oft gesessen hat, und blättert die Seiten durch, bis sie fündig geworden ist. Später überlegt sie, noch andere Zeitungen hinzuzuziehen, so stößt sie vielleicht auf unterschiedliche kleine Details, die ihr helfen, die versprengten Erinnerungen wieder zusammenzusetzen. Eine halbe Stunde später hat sie vier verschiedene Artikel vor sich liegen, alle datiert auf den 23. Dezember 2008.

Hastig verschlingt sie einen Artikel nach dem anderen. Eine tiefe Falte gräbt sich in ihre Stirn. Manchmal entfährt ihr ein Fluch, eine natürliche Reaktion auf einige haarsträubende Sachen, die sie da liest. Zur Sicherheit überprüft sie auch die Tage danach, ob es noch mehr Nachrichten zu dem Thema gibt. Dann kehrt sie zum 23. Dezember zurück und liest alles noch einmal, ruhiger, falls ihr etwas entgangen ist. Sie versucht, sich alles einzuprägen, jede noch so unbedeutende Kleinigkeit. Immer wieder ermahnt sie sich, sie dürfe nichts vergessen.

Auf einmal hört sie ein vertrautes Geräusch: die Glocken der angrenzenden Kirche. Um diese Zeit hört man sie deutlicher. Bel hebt den Kopf aus den großen Bänden und zählt die Schläge.

Die menschenleere Bibliothek ist ein fantastischer Resonanzkasten:

...sieben, acht, neun, zehn, elf...

›Wie schnell die Zeit vergangen ist. Es ist ja schon...‹

›... zwölf.‹

Bel fällt ein, dass sie unbedingt ihre E-Mails abrufen muss. Doch vorher sieht sie sich noch einmal das Foto der Achterbahn in einem der Artikel an. Sie erkennt den Ort wieder, aber sie erinnert sich an nichts von dem, was sie gerade gelesen hat. Und so gleitet ihr Blick noch einmal über die Worte, vielleicht entdeckt sie doch noch etwas, das ihrem Gedächtnis auf die Sprünge hilft.

Sturz aus einer Achterbahn in Barcelona: ein Mädchen stirbt und ein Junge ist schwer verletzt

Belinda Anglas Magem, 16, starb gestern bei einem Sturz vom höchsten Punkt der Achterbahn im Tibidabo-Vergnügungspark in Barcelona. Ismael R., mit dem das Opfer seit ein paar Wochen liiert war, wurde kurz darauf schwer verletzt, als er ebenfalls von dem Fahrgeschäft stürzte, vermutlich bei dem Versuch, seiner Freundin zu Hilfe zu eilen.

Der Junge wurde mit der Ambulanz in die Notaufnahme des Hospitals Vall d'Hebron gebracht, wo er ins Koma fiel.

Der Unfall geschah, als der Park bereits geschlossen hatte. Einer der Angestellten, Fernando T. U., ebenfalls minderjährig, hatte Belinda und ihre beste Freundin zu einer »letzten Runde« eingeladen. Technisches Versagen scheint ausgeschlossen, möglicherweise hat das Opfer fahrlässig gehandelt und dadurch den Unfall verursacht. Nach Aussage ihrer Freundin und einzigen Augenzeugin, »ist sie einfach aufgestanden und hat sich in die Tiefe gestürzt«, als der Wagen gerade die höchste Kurve nahm, auf die ein freier Fall von 30 Metern folgt. Ein Selbstmord wird nicht ausgeschlossen. Die Jugendrichterin hat gestern Untersuchungshaft für Fernando T. U. angeordnet, die bis zum Ende der Ermittlungen andauern kann.

Heute Abend findet in der Kathedrale von Barcelona die Totenmesse für die junge Belinda statt, zu der zahlreiche Persönlichkeiten und die Verantwortlichen der Betreibergesellschaft des Vergnügungsparks erwartet werden.

Vergnügungspark entlässt Angestellten, der Achterbahn in Betrieb nahm

Fernando T. U., der 17-Jährige, der die Achterbahn in Betrieb nahm, auf der ein junges Mädchen starb und ihr Freund schwer verletzt wurde, wurde gestern entlassen; die Betreibergesellschaft vertritt die Ansicht, »dass es nie zu den tragischen Ereignissen gekommen wäre, wenn er das Fahrgeschäft nicht außerhalb der regulären Zeit in Betrieb genommen hätte«. Außerdem erwägt die Gesellschaft, rechtliche Schritte gegen ihren ehemaligen Angestellten einzuleiten, weil er in ihren Augen fahrlässig gehandelt hat. Viele Punkte bleiben ungeklärt, bis der Untersuchungsrichter die Schweigepflicht aufhebt. Hat das Sicherheitssystem versagt? Hat Belinda sich umgebracht? Und wenn ja, warum?

Der Vergnügungspark hat den Medien einen Bericht übergeben, aus dem hervorgeht, dass alle Sicherheitsvorschriften eingehalten wurden. »Die Sicherheit war immer unser größtes Anliegen, und das beweist die Tatsache, dass es bisher noch nie einen Unfall mit Toten gegeben hat«, sagte der Sprecher des Parks, Enrique Puig.

Die anderen Fragen sind derzeit schwieriger zu klären. Die einzige

Zeugin ist Amanda, die beste Freundin des Opfers, die zurzeit psychologisch betreut wird. Fernando, der junge Angestellte, auf den sich alle Blicke richten, sagte gestern, er habe nichts gesehen, denn »aus der Steuerungskabine hat man keinen Blick auf die Kurve, in der sich der Unfall ereignete«. Das Fahrgeschäft wurde sofort geschlossen. Nach Beendigung der Ermittlungen wird es abgebaut. Zu den Gründen wollte sich niemand äußern.

Bel beschleicht ein Gefühl von Unwirklichkeit. Sie liest den Bericht über ihren eigenen Tod und er kommt ihr vor wie ein Roman. Es ist, als ob das alles nichts mit ihr zu tun hätte. Sie denkt nach, zieht ihre eigenen Schlüsse.

Amanda hat den Journalisten gesagt, sie habe gesehen, dass sie aufgestanden und gesprungen sei. Das schreckliche Wort hämmert in Bels Kopf: Selbstmord. Amanda kennt sie besser als sie sich selbst. Vielleicht hat sie recht, vielleicht ging es ihr schlecht. Sie kann sich einfach nicht erinnern, verdammt.

Bel lässt alles stehen und liegen und geht zu den Computern. Es gibt zehn Geräte mit ständigem Internetzugang. Für viele eine wunderbare Einrichtung, allerdings mit einem kleinen Haken: Die Bibliotheksregeln gestehen jedem Nutzer nur eine halbe Stunde zu. Doch in dieser Nacht nicht. In dieser Nacht gehören die Computer ihr allein.

Sie schaltet den ersten ein und macht es sich vor dem Bildschirm bequem. Sie wartet, bis die Melodie ertönt, die anzeigt, dass das System hochgefahren ist. Sie horcht, ob sie irgendwo im Lesesaal Dielen knarren hört. Der arme Wachmann soll sich schließlich nicht zu Tode erschrecken.

Niemand im Anmarsch. Bel öffnet den Explorer und geht direkt zu ihrem E-Mail-Postfach. Einundsiebzig ungelesene Nachrichten. Bestimmt ist eine von Amanda dabei. Sie hat gerade auf »Posteingang anzeigen« geklickt, als unten das Fenster des Messengers aufgeht.

Hallo. Brauchst du Hilfe?

Es ist Batiskafo. Offensichtlich liegt er die ganze Zeit auf der Lauer. Immer und überall.

Bel lässt sich nicht beirren und fährt mit ihrem Plan fort. Wie sie vermutet hatte: Im Posteingang befindet sich eine Mail von Amanda.

Sie klickt darauf. Amanda hat sie am 2. Februar um 18:23 gesendet. Sie ist sehr kurz. Bel stürzt sich darauf wie ein Durstiger auf eine eisgekühlte Flasche seines Lieblingsgetränks:

Ich habe keine Ahnung, wer du bist, aber lass mich in Ruhe. Wenn du mir noch einmal nachstellst oder schreibst, werde ich dich wegen Belästigung anzeigen oder weil du dich hinter der Mailadresse eines anderen versteckst, der zudem tot ist. Es ist nicht schwer, einen Computer aufzuspüren. Nimm das als Warnung. A.

Natürlich hat Amanda ihre Worte nicht ernst genommen und das Ganze für den schlechten Scherz irgendeines kranken Idioten gehalten. Damit hätte sie rechnen müssen. Keiner ist darauf vorbereitet, Nachrichten aus dem Jenseits zu bekommen.

Batiskafo lässt nicht locker:

Hallo, Bel. Bist du da?

Bel ist enttäuscht über die Nachricht ihrer Freundin, auch wenn sie ihre Reaktion versteht. Während sie noch überlegt, tippt sie in das Fenster:

Schläfst du denn nie?

Batiskafo antwortet prompt:

```
Nein. Genau wie du.
```

›Wie ich, wohl kaum‹, denkt Bel in Anbetracht ihres speziellen Verhältnisses zum Tod. Noch bevor sie etwas erwidern kann, legt der andere nach:

```
Alles okay? Brauchst du Hilfe?
```

Bel seufzt und schreibt:

```
Du kannst mir nicht helfen. Aber danke.
```


Im Chatfenster erscheint gleich die nächste Nachricht:

```
Ich könnte es versuchen. Möchtest du reden?
```

Bel lehnt sich im Stuhl zurück und löscht die Werbemails in ihrem Postfach. Es bleiben vierzehn Nachrichten übrig. Mehrere Rundmails ihrer Tanzschule an die Schüler.

›Ohne sich darum zu scheren, ob sie vielleicht schon tot sind‹, denkt sie. Doch eine weckt ihre Neugier. Im Betreff liest sie:

WICHTIG: *Weihnachtsfest 2008 abgesagt.*
Bel öffnet die Nachricht:

```
Wegen des tragischen Todes unserer Hip-Hop-Schülerin
Belinda Anglas Magem hat die Schulleitung entschieden,
das diesjährige Weihnachtsfest am 23. Dezember zum
Zeichen der Trauer abzusagen.
Wir, die Lehrer und Schüler, sprechen Bels Familie
```

unser Mitgefühl aus. Wer möchte, kann sich in unser virtuelles Kondolenzbuch auf der Homepage der Schule eintragen. Viele Grüße. Die Schulleitung

Bel muss die Mail zweimal lesen. Die Nachricht hat sie umgehauen. Sie beschließt, sich das Kondolenzbuch anzusehen. Ein Doppelklick auf den Link zur Schule und ein weiterer auf das Banner »Kondolenzbuch für die Familie Anglas Magem«. Eine Vielzahl bekannter Namen taucht vor ihren Augen auf. Es gibt so viele Einträge, dass sie noch einmal wiederkommen müsste, wenn sie alle lesen wollte. Sie begnügt sich mit den letzten. Die Worte sind so traurig wie erwartet: »Wo auch immer du bist, Bel, wir wollen dir sagen, dass wir dich vermissen. Laura, Alba und Brenda»; »Wir werden dich immer als eine unserer besten Schülerinnen in Erinnerung behalten, deine Tanzlehrerinnen«; »Wenn ein Stern erlischt, weint der ganze Himmel. Wir werden viele Jahre um dich weinen, Bel. Deine Kameradinnen aus dem letzten Kurs«. Bel wird abgelenkt. Wieder Batiskafo:

Willst du mir keine Antwort geben, Bel?

Sie hat keine Lust, mit jemandem zu chatten, und schon gar nicht mit diesem aufdringlichen Kerl. Wütend schreibt sie:

Entschuldige, ich hab zu tun. Ciao.

Batiskafo muss die Nachricht wohl kapiert haben, denn er zieht sich zurück. Ein paar Minuten später klickt Bel im Menü auf die Chatpartner, um zu sehen, ob er noch da ist, und als »offline« erscheint, ist sie erleichtert.

Die Glocken läuten zwei Uhr.

Bel ist es allmählich leid.

Aber sie ist noch nicht fertig. Sie hat einen Plan. Sie wird eine falsche Identität annehmen. Vielleicht geht es schief, aber ihr fällt nichts Besseres ein, um an ihre Freundin ranzukommen.

Sie eröffnet ein neues E-Mail-Konto. Als Benutzernamen wählt sie »Einermehrinderreihe«. Das ist ihr spontan eingefallen, und sie hat Glück, er ist noch nicht vergeben. Sie erfindet ein Geburtsdatum im Jahr 1987, kreuzt bei Geburtsland »Dominikanische Republik« an und bei Geschlecht wählt sie ohne zu zögern »männlich«.

Fertig. Soeben hat sie sich in den Mulatten vom Strand verwandelt, den Unbekannten, der vor Monaten das Foto von ihnen gemacht und mit dem Amanda geflirtet hatte.

Unter dem Deckmantel ihrer neuen Adresse und ihrer neuen Identität schickt Bel ihrer Freundin eine Nachricht. Diesmal wird sie wenigstens keinen Schreck bekommen.

Sie überlegt einen Moment, wie sich der Mulatte präsentieren würde, wenn er in Amandas Postfach schneite. ›Wahrscheinlich würde es schon an den Kommas hapern.‹ Sie denkt sich eine glaubwürdige Geschichte aus und schreibt:

Von: Einermehrinderreihe
Für: Amanda
Betreff: Hallo

Hallo Amanda!
Wahrscheinlich erinnerst du dich nicht mehr an mich. Mein Name ist Malcom, wir haben uns vor sieben monaten am Strand kennengelernt. Ich habe an einer Strandbar Getränke verkauft, und du warst mit deiner Freundin da um was zu trinken. Ich wollte deinen Ausweis sehen, erinnerst du dich? Du hast mich gefragt, ob ich nicht mal eine Ausnahme machen könnte. Hab ich nicht. Ich glaube das hat dir nicht gefallen.
Bestimmt fragst du dich, wie ich an deine Adresse gekommen bin und warum ich dir schreibe. Ich will es

dir erklären: um die Adresse hab ich deine Freundin gebeten (ich glaube sie heißt Bel), ein paar Wochen, nachdem wir uns kennengelernt haben. Sie war an der Strandbar, und da hab ich die Gelegenheit genutzt. Ich hab sie gebeten, dir nichts zu sagen, ich weiß nicht, ob sie sich daran gehalten hat. Sag ihr auf jeden Fall schöne grüße, wenn du sie siehst. Ihr hab ich es zu verdanken, dass ich dir schreiben kann.

›Ich bin eine gefährliche Lügnerin‹, denkt Bel und lehnt sich zurück, bevor sie ihr Lügennetz weiterspinnt. Denn die einen rufen die nächsten auf den Plan, als könnten sie allein nicht existieren.

Bel will glaubwürdig sein und zugleich ihrer Freundin etwas bieten, dem sie noch nie widerstehen konnte: Einen hübschen Jungen, der was von ihr will.

Und jetzt komme ich zu den Gründen, warum ich dir schreibe. Es ist nicht leicht, dir das zu erklären. Ich glaube, ich bin nicht sehr geschickt, wenn es darum geht über Gefühle zu sprechen. Liebe auf den ersten Blick, hast du das schon mal erlebt? Wenn der Blitz einschlägt? Du siehst jemanden an und denkst, auf diesen Menschen hast du dein ganzes Leben gewartet, er ist nur auf der Welt, damit du ihm begegnest?

Bel denkt: ›Ich muss aufpassen, dass ich nicht übertreibe.‹ Sie liest alles noch einmal durch und findet es ausgesprochen gelungen. Gelogen, aber gelungen. Es lohnt sich, weiterzumachen. Amanda wird nicht widerstehen können. Die Idee, wieder mit ihr Kontakt haben zu können, und sei es auch unter der Identität eines verliebten Mulatten, treibt sie an. ›Wie ich ihr die Wahrheit sage, überlege ich mir später.‹

So ist es mir gegangen, als ich dich an dem Tag am Strand gesehen habe. Ich war hin und weg. Ich weiß, dass ich dir das nicht deutlich gezeigt habe, aber das liegt an meiner Schüchternheit. Danach habe ich tagelang nach dir gesucht aber du warst wie vom Erdboden verschluckt. Ich wusste ja nichts über dich. Ich habe die Strände in der Nähe abgeklappert, weil ich dachte, dort finde ich dich vielleicht, aber du warst nirgends. Und als deine Freundin an der bar auftauchte, dachte ich, das ist ein Zeichen des Himmels. Sie hat mich bestimmt für verrückt gehalten, weil ich sofort nach deiner emailadresse gefragt habe. Sie wollte wissen, wozu ich sie brauche, und es hat ein Weilchen gedauert, bis sie sie rausgerückt hat. Und wie du siehst habe ich trotzdem eine Ewigkeit gebraucht, um dir zu schreiben. Ich musste erst mal den nötigen Mut finden, ehrlich, und außerdem ist in der Zwischenzeit eine Menge passiert. Erstens wohne ich nicht mehr in deinem Land. Ich bin in die Dominikanische Republik zurückgekehrt und habe dort eine Bar am Meer, in die viele Touristen kommen. Ich vermisse das Leben in Spanien sehr und träume davon, eines Tages das hübscheste Mädchen wiederzusehen, das mir je begegnet ist. Dir zu schreiben ist ein erster Schritt. Träumen kostet schließlich nichts, oder?
Antworte mir und erzähl mir, wie es dir geht, was du so machst. Ich würde vor Kummer sterben, wenn du mir nicht antwortest.
Gruß und Kuss, Malcom

An der ganzen Nachricht entsprechen nur die letzten beiden Sätze der Wahrheit. Bel liest die Mail noch einmal durch, und die Gewissensbisse sind mit einem Satz verscheucht:

›Was soll's. Der Zweck heiligt die Mittel.‹

Und dann klickt sie auf »senden«.

Jetzt kann sie gehen.

Doch eines hat sie nicht bedacht: Die automatische Eingangstür. Sie öffnet sich erst wieder, wenn gegen Viertel vor neun die ersten Angestellten kommen. Bel könnte bis dahin schlafen, aber das will sie nicht, aus Angst, dadurch zu lange von der Welt abgeschnitten zu sein.

Sie macht den Computer aus, bringt die dicken Zeitungsbände an ihren Platz zurück und hinterlässt alles so, wie es war. Als sie fertig ist, überlegt sie, was sie tun könnte. Sie sucht nach einem anderen Ausgang, doch Fenster gibt es nur im oberen Teil der Wände, und die sind extrem hoch. Auch über die Toiletten kommt man nicht nach draußen. Bel ist an einem ihrer Lieblingsorte gefangen. Früher wäre sie begeistert gewesen und hätte die ganze Nacht mit Lesen verbracht. Jetzt drängt es sie zu ihrem nächsten Ziel. Ironie des Schicksals. Sie lächelt traurig, als sie auf den Ausgang zugeht. Durch die Glastür sieht sie den Wachmann. Er ist noch wach und sieht fern. Er ist der Einzige, der sie rauslassen kann.

Bel drückt auf die Schalter im großen Saal. Alle Lichter gehen an. Irritiert schaut der Wachmann zum Saal, steht auf und greift nach den Schlüsseln. Bingo. Mit einem so einfachen Trick hat sie erreicht, was sie wollte. Die Tür geht auf und Bel schlüpft an dem verdutzten Wachmann vorbei. Von draußen beobachtet sie, wie er mit der Hand an der Dienstwaffe ungläubig den Lesesaal inspiziert. Dann fällt sein Blick auf die Lichtschalter und kopfschüttelnd knipst er sie wieder aus. Als das Licht erlischt, öffnet Bel den Riegel an der zweiten Tür und versucht, sie aufzustoßen. Das kostet sie enorme Kraft, als wäre die Tür zu schwer für sie.

Seltsam, beim Reingehen hatte sie nicht dieses Gefühl. Sie eilt die Treppe hinunter und bleibt im Innenhof stehen. Unter den gotischen Säulengängen schläft ein Dutzend Bettler. Ein Hund knurrt sie in der Dunkelheit an.

Und während Bel schon den zweiten Innenhof durchquert, hört sie den Besitzer des Tieres schimpfen:

»Sei still, Junge! Was hast du denn? Du wirst noch alle aufwecken.«

Die wiedererlangte Freiheit tut ihr gut.

Nie hätte sie gedacht, dass auch Tote ihre Grenzen haben.

Bel schlendert ziellos durch die menschenleere Stadt, wo auch immer es sie gerade hinzieht. Sie hat keine Ahnung, woher auf einmal diese übermächtige Lust zu Gehen kommt. Sie wandelt durch Alleen, breite Geschäftsstraßen, Verkehrsadern, bei denen die Ampeln unbeachtet umspringen, durch die kleinen Gässchen eines einfachen Stadtviertels, vorbei an den prunkvollen Häusern eines Wohngebietes, eine Hangstraße hinauf. Bel hält hin und wieder inne, setzt sich auf eine Bank und betrachtet die Leere. Sie bleibt vor einem Schaufenster stehen, lauscht dem Gespräch von zwei Taxifahrern, die auf einem kleinen Platz auf Kundschaft warten. Sie denkt an Isma, daran, was sie ihm bei ihrem nächsten Besuch erzählen wird.

Dieser Streifzug quer durch die Stadt kommt ihr vor wie ein Abenteuer, das sie auskosten will. Und so dämmert es bereits, als sie in der Ferne den Platz und die Bushaltestelle gewahrt. Ihr erster Gedanke ist:

›Logisch, dass ich hierhergekommen bin. Man sagt doch, Geister kehren immer an den Ort zurück, an dem sie zu solchen geworden sind.‹

Direkt vor ihren Augen ist ein Schild mit stillstehenden Lauflichtern:

VERGNÜGUNGSPARK

Es ist kein Problem, hineinzukommen. Sie muss nur über den Gitterzaun klettern, er ist nicht besonders hoch. Auf der anderen Seite fällt ihr Blick auf die Schilder, die an allen Schaltern hängen.

DER PARK IST BIS ZUM 1. MÄRZ GESCHLOSSEN

Alles wirkt verlassen, zu Zwangsurlaub verdonnert.

Wie sie.

Von dem Platz am Haupteingang aus hat man einen atemberaubenden Blick auf die Stadt. Im ersten Licht der Morgendämmerung an diesem nebelverhangenen Februartag scheint Barcelona eine Geisterstadt zu sein.

Bel sieht sich um. In der Nähe des Eingangs befinden sich die ältesten Attraktionen des Parks, dieselben wie schon vor hundert Jahren, als er eröffnet wurde. Das alte Passagierflugzeug, ein rotes Miniaturmodell, das über einer Achse kreist und vor allem bei den ganz Kleinen beliebt ist; die Wachte, der riesige Korb, der sich an einem Eisenarm mehrere Meter in die Lüfte erhebt; das märchenhafte Karussell mit Pferden in Originalgröße und sich drehenden Teetassen, in denen eine ganze Familie Platz hat; die Achterbahn, deren dunkles Eisengerüst an ein riesiges Insekt erinnert.

Bel läuft ein Schauer über den Rücken. Die Achterbahn ist nicht besonders groß und mutet nostalgisch an. Nicht zu vergleichen mit den superschnellen Bahnen, die heute modern sind. Auf den ersten Blick wirkt sie nicht gefährlich und schon gar nicht tödlich. Doch die Höhe ist beachtlich.

Bel geht auf sie zu. Irgendwo in ihrer Erinnerung blinkt es, und sie folgt den Signalen. Sie weiß noch gut, wie sie die Achterbahn betreten hat. Die Wagen. Das schwindelerregende Gefühl herunterzusausen. Amandas Begeisterung, ihre Worte:

»Nur wir allein! Ein Mädchenausflug!«

Und Fernando, in seinem Schalthäuschen, lächelnd:

»Gut, wenn ihr euch …«

Das Gesicht ihrer Freundin. Die Freude. Ismas langer Kuss, als er sich von ihr verabschiedete und sagte, er würde von unten zusehen. Nandos letzte Worte, als sie bereits saßen und darauf warteten, dass die Fahrt endlich losging.

»Seid ihr bereit für echte Action?«

Schnitt. An dem Punkt schwinden die Erinnerungen. Danach ist alles schwarz.

Bel sieht nach oben, zu der Kurve vor dem großen Fall, und sagt sich:

›Irgendwo muss man schließlich anfangen.‹

In diesem Moment hört sie hinter sich Schritte und eine Stimme, die sagt:

»Bel?«

Bel dreht sich um, vor ihr steht eine noch junge Frau mit dunklem, schulterlangem Haar. Sie hat ein freundliches, pausbäckiges Gesicht mit ausdrucksvollen dunklen Augen und trägt einen langen schwarzen Kapuzenmantel. Unter anderen Umständen hätte Bel sie für den Tod in Frauengestalt gehalten. Obwohl sie nicht glaubt, dass der Tod solche Wangen und solche großen Augen hat.

»Hallo, Bel«, sagt sie, »Ich habe auf dich gewartet.«

Erstaunt blickt Bel sich um. Sie ist es nicht mehr gewohnt, dass Menschen sie ansprechen.

»Kannst du mich sehen?«, fragt sie.

»Natürlich.«

»Bist du tot?«

»Nicht, dass ich wüsste«, sagt die Frau und lächelt.

»Und ...?«

»Ich wusste, dass du kommen würdest, das ist alles. Ich warte seit Montag auf dich«, sagt sie. »Es freut mich sehr, dich kennenzulernen. Ich küsse dich nicht auf die Wange, denn ich kann dich nicht berühren, selbst wenn ich wollte. Wir können uns nur sehen. Aber das ist ja auch schon was.«

Bel sieht sie argwöhnisch an. Sie versteht überhaupt nichts mehr. Als hätte jemand die Spielregeln genau in dem Moment geändert, in dem sie gerade anfing, sie zu begreifen.

»Ich heiße Alma. Das ist nicht mein richtiger Name, aber er tut's.«

Bel spürt, dass ihr die Beine wegsacken. Es ist das erste Mal, dass ihr das passiert, seit sie keine normale Sterbliche mehr ist. Ein unangenehmes Gefühl.

»Du musst dich ausruhen. Wie lange hast du schon nicht mehr geschlafen?«, fragt Alma.

»Ein paar Stunden. Zwei Nächte, glaube ich.«

Alma schüttelt missbilligend den Kopf.

»Das geht nicht. Du musst dich ausruhen. Komm.«

Bel folgt ihr gefügig, hellwach. Die Frau führt sie zu einer Bank gegenüber der Achterbahn, setzt sich und sagt, sie solle es ihr gleichtun. Bel gehorcht.

»Heute soll die Sonne scheinen«, verkündet sie. »Das ist nicht gut für dich, wusstest du das?«

Bel schüttelt den Kopf.

»Dachte ich mir. Es dauert, bis man sich zurechtfindet. Keine Sorge, ich werde dir alles erzählen, was ich weiß, aber in Ruhe. Du bist nicht die Einzige, die nichts versteht. Mit der Zeit finden sich alle besser zurecht. Nicht nur die körperlosen Wesen.«

Die Unbekannte hat große Hände. Am rechten Handgelenk trägt sie mehrere Armbänder. Eines besteht aus kleinen Glöckchen, die fröhlich klimpern, wenn sie eine Handbewegung macht.

»Woher wusstest du, dass ich herkommen würde?«, fragt Bel.

»Ich habe es mir gedacht. Alle verhalten sich gleich. Geht es dir gut? War es ein harter Weg bis hierher?«

Bel hört die Fragen nicht. In Gedanken ist sie an einem Punkt hängen geblieben.

»Alle? Wen meinst du damit?«

Die Frau spricht langsam, bedächtig.

»Die Geister. Die Wesen. Die Menschen, die nicht mehr leben, aber immer noch da sind. Wie du.«

»Hast du noch andere kennengelernt?«

Alma hebt die Hände. Man hört wieder die Glöckchen.

»Das will ich meinen. Dutzende!«

Die Falte auf Bels Stirn taucht wieder auf. Sie weiß nicht, ob sie für bare Münze nehmen soll, was sie da hört, aber was bleibt ihr anderes übrig? Sie schweigt ein paar Sekunden und betrachtet die am Horizont aufgehende Sonne. Ihre Lider werden schwer. Sie ist erschöpft.

»Geht es dir gut?«, fragt Alma.

»Nein … nicht sonderlich. Es ist, als ob plötzlich alle Batterien aufgebraucht wären.«

»Ich hab dich gewarnt. Das Sonnenlicht bekommt dir nicht. Guckst du denn keine Vampirfilme?«

»Die mag ich nicht besonders«, gesteht sie leise.

Bel kann dem Gespräch nicht mehr länger folgen. Sie legt sich auf die Bank und rollt sich ein. Alma spricht weiter auf sie ein:

»Vertrau mir. Ich weiß, was dir guttut, und ich bin hier, um dir zu helfen.«

Bevor Bel die Augen schließt, mobilisiert sie ihre letzten Kräfte und fragt:

»Warum? Warum weißt du das?«

Sie hört die Antwort wie aus der Ferne, während der Schlaf sie in einen Zustand absoluten Wohlbefindens saugt.

»Weil ich ein Medium bin.«

Am blauen Himmel glüht eine glitzernde Scheibe.

FREITAG, 6. FEBRUAR

Bel schlägt die Augen auf. Bleierne Wolken verdecken den Himmel. Es ist ziemlich düster. Alma neben ihr lächelt.

»Wie spät ist es?«

Alma schaut auf die Uhr. »Viertel vor fünf.«

Bel fährt auf, als sei sie spät dran. Sie streicht die Kleidung glatt, fährt sich mit den Fingern durch die Haare.

»Ich habe fast acht Stunden geschlafen? Das kann nicht sein!«

Alma schüttelt den Kopf und berichtigt sie:

»Es ist Freitag, Viertel vor fünf. Du hast zweieinhalb Tage geschlafen.«

Diese Nachricht muss Bel erst mal verdauen.

»Zweieinhalb Tage? Im Ernst?«

Alma nickt wortlos.

»Die sind ja vergangen wie im Flug …«, fügt Bel hinzu.

»Du hattest viel zu lange nicht geschlafen und das kannst du dir in deiner Situation nicht erlauben. Du musst oft schlafen, auch wenn dir nicht danach ist. Wie ein Telefon, bei dem der Akku aufgeladen werden muss.«

Bel liegt immer noch auf der Bank, geschützt von einem großen Sonnenschirm mit dem Logo einer Eismarke.

»Und das da?«, fragt sie, auf den Schirm deutend.

»Ah, den habe ich bei dem Restaurant ausgeliehen« – Alma zeigt auf die obere Terrasse; auf den heruntergelassenen Rollladen steht ›Selbstbedienung‹. »Die Sonne war zu stark für dich.«

»Warst du die ganze Zeit bei mir?«, fragt Bel mit zusammengekniffenen Augen.

»Die ganze Zeit!«, entgegnet Alma. »Na ja, außer wenn ich mal pinkeln oder was trinken musste.« Sie zeigt auf die Toiletten und die Automaten mit den Getränken und den Snacks. »Sieh mich nicht so an, ich bin keine Außerirdische. Auch ich hab hin und wieder ein Nickerchen gemacht. Aber ich muss gestehen, ich wün-

sche mir schon seit Stunden, dass du endlich aufwachst, damit ich nach Hause gehen kann. Vergiss nicht, ich war schon vor dir hier.«

›Eine seltsame Frau‹, denkt Bel.

»Warum bist du nicht gegangen?«

»Du bist so plötzlich eingeschlafen, dass ich dir nicht einmal meine Adresse geben konnte.«

»Du hast zweieinhalb Tage gewartet, nur um mir deine Adresse zu geben?«

»Nun ja, so konnten wir unser Gespräch ja schlecht beenden. Ich fand es nicht richtig, wegzugehen, ohne mich von dir zu verabschieden.«

Bel zuckt die Achseln und blickt sich um. Sie steht auf und geht auf die Achterbahn zu. Jetzt kommt sie ihr plötzlich wie eine Todesfalle vor. Alma steht ebenfalls auf, räkelt sich und fragt:

»Willst du hinauf?«

»Hinauf?«

»Vielleicht hilft das.«

»Wobei?«

»Dich zu erinnern. Deshalb bist du doch hier, oder? Es wird dir nicht auf einmal gelingen, aber es ist gut, mal anzufangen.

Mit den Dingen in Kontakt zu treten wird dir helfen. Solange du noch kannst.«

»Solange ich noch kann? Was meinst du damit?«

»Wenn du die Sachen berührst, wird dir das helfen, deine Erinnerung aufzudröseln.«

»Du sagst vielleicht komische Sachen.«

Alma lächelt nur, als würde sie das mit Stolz erfüllen.

Schweigend sehen sie sich an, und dann fragt Alma:

»Hast du eine Bleibe oder willst du mit zu mir kommen?«

Bel denkt an Isma. ›Heute Abend muss ich unbedingt zu ihm.‹

»Ich hab eine Bleibe.«

»Prima. Dann treffen wir uns morgen früh, gegen halb zehn. Komm mich besuchen, ich bin sicher, es wird dir bei mir gefallen. Dort können wir in Ruhe reden. Merk dir meine Adresse: *Calle Ample* Nummer …«

»Warum machst du das alles?«, unterbricht Bel sie.

Alma lächelt, kratzt sich am Kopf, und die Glöckchen ihres Armbands klingeln munter.

»Ich werde es dir erklären, keine Sorge. Auch wenn die Gründe keine Rolle spielen. Lass uns gehen. Es ist schon fast dunkel. Du hast bestimmt viel zu erledigen.«

Alma hat recht. Zuerst muss sie in die Bibliothek. Sie wartet, bis über Lautsprecher die letzte Ansage ertönt, und schlüpft hinein, als die letzten Besucher das Gebäude verlassen. Jetzt heißt es ausharren, bis alle Lichter ausgehen und der Wachmann seinen Posten bezieht. Flugs einen Rechner einschalten, die Adresse ihres neuen Accounts eingeben und sehen, ob Amanda geantwortet hat. Ein zufriedenes Lächeln huscht über ihr Gesicht.

»Posteingang anzeigen«

Von: Amanda
Für: Einermehrinderreihe
Betreff: Hallo

Lieber Malcom,
Deine Nachricht war auch für mich ein Zeichen. Ich mache gerade die schlimmste Phase meines Lebens durch, und du hast mich zum Schmunzeln gebracht. Vielen Dank. Es macht mich traurig, dass ich dich nicht besser kennengelernt habe, bevor du in deine Heimat zurückgekehrt bist. Nach dem zu urteilen, was du schreibst, scheinst du sehr sensibel zu sein.
Vom heutigen Abend an werde ich davon träumen, eines Tages an deinen Strand zu kommen und dich dort zu treffen. Bis es so weit ist, schreib mir bitte. Deine Worte sind wie Balsam. Ich werde dir erzählen, was mich bedrückt, wenn ich die Kraft dazu finde. Einen lieben Gruß, Amanda
P.S.: Erwähne Bel bitte nie wieder.

Bel liest die Nachricht ihrer Freundin zweimal. Es scheint, als habe auch Amanda eine andere Persönlichkeit angenommen. Der matte Ton, die Traurigkeit… nichts erinnert mehr an die redselige, bis zum Umfallen scherzende Amanda, die sie seit Ewigkeiten kennt. Obwohl es sie nicht weiter wundert, nach allem, was passiert ist. Der Schmerz verändert die Menschen. Er lässt sie sogar aussprechen, was vorher undenkbar war – wie dieser Wunsch, nichts mehr von ihr hören zu wollen. Aber auch das überrascht sie eigentlich nicht. Amanda ist schwächer, als sie nach außen hin wirkt, das weiß Bel schon lange. Amanda hat es im Leben nicht leicht gehabt und hat sich einen Schutzpanzer zugelegt, doch innerlich ist sie schwach und unsicher. Aber das weiß natürlich niemand. Nur sie, ihre beste Freundin, die ihr natürlich auch in dieser schweren Zeit beistehen will, wie eh und je.

Bel klickt auf »Neue Mail« und verwandelt sich wieder in den liebeskranken Mulatten:

Von: Einermehrinderreihe
Für: Amanda
Betreff: Was zum Schmunzeln

Amanda mein Engel,

hier bin ich wieder. Malcom dein Retter, stets bereit, dich zum Schmunzeln zu bringen. Ich könnte dir so viel erzählen: Dass ich zweieinhalb Tage geschlafen habe und mich so energiegeladen fühle wie noch nie zuvor (wirklich), dass ich mich heute morgen mit dem seltsamsten Menschen der Erde unterhalten habe oder dass ich in der letzten Zeit ein Faible dafür entwickelt habe, an verlassenen Orten spazieren zu gehen und nachzudenken. Doch ich glaube, nichts davon würde dich zum Schmunzeln bringen. Vielleicht wäre es besser, wenn du mir sagen würdest, was mit dir los ist. Warum bist du so traurig? Weißt du nicht, dass jemandem von seinem Unglück zu erzählen schon der Anfang sein kann, Abstand zu gewinnen?
Versuch es. Ich will dir helfen.
Kuss, Malcom

Jetzt muss sie nur noch auf »Senden« klicken. Bel fühlt sich schon viel besser. Genau in dem Moment geht schon wieder ein Fenster des Instant Messengers auf:

Willst du heute auch nicht reden?

Bel schnaubt.

```
Ich bin auf dem Sprung. Ciao.
```

Sie schaltet den Computer aus, bevor dieser aufdringliche Batiskafo sie weiter nerven kann. Sie schiebt den Stuhl an den Tisch und geht zur automatischen Tür. Sie hat ein schlechtes Gewissen, weil sie ständig den Wachmann foppt, aber sie hat keine Wahl. Sie betätigt alle Schalter im Lesesaal, und es läuft alles genauso wie beim letzten Mal. Der Mann verlässt seinen Posten, schnalzt mit der Zunge, linst misstrauisch in den Saal und öffnet mit dem Schlüssel die Tür. Diesmal steht ihm allerdings die Angst ins Gesicht geschrieben, als Bel an ihm vorbeihuscht.

›Das ist gemein, der Arme. Ich muss mir was anderes einfallen lassen.‹

Nachdem sie zu Fuß die Stadt durchquert hat, erreicht sie das Krankenhaus. Sie fährt in den obersten Stock hinauf und betritt Ismaels Zimmer. Die monotonen Signale der Maschinen sind die einzige Geräuschkulisse. Bel setzt sich aufs Bett und streichelt die Hand ihres Freundes.

»Hallo, mein Schatz. Da bin ich. Verzeih mir, dass ich mich drei Tage nicht habe blicken lassen. Am ersten habe ich Nachforschungen angestellt und danach sechsundfünfzig Stunden ohne Unterbrechung geschlafen«, sagt sie lachend. »Ich glaube, ich entwickle mich zum Murmeltier…«

Bel redet und redet. Sie berichtet Isma von all ihren Entdeckungen, Fortschritten, Zweifeln. Sie erzählt ihm von der Begegnung mit der seltsamen Frau im Vergnügungspark und ihren Gewissensbissen, weil sie den Wachmann der Bibliothek in Angst und Schrecken versetzt hat. Hin und wieder hält sie inne und betrachtet das starre Gesicht des Jungen. Sie kann Marian nur zu gut verstehen, es ist wirklich furchtbar mit jemandem zu reden, der nicht antwortet, nicht die kleinste Regung zeigt, ob er überhaupt hört, was du sagst. Aber eine andere Möglichkeit gibt es nicht. Sie kann nur reden, unermüdlich reden, Isma die ganze Nacht begleiten und ihm das Gefühl geben, dass es einen Grund gibt, warum sie noch da ist.

Als sie nichts mehr zu erzählen hat, kramt sie in ihrem Gedächtnis nach einem Lied. Marian hatte ja auch erzählt, dass die Ärzte sie gebeten haben, ihm etwas vorzusingen, und wie schwer ihr das gefallen sei. Bel hat große Schwierigkeiten, sich an eine Melodie zu erinnern. Besonders musikalisch war sie nie, und auch die Liedtexte konnte sie nie behalten, aber sie ist entschlossen, es für Isma zu versuchen.

Bruchstückhaft erinnert sie sich an einen Refrain. Sie beginnt die Melodie zu trällern, und auf einmal tauchen Worte in ihrem Kopf auf, ganz langsam, als würden die Erinnerungen mit einem unsichtbaren Faden hervorgezogen.

Und sie singt ihm leise ins Ohr:

When everything is going wrong
And things are just a little strange
It's been so long now
You've forgotten how to smile …

Bels Erinnerung ist verschwommen, aber sie weiß, dass dieses Lied für sie beide sehr bedeutungsvoll ist, dass es etwas ausdrückt, auch wenn sie nicht weiß, was. Deshalb singt sie ihm die Zeilen immer wieder vor, mit der Beharrlichkeit, die eine ihrer größten Tugenden war, als sie noch lebte. Manchmal hält sie inne und scherzt:

»Du Armer, ich jaule dir hier was vor, und du kannst dich nicht mal wehren.«

Sie hält die ganze Zeit über seine Hand. Irgendwo in der Ferne hört man im Krankenhaus einen Wecker klingeln.

Mitternacht.

Das Gedächtnis ist launisch. Auf einmal, ohne Vorwarnung, kann sie einen Schatz aus dem dunklen Grund heben, in dem er verborgen lag.

Plötzlich tauchen Worte in ihrem Kopf auf, kommen ihr über die Lippen, als wären sie ein Teil ihrer selbst.

You're not alone…
You're not alone…

Eigentlich nicht viel, doch für sie ein großer Schritt.

Ismael schlägt die Augen auf.

Nichts scheint diese bedeutende Veränderung anzuzeigen. Die Signaltöne der Maschinen bleiben unverändert. Bel wartet ab, ob jemand es merkt. Sie späht in den Flur. Die Schwester auf ihrem Posten bekommt von alldem nichts mit.

Bel kehrt ins Zimmer zurück. Sie verspürt dieses immense Glücksgefühl, das in einem aufsteigt, wenn man etwas Großes vollbracht hat. Sie stellt sich so hin, dass Ismael sie sehen kann.

»Ich bin hier, mein Schatz. Ich bin's, Bel. Kannst du mich sehen?«

Die Augen des Jungen sind zwei kleine, starre Kreise.

Wie sollte die Antwort denn ausfallen? Könnte er sie sehen, wäre er womöglich ebenfalls tot. Sieht er sie nicht, sind sie womöglich weiter voneinander getrennt, als sie ertragen könnte.

Das Personal muss aufmerksam werden, egal wie. Auf dem Nachttisch steht eine Flasche Parfüm. Marian muss sie dort vergessen haben. Bel wirft sie auf den Boden. Die Flasche zerspringt, der Inhalt verteilt sich auf dem Boden und hinterlässt einen angenehmen, aber durch die Menge penetranten Duft.

In dem Moment schließt Ismael die Augen wieder. Das Wunder hat nur wenige Sekunden angedauert.

Aufgeschreckt durch das Klirren eilt die Nachtschwester herbei, und als sie die Lache auf dem Boden sieht, unterdrückt sie einen Freudenschrei. Sie rennt hinaus und ruft:

»Der Patient von zweihundertsieben! Er ist aufgewacht!«

Man hört ein Durcheinander von Schritten auf dem Flur.

»Isma… wenn du mich hörst, gib mir bitte ein Zeichen«, fleht Bel, der Verzweiflung nahe.

Doch Isma regt sich nicht. Die Ärzte stürmen ins Zimmer, gefolgt von der Krankenschwester.

»Da, auf dem Boden, direkt neben dem Bett«, sagt sie und deutet auf die kleinen Scherbeninseln im Meer aus Parfüm.

Ein Arzt überprüft die Vitalfunktionen des Patienten, der andere kontrolliert die Anzeigen auf den Monitoren der Geräte und schüttelt den Kopf.

»Seltsam, aber es könnte ein erster Schritt sein. Gebt der Mutter Bescheid. Das sollte sie unbedingt wissen.«

Es dämmert schon, doch Bel beschließt, zu bleiben.

Während Bel in einer Ecke des Flures auf Marian wartet, singt sie das Lied, das das Wunder vollbracht hat.

Ismaels Mutter eilt im Jogginganzug und mit offenem Haar herbei.

»Hat er etwas gesagt?«, lautet ihre erste Frage.

Der Arzt erzählt ihr, dass es nicht zwangsläufig etwas Positives bedeuten muss. Es könnte ein Anfang sein, ein Hoffnungsschimmer, aber es läge noch ein langer Weg vor Ismael, und er sei nicht sicher, ob er ihn auch gehen würde. Es sei ratsam, sich nicht vom Wunschdenken leiten zu lassen; jetzt sei es wichtiger denn je, einen kühlen Kopf zu bewahren. Wenn Ismael wirklich die Flasche auf den Boden geworfen habe, sei das vielleicht ein Signal, ein Zeichen, dass sein Hirn noch reagiere, aber sie müsse

wissen, dass die Sprache als Letztes zurückkehrt, häufig blieben irreversible Schäden zurück. Außerdem müsse sie mit einer langen Rehabilitationszeit rechnen, in der allein Ismaels Fortschritte zeigten, wie sich alles Weitere entwickeln wird.

»Kurz: Man muss abwarten und darf keine allzu großen Hoffnungen hegen.« Er schweigt und wartet auf Marians Reaktion.

Marian hat ihm sehr aufmerksam zugehört und weiß nicht, was sie sagen soll. Die Tatsache, das Ismael den Arm ausgestreckt und etwas zu Boden geworfen hat, nachdem er fünfzig Tage vor sich hinvegetiert hat, kann alles und nichts bedeuten. Doch Marian geht das Herz über vor Freude, ganz gleich, was Doktor Bedenkenträger sagt. Jeden Tag hat sie von einer Nachricht wie dieser geträumt.

Doch eine Frage brennt ihr unter den Nägeln:

»Wer war bei ihm, als es passierte?«

»Niemand. Die Morgenschicht hatte ihren Dienst noch nicht angetreten. Die Nachtschwester hat nichts gesehen, nur gehört, wie die Flasche zerbrach. Vielleicht wollte er uns ein Zeichen geben.«

Bel lächelt traurig. Keiner weiß, was in Wirklichkeit geschehen ist. Nur sie. Könnte sie doch Marian davon erzählen, die mit ihr die große Freude teilt. Für die anderen ist es nur ein kleines positives Signal, doch in Wirklichkeit ist es ein Riesenschritt. Die Wende von Verzweiflung zu Hoffnung.

Die Ärzte kündigen an, dass sie Ismael auf eine andere Station verlegen wollen, um ihn genauer zu untersuchen. Sie wollen überprüfen, ob er noch künstlich beatmet werden muss. Man muss alle Tests wiederholen und prüfen, ob es Anlass zu der Hoffnung gibt, nicht mehr länger nur im Konjunktiv zu reden.

Marian sieht zu, wie die Krankenschwestern ihren Sohn für die Verlegung vorbereiten. Zum ersten Mal seit Beginn dieser Hölle hat sie einen Grund, sich zu freuen. Als man sie auffordert, das Zimmer zu verlassen, geht sie in die Cafeteria und bestellt sich ein Croissant und einen Milchkaffee. Während sie wartet, ruft sie Carlos an, um ihm die gute Nachricht mitzuteilen, von der sie gestern noch nicht einmal zu träumen wagte.

»Entschuldige, wenn ich dich geweckt habe, Carlos, aber ich muss dir etwas erzählen. Ismael hat sich bewegt. ... Nein, gesagt hat er nichts. Die Ärzte sagen, das kann Wochen dauern. Sie können sich nicht erklären, was passiert ist, denn danach ist er wieder ins Koma gefallen. Jetzt wird er untersucht. Vielleicht muss er nicht mehr länger beatmet werden. Ich dachte, vielleicht freust du dich über diese Nachricht.«

Marian strahlt wie schon seit Wochen nicht mehr.

Bel versucht, sich vorzustellen, wie ihr Vater auf die Nachricht reagiert. Wie sie ihn kennt, denkt er bestimmt schon darüber nach, Ismael zu den Ereignissen im Vergnügungspark zu befragen. Und ihre Mutter. Für sie wird es nicht leicht sein, wenn sie hört, dass Isma auf dem Weg der Genesung ist, aber sie ist sich sicher, dass auch sie sich freut. Das Leid anderer macht das eigene nicht erträglicher.

Nachdenklich beißt Marian in ihr Croissant und schüttet den Zucker aus dem Tütchen in ihren Milchkaffee. Der Löffel schwebt in der Luft, während sie eine weitere Nummer wählt.

»Amanda? Ich bin's, Marian. Habe ich dich geweckt? ... Tut mir leid, aber ich rufe an, weil ich gute Nachrichten habe. Ismael hat sich bewegt. Genauer gesagt, er hat eine Flasche Parfüm runtergeworfen. Heute morgen. Es ist noch nicht lange her. ... Nein, er ist nicht wach. Es ist trotzdem eine tolle Neuigkeit. Der erste Schritt zu seiner Genesung. Wie findest du das? ... Ich wusste, dass du dich freuen würdest. Du warst ja auch am Boden zerstört wegen Bel. ... Ja, ich werde dort sein. ... Natürlich kannst du kommen! Ismael würde sich bestimmt sehr freuen, wenn du an seiner Seite bist, wenn er irgendwann die Augen aufmacht. ... Gut, also dann. Ich warte auf dich.«

Bel schaut auf die Uhr der Cafeteria – halb neun – und erinnert sich an ihre Verabredung. Wenn sie jetzt sofort aufbricht, schafft sie es noch pünktlich zu Alma. Aber sie will jetzt nicht gehen. Nicht bei Tageslicht. Lieber nachts. Außerdem geschieht gerade zu viel Wichtiges. Und sie möchte Amanda sehen.

Carlos trifft als Erster ein. Er ist noch dünner als beim letzten Mal, nur noch ein Schatten des Mannes, den Bel in Erinnerung hat. Sie macht sich ernsthaft Sorgen um seine Gesundheit. Nicht nur die körperliche. Wenn sie könnte, würde sie ihm gern sagen, er solle loslassen, sich keinen Kopf mehr machen, vergessen. ›Es hat keinen Wert, so weiterzumachen, Papa, nichts wird mich zurückbringen.‹ Doch zu viele Grenzen stehen zwischen ihnen. Die Grenze zwischen Leben und Tod. Die Grenze zwischen denen, die an nichts glauben, und denen, die nur existieren, wenn andere an sie glauben.

»Weißt du schon mehr?«, fragt Carlos.

»Noch nicht«, erwidert Marian.

Bel lehnt an der Wand beim Fenster und beobachtet die beiden interessiert.

»Wie geht es Blanca?«

Carlos schüttelt den Kopf und sagt:

»Wie gehabt. Ach was, schlimmer. Jetzt ist sie sauer auf mich. Sie sagt, sie versteht nicht, was ich tue. Und vielleicht hat sie recht.«

»Und deine Ermittlung?«

»Darüber wollte ich mit dir sprechen. Ich habe etwas gefunden.«

Er kramt in der Tasche, die er quer umgehängt hat, und zieht ein kleines Buch mit rosafarbenem Einband heraus. Bel erkennt es auf Anhieb. Es beschämt sie, es in fremden Händen zu sehen. Und ausgerechnet in denen ihres Vaters. Er ist wirklich der Letzte, dem sie gewisse Dinge anvertrauen möchte.

»Das ist ihr Tagebuch«, sagt Carlos und schlägt es auf einer markierten Seite auf. »Sieh mal, was sie an dem Tag geschrieben hat, an dem sie gestorben ist. Sie spricht über deinen Sohn. Das solltest du lesen.«

Marian schiebt die Tasse und den leeren Teller beiseite und nimmt das Tagebuch so vorsichtig, als hielte sie ein Tierbaby in den Händen. Als sie anfangen will zu lesen, bittet Carlos:

»Macht es dir etwas aus, es laut zu lesen?«

Marian räuspert sich und fängt an zu lesen. Sie kann wunderbar vorlesen.

22. Dezember 2008

Endlich, endlich, endlich Weihnachtsferien! Ich dachte, sie würden nie kommen. Die ersten Ferien mit Isma. Ich freue mich so, dass ich manchmal denke, ich werde krank! Krank vor Glück, vor Liebe, vor Aufregung – so ein Blödsinn! Ich bin noch nicht lange so aufgekratzt, erst seit ein paar Wochen. Das Geheimnis liegt darin, dass man wunschlos glücklich ist (man darf sich natürlich keine unmöglichen Sachen wün-

schen). Und so geht es mir. Ich habe Isma, er ist für mich das Wichtigste auf der Welt, der Mensch, den ich am meisten liebe, der Junge, von dem ich immer geträumt habe. Ich habe meine beste Freundin, Amanda, der zweitwichtigste Mensch, sie kennt mich besser als ich mich selbst. Ich habe meine Eltern und Trasto. Ich habe gute Noten zu Beginn der Oberstufe (alle sagen, das sei schon eine Leistung) und ich weiß sogar, was ich später mal studieren will (es war nicht leicht mich zu entscheiden, aber Tante Adela hat mir dabei geholfen, sie ist einfach wunderbar). Und als Krönung stehen jetzt die Weihnachtsferien vor der Tür und machen die Welt zu einem noch schöneren Ort.

Ich schreibe nur Blödsinn und Gefühlsduseleien, ist ja widerwärtig. Am besten warte ich auf einen traurigen Moment (ich schreibe viel besser, wenn ich down bin. Orthografie, Grammatik, Syntax … all dies komplizierte Zeug liegt Deprimierten mehr, ich weiß nicht, warum, aber ich denke nicht als Einzige so).

Ach, fast hätte ich es vergessen! Nando (Amandas neuer Lover, auch wenn er auf mich deutlich verliebter wirkt als sie) hat uns für heute Eintrittskarten für den Vergnügungspark geschenkt. Ein weiterer Grund, schlecht zu schreiben! Isma, Amanda und ich werden zusammen hingehen. Amanda sagt, es mache ihr nichts aus als Anstandsdame mitzukommen, wir würden uns ja gut kennen. Manchmal käme es ihr so vor, als ob Isma mit uns beiden zusammen sei. Außerdem wollen wir später zu viert in unserer Stammpizzeria essen gehen; Nando muss noch arbeiten, und wir holen ihn später ab. Wie könnten die besten Ferien meines Lebens schöner anfangen? Ich mache jetzt Schluss, weil ich mir noch die Haare waschen muss. Ich habe nur noch eine Stunde Zeit!

Unterzeichnet: Bel, die Sentimentale

»Was hast du für einen Eindruck?«, fragt Carlos.

Marian blickt auf. Ihre Augen sind voller Tränen.

»Dass deine Tochter vor Lebensfreude überschäumte.«

Carlos lächelt zufrieden und lässt sich auf den Stuhl fallen.

»Übrigens, ich habe auch etwas gefunden, das dein Sohn geschrieben hat.«

Carlos blättert ein paar Seiten zurück und findet den Abschnitt, der eine andere Handschrift trägt.

Bel erkennt Ismas Schrift sofort: die kleinen Buchstaben und die Linien, die sich in das Papier graben, weil er immer den Kugelschreiber zu fest aufdrückt.

»Das ist doch seine Handschrift?«, fragt Carlos.

Marian nickt wortlos und fängt an zu lesen. Es ist auf Englisch geschrieben.

»Das Lied mochte Isma sehr«, sagt sie.

Entsetzt bemerkt sie, dass sie von ihrem Sohn in der Vergangenheitsform gesprochen hat. Sofort verbessert sie sich, aus Angst, es könnte ein schlechtes Omen sein.

»Er mag es sehr, wollte ich sagen.«

Bel macht sich ihren Reim darauf. Sie erinnert sich an den Tag, an dem Isma für sie den Text seines Lieblingsliedes abgeschrieben hat. Sie sieht Marian über die Schulter, um die ersten Zeilen zu lesen, und stellt fest, dass es die Liedzeilen sind, die sie ihm am Morgen vorgesungen hat und die ihr ständig im Kopf herumschwirrten. Das war es also… Plötzlich ergibt alles einen Sinn. Die Aussage ist klar: Jemand macht eine schlimme Zeit durch, vielleicht die schlimmste seines Lebens, aber er ist nicht allein, da ist jemand, der ihm sagt, alles geht vorbei, alles wird gut. Doch das Lied ist noch viel mehr als das: Es ist eine Art Code zwischen ihnen beiden. Bel prägt sich den Text ein. Wenn sie das nächste Mal mit Isma allein ist, wird sie ihm das Lied von Anfang bis Ende vorsingen. Sie weiß jetzt, es kann Ismael mehr helfen als alles andere. Und sie weiß jetzt auch, warum.

When you're down and lost
And you need a helping hand
When you're down and lost
Along the way
Just try a little harder
Try your best to make it
Through the day
Oh just tell yourself
Ah, I'll be OK.

Marian ist gerührt, als sie am Ende der Seite ankommt und liest, was Isma vor seine Unterschrift gesetzt hat: Ein entschiedenes ICH LIEBE DICH in Großbuchstaben, gefolgt von seiner Unterschrift. Ihr wird klar, dass ihr Sohn ihr nicht mehr gehört. Zumindest nicht mehr so wie als Kind. Auch Bel ist gerührt und haucht in Gedanken: ›Ich liebe dich auch, Isma.‹

In dem Moment platzt Amanda herein. Lederner Minirock, Overknee-Stiefel, offen getragener Wollmantel, unter dem ein Stück vom Aufdruck des Shirts hervorlugt – als käme sie gerade von einer Party.

Ihr Blick fällt sofort auf das Tagebuch. Carlos steckt es hastig ein. Amanda tut so, als habe sie es nicht bemerkt.

»Darf ich mich setzen?«

»Natürlich. Möchtest du etwas frühstücken?«

»Nein, danke. Ich habe keinen Hunger. Wie geht es Isma?«

Sie zieht den Mantel aus. Das Shirt ist hauteng, und sie trägt keinen BH. Jetzt kann man die gesamte Aufschrift lesen: »Kiss me before my boyfriend comes back«. Sie setzt sich neben Marian und kramt in ihrer Tasche, bis sie fündig wird. Ein Haargummi. Sie will ihre lange Mähne zu einem Pferdeschwanz zusammenbinden. Sie hebt die Arme, das Shirt zieht sich nach oben und gibt den Blick auf das Bauchnabelpiercing frei. Ihr Bauch ist glatt wie eine Landebahn.

»Wir warten auf den Bericht der Ärzte. Danke, dass du so schnell gekommen bist«, sagt Marian.

Amanda zwinkert ihr zu. Das ist ihre Art zu sagen: »Kein Thema«. Sie ist immer noch damit beschäftigt, ihre Haare zu bändigen. Immer rutscht eine Strähne wieder heraus. Bel sieht ihr amüsiert zu. Der Besitzer der Cafeteria, sein Angestellter und mindestens vier männliche Gäste haben nur Augen für Amanda. Die tut so, als merke sie es nicht. Dabei ist ihr natürlich sehr wohl bewusst, dass aller Augen auf sie gerichtet sind. Und das gefällt ihr. Deshalb macht sie es ja.

›Das ist wieder typisch für dich, Amy. Es nervt dich, wenn du keine Aufmerksamkeit erregst‹, denkt Bel.

»Ob sie schon was wissen? Sollen wir mal nachfragen?«, sagt Marian zu Carlos.

Carlos nickt flüchtig. Er ist mit den Gedanken woanders.

»Amanda, hattest du wirklich den Eindruck, dass Bel am Tag des Unfalls deprimiert war?«, fragt er unvermittelt.

Amanda hat ihr Haar gebändigt und zieht das Shirt herunter. Sie braucht eine halbe Ewigkeit, bis sie antwortet. Mit ihrem Haar spielend sagt sie:

»Ich weiß es nicht.«

»Das hast du den Polizisten ein paar Tage nach dem Unfall gesagt. Und Nando hat deine Version bestätigt. Hast du ihm das eingeredet?«

Amanda sieht Carlos direkt in die Augen. Der einschüchternde Blick, Bel kennt ihn nur zu gut. Keiner kann ihm standhalten, ohne wegzuschauen. Zumindest keiner unter zwanzig, denn Carlos zeigt sich völlig unbeeindruckt.

»Natürlich nicht«, entgegnet Amanda. »Nando kann sagen, was er will.«

Sie hebt die Arme und löst den Pferdeschwanz wieder. Das Haar fällt wie ein Wasserfall über ihre Schultern. Wieder interessierte Blicke. Amanda baut sich auf. Das ist ihre Art, sich vor dem Schwall an Fragen zu schützen, den Carlos, fast ohne Luft zu holen, auf sie niederprasseln lässt:

»War das nur ein Eindruck oder gab es einen konkreten Anlass? Hast du Isma und Bel streiten sehen?«

Amanda windet sich, das Verhör ist ihr sichtlich unangenehm.

»Ich weiß es nicht mehr. Vielleicht. Jeder streitet mal.«

»Natürlich, Amanda, aber es ist ein großer Unterschied, ob zwei Verliebte Zoff haben oder ob jemand so deprimiert ist, dass er sich umbringt«, sagt Carlos entschieden. »Bitte versuch dich zu erinnern. Es ist wichtig. War Bel gut drauf, als sie in die Achterbahn stieg?«

Amanda wendet den Blick ab. Ihr Puls geht schneller.

»Jjj… ja. Oder nein. Keine Ahnung.«

Carlos schnaubt ungehalten. Amanda verteidigt sich:

»Es fällt mir schwer, mich daran zu erinnern, was passiert ist. Ich weiß nicht, wie deine Tochter sich gefühlt hat. Sie konnte manchmal sehr verschlossen sein. Außerdem habt ihr mir schon tausend Mal dieselben Fragen gestellt. Ihr treibt mich noch in den Wahnsinn. Die Psychologen wollen nicht, dass ich immer wieder darüber rede.«

Marian hält es für ihre Pflicht, einzugreifen. Sie fasst Carlos' Hände, sieht ihm in die Augen.

»Das arme Mädchen steht unter einem furchtbaren Druck. Lass ihr ein wenig Zeit.« Dann wendet sie sich scheinbar locker Amanda zu. »Amanda, Liebes, würdest du mal nachsehen, ob Ismael schon wieder in seinem Zimmer ist?«

»Ja, klar«, erwidert sie und springt auf, als habe sie nur auf einen Grund gewartet.

Kaum ist Amanda verschwunden, sagt Marian leise zu Carlos:

»Du musst vorsichtig sein. Ihr Vater würde dich umbringen, wenn er wüsste, dass du sie befragst. Denk dran, sie hat einen schweren Schock erlitten. Und der Mann ist jetzt alles, nur nicht vernünftig.«

Carlos nickt mutlos. Dem kann er nichts entgegenhalten.

»Du hast recht. Aber ich kann mir nicht helfen, ich hab das Gefühl, sie verschweigt uns was. Vergiss nicht, sie ist die Einzige, die alles gesehen hat.«

»Ja, aber sie ist doch erst sechzehn. Du kannst ihr doch nicht die Boshaftigkeit eines professionellen Verbrechers unterstellen. Sie ist völlig durcheinander. Das ist normal, sie hat viel mitgemacht. In ihrem Alter ist die beste Freundin enorm wichtig. Insbesondere bei ihr, sie hat doch sonst niemanden. Lass ein wenig Zeit verstreichen. Erinnerst du dich, was die Psychologen gesagt haben? Sie hat alles gesehen, aber es kann sein, dass sie sich an nichts erinnert. Oder ihre Erinnerungen sind verfälscht. Das nennt man posttraumatische Belastungsstörung, ein Ungeheuer mit vielen Köpfen. Ich fürchte, im Moment ist Amanda nicht die beste Zeugin für dich. Du musst Geduld haben.«

Marian spricht in einem mütterlich-zärtlichen Ton, der Bel irritiert. Dazu kommt, dass Marian ihren Vater die ganze Zeit über eindringlich ansieht und seine Hände drückt. Fast, als wären sie ein Paar.

Bel findet die Erwachsenen langweilig und will lieber ihrer Freundin folgen. Sie schafft es gerade noch, sie im Aufzug abzupassen. Als sie über den Flur zu Ismas Zimmer hinter ihr hergeht, fällt ihr auf, dass Amanda der Minirock ein wenig zu groß und heruntergerutscht ist, sodass man ein Stück Haut sieht. Amanda zieht ihren Mantel an, den sie die ganze Zeit über dem Arm getragen hat, und sieht aus wie eine Superheldin, die mit ihrem Umhang durch den Raum schwebt.

Sie erreichen das Zimmer, als Ismael gerade wieder hereingerollt wird. Hinter verschlossener Tür wird er vorsichtig in sein Krankenbett gelegt, und als die Tür wieder aufgeht, liegt er genauso da wie vorher.

Amanda fragt sich, worin die angebliche Besserung bestehen

soll. Ein Arzt fragt nach Marian, und Amanda sagt ihm, sie sei in der Cafeteria. Sogleich macht er sich auf den Weg nach unten.

Als das Pflegepersonal seine Arbeit beendet hat, betritt Amanda leise das Zimmer, gefolgt von der unsichtbaren Bel. Sie geht auf das Kopfende des Bettes zu und verharrt reglos, den Blick auf Ismaels Gesicht gerichtet. Bel wundert sich, eine solche Ruhe ist ihrer besten Freundin gar nicht eigen. Bis sie merkt, dass Amanda lauscht, ob jemand im Anmarsch ist. Als sie sich vergewissert hat, dass die Luft rein ist, holt sie eine glänzende kleine Nagelschere aus der Tasche. Bel beobachtet sie erstaunt.

Mit einer raschen Handbewegung schneidet Amanda eine Strähne aus Ismaels Haar. Nicht aus dem Pony, das wäre zu auffällig, sondern von der Seite. Dann steckt sie die Schere wieder

ein, zieht einen Umschlag aus der anderen Tasche, schiebt die Strähne hinein und klebt ihn sorgfältig zu. Einen kurzen Moment bleibt sie am Bett stehen und betrachtet den Freund in seinem seltsamen Schlaf, dann verlässt sie das Zimmer. Ohne sich von ihm zu verabschieden.

›Was zum Teufel machst du, Amy?‹, denkt Bel, als sie ihre Freundin davonrauschen sieht.

Bel will den ganzen Tag im Krankenhaus bleiben, falls Ismael noch einmal die Augen aufschlägt. Außerdem ist die Sonne draußen zu grell.

Sie darf jetzt auf keinen Fall aufgeben. Ismael hat einen großen Fortschritt gemacht, die nächsten Tage sind entscheidend, sie muss in seiner Nähe bleiben.

›Verdammt, warum versteht man so wenig von dem, was die Ärzte reden?‹

Der Nachmittag ist langweilig. Marian hat sich zu ihrem Sohn ans Bett gesetzt und redet unermüdlich. Anfangs hatte Bel zugehört, doch sie wurde der Sache schnell überdrüssig. Manchmal liest Marian Ismael Abschnitte aus einem dicken Buch vor, das sie mitgebracht hat. Bel hat fast einen Lachanfall bekommen, als sie den Titel gelesen hat: *Pu der Bär*.

›Tolle Lektüre für jemanden, der schon eine Freundin hat.‹

Carlos ist längst nach Hause gegangen und Amanda nicht wieder aufgetaucht. Marian fragt nach ihr, doch der Arzt zuckt mit den Achseln.

»Ist sie die Freundin Ihres Sohnes?«, hat er lediglich gefragt.

Marian hat ihm keine Antwort gegeben. Bel vermag nicht zu sagen, ob sie die Frage nicht gehört hat oder ob sie es im Grunde gern sähe, wenn Isma und Amanda zusammen wären.

Vielleicht sollte sie sich für die beiden freuen. Sie ist schließlich aus dem Spiel. Raus aus einer Partie, die sie trotz allem weiterverfolgen muss.

Am Abend ist sie der Krankenhausroutine und der Abenteuer des gefräßigen Bären und seiner Freunde aus dem Hundertsechzig-Morgen-Wald überdrüssig und verschwindet.

Sie will nach Hause, sich auf ihr Bett legen, ihre Fotos ansehen, aus dem Fenster schauen und nachdenken. Darüber, was die seltsame Frau aus dem Vergnügungspark gesagt hat. Über diesen wie hypnotisierten Blick in Ismas Augen. Die Haarsträhne, die Amanda in einem verschlossenen Umschlag mitgenommen hat. Das alles ist zu viel für sie, sie braucht Zeit, es zu verdauen.

Als sie vierzig Minuten später zu Hause ankommt, sieht sie zu ihrer Überraschung ihren Vater im Jogginganzug mit Abfallsäcken aus der Tür kommen.

Wenn er den Müll rausbringt, lässt ihr Vater immer Haus- und Wohnungstür offen, und das kommt ihr heute sehr gelegen, denn so kommt sie unbemerkt hinein. Sie fährt mit dem Aufzug nach oben und schlüpft durch den Türspalt in die Wohnung. Wütend knurrt Trasto sie an. Zum ersten Mal hat sie das Gefühl, wenn er könnte, würde er zubeißen.

Das Esszimmer, die Küche und das Schlafzimmer ihrer Eltern liegen im Dunkeln, also ist ihre Mutter nicht zu Hause. Nur in der Diele brennt Licht. Bel eilt zu ihrem Zimmer, ihrem Refugium, ihrer Burg. Doch als sie die Tür aufmacht, wartet eine böse Überraschung auf sie.

Ihr Zimmer ist nicht mehr ihr Zimmer. Das Bett besteht aus an der Wand lehnenden Brettern und Latten. Die Matratze liegt vor dem Fenster, die Gardinen wurden abgenommen. Die Schubladen ihres Schreibtischs stapeln sich in einer Ecke. Sie sind leer. Neben dem Schrank stehen mehrere Säcke mit ihren Kleidern. Aus einem lugen ihre Markenjeans und ihre neuen Turnschuhe hervor. Der Schreibtisch ist noch nicht ganz abgebaut, aber der Computer in der schrecklichen blauen Hülle steht schon auf dem Boden. ›Zum Totlachen, dass als Einziges noch die Hülle an ihrem Platz ist‹, denkt sie. Die Pinnwand mit den Fotos ist verschwunden, genau wie ihre Poster und die Kitty-Decke, ihre kleinen Basteleien aus dem Kindergarten und die übrigen Sachen.

Sie möchte am liebsten schreien vor Wut. Doch sie tut es nicht; es ändert nichts, und die Frau im Vergnügungspark hat gesagt, sie dürfe ihre Energie nicht für sinnlose Unterfangen verschwenden.

Ihr Vater kommt zurück in die Wohnung. Seine Bewegungen sind brüsk, entschlossen. Er geht direkt auf den Schrank zu, nimmt einen neuen Plastiksack, entfaltet ihn mit großem Bribamborium und stopft die restliche Kleidung aus dem Schrank hinein. Dasselbe macht er mit den Schuhen. Er reißt den nächsten Plastiksack von der Rolle ab und füllt ihn mit Sachen: Gummistiefel, die ihr schon lange zu klein sind, ihre ersten Schuhe mit Absatz, die orangefarbenen Turnschuhe, die sie nie leiden konnte, und die schrecklichen mit dem Barbie-Motiv …

Carlos verschließt die Säcke, nimmt drei in jede Hand und bringt sie zum Container. Er wirkt wie ein Roboter.

Bel ist wieder allein. Sie sieht sich an, was von ihrem Zimmer noch übrig ist. Ihr ist elend zumute.

In einer Ecke entdeckt sie einen winzigen Gegenstand. Sie geht hin. Es ist eine Muschel von der Größe einer Mandel und sie hat einen wunderschönen Rosaton. Sie hebt sie auf und schließt schützend die Hand darum.

Ein letzter Blick durch das Zimmer, dann verlässt sie das Haus, bevor ihr Vater zurückkehrt. Trasto knurrt wie immer, aber es macht ihr nichts mehr aus.

Dies ist nicht länger ihr Zuhause. Sie hat hier nichts mehr verloren.

Die nächsten fünf Stunden verbringt Bel auf dem Bürgersteig neben dem Container mit ihren Sachen. Anfangs beobachtet sie ungläubig das Kommen und Gehen ihres Vaters. Er schleppt immer mehr Sachen an. Als alle Säcke im Container verstaut sind, beginnt er, die Einzelteile der Möbel rauszutragen: die Bretter ihres Bettes, die Matratze, die Bettdecke, die Schreibtischschubladen und alles andere. Als alles auf der Straße steht, hält er einen Moment inne und wirft noch einen letzten Blick auf die Sachen. Bel meint, Tränen in seinen Augen zu sehen. Er fährt sich mit dem Handrücken über die Augen und geht mechanisch auf den Hauseingang zu.

Bel sitzt still da und lässt den Blick über ihre Sachen wandern. Einen Moment lang fühlt sie sich selbst wie eines dieser ausgemusterten Teile, zurückgelassen neben dem Container. Von der Straße aus sieht sie das Licht in ihrem Zimmer ausgehen. Die Aufräumarbeiten sind beendet. Das Zimmer ist jetzt eine verlassene Insel.

Eine Frau stöbert zwischen den Möbelteilen herum. Prüfend drückt sie auf Bettdecke und Matratze, nimmt die Holzbretter in

Augenschein; die Schrauben sind in einer Plastiktüte fein säuberlich mit Klebeband an einer Querstrebe befestigt.

Keine Viertelstunde später taucht sie in Begleitung eines Mannes und eines dreizehnjährigen Jungen auf.

»Siehst du, es ist komplett«, sagt sie zu dem Mann.

Sie verladen alles in einen an der Ecke geparkten Lieferwagen, und im Nu ist der Bürgersteig wie leergefegt.

Bel hat das Gefühl, Unbekannte raubten ihr einen wichtigen Teil ihres Lebens. Sie meint, im Fenster ihres Zimmers die Silhouette ihres Vaters zu sehen.

Dann: gähnende Leere.

In dem Viertel ist an den Wochenenden nicht viel los. Bel überlegt hin und her, doch gegen zehn trifft sie eine Entscheidung: Sie klettert in den Container. Ist gar nicht so schwierig, wie sie dachte. Einfach nur Schwung holen und sich hochziehen. Welch unwirtlicher Ort. Für jeden Sterblichen wäre es der reinste Horror wegen der Dunkelheit und dem Gestank, doch sie berührt das nicht. Sie reißt die Tüten auf und stöbert in Sachen herum, an die sie sich kaum noch erinnern kann.

Einiges fehlt, das merkt sie sofort. Nicht nur ihr Tagebuch, auch die Fotos, die CDs, ihr Lieblingsshirt – es war vom vielen Tragen schon ganz abgenutzt –, ein paar Schmuckstücke. Ihr fällt ein Karton in die Hände, der sich als Schatzkiste entpuppt: ihr MP3-Player und ihr Handy. Als Erstes nimmt sie den Player. Der Akku reicht noch für ein paar Stunden Hörvergnügen. So kann sie ihr Repertoire an Songs erweitern. Sie steckt die Kopfhörer in die Ohren und drückt auf die Wiedergabetaste.

Als Nächstes ist das Telefon dran. Sie weiß nicht, warum sie es am Tag des Unfalls nicht bei sich hatte. Es tut sich nichts. Wahrscheinlich ist der Akku leer. Das Ladegerät ist nicht in dem Karton und auch nicht in den anderen Säcken.

›Egal, ich nehme es trotzdem mit.‹

Manchmal kommt ein Nachbar und wirft eine weitere Mülltüte

in den riesigen Bauch des Containers, doch Bel schiebt sie einfach mit dem Fuß beiseite. Sie sitzt an die Seitenwand gelehnt mit angezogenen Beinen da und hört Musik, das tote Telefon wie einen Tierkadaver in der Hand.

Plötzlich fällt ihr etwas ein. Es ist wie ein Geistesblitz. Deutlich sieht sie die Szene vor sich: Der letzte Tag vor den Ferien, sie hat das Ladegerät bei Amanda vergessen. Sie haben Musik gehört und geredet und Makkaroni mit Bolognesesauce gemacht. Sie ist erst spät gegangen und musste sich dann sputen, um noch rechtzeitig nach Hause zu kommen. In der Eile hatte sie nicht an das Ladegerät gedacht. Deshalb hatte sie das Handy am Tag des Unfalls nicht dabei, es war nicht geladen. Amanda hatte ihr versprochen, das Ladegerät mit in den Vergnügungspark zu bringen, es dann aber vergessen.

Sie ist überglücklich, dass diese Erinnerung zurückgekommen ist. Ob es stimmt, dass der Kontakt mit den Gegenständen die tote Erinnerung wieder zum Leben erweckt, wie Alma gesagt hat?

Gegen Mitternacht hört sie den Müllwagen kommen. Es macht ihr keine Angst, in den Eingeweiden des Fahrzeugs zu landen – ihr kann ja nichts mehr etwas anhaben –, doch sie findet, für diese Nacht reicht es mit neuen Erfahrungen. Als die beiden Männer im Overall den Container an den Greifarmen des Wagens befestigen, schlüpft sie hinaus. Auf dem Bordstein sitzend schaut sie zu, wie in einem großen Finale ihre Sachen im Magen des riesigen Mahlwerks verschwinden.

Wenn sie weinen könnte, würde sie es jetzt tun. Sie würde weinen wie auf einer Beerdigung. Der Beerdigung ihres Lebens.

Sie verharrt noch ein paar Minuten. Es ist nicht leicht, sich von dem loszusagen, was für so lange Zeit dein Zuhause war.

Noch ein letzter Blick hinauf zu dem dunklen Fenster ihres einstigen Zimmers, dann macht sie sich auf den Weg zum Krankenhaus.

Unterwegs versucht sie, mit der Muschel ihrer Erinnerung auf die Sprünge zu helfen, so wie zuvor mit dem Handy. Sie holt sie aus der Tasche und legt sie auf ihre Handfläche. Sie versucht, sich zu konzentrieren. Das Gehen hilft ihr dabei. Die menschenleeren Straßen befreien sie.

Und wieder passiert es. Auf einmal taucht hell wie Neonlicht ein Satz in ihrem Kopf auf.

»Wenn du sie bei dir trägst und an mich denkst, ist es so, als wäre ich bei dir. Ganz gleich, wie weit ich fort bin.«

In ihrer Erinnerung gibt es zwei Muscheln. Ismael hat sie gefunden. Sie sehen fast gleich aus: dieselbe Größe, dieselbe Form. Eine hat einen rosa Schimmer, die andere ist eher weiß.

»Sie sind wie wir«, sagte Ismael, »sie wollten auch allein am Meer sein.«

Jetzt erinnert sie sich: Es war ein strahlender Dezembertag. Vielleicht an dem Wochenende vor Ferienbeginn. Ismael hatte ihr vorgeschlagen, einen Spaziergang am Strand zu machen.

Es war verdammt kalt, aber immerhin hatte es aufgehört zu regnen. Die Luft war klar, und die Welt wirkte wie neu. Sie hatten sich nahe am Wasser in den Sand gesetzt und das Spiel der Wellen beobachtet.

Sie hatten über vieles geredet und sich innig geküsst. Ihre Nasen waren zu Eiszapfen gefroren. Isma hatte abwesend im Sand herumgestochert und war dabei auf die Muscheln gestoßen. Ihr hatte er die rosafarbene gegeben, die andere hatte er behalten.

»Wenn du sie bei dir trägst und an mich denkst, ist es so, als wäre ich bei dir. Ganz gleich, wie weit ich fort bin.«

›Wenn du an mich denkst …‹, wiederholt Bel in Gedanken und fährt dabei zärtlich mit dem Finger über die Muschel, die ihr diesen Tag ins Gedächtnis zurückgerufen hat. ›Wenn du wüsstest, wie schwer mir das Erinnern jetzt fällt.‹

Bel hat ein paar Lieder vorbereitet. Sie hat sie sich immer wieder angehört, bis sie sich ihr eingeprägt hatten. Als sie das Zimmer ihres Freundes betritt, verkündet sie:

»Aufgepasst! Jetzt kommt ein neues Programm!«

Sie küsst ihn auf die Lippen, über den Schlauch hinweg, und sagt:

»Guten Abend, mein Schatz.«

Dann setzt sie sich an sein Bett und fängt an zu singen. Zu keinem Zeitpunkt fühlt sie sich lächerlich, es ist wie ein Wunder. Alles geschieht in dem Wissen, dass sie tut, was sie tun muss. Für Isma.

I feel like
I'm living the worst day
I feel like you're gone
And every day is the worst day ever …

Sechs Stunden später zeigt Ismael immer noch keine Reaktion. Bel ist erschöpft, als hätte ihr jemand alle Kraft geraubt.

›Mist, ich hab wieder nicht aufgepasst. Wie viele Stunden bin ich schon wach?‹, fragt sie sich bange.

Ungefähr vierzig, schätzt sie.

›Ich muss schlafen, auch wenn ich nicht müde bin. Ich darf nicht vergessen, was Alma gesagt hat.‹

Doch andererseits will sie sich nicht von Ismael trennen. Er hat die ganze Nacht über keine Reaktion gezeigt, er hat ihr nicht ein Zeichen gegeben, und doch hatte Bel hin und wieder das Gefühl, er könne sie hören. Und wenn sie hier im Krankenhaus schliefe? Nein, sie würde sich nicht sicher fühlen. Sie weiß immer noch nicht, wie ihr Körper funktioniert und wie sie mit ihrem

Zustand umgehen soll.

Sie tastet in der Tasche nach der Muschel. Sie kann sie erst nicht finden, oder sie spürt sie nicht mehr, als wären ihr die Finger eingeschlafen. Am Ende gelingt es ihr, sie aus der Jeans zu ziehen, aber dann geschieht etwas Merkwürdiges: Die Muschel lässt sich nicht mehr richtig greifen. Als hätte sie an Festigkeit verloren, als wäre sie plötzlich weich wie Gelatine oder flüssig wie Wasser. Sie entgleitet ihren Fingern und fällt unter das Bett. Bel bückt sich, um sie aufzuheben, aber ihre Befürchtung bestätigt sich. So sehr sie es auch versucht, sie bekommt sie einfach nicht zu fassen. Sie liegt da, sie kann sie sehen, aber sie spürt sie nicht mehr. Als verflüchtige sie sich unter ihrer Hand.

›Vielleicht verflüchtige ich mich‹, sagt sie sich.

Zeit zu gehen. Sie muss herausfinden, was vorgeht. Und es gibt nur einen Menschen, der ihr das erklären kann. Schon vor Tagen hätte sie Alma aufsuchen sollen.

Bevor sie geht, gibt sie Ismael einen Kuss. Sie spürt seine Lippen nicht mehr. Als würde sie ein Trugbild küssen. Sie verabschiedet sich bis zum Abend. Taumelnd verlässt sie den Raum. Sie kann kaum laufen und weiß nicht, wie sie es bis zu Alma schaffen soll. Der Himmel ist wolkenverhangen, und es sieht wieder nach Regen aus. Ein heftiger Wind weht. Die Straßen sind menschenleer.

Auf dem Spielplatz vor dem Krankenhaus ist keine einzige Taube zu sehen, und heute würde sich auch kein alter Mann trauen, sich zu ihr auf die Bank zu setzen. Bel sackt zusammen, bevor sie die Bank am Fuß der Rutsche erreicht.

Niemand zu sehen. Und natürlich wird auch sie von niemandem gesehen.

Im Grunde ist das auch völlig unwichtig.

›Ich muss zu Alma.‹

Das ist das Erste, was Bel durch den Kopf schießt, als sie das Bewusstsein wiedererlangt.

Es fällt ein feiner Nieselregen, aber sie spürt ihn nicht. Es ist Tag, aber sie kann nicht einschätzen, wie viel Uhr es ist oder wie lange sie geschlafen hat. Die Geschäfte sind geöffnet, daraus schließt sie, dass es ein Werktag ist. Mehr weiß sie nicht.

Sofort macht sie sich auf den Weg. Die Straße, die Alma ihr genannt hat, liegt in der Altstadt. Wenn sie nicht trödelt, kann sie es schaffen, in einer Stunde dort zu sein. Auf dem Weg lässt sie die letzten Ereignisse Revue passieren. Ihr ist klar geworden, dass Alma es ernst gemeint hat, als sie ihr den Rat gab, sie sollte hin und wieder schlafen, auch wenn sie gar nicht müde sei. Jetzt hat sie die Konsequenzen des Schlafmangels deutlich zu spüren bekommen, und sie will um jeden Preis vermeiden, dass sich das noch einmal wiederholt.

Die Sache mit der Muschel geht ihr nicht aus dem Kopf. Sie kramt in ihren Taschen und findet den MP3-Player. Sie kann ihn gut greifen, wie früher. Sie kann auch die Tasten drücken und die Kopfhörer aufsetzen. Was ist mit der Seemuschel passiert? Warum konnte sie ihren kleinen Talisman nicht fassen, als er unter das Bett gefallen war?

Die *Calle Ample* ist eine pulsierende Verkehrsader, an der viel Betrieb herrscht. In dem Haus, in dem die geheimnisvolle Frau wohnt, befindet sich unten ein Musikfachgeschäft. An einem Seiteneingang entdeckt sie zwei Klingeln. Sie drückt die obere. Jemand geht an die Sprechanlage, doch dann folgt nur das Summen des Türöffners.

Bel steigt eine schmale Treppe mit sehr hohen Stufen hinauf. Im dritten Stock sieht sie einen Lichtschein. Eine Tür ist angelehnt. Aus dem Inneren der Wohnung dringt ein warmes, anheimelndes Licht. Man hört Klassische Musik. Es ist Rachmaninov, aber das weiß Bel nicht. Mit dieser Art von Musik kennt sie sich nicht aus. Bel schiebt die Tür langsam auf. Sogleich ertönt Almas Stimme über das Orchester hinweg:

»Du kommst fast eine Woche zu spät.«

Es ist eine Erleichterung, mit jemandem sprechen zu können. Bel geht durch einen langen Flur voller Bücher zu dem Raum, aus dem die Stimme kam.

Alma sitzt bis zum Hals in eine Decke gehüllt auf dem Sofa im Lichtkegel einer Stehlampe, mit einem Buch und einer Pappschachtel mit Papiertaschentüchern im Schoß.

»Wenn du ein normaler Mensch wärst, würde ich jetzt sagen, halt Abstand, es sei denn, du willst dich mit einer Mordsgrippe anstecken«, sagt Alma.

Sie sieht ziemlich mitgenommen aus und spricht durch die Nase.

»Bist du krank?«

»Ich werd's überleben, keine Sorge. Setz dich da hin.«

Sie deutet auf einen Sessel, in dem sich Bücher und Zeitschriften stapeln, alles bunt durcheinander. Bel macht es nichts aus, sich daraufzusetzen. Alma scheint es auch nicht im Geringsten zu stören.

»Darf ich fragen, warum du mich mit deinem Besuch beehrst?«

Bel ist die Ironie nicht entgangen und sie entschuldigt sich hastig:

»Es tut mir leid, dass ich nicht schon früher gekommen bin. Ich war sehr beschäftigt. Außerdem wusste ich nicht, ob ich dir trauen kann. Mir passieren in der letzten Zeit so viele merkwürdige Sachen.«

Alma zieht zwei Taschentücher aus der Schachtel und schnäuzt sich lautstark die Nase. Dann knüllt sie sie zusammen und legt sie beiseite.

»Entschuldigung angenommen. Und was ist mit dir passiert?«

»Am Sonntag bin ich um sieben Uhr morgens auf dem Spielplatz ohnmächtig geworden. Bis vor einer Stunde habe ich geschlafen.«

»Bis vor einer Stunde? Nicht schlecht ...«

»Ich weiß nicht mal, was für ein Tag heute ist.«

»Donnerstag. Zwölfter Februar. Und es ist jetzt genau ...« Sie schaut auf die Uhr. »Viertel vor eins. Und das bedeutet, du hast fast einhundert Stunden geschlafen! Wow, das ist ein Rekord! Du übertriffst deine eigene Bestzeit, wie ich sehe.«

Ein seltsames Lachen kommt aus ihrem Mund, das ebenso gut ein Husten sein könnte, und sie streckt einen Zeigefinger aus und sagt ernst zu Bel:

»Ich habe dir gesagt, du sollst auf dich achtgeben. Wenn du nicht schläfst, verlierst du all deine Energie. Und das kannst du dir nicht leisten, so wie die Dinge liegen.«

»Ja, aber es ist nicht so leicht, immer daran zu denken.«

Alma zuckt die Achseln.

»Es ist deine Verantwortung. Die einzige, die du hast. Du musst lernen, ihr nachzukommen.«

Bel seufzt. Ihre Stimme klingt quengelig wie die eines kleinen Mädchens, das sich ungerecht behandelt fühlt.

»Ich weiß nicht, warum ich diesmal so lange geschlafen habe. Ich war gar nicht so lange wach, eigentlich hätte ich weniger müde sein müssen.«

Alma nimmt die Brille ab und reibt die Gläser am Nachthemd sauber.

»Es gibt keine festen Regeln, du musst es so hinnehmen, wie es ist. Das kann jeden Tag anders sein. Hast du in letzter Zeit irgendeine Veränderung bemerkt?«

Verärgert denkt Bel daran, dass sie die Muschel im Krankenhaus zurücklassen musste.

»Ja. Kurz vor dem Zusammenbruch war ich nicht mehr in der Lage, eine Muschel aufzuheben, die mir runtergefallen war. Es war ein merkwürdiges Gefühl, als wären sie oder ich aus Rauch. Ich hab sie gesehen, zum Greifen nah, aber ich konnte sie nicht anfassen.«

Alma runzelt die Stirn.

»Verstehe. Weißt du, ob du dich noch im Spiegel siehst?«

Bel schüttelt den Kopf. Alma zeigt Richtung Flur.

»Die zweite Tür rechts, da ist das Bad. Geh und sag mir, was du siehst.«

Besorgt tut Bel, was Alma ihr sagt. Sie betritt das winzige Bad, dessen linke Wand komplett von einem Spiegel eingenommen wird. Sie bleibt davor stehen und will nicht glauben, was sie darin sieht. Oder besser gesagt, was sie nicht sieht.

Im Spiegel ist niemand. Er ist unbewohnt.

›Vielleicht bin ich die Unbewohnte‹, denkt sie.

Es dauert ein wenig, bis sie sich ein Herz gefasst hat, hinauszugehen. Alma weiß schon, was sie ihr sagen wird.

»Das musste früher oder später so kommen«, greift sie ihr vor. »Das ist der Normalzustand, und nicht das, was du erlebt hast. Hast du keine Vampirfilme gesehen? Ach nein, ich erinnere mich, du hast ja gesagt, dass du sie nicht magst. Wie schade für dich. Man kann aus allem etwas lernen.«

Verängstigt hört Bel ihr zu. Sie hat sich wieder auf den Sessel mit den Büchern gesetzt und starrt auf das geometrische Muster des Teppichs. Sie möchte am liebsten weinen, aber sie weiß, dass sie das nicht kann. Und alles nur wegen einem Spiegelbild. Hätte man ihr das vor zwei Monaten gesagt, wäre sie in schallendes Gelächter ausgebrochen.

»Was passiert mit mir?«

»Nichts Schlimmes. Vielleicht geht das vorüber, wie bei mir die Erkältung. Oder auch nicht. Ich glaube nicht, dass dein Spiegelbild noch mal zurückkommt. Aber mach dir keine Gedanken, nur du merkst das. Das hat also keinerlei Folgen. Du bist ein Energiewesen, da sind kleine Veränderungen normal. Mit den Gegenständen ist das etwas anderes. Es kann sein, dass du dich auflöst. Man müsste herausfinden, warum.«

»Was heißt das, ich löse mich auf?«

Alma zieht zwei weitere Taschentücher aus der Packung, schnäuzt sich, zerknüllt sie und legt sie zu den anderen. Um sie herum entsteht ein kleiner weißer Berg aus Papierkügelchen. Sie seufzt erschöpft.

»Das ist schwer zu erklären, Bel. Ich habe viele Jahre gebraucht, um es zu verstehen. Das Einzige, was ich mit Sicherheit weiß, ist, dass jeder Fall anders ist. Wesen wie du, die aus irgendeinem Grund noch an der Welt der Lebenden hängen – obwohl sie nicht mehr dazugehören –, können tun und lassen, was sie wollen. Die physikalischen Gesetze, von denen die Sterblichen beherrscht werden, gelten für euch nicht mehr, aber ihr wart ihnen so lange unterworfen, dass ihr euch immer noch daran haltet. Deine Beziehung zu den Gegenständen zum Beispiel. Du siehst sie, du fasst sie an, du benutzt sie sogar. Deine Kleidung, die Gegenstände in deinen Taschen. Wir können nicht mit Sicherheit sagen, dass sie Teil dieser Welt sind, denn du selbst bist es ja auch nicht mehr. Es ist, als würden sie durch die Berührung mit dir verschwinden. Vorausgesetzt, du kannst sie fassen, denn manchmal entziehen sie sich dir. Man könnte sagen, sie widersetzen sich dir. Vielleicht, weil ihr allmählich zu verschiedenen Wirklichkeitsebenen gehört. Ich weiß nicht, ob du verstehst, was ich meine. Ich weiß, was passiert, aber nicht, warum es passiert. Und heute kann ich nicht richtig denken. Und zu guter Letzt: Kein Zustand ist unveränderlich. Solange du an eine Welt gebunden bleibst, die nicht mehr die deine ist, entwickelst du dich weiter, wie wir alle. Folglich verhält sich nicht alles immer auf dieselbe Weise, darauf musst du vorbereitet sein. Soll heißen: Erschrick nicht. Aber um das herauszufinden, bist du nicht hier. Du vergeudest deine Zeit mit Lappalien, und die wichtigste Frage hast du immer noch nicht gelöst.«

»Ich weiß, was du meinst«, sagt Bel leise. »Du sprichst von meiner Aufgabe hier.«

»Du bist ein schlaues Mädchen, aber ein wenig fahrig. Die Sache mit Ismael geht dir nahe, und ich kann dich verstehen. Aber es ist wichtig, dass du herausfindest, warum du noch hier bist, warum deine Seele sich an die Welt der Sterblichen klammert, warum sie sich nicht endlich löst, damit du deinen Frieden findest. Wenn du die Antwort darauf hast, weißt du auch den Grund für all das, was dir widerfährt.«

»Als wir uns im Vergnügungspark begegnet sind, hast du gesagt, du würdest auf mich warten. Also wusstest du auch, dass ich zurückkommen würde.«

»Ja, und ich hatte meine Gründe dafür.«

»Die da wären?«

»Sagen wir, ich neige dazu, den offiziellen Versionen zu misstrauen.«

Wieder taucht die Falte auf Bels Stirn auf.

»Ich weiß nicht, was du meinst. Könntest du nicht etwas deutlicher werden?«

»Ich habe ein paar Jahre lang als Journalistin gearbeitet«, erwidert Alma. »Seitdem habe ich ein gesundes Misstrauen gegenüber dem, was in der Zeitung steht.«

»Die Zeitungen«, wiederholt Bel, bemüht, so schnell zu denken, wie ihr Gegenüber spricht; sie erinnert sich an die Worte ihres Vaters und sagt: »Die Zeitungen behaupten, es sei ein Unfall gewesen. Auch von Selbstmord war die Rede.«

»Genau.«

Alma scheint das Gespräch trotz ihres bemitleidenswerten Zustandes zu genießen.

»Mein Vater behauptet steif und fest, dass es nicht stimmt. Und dir geht es genauso, wie ich sehe«, sagt Bel.

»Nicht ganz. Ich weiß, dass es nicht stimmt.«

»Woher willst du das wissen? Warst du vielleicht dabei?«

»Auf der Achterbahn?« Energisch schüttelt Alma den Kopf. »Natürlich nicht!«

Bel runzelt die Stirn. Alma zieht weitere Taschentücher aus der Schachtel und lässt den Berg um sich herum weiter anwachsen. Ihre Stimme wird ernst, als sie sagt:

»Ich weiß es, weil Selbstmörder niemals zurückkehren.«

Mit dieser Antwort hat Bel nicht gerechnet. Almas Selbstsicherheit macht ihr ein wenig Angst. Es fällt ihr schwer, die richtigen Worte für ihre Frage zu finden. Das Thema ist nicht leicht für jemanden, der nicht ganz bei sich ist.

»Welche Toten kehren denn zurück?«

Die Antwort ist wieder kategorisch, selbstgewiss:

»Die, die im Jenseits keinen Frieden finden. Schon im Mittelalter hat man geglaubt, dass diejenigen, die eines unnatürlichen Todes sterben, keinen Frieden finden. Aber nicht alle bleiben so lange.«

Alma macht eine Pause; sie muss kurz husten, wechselt die Position und zieht die Decke wieder bis zur Nasenspitze. Ihre Hände sind eiskalt. Obwohl sie sich hundeelend fühlt, versucht sie, ihrem Gast eine befriedigende Erklärung zu geben.

»Und warum kann ich mich nicht erinnern? Ich weiß nichts von dem Unfall. Und von dem, was danach kommt, habe ich nur ein paar Tage auf dem Schirm.«

»Sieh mal, ich weiß nicht, warum, aber die Geister, die in der anderen Welt keinen Frieden finden, kehren vierzig Tage nach ihrem Tod zurück. Normalerweise bleiben sie ein paar Stunden in der Welt der Lebenden, so viele, wie sie brauchen, um sich von den geliebten Menschen und den Orten und Dingen zu verabschieden, die ihnen im Leben viel bedeutet haben, und dann verschwinden sie wieder. Den meisten genügt das, um ihren Frieden zu finden und für immer zu gehen. Aber ein kleiner Prozentsatz findet den Weg zurück in die Totenwelt nicht. Das sind die, die noch offene Rechnungen haben, die sie an das Diesseits binden. Etwas hält sie mit solcher Macht zurück, dass sie ihrem Schicksal nicht folgen können. Ich vermute, das ist bei dir der Fall.«

Bis vor Kurzem hätte Bel kein Wort von alldem geglaubt. Sie hatte noch nie etwas für Horror- oder Fantasyfilme übrig. Und sie hat auch nie an Geistererscheinungen geglaubt, wie die, nach denen ihre Freunde jedes Wochenende im »verlorenen Haus« suchen. Doch jetzt hat sich alles geändert, und sie glaubt Alma.

»Dann bist du dir also sicher, dass ich mich nicht umgebracht habe.«

»Klar. Sonst wärst du nicht hier.«

»Aber was ist dann passiert? Bin ich gestürzt? War es ein Unfall?«

»Ich kenne die Antwort nicht, Bel. Du musst sie selbst suchen. Deshalb bist du hier. Das ist die offene Rechnung, die dich an die Welt der Lebenden bindet, der du nicht mehr angehörst.«

Bel denkt an Ismael. Sie war überzeugt, dass er es war, der sie zurückgehalten hat. Er und die tiefen Gefühle, die sie für ihn hat. Sie denkt laut nach:

»Vielleicht könnte ich mit Amanda sprechen. Sie war dort. Mir würde sie bestimmt erzählen, was vorgefallen ist.«

»Davon würde ich dir abraten.« Alma rümpft die Nase.

»Warum? Amanda ist meine beste Freundin.«

»Daran habe ich keinen Zweifel. Aber die Lebenden sind schlechte Gesprächspartner für die Toten. Wenn sie nicht gegen das Grauen gefeit sind, so wie ich, dann sind sie ziemlich ängstlich und ungläubig, was Geisterthemen angeht. Sie sind wenig hilfreich. Glaub mir: Es ist besser, wenn du woanders nach Antworten suchst.«

»Woanders? Wo denn zum Beispiel? Gibt es noch mehr solche Wesen wie dich?«

Alma kichert.

»Ach, so viele sind wir auch wieder nicht, leider. Und es sind auch ein paar höchst seltsame Gestalten darunter…« Alma hält einen Moment inne, als müsste sie an eine bestimmte Person denken. »Wir werden über sie sprechen, wenn es nötig ist. Ich meinte eher andere Tote. Wesen wie du, die auf der Suche nach etwas sind.«

»Ich kann mit anderen Toten sprechen?«, fragt Bel mit weit aufgerissenen Augen.

»Du nicht, aber ich. Ich kann dir helfen, mit ihnen in Kontakt zu treten. Sie sind immer bereit zu helfen, und man kann ihnen voll und ganz vertrauen. Weit mehr als den Lebenden jedenfalls, denn sie haben weniger zu verlieren. Und sie haben natürlich keine Angst. Obwohl, eine Ausnahme gibt es…«

Verzückt hört Bel ihr zu. Die Sache fängt an, sie zu faszinieren.

»Hast du schon mal Kontakt zu einem nichtmateriellen Wesen gehabt?«

Bel versteht nicht, wovon sie redet.

»Was?«

»Hat jemand angeboten, dir zu helfen, einfach so, auf eine Art, die dir vielleicht sogar verdächtig vorkam?«

Ohne nachzudenken, schüttelt Bel den Kopf.

»Weil du noch so jung bist, kann es sein, dass ein Schutzgeist mit dir Kontakt aufnimmt. Aber bei denen kann man nie wissen.«

»Ein Schutzgeist?«

»Hast du noch nie von Schutzengeln gehört?«

»Doch, ja, natürlich.«

»Nun, so was Ähnliches. Ein Schutzgeist wacht über Menschen, Orte und manchmal auch Gegenstände. Sie helfen verlorenen Seelen wie dir. Sie kreisen ständig um sie herum, manchmal können sie ziemlich lästig werden, aber sie haben gute Absichten und sind für gewöhnlich liebenswürdig. Hab Geduld mit deinem, wenn er dir erscheint.«

»Und wie kann ich ihn erkennen?«

»Das ist ganz einfach. Mach dir darum keine Gedanken. Er wird alles tun, um sich dir zu erkennen zu geben.«

Bel hat so viele Zweifel, dass sie gar nicht weiß, wo sie mit ihren Fragen anfangen soll. Sie denkt über das Gehörte nach. Wäre die Scham nicht so groß, würde sie zugeben, dass sie sich überfordert fühlt. Als wenn sie Informationen im Internet sucht und zwanzig Seiten zum selben Thema liest. Am Ende hat sie das Gefühl zu schwimmen, völlig die Orientierung verloren zu haben.

»Und woher weißt du das alles?«, fragt sie.

»Ach, mein Schatz…« Alma schaut gen Himmel. »Die Erfahrung. Ich spreche schon seit vielen Jahren mit Geistern. Wie gesagt, ich bin ein Medium.«

»Machst du das professionell?«

Alma lacht laut auf, und Bel schiebt schnell eine Erklärung nach:

»Ich meine, ob du deinen Lebensunterhalt damit verdienst.«

»Nein, nein…« Sie lacht noch ein wenig herzhaft weiter, aber die Erkältung verleiht dem Lachen einen dunklen Unterton. »Als hätte ich dir erzählt, ich leide unter Klaustrophobie, und du hättest mich gefragt, ob ich davon lebe. Hör mal, Bel, ich bin nicht eine von diesen dahergelaufenen Betrügerinnen, die im Fernsehen auftreten und den Leuten das Geld aus der Tasche ziehen. Ich bin Medium seit meiner Geburt, ich kann nichts dagegen machen. Zeitweise bin ich damit gut zurechtgekommen, weil ich sehr kontaktfreudig bin und schon immer gern mit Menschen gesprochen habe, aber manchmal habe ich es auch als wahre Bürde empfunden. Vor allem wenn ich es mit richtig wütenden Geistern zu tun hatte. Zum Glück haben nur wenige einen Grund, wahrhaft zerstörerische Kräfte zu entfalten, aber den ein oder anderen habe ich schon kennengelernt.«

»Was heißt das, sie entfalten zerstörerische Kräfte?«

»Das möchtest du gar nicht wissen, Bel. Mit Rachegeistern

möchte ich nichts zu tun haben. Ihnen wohnt eine böse Kraft inne, die mir wirklich Angst macht, und ich bin keine Anfängerin. Mich mit zornmütigen Geistern auseinandersetzen zu müssen ist wirklich das Letzte, was ich will. Das kann nur schlecht ausgehen. Wenn sie Grund genug haben, kennen sie kein Pardon. Von dieser Seite betrachtet, kann die Gabe ein Fluch sein.«

»Was bringt sie denn so auf?«

»Vor allem Ungerechtigkeit. Die Wahrheit hat manchmal ein entstelltes Gesicht. Auch wenn nicht alle gleich damit umgehen, klar. Das hängt von der jeweiligen Person ab, wie unter den Lebenden. Glaub mir, ich weiß, wovon ich rede. Dich eingerechnet sind es jetzt schon siebenhundertzweiundzwanzig Geister, mit denen ich die Ehre und das Vergnügen hatte, in Kontakt zu treten. Mir ist bewusst, dass das ein Privileg ist, aber manchmal nervt es auch ziemlich. Natürlich weiß kaum jemand, dass ich diese Gabe besitze, und es würde mir auch nicht in den Sinn kommen, es jemandem zu verraten, nicht einmal meiner Mutter. Und erst recht nicht, mich daran finanziell zu bereichern. Mein einziger Gewinn ist, dass ich mit immateriellen Wesen wie dir in Kontakt trete. Ich hatte schon immer eine Schwäche für gute Geschichten, und wenn ihr Toten etwas zu bieten habt, dann sind es wunderbare Geschichten – und große Lust, sie zu erzählen. Damit fühle ich mich mehr als entlohnt.«

Es entsteht eine Pause, und Bel kommt auf ihre Frage zurück:

»Wovon lebst du dann?«

»Zum Teil von den Geschichten. Ich merke mir die Geschichten, die ich höre, gebe ihnen eine Struktur – manchmal gehen in der Realität die Ereignisse allzu bunt durcheinander –, verleihe ihnen noch etwas Pep und bringe sie zu Papier. So, dass die Gefühle rüberkommen, damit andere genauso gerührt sind wie ich. Ich kann dir versichern, es lohnt sich …«

Alma merkt, dass Bel ihr nicht folgen kann, und erklärt:

»Ich bin Schriftstellerin. Mein Spezialgebiet sind Geistergeschichten.«

Bel sieht sie bewundernd an. Sie hat noch nie eine Schriftstellerin kennengelernt und hätte nie damit gerechnet, dass ihr das eines Tages widerfahren könnte. Für jemanden, der sein ganzes Leben damit zubringen wollte, Bücher in einer Bibliothek zu ordnen, ist es, als ob ein Traum wahr würde. Sie will es Alma sagen, doch sie wird von einem Hustenkonzert unterbrochen. Danach fährt Alma fort:

»Ich bin bestimmt nicht die Einzige. Wenn ich Bücher von Kollegen lese, die auch in der fantastischen Literatur zu Hause sind, denke ich manchmal, denen ergeht es genau wie mir, obwohl es keiner offen zugibt, klar. Das wäre so, als würden wir preisgeben, dass das, was wir schreiben, nicht uns selbst widerfahren ist, und damit wären wir nichts anderes als einfache Chronisten. Kein Schriftsteller-Ego könnte einen solch tödlichen Dolchstoß verkraften.«

»Nicht mal, wenn es wahr wäre?«

»Gerade weil es wahr ist! Wir Schriftsteller sind alle Chronisten, keiner erfindet etwas, es gibt nichts zu erfinden, und das war schon immer so. Verzeih, ich glaube, ich rede Unsinn, mir steigt wohl das Fieber zu Kopf. Würde es dir etwas ausmachen, mir einen davon aufzulösen?« Sie zeigt auf eine Schachtel mit Beuteln eines Grippemittels auf einem Rollwagen.

Bel nimmt einen Beutel, geht in die Küche, schüttet den Inhalt in ein Glas mit ein wenig Wasser und rührt mit einem Teelöffel um. Als sie zurückkehrt, zittert Alma wie Espenlaub.

»Ich glaube, ich gehöre ins Bett«, sagt sie, nachdem sie die Medizin genommen hat. »Nutz die Zeit und sieh dir ein paar Vampirfilme an. In dem Schrank da findest du eine ordentliche Sammlung.«

Sie steht auf und zieht sich mit Decke, Buch und Taschentüchern bewaffnet ins Bett zurück.

Bel kann nicht abwarten, bis Alma wieder aufwacht. Sie hinterlässt ihr eine Nachricht auf dem Tisch: »Bin morgen früh zurück. Kurier dich aus.« Sie verlässt die Wohnung und geht zu Amanda. Auf dem Weg beschäftigen sie nur zwei Gedanken: Das Ladegerät ihres Handys und Almas Worte über die nach Rache dürstenden Geister. Sie würde gerne wissen, wie es dazu kommt und was Alma damit gemeint hat, dass sie wahrhaft zerstörerische Kräfte entfalteten.

Gleich morgen wird sie sie danach fragen.

Es ist Nachmittag, als sie Amandas Wohnung erreicht. Es ist noch hell. Sie klingelt, um sich zu vergewissern, ob jemand zu Hause ist, und sie hört über die Sprechanlage die Stimme ihrer Freundin. Amanda fragt ein paarmal, wer da ist, und dann legt sie den Hörer auf, ohne die Tür zu öffnen. Bel bedient sich wieder der gewohnten Strategie: Sie wartet, bis jemand durch die Tür kommt. Bei einem Haus, in dem mehr als sechzig Familien wohnen, ist das kein Problem. Sie muss nicht lange warten. Sie geht hinein und fährt mit dem Aufzug in den vierten Stock, wo

Amanda wohnt. Der letzte Teil ist der schwierigste. Bel starrt auf die verschlossene Tür und fragt sich, wie sie hineinkommt. Amanda hat keine Mutter mehr und ihr Vater kommt immer erst gegen zwei oder drei Uhr morgens nach Hause (wenn er überhaupt kommt, denn er ist Lastwagenfahrer und verbringt die Nächte oft außer Haus). Ihre Freundin dürfte also allein sein, wie üblich. Und dann macht sie niemandem die Tür auf. Bel setzt sich auf die Treppe und versucht, einen Plan auszuhecken, von dem sie sich allerdings nicht allzu viel verspricht. Doch es wartet eine Überraschung auf sie.

Der Fahrstuhl ist auf dem Weg nach oben und hält im vierten Stock. Heraus kommt eine ältere Frau mit einer zentimeterdicken Make-up-Schicht auf dem Gesicht, die Lider sind von einem abscheulichen grellgrünen Lidschatten bedeckt. Um den Hals trägt sie eine fingerdicke Goldkette, und die bunt lackierten Nägel sind lang wie Krallen. Sie sieht aus wie eine Hexe. Sie hinkt und muss sich auf einem Stock abstützen. Bel fällt auf, dass ihr rechtes Bein wesentlich kürzer ist als das linke, was sie durch eine hohe Sohle zu kompensieren versucht. Die Frau ist ihr unheimlich.

Sie klingelt an Amandas Tür, und ihre Freundin öffnet sofort. Bel ist überrascht, doch sie reagiert schnell. Sie heftet sich an die Fersen der Hexe und schlüpft mit ihr in die Wohnung. Sie hat das gewohnte Kribbeln gar nicht gespürt. Gewöhnt sie sich allmählich an den Umgang mit Sterblichen oder geht wirklich eine Wandlung mit ihr vor?

»Wo ist die Küche?«, fragt die Alte ohne ein Wort des Grußes.

Ihre Stimme ist schrill, unangenehm.

Amanda begleitet sie. Sie hilft ihr aus der Jacke und hängt sie über eine Stuhllehne. Bel beobachtet die beiden vom Flur aus, sie brennt vor Neugier.

»Hast du alles besorgt, was ich dir aufgetragen habe?«

Amanda nickt.

»Gib mir erst mal ein Glas Wasser. Ich sterbe vor Durst.«

Ihre Freundin öffnet den Kühlschrank, holt eine Flasche heraus und füllt ein Glas. Währenddessen inspiziert die Alte die Küche, als müsste sie gleich eine Beurteilung abgeben.

»Gibt es irgendwelche Tiere im Haus?«

»Nein.«

›Wo ist denn Amandas Katze? Ob sie abgehauen ist?‹, denkt Bel.

»Ein weibliches Wesen, außer dir und mir?«

»Hier ist niemand.«

»Hast du deine Regel?«

»Nein.«

»Gut.« Die Alte wirkt zufrieden. »Es ist nicht gut, Zaubertränke zuzubereiten, während man seine Tage hat. Gib mir einen mittelgroßen Topf und ein wenig Olivenöl.« Plötzlich hält sie inne. »Ah, Moment, gezahlt wird im Voraus.«

Amanda zieht dreihundert Euro aus der Hosentasche ihrer Jeans und überreicht sie der Frau. Die zählt zweimal nach und steckt das Geld in ihren Ausschnitt. Sie schiebt die Ärmel hoch und reibt sich die Hände.

Die Szene ähnelt einer dieser sterbenslangweiligen Kochsendungen im Fernsehen. Nur dass einige Zutaten nicht unbedingt verdaulich sind. Die Alte nimmt eine Lammkeule und legt sie in den Topf. Während sie im Öl brutzelt, fügt sie noch sechs Knoblauchzehen, drei Tomaten, zwei Pfefferkörner und eine großzügige Prise Salz hinzu. Als Bel sich schon zu fragen beginnt, warum Amanda für ein so gewöhnliches Rezept so viel Geld ausgibt, geht es erst richtig los.

»Feil dir die Nägel und sammle den Staub auf diesem Teller«, sagt die Alte.

Amanda gehorcht. Ihre Nägel sind lang, wahrscheinlich hat sie sie eigens für diesen Zweck wachsen lassen. Sie setzt sich an den Tisch, feilt mit Feuereifer jeden einzelnen Nagel und sammelt alles auf einem Unterteller. Nach einer Weile sagt die Alte:

»Das reicht. Gib her.«

Sie nimmt das Tellerchen und schüttet den Inhalt in den Topf. Bel verzieht angewidert das Gesicht.

»Hast du die Gebärmutter und die Krallen von der Katze?«

Bel kann nicht glauben, was sie da hört. Das ist einfach widerwärtig.

Zu ihrer großen Überraschung erwidert Amanda: »Ja«, und holt ein in Alufolie gewickeltes Päckchen aus einem Schuhkarton.

»Wo hast du sie her? Bist du sicher, dass sie von einer Katze stammen?«

»Ich hab sie selbst besorgt.«

Die Alte ist sichtlich beeindruckt.

»Im Ernst? Bist du sicher, dass die Katze noch gelebt hat?«

Amanda scheint die Kochlektion nicht sonderlich zu gefallen.

»Ja klar, wie du gesagt hast.«

»Braves Mädchen.«

Die faltigen Finger mit den bunt lackierten Nägeln reißen das Päckchen auf. Bel sieht einen blutigen Klumpen, der sie an die Innereien der Hähnchen erinnert, die ihre Mutter immer gleich in den Müll wirft.

»Mmmm … noch warm«, sagt die Alte und hält sich das Stück Eingeweide vor die Nase. »Das ist eine frische Gebärmutter, von einer jungen Katze, das sieht man gleich. Erste Qualität. Gib mir den Mörser.«

Amanda hat eigens für diesen Tag einen Mörser kaufen müssen. Sie übergibt ihn der Alten wie einen Opferstein. Die Alte wirft die Gebärmutter hinein und beginnt, entschlossen zu mahlen.

Bel sieht zu dem Päckchen hinüber, in dem sich noch zwanzig winzige Katzenkrallen befinden, einige davon hängen noch an den pelzigen Pfötchen des Opfers.

»Röste schon mal die Nägel. Schnell.«

»Womit denn?«, fragt Amanda verwirrt.

»In einer Pfanne natürlich. Worin denn sonst? Auf hoher Flamme und mit Salz. Mach schon, das Ganze muss noch eine Weile ruhen, wenn es fertig ist.«

Als sie fertig geröstet sind, vermischt die Alte die Krallen mit der Gebärmutter und gibt die Masse zu dem Braten in den Topf. Wäre Bel eine Sterbliche, hätte sie sich längst übergeben müssen.

»Jetzt fehlt nur noch die letzte Zutat. Hast du etwas besorgt, das er im Mund hatte?«

Amanda nickt mit einem triumphierenden Lächeln und holt einen kleinen Umschlag aus dem Kühlschrank. Sie öffnet ihn und überreicht der Alten einen halb abgenagten Lutscher.

»Ausgezeichnet«, sagt sie begeistert.

Die Alte rührt mit dem Lutscher in dem ekelerregenden Eintopf herum.

»Wir sind fast fertig. Jetzt fehlt nur noch die Beschwörungsformel. Du musst sie selbst sprechen.«

Amanda will schon beflissen zu ihr eilen, doch die Alte gebietet ihr mit erhobener Hand Einhalt.

»Einen Moment. Bist du sicher, dass du es willst?«

»Ja.«

»Wirst du es auch nicht bereuen? Bedenke, es gibt kein Zurück.«

»Nein.«

»Wäre es dir nicht lieber, wenn er schwer krank würde?«

Amanda ist sich sicher.

»Nein. Ich will, dass er stirbt.«

Bel ist entsetzt. Sie kann nicht glauben, was sie da hört. Wovon sprechen sie? Und überhaupt: Wer ist so dumm zu glauben, dieser Fraß könnte jemanden umbringen, es sei denn, er ekelt sich davor zu Tode?

Die Alte fordert Amanda auf, sich vor den Herd zu stellen. Sie selbst stellt sich hinter Amanda, schlingt die Arme um sie und fasst ihre Hände. Amanda lässt sich führen und spricht ihre Worte nach:

»Kraft dieser Ingredienzien …«

»Kraft dieser Ingredienzien …«

»… und mit der Hilfe aller Mächte …«

»… und mit der Hilfe aller Mächte …«

»… soll der Gast an meinem Tische …«

»… soll der Gast an meinem Tische …«

»… an ihm das Ende seiner Tage finden …«

»… an ihm das Ende seiner Tage finden …«

Die Alte lässt Amanda los und dreht die Herdflamme ab. Ihre Freundin wirkt verängstigt und atmet schwer.

›Da hat sie auch allen Grund zu‹, denkt Bel.

»Ist es vollbracht?«, fragt Amanda.

»Nein, jetzt musst du die Küche verlassen und ich werde über das Zaubermahl wachen, bis es abkühlt. Deck inzwischen schon mal den Tisch.«

Amanda befolgt den Rat, geht ins Esszimmer und holt die Tischdecke und die Servietten aus der Schublade. Bel verfolgt aufmerksam die Bewegungen der Alten. Sie ist neugierig, wie wohl eine Wache über ein Zaubermahl aussieht.

Als die Alte sich unbeobachtet fühlt, zieht sie ein Fläschchen aus der Rocktasche. Es enthält eine dunkle Flüssigkeit. Geschwind schüttet sie es in den Topf und rührt gut um.

Dann reinigt sie alles, was sie angefasst hat, mit einem mitgebrachten Tuch: Die Topfgriffe, das Glas, den Mörser, den Stößel, den Löffelstil, das Tablett, die Arbeitsplatte. Als sie fertig ist, setzt sie sich hin und wartet.

Amanda ist damit beschäftigt, den Tisch zu decken.

Bel nutzt die Gelegenheit, sich in Amandas Zimmer umzusehen. Sie braucht kein Licht, um ihr Ladegerät zu finden, wegen dem sie hergekommen ist. Nebenbei schnüffelt sie ein wenig in Amandas Sachen herum, aber sie kann nichts entdecken, was sie nicht schon tausendmal gesehen hätte. Sie kennt das Zimmer so gut wie ihr eigenes. Nur eine Sache fällt ihr auf: In einer Tüte am Türgriff entdeckt sie ihr Lieblings-T-Shirt, das sie nicht oft genug anziehen konnte. Sie geht davon aus, dass ihre Mutter es Amanda geschenkt hat.

Die Alte verkündet, dass ihre Aufgabe beendet ist und dass sie jetzt geht. Vorher gibt sie Amanda noch letzte Anweisungen:

»Denk daran, dass du nichts von dem Essen anrührst. Und dein Gast muss innerhalb von drei Stunden nach dem ersten Bissen wieder verschwunden sein.«

»Verstanden. Und die andere Beschwörung? Sprechen wir die auch jetzt?«

»Damit muss man mindestens achtundvierzig Stunden warten.« Die Alte hebt die Hand und zeigt ihr die Handfläche, wie ein Verkehrspolizist. »Sonst könnte sie den Geruch des Todes annehmen und dann hat sie keine Wirkung. Komm am Sonntag zu mir und bring alle Zutaten mit. Und jetzt gib mir meine Jacke, ich will nicht hier sein, wenn dein Gast kommt.«

Auf ihren Stock gestützt verlässt die Alte hinkend die Wohnung.

Bel will auf den Gast warten. Nachdem sie der Zubereitung des üppigen Mahles beigewohnt hat, will sie unbedingt wissen, wem es zugedacht ist.

Als es klingelt und Amanda die Tür öffnet, erstarrt sie. Es ist Nando. Er hat einen Strauß gelber Margeriten dabei und strahlt über das ganze Gesicht.

Bel verschwindet. Sie will nur noch weg. Es ist spät, und sie sollte längst auf dem Weg ins Krankenhaus sein.

Als sie den Container auf der Straße sieht, beschleicht sie eine seltsame Ahnung. Der Deckel ist defekt. Sie späht hinein, überzeugt, sie würde die ausgeweidete Katze ihrer Freundin darin entdecken.

Aber der Container enthält nur bunt gemischten Müll. Es stinkt bestialisch, aber das nimmt sie gar nicht wahr.

›Viele Leute haben das mit der Mülltrennung immer noch nicht kapiert‹, denkt Bel und zieht von dannen.

Vor dem Essen hat Nando sich bei Amanda entschuldigt. Er habe sie am Telefon nicht anschreien oder belästigen wollen, es täte ihm leid, wenn seine Worte sie verletzt hätten.

»Mir sind die Nerven durchgegangen. Ich war wütend. Und eifersüchtig. Du kennst mich doch, eigentlich bin ich nicht so.«

Gleich danach lobt er das Lamm in höchsten Tönen, es sähe fantastisch aus und würde sehr lecker riechen. Er erklärt ihr, niemand außer seiner Mutter habe je für ihn gekocht, und das habe sicherlich viel zu bedeuten. Als Amanda es schon fast nicht mehr aushält, wartet er mit sentimentalen Liebesschwüren auf:

»Ich habe noch nie für jemanden so viel empfunden wie für dich. Du weißt, ich würde alles für dich tun. Aber verlang nicht von mir, dich in Ruhe zu lassen.«

Amanda hört ihm zu, ungerührt wie die Mitglieder des Königshauses bei einer Audienz. Sie lässt zu, dass er ihre Hand nimmt – so will es das Drehbuch –, aber als er sie küssen will, sagt sie schnell:

»Heute nicht, Nando. Mir ist hundeelend.«

Die Übelkeit dient ihr auch als Vorwand, warum sie keinen Bissen zu sich nimmt. Betört gafft er sie an und entschuldigt sich wieder: »Ich will nicht aufdringlich sein, aber du bist einfach so heiß.« Sie sieht ihn schalkhaft an und sagt:

»Lass es dir schmecken, ich hab's extra für dich gemacht.«

Nando lächelt, er fühlt sich gebauchpinselt und neckt sie:

»Dich würde ich auch gern vernaschen, Süße …«

Missmutig wendet Amanda den Blick ab, aber Fernando merkt es nicht. Er ist zu sehr damit beschäftigt, das letzte Fleisch vom

Lammknochen abzukratzen. Er scheint einen Mordsappetit zu haben. Amanda beobachtet jede Bewegung. Mit einem Stück Brot wischt er den Teller sauber und ruft zufrieden aus:

»Wie gut meine Kleine kochen kann!«

Amanda hat sich bemüht, alles unter Kontrolle zu behalten. Professionell hat sie einen Blick auf die Uhr geworfen, als Nando sich den ersten Bissen in den Mund schob. Es war 21 Uhr 37. Eine halbe Stunde vor Mitternacht wird der Zauber Wirkung zeigen, hat die Hexe gesagt.

Um genau 22 Uhr 22 fragt Nando:

»Was gibt es zum Nachtisch?«

Amanda entschuldigt sich: Sie hat nichts vorbereitet. Sie sagt, es täte ihr leid, aber es sei das erste Mal, dass sie für jemanden

kocht, das nächste Mal würde sie auch an den Nachtisch denken. Er lacht verschmitzt und sagt mit einem demonstrativen Blick auf ihre Brüste:

»Ich dachte, du wärst der Nachtisch.«

Amanda wird übel. Sie versucht, es zu verbergen. Sie zieht einen Schmollmund und sagt:

»Ich hab doch schon gesagt, dass ich mich nicht wohlfühle. Ich glaube, ich leg mich ins Bett.«

»So ein Pech aber auch. Ich hab gedacht, es bringt mir Glück, dass bald Freitag der Dreizehnte ist. Ich hab gedacht, ich lerne das Nachtwesen kennen, das in dir schlummert …«

Während er das sagt, streichelt er ihren Handrücken, denkt dabei aber an ihren Hintern. Unwillig schiebt Amanda die Hand weg. Sie lächelt. Es ist ein falsches, hässliches Lächeln. Doch Nando merkt das nicht. Er ist in seinem eigenen Ärger gefangen.

»Soll ich kurz in die Apotheke rüberlaufen und was besorgen? Vielleicht geht es dann vorbei.«

»Kaum«, sagt Amanda entschieden. »Ich hab meine Tage.«

Der Trick funktioniert immer. Die Regel ist für Jungen wie Nando ein so unergründliches Geheimnis, dass sie allein schon bei dem Wort verstummen. Als handele es sich um eine merkwürdige Krankheit mit unvorhersehbaren Konsequenzen.

Nando seufzt und blickt zu dem grünen Sofa hinüber.

»Kann ich ein Weilchen fernsehen?«

Amanda schürzt die Lippen.

»Besser nicht. Mein Vater kann jeden Moment zurückkommen«, lügt sie, »und ich glaube nicht, dass er begeistert wäre, dich hier vorzufinden.«

Nando hat seinen Frust schnell verdaut.

»Ah«, murmelt er. »Dann gehe ich jetzt wohl besser. Schade.«

Amanda sagt nichts und holt seine Jacke, die sie vorhin in der Diele auf einen Bügel gehängt hat. Schweigend sieht sie zu, wie Nando sie anzieht. Sie gibt ihm einen Kuss auf den Mund und versucht, überzeugend Unwohlsein vorzuschützen. Das fällt ihr nicht allzu schwer, ihr dreht sich tatsächlich der Magen um, aber nicht aus dem Grund, den sie Nando genannt hat. In der Tür (es ist inzwischen 23 Uhr 11) verzieht er den Mund und sagt:

»Ich glaube, du hast mich angesteckt. In meinem Bauch rumort es auch.«

Amanda rät ihm, sich ins Bett zu legen, und knallt ihm die Tür vor der Nase zu. Sie wartet, bis sie den Aufzug abfahren hört und weiß, dass Nando weg ist. Dann räumt sie eilig das Geschirr ab und spült es mit der Hand, anstatt es in den Geschirrspüler zu stellen. Sie wäscht auch den Topf ab und stellt ihn wieder an seinen Platz. Die Essensreste wirft sie zusammen mit Nandos gelben Margeriten in eine Mülltüte und verschließt sie mit einem doppelten Knoten. Sie geht in ihr Zimmer, kniet sich auf den Boden und zieht eine ausgediente alte schwarze Sporttasche hervor. Sie wirft einen kritischen Blick hinein, als könnte sich die Leiche ihrer Katze verdünnisiert haben. Sie kann den Anblick nicht ertragen, es war schon schlimm genug, sich die herzzerreißenden Schreie anhören zu müssen, als sie ihr den Bauch aufschlitzte, um ihr bei lebendigem Leib die Gebärmutter rauszunehmen. Das wird sie nie vergessen. Und auch Sexy, ihre Katze, wird sie nicht vergessen. Sie hat sie sehr geliebt. Sie muss sie so schnell wie möglich ersetzen, damit sie den Schmerz nicht so spürt.

Sie verlässt die Wohnung mit der Sporttasche und der Mülltüte. Sie geht zu den Müllcontainern gegenüber vom Eingang und wirft die Sporttasche in den grauen für den Hausmüll und die Tüte in die Biotonne. Sie hätte die Katze rausholen und zusammen mit den Knochen entsorgen können, aber allein bei der Vorstellung bekommt sie eine Gänsehaut. Für Amanda ist der Tod nichts, womit sie umgehen kann, und so schiebt sie ihn weit weg aus ihren Gedanken.

Wieder in der Wohnung wirft sie einen letzten Blick ins Wohnzimmer und in die Küche, um sich zu vergewissern, dass sie alle Spuren vom Besuch dieses aufdringlichen Kerls beseitigt hat. Sie erklärt die Säuberungsaktion für abgeschlossen und öffnet, nun schon ruhiger, den Kühlschrank, nimmt ein Stück Käse, einen Apfel und einen Trinkjoghurt und zieht sich mit der Beute in ihr Zimmer zurück.

Sie macht den Computer an und klickt sich durch den Ordnerdschungel, bis sie zu dem mit der Musik kommt. Sie wählt ein Lied aus, das sie gerade jetzt hören möchte. Sie versucht, an nichts zu denken, vor allem nicht an Nando und daran, was sie gerade getan hat. Sie dreht die Musik auf volle Lautstärke und lässt sich von ihr betäuben. Sie grölt:

I'm becoming this all I want to do
Is be more like me and be less like you
Can't you see that you're smothering me
Holdig too tightly afraid to lose control
Cause everything that you thought I would be
Has fallen apart right in front of you

Die Musik besänftigt das wilde Tier in ihr. Sie stöbert in ihrem E-Mail-Postfach, keine Nachrichten von dem Mulatten aus fernen Landen. Sie ruft den Instant Messenger auf, doch ihr ist schnell langweilig. Sie ist müde, findet aber keine Ruhe. Es wird das Beste sein, wenn sie schlafen geht. Wenn sie vergisst, was sie getan hat. Morgen lacht wieder die Sonne. Morgen ist sie Nando los.

Sie schaltet den Computer aus. Vor dem Spiegel zieht sie ihre Klamotten aus und legt sich ins Bett. Eine Stunde lang versucht sie, einzuschlafen. Sie wird das Gefühl nicht los, dass etwas Schreckliches geschehen wird.

Dass etwas Ungeheuerliches auf sie zukommt.

I can't stay
Tomorrow I'll be on my way
So don't expect to find me
Sleeping in my bed
When you wake up
I won't be there

Bel singt die ganze Nacht. Hin und wieder macht sie eine Pause, streichelt schweigend Ismaels Hand und denkt darüber nach, was an diesem Tag alles geschehen ist.

Ismael zeigt keine Reaktion, doch sie gibt die Hoffnung nicht auf.

›Was einmal passiert ist, kann auch ein zweites Mal passieren‹, sagt sie sich und singt weiter.

Bel überlegt, dass sie schon wieder zu spät zu Alma kommen wird. Doch als sie im ersten Morgenlicht das Krankenhaus verlässt, wird sie nur von einem einzigen Gedanken beherrscht: Sie muss zurück in den Vergnügungspark.

Eine Vorahnung quält sie, es ist wie ein Stich, und sie will das sofort geklärt haben.

Als sie an dem Spielplatz vorbeikommt, sieht sie den alten Mann, der vor ein paar Tagen die Tauben gefüttert hat. Er sitzt auf der Bank bei der Rutsche, und sie hat das Gefühl, er beobachtet sie. Plötzlich steht er auf, reckt den Arm in die Höhe und winkt. Bel dreht sich um, um zu sehen, ob sich hinter ihr noch jemand auf dem Bürgersteig befindet. Ein Lebender. Überrascht stellt sie fest, dass sie allein ist. Der Mann lächelt und winkt weiter.

Sie überquert die Straße und betritt den Spielplatz. Die Tauben müssen wohl noch schlafen, denn es ist keine einzige zu sehen. Oder ihr Freund ist heute mit leeren Händen gekommen. Als sie näher kommt, stellt sie fest, dass er dasselbe Sweatshirt trägt wie beim letzten Mal.

»Können Sie mich sehen?«, fragt sie ihn.

»Ich bin nicht sicher«, erwidert der Alte. »Meine Augen sind nicht mehr das, was sie mal waren. Du bist Belinda, nicht wahr?«

»Nennen Sie mich Bel.«

»Hallo, Bel«, grüßt er.

Ihm fehlen mehrere Zähne. Seine Haut ist trocken wie Pergament. Er hat große, kräftige Hände. Jemand, der es gewohnt ist, hart zu arbeiten.

»Sind Sie tot?«, fragt Bel.

»Ich schon. Er nicht.«

Klingt wie ein Rätsel.

»Wer sind Sie und wer ist er?«

»Es ist unwichtig, wer ich bin. Und wer er ist, weiß ich nicht.«

Bel schnalzt mit der Zunge und will weitergehen. Für alberne Spielchen hat sie keine Zeit. Und auch nicht für Scherzkekse. Doch der alte Mann steht auf und ruft: »Ich bin Batiskafo!«

Bel ist wie vom Donner gerührt.

»Batiskafo?« Bel verzieht verächtlich, fast schon angewidert den Mund. »Was reden Sie denn da?«

»Ich bin dein Schutzgeist. Ich kann mich in jedes lebende Wesen verwandeln. Obwohl ich mehr in der virtuellen Welt zu Hause bin, wie du vielleicht schon bemerkt hast. In Körper wie diesen hier zu schlüpfen ist mühsam.« Bel muss an Almas Worte denken: Man erkennt den Schutzgeist, weil er immer seine Hilfe anbietet. Klar, warum war sie nicht von selbst darauf gekommen? Wer sollte es anderes sein als Batiskafo? Er hatte sich aufgedrängt wie kein Zweiter.

»Gefällt dir das Detail mit dem Sweatshirt?«, fragt der Alte und dreht ihr den Rücken mit der Aufschrift »Trust me« zu. »Kommt gut, was?«

Bel seufzt müde. Sie weiß nicht, ob ihr Beschützer ein jugendlicher Geist ist – was ihr ein Graus wäre –, oder, noch schlimmer, ein Erwachsener, der auf jugendlich macht.

»Nicht schlecht.«

»Ich freue mich, dass ich jetzt endlich Kontakt mit dir aufnehmen kann«, sagt ihr Beschützer und grinst dümmlich. »Bis jetzt hatte ich ja nicht viel Glück. Du bist ein schwieriges Mädchen.«

›Was soll das ändern? Ob es Punkte dafür gibt, dass ich mit ihm spreche, wie in einem Videospiel?‹, fragt sie sich.

Bel weiß nicht, was sie zu dem Alten sagen soll, der sich so merkwürdig benimmt. Batiskafo lächelt immer noch, als er ihr die nächste Frage stellt, auf die Bel schon gewartet hat:

»Womit kann ich dir helfen?«

Der Gedanke, künftig einen Alten an den Fersen hängen zu haben, behagt ihr überhaupt nicht. Sie versucht, möglichst überzeugend zu klingen, als sie sagt:

»Ich hab alles unter Kontrolle, danke. Wenn ich dich brauche, gebe ich dir Bescheid.«

Der Alte lächelt spöttisch.

»Ich dachte auch, ich hätte alles unter Kontrolle, Mädchen. Doch von wegen, weißt du, ich war durchgeknallt, völlig durchgeknallt.«

Bel rümpft die Nase. Batiskafo spricht wie ein Sprachstudent, der die Worte noch nicht richtig verwenden kann.

»Egal. Ich möchte lieber allein gehen, wenn es dir nichts ausmacht.«

»Das ist etwas anderes. Aber ich weise dich darauf hin, dass ich dir folgen werde.«

Bel zuckt die Achseln, als wollte sie sagen: ›Schön, wenn dich das glücklich macht.‹

Ihr Hüter merkt das und fügt schnell hinzu:

»Du wirst nicht einmal merken, dass ich da bin. Denk daran, dass ich mich in alles Mögliche verwandeln kann. Tschüssi, bis dann, ade, bye-bye!«

Der Alte legt die Hände im Schoß übereinander und schließt die Augen. Plötzlich sieht es aus, als würde er auf der Bank schlafen. Nach der vierfachen Verabschiedung ist Batiskafo offensichtlich verschwunden. Gut so. Solange er nicht in fünf Minuten in einer anderen Gestalt wieder auftaucht.

Sie hatte nicht einmal Zeit, sich Gedanken zu machen, ob er endgültig abgezogen ist, da öffnet der Alte die Augen, sucht nach der Tüte mit dem trockenen Brot, zerbröselt eine Kruste und gurrt:

»Kommt, meine Täubchen, ihr Süßen, kommt, es gibt Fresschen…«

Der alte Mann schaut sie an, aber er scheint sie nicht zu sehen. Es ist klar, dass nur noch er in seinem Körper steckt, wer auch immer er sein mag. Und wer weiß, wo sich ihr aufdringlicher jugendlicher Schutzgeist gerade befindet.

Sie sagt sich, genug der Zeitverschwendung, und macht sich auf den Weg.

Die Vorahnung ist jetzt noch stärker geworden, wie ein Wirbelsturm, der an Intensität zunimmt, je weiter er fortschreitet. Und an Zerstörungskraft.

Sie hat nur noch einen Gedanken: Sie muss die Wahrheit herausfinden. So schnell wie möglich.

Sie ist siebzig Minuten unterwegs. Diesmal trödelt sie nicht, sie denkt nicht nach, hört keine Musik. Sie setzt einfach einen Fuß vor den andern, will nur ankommen.

Doch sie fühlt sich nicht besser, als sie in der Ferne das erloschene Schild des Vergnügungsparks gewahrt. Im Gegenteil.

Ohne Probleme klettert sie über den Zaun und steuert direkt auf die Achterbahn zu, als gäbe es nichts anderes auf der Welt. Nur sie und die paar Eisenstäbe, die aussehen wie ein riesiges, lauerndes Insekt. Im Gegensatz zum letzten Mal weiß sie heute, was sie zu tun hat.

Sie geht zum Eingang der Achterbahn, öffnet das Tor zur Plattform. Einige Wagen sind schon abgebaut. Nur drei befinden sich noch an ihrem Platz auf den Schienen. Einer davon in ihrer

Nähe. Sie geht hin, hält sich an dem seitlichen Gitter fest, tritt mit einem Bein auf eine Strebe und schwingt sich nach oben. Dann lässt sie sich auf den Sitz gleiten. Genau wie an dem Tag, an dem alles endete.

Sie schließt die Augen und denkt nach. Sie könnte jetzt noch leben. Das zweite Trimester hätte angefangen. Sie bekäme gute Noten, wie immer. An den Wochenenden würde sie mit Isma ausgehen, denn der hätte keinen Unfall gehabt und läge nicht im Krankenhaus. Vielleicht würden sie Pläne schmieden. Irgendeinen Samstag würde sie, wie ausgemacht, mit ihrer Tante in der Bibliothek verbringen. Sie hätte sich bei dem Hip-Hop-Casting im Fernsehen vorgestellt – ihre Tanzlehrerin hatte ihr gesagt, sie sei sehr gut und hätte durchaus Chancen. Sie wäre ins Kino gegangen und zur Party von denen aus der elften, und sie hätte zum ersten Mal in ihrem Leben Silvester mit Sekt angestoßen, Ismael zwanzigtausendmal geküsst, irgendwann hätten sie mehr als Küsse ausgetauscht, sie hätte ihre Eltern überredet, ihr ein Interrailticket zu kaufen, und Orte kennengelernt, von denen sie nicht einmal geträumt hatte, sie hätte wie eine Verrückte getanzt, wunderbare Bücher gelesen, Lieder gesungen, die noch gar nicht komponiert waren, sie wäre auf die Universität gegangen, hätte eines Tages vielleicht sogar Kinder bekommen und sie mit in diesen Vergnügungspark genommen, und ihnen erzählt, dass sie als kleines Mädchen hier war, und sie hätte …

Bel schlägt die Augen auf.

Noch nie hat sie solch eine Beklemmung verspürt.

Sie starrt auf die Sicherheitsstange des Wagens. Sie weiß, wenn sie sie anfasst, wird die Erinnerung ihr etwas zeigen, das sie vielleicht nicht ertragen kann. Und dann gibt es kein Zurück mehr.

Sie war stets ein besonnener Mensch. Und das ist sie auch heute. Ein paar Minuten denkt sie schweigend darüber nach, was ihr lieber ist. Sie wägt alle Möglichkeiten ab, während sie die zu ihren Füßen ausgestreckte Stadt mit dem Meer im Hintergrund betrachtet. Es sieht aus, als würde es auch heute regnen.

In dem Moment setzt sich ein grüner Wellensittich vor sie auf die Schienen und sieht sie eindringlich an, als wollte er sagen: »Ich habe dich gefunden, jetzt bin ich ein grüner Vogel.«

Bel trifft eine Entscheidung. Für die Wahrheit. Die schmerzliche Wahrheit.

Sie legt die Hände auf die Sicherheitsstange.

Es geschieht, was geschehen muss.

Alma hatte von Ungerechtigkeit gesprochen. Aber das trifft es bei Weitem nicht. Bel sieht alles, wie in einem Film, Sekunde für Sekunde, Wort für Wort, Geste für Geste. Sie sieht, was mit ihr und Isma passiert ist. Genug, um Antworten auf alle Fragen zu finden. Und mehr noch: Sie sieht etwas, von dem sie sich wünschte, es nie gesehen zu haben.

Sie steht auf. In ihr vollzieht sich eine Wandlung, sie ist nicht mehr länger das Wesen, das vorhin in den Vergnügungspark kam. Und sie ist sich dieses Wandels bewusst. Die Wahrheit verändert alles. Aber nicht nur die Wahrheit, auch die Wut, der Schmerz, die Ohnmacht, dieses Bewusstsein des Bösen, das sie vorher nicht hatte.

Das Böse. Jetzt ist sie das Böse. Sie hört es in ihrem Inneren toben. Lautstark fordert es Rache.

Sie klettert aus dem Wagen, geht zum Ausgang. Bevor sie die Achterbahn verlässt, in der alles seinen Anfang nahm, hält sie sich an den Streben fest. Sie rüttelt daran, merkt, wie viel Kraft sie hat, als seien die Metallstreben nur Seidenbänder. Die Achterbahn schaukelt, als wäre sie aus Kunststoff und fällt in sich zusammen. Bel rüttelt noch kräftiger daran. Sie spürt, dass die Zerstörung ihr ein ungekanntes Vergnügen bereitet. Selbst wenn Menschen in den Wagen säßen, würde sie dasselbe tun. Selbst wenn Kinder unten neben ihren Müttern in der Schlange warten würden.

In einem furchtbaren Regen prasseln mit lautem Getöse die Eisenteile nieder. Die Wagen stürzen zu Boden. Die Schienen biegen sich, als wären sie aus Knetgummi.

Der grüne Wellensittich ist verschreckt davongeflogen.

Bel hört nicht auf, bis nur noch ein paar makabre Reste von der Achterbahn übrig sind. Niemand wird eine überzeugende Erklärung für die Zerstörung finden.

Dann geht sie. Das Gebrüll in ihrem Inneren nimmt zu. Es gibt nur eine Art, es zum Schweigen zu bringen.

Den zu zerstören, der sie zerstört hat.

ZWEITER TEIL

ALLES, WOVON DU DACHTEST,
DASS ES IRGENDWANN SEIN KÖNNTE,
IST ZERSTÖRT.

FREITAG, 13. FEBRUAR

PANISCH SCHLÄGT AMANDA DIE AUGEN AUF: IHR HERZ RAST. SIE hat geträumt, in ihrer Nähe habe etwas angefangen zu brennen, und der Traum war so real, dass sie sogar den Brandgeruch in der Nase hatte. Und noch während sie sich fragt, ob man einen Geruch träumen kann, stellt sie fest, dass es sich nicht um einen Traum handelt. Das Zimmer ist voller Rauch. Der Geruch ist real. Entsetzt springt sie aus dem Bett.

Die Tüte. Die Tüte, in der sie Bels Sachen aufbewahrt. Aus ihr kommt der Rauch, der sich überall ausgebreitet hat. Es riecht furchtbar. Das muss der Kunststoff der Bürste sein oder das Material der Turnschuhe, schließt sie blitzschnell. Damit das Feuer sich nicht weiter ausbreiten kann, schnappt sie sich die Tüte und rennt ins Bad.

Zum Glück ist sie noch rechtzeitig aufgewacht. Nur eine Minute später und ihr Zimmer hätte vielleicht schon in Flammen gestanden. Die Tüte befand sich direkt neben dem Bett, und die Decke ist mit leicht brennbaren Synthetikfasern gefüllt. Nicht auszudenken, was alles hätte passieren können. Amanda wirft sie in die Badewanne und dreht den Wasserhahn auf. Das Wasser aus dem Duschkopf löscht den kleinen Schwelbrand sofort.

Obwohl an diesem klatschnassen Haufen nichts mehr brennen kann, lässt Amanda weiter Wasser darüberlaufen, um ganz sicherzugehen. Dann dreht sie den Hahn zu und hängt die Dusche wieder ein. Missmutig begutachtet sie, was von den Sachen ihrer Freundin noch übrig ist. Nicht mehr viel: Das T-Shirt ist verbrannt. Die Haarbürste hat sich zu einer weichen Plastikkugel verformt. Und bei den Turnschuhen erinnern nur noch die Sohlen daran, was sie einmal waren.

›Merkwürdig, dieser Brand‹, denkt Amanda und schnalzt mit der Zunge. Es hat sie so viel Mühe gekostet, an die Sachen zu kommen, und jetzt sind sie alle weg, ohne dass sie wusste, wie ihr geschah.

›Bah! Was soll's. Ich werde Blanca bitten, mir ein anderes Teil von Bel zu geben. Neulich hätte sie mir alles gegeben, was ich wollte.‹

Sie holt einen Müllsack und wirft die verbrannten Sachen hinein. Sie will alles in der Mülltonne entsorgen, bevor ihr Vater nach Hause kommt. Wenn er davon Wind bekäme, würde er nach einer Erklärung verlangen, und Amanda hasst Fragen, auf die sie keine Antwort hat.

Sie schnürt den Sack zu und stellt ihn kurz im Flur ab; sie geht noch mal in ihr Zimmer, um Schuhe anzuziehen.

Sie merkt es nicht gleich, erst nachdem sie das Fenster sperrangelweit geöffnet hat, damit der Rauch abzieht. Als sie sich umdreht, fällt ihr Blick direkt darauf. Erst empfindet sie nur Ekel, ihr Magen krampft sich zusammen, doch dann hat sie plötzlich Angst, große Angst. Sie kann es nicht glauben.

Es ist Sexy, ihre Katze. Sie ist wieder da. Aber nicht das knuddelige Haustier, sondern das widerwärtige Knäuel aus Blut, Fell und Eingeweiden, zu dem sie selbst es gemacht hat.

Die Katze liegt auf dem Bett, vom Hals bis zum Schwanz so grob aufgeschlitzt, dass man gleich sieht, es kann nur das Werk eines Dilettanten sein. Sexy blickt mit aufgerissenen, dunklen, toten Augen in die Welt. Als wäre sie selbst von ihrer Verstümmelung überrascht.

›Das kann nicht sein. Das kann einfach nicht sein. Das bilde ich mir nur ein‹, sagt eine leise Stimme in Amandas Hirn, die sich weigert, das alles zu glauben.

Die ganze Decke ist voller Blut.

Amanda presst die Hand auf den Mund, damit sie sich nicht übergeben muss.

Um zehn Uhr morgens bekommt Carlos einen Anruf von Polizeichef Montoliu.

»Hallo, Anglas, lang ist's her.«

»Ja, sehr lange.« Er hat das Gefühl, die Stimme käme aus einem anderen Leben und nicht aus dem Kriminalkommissariat.

Er kennt den Polizeichef schon seit ewigen Zeiten. Sie waren beide schon bei der Polizei, als es noch keine Frauen im Korps gab und alle sich mit Namen kannten. Doch schon damals hatten sie sich nicht sonderlich gemocht. Die Beziehung war vom ersten Moment an angespannt, vielleicht schon seit sie sich das erste Mal die Hand geschüttelt hatten. Auch die Zeit konnte daran nichts ändern. Und das, obwohl sie nach der Ausbildung eine Weile gemeinsam die Tore des Palastes der autonomen katalanischen Landesregierung bewacht hatten.

Dann kam es zu rasanten Veränderungen. Im Zuge neuer Gesetze hatte der autonome Polizeiapparat seine Kompetenzen mehr und mehr erweitert. Viele neue Leute wurden eingestellt, der Apparat dehnte sich aus, es gab neue Bereiche, neue Ämter, überall entstanden Kommissariate. Angesichts der neuen Gegebenheiten und der Einstellung vieler junger Beamter mussten die Polizisten der alten Garde umdenken. Montoliu hat den Aufstieg geschafft, hat sich spezialisiert und wurde befördert. Carlos ist lieber Streifenpolizist geblieben, nah bei den Menschen, eine Arbeit, die ihm immer Spaß gemacht hat. Jetzt arbeiten sie in derselben Stadt und haben hin und wieder miteinander zu tun. Immer wieder kommt der alte Groll hoch. Auch heute spricht der barsche Ton des Polizeichefs Bände.

»Entschuldige, wenn ich gleich mit der Tür ins Haus falle, aber Fernando Trabal Uzúa, ist das nicht der Junge, der an der Achterbahn gearbeitet hat, auf der deine Tochter zu Tode kam? Ich hatte noch keine Zeit, mir die Berichte anzusehen.«

»Ja, das ist er.«

»Nun, er ist tot.«

Carlos ist schockiert. Der Vorgesetzte fährt fort:

»Herzanfall. Sieht zumindest so aus. Er wird obduziert.«

›Ein Herzanfall bei einem gerade mal siebzehnjährigen sportlichen Jungen ohne Übergewicht, der nie geraucht hat?‹, stutzt Carlos. Doch er sagt lediglich:

»Das ist merkwürdig.«

»Manchmal geschehen merkwürdige Dinge, Anglas. Denk mal an die Fußballspieler, die mitten in der Partie wie vom Blitz getroffen umfallen. Jünger und gesünder kann man kaum sein, und auch die krepieren. Vielleicht hatte der Junge auch eine Verletzung oder einen Herzfehler, von dem er nichts wusste, was weiß ich. Das können wir nicht ausschließen. Nun gut. Ich wollte mich nur vergewissern, dass es der ist. Ich lasse dich jetzt in Ruhe schlafen. Hab mich gefreut, mit dir zu sprechen.«

»Ebenso«, sagt Carlos automatisch.

Carlos findet keine Ruhe. Er legt sich neben Blanca, die sich sofort wegdreht. Sie ist wütend auf ihn, weil er Bels Sachen weggeworfen hat. Als sei er schuld an allem, was passiert, als würde ihm das alles nichts ausmachen. Sie sagt nichts, aber Carlos weiß, dass sie wach ist. Wenig später steht Blanca auf und lässt ihn mit seinen Gedanken allein.

Innerhalb weniger Tage haben sie sich in zwei Fremde verwandelt, die dazu verurteilt sind, Bett und Leben zu teilen.

Die Sache mit Fernando geht Carlos nicht aus dem Kopf. Er ruft sich wieder in Erinnerung, was er über ihn weiß. Viel ist es nicht. Er war Amandas Freund, hat neben seiner Ausbildung im Bereich Elektrik und Elektronik im Vergnügungspark gearbeitet und mit seinen Eltern und seiner älteren Schwester im Horta-Viertel gewohnt. Er war nie in krumme Sachen verwickelt und hat keine Probleme gemacht. Er hat keinerlei Vorstrafen und ein normales Umfeld. Im Tibidabo-Vergnügungspark hatte er letztes Jahr zu Beginn des Sommers angefangen, und die Verantwortlichen des Parks, mit denen er gesprochen hat, haben ausgesagt, er sei ein zuverlässiger junger Mann gewesen, der seine Arbeit gemacht und keinen einzigen Tag gefehlt habe. Nichts, was an einen Verbrecher denken ließe. Doch Carlos weiß aus Erfahrung, dass Vermutungen bei seiner Arbeit nicht ausreichen und dass die schlimmsten Verbrechen manchmal von Menschen begangen werden, bei denen man sich nicht mal vorstellen kann, dass sie bei Rot über die Ampel fahren. Der plötzliche Tod des Jungen gibt zu den kühnsten Vermutungen Anlass. Dass jemand ihn loswerden wollte, zum Beispiel. Oder dass er Probleme hatte, über die er mit niemandem gesprochen hat. Eine Gang? Eine Abrechnung? Der Tod bringt immer viele offene Fragen mit sich. Das Problem ist, Antworten darauf zu finden. Aber es ist auch genauso absurd, ins Blaue hinein zu spekulieren.

Carlos wälzt sich im Bett hin und her. So sehr er es auch versucht, er kann einfach nicht einschlafen. Er geht ins Wohnzimmer, wo Blanca mit einer Tasse Kaffee vor dem Fernseher sitzt. Als sie ihn kommen sieht, flüchtet sie in die Küche.

Carlos nimmt das Telefon und die Blätter mit den Namen und Telefonnummern, die man ihm im Vergnügungspark gegeben hat.

Er will die Arbeit fortsetzen, mit der er vor ein paar Tagen begonnen hat und für die er immer Momente wie diesen nutzt, in denen er nichts Besseres zu tun hat. Mit einem gelben Textmarker markiert er die Namen der Angestellten, mit denen er schon gesprochen hat. Es sind noch viele übrig. Er wählt die erste noch unmarkierte Nummer und sucht den Namen dazu: Luis García. Ein Anrufbeantworter. Er hinterlässt eine Nachricht sowie Namen und Rufnummer. Die nächste ist María Teresa Giménez. Sie nimmt persönlich ab. Carlos stellt ihr dieselbe Frage, die er schon bei zweihundertachtundsechzig Anrufen zuvor gestellt hat.

»Haben Sie einen Computer erworben, der von der Verwaltung des Vergnügungsparks auf der internen Pinnwand angeboten wurde? Zum Sonderpreis für Mitarbeiter und …«

Die Frau lässt ihn gar nicht erst ausreden.

»Nein. Ich habe mir schon lange keinen Computer mehr gekauft. Bedaure. Viel Glück.«

Carlos legt auf und wählt die nächste Nummer. Esteban Giménez.

Und immer so weiter. Bei keiner hat er Glück.

Aber Carlos weiß, dass der Erfolg von seiner Beharrlichkeit abhängt, und er ist entschlossen, nicht aufzugeben.

Amanda ist fertig mit Aufräumen. Am schlimmsten war es für sie, den ausgeweideten, starren Kadaver von Sexy in eine Plastiktüte zu packen. Die Bettdecke hat sie sofort in die Waschmaschine gesteckt. Sie hat frische Bettwäsche aufgezogen und den Boden gewischt. Auch den Abfall hat sie runtergebracht. Zum zweiten Mal innerhalb von vierundzwanzig Stunden hat sie ihre tote Katze in den Container gegenüber geworfen. Sie begreift nicht, was geschehen ist, aber sie ist erleichtert, dass wieder Normalität eingekehrt ist.

Jedenfalls glaubt sie das. Doch als sie in ihr Zimmer zurückkommt, muss sie feststellen, dass die Katze schneller wieder oben war als sie. Diesmal liegt sie nicht auf dem Bett, sondern neben der Computertastatur. Das war zu Lebzeiten ihr Lieblingsplatz, dort hatte sie immer gelegen und ihr Frauchen nicht eine Minute aus den Augen gelassen. Amanda unterdrückt einen Schrei des Entsetzens. Sie traut sich nicht, das Zimmer zu betreten, und starrt auf die ekelerregenden Überreste von Sexy. Sie hat das Gefühl, ihr Herz habe sich in eine Trommel verwandelt, die jeden Moment den Brustkorb sprengt.

Sie erinnert sich an die Nachricht, die sie vor ein paar Tagen bekommen und von der sie geglaubt hatte, sie sei von Fernando. Die sie wutentbrannt beantwortet hatte, in der Hoffnung, er würde sie endlich zufriedenlassen.

Jetzt kommt ihr der Verdacht, dass es nicht Nandos Werk war.

Sie holt eine weitere Mülltüte.

›Aller guten Dinge sind drei‹, denkt sie, während sie die Überreste ihrer Katze wieder einpackt.

Es ist unglaublich, aber sie verspürt nicht einmal Angst. Nur das dringende Bedürfnis, sie loszuwerden, dem ganzen Spuk ein Ende zu machen. Sie nimmt die Schlüssel, zieht ihre Jacke an, steckt ihr Handy und zwei Zehneuroscheine ein.

Schon in der Tür, kehrt sie noch einmal um. Wie aus Reflex nimmt sie die Kette mit dem herzförmigen Anhänger ab, die Bel ihr geliehen und die ihr immer so gefallen hat. Auf einmal empfindet sie Widerwillen. Sie will nichts von Bel an ihrem Hals hängen haben. Sie legt sie in die Kiste mit dem Modeschmuck, zu den anderen Armbändern, Ohrringen und Ringen.

Dann verlässt sie die Wohnung samt Mülltüte.

Blanca macht sich Frühstück. Sie hat den Fernseher eingeschaltet, damit sie ihrem Mann nicht zuhören muss, der stur diese absurden Anrufe tätigt und immer wieder dasselbe sagt. Dieser verdammte Computer. Was ist bloß dran an dieser Kiste, dass sie Carlos wichtiger ist als Bels Sachen, die er einfach weggeworfen hat wie alten Plunder? Immer wenn sie daran denkt, ist ihr zum Heulen zumute. Erst jetzt hat sie gemerkt, dass sie mit einem Monster verheiratet ist.

Im Wohnzimmer setzt Carlos seine Telefonaktion fort. Er wird allmählich müde, beschließt aber, noch ein bisschen weiterzumachen. Ein gewisser Carlos Illa ist an der Reihe. Er wählt die Nummer und wartet. Nach dreimaligem Klingeln meldet sich eine männliche Stimme. Er vergewissert sich, dass es die gesuchte Person ist und sagt wieder seinen Spruch auf.

Die Stimme am anderen Ende erwidert gequält:

»Bedaure, aber ich habe noch nie einen Computer besessen. Ich wüsste nicht einmal, wie ich ihn anschließen sollte.«

Auf dem Weg zur U-Bahn wählt Amanda Nandos Nummer und wartet mit angehaltenem Atem. Es geht niemand ran. Als auch nach langem Klingeln nichts geschieht, verspürt sie eine Mischung aus Erleichterung und Furcht. Erleichterung, weil sie nicht mehr ständig die Anrufe des Jungen ertragen muss, der ihr in der letzten Zeit mit seiner Aufdringlichkeit gehörig auf die Nerven gegangen ist. Nicht einmal durch Beschimpfungen hatte er sich abweisen lassen. Und Furcht, weil sie den Grund kennt, warum Nando nicht ans Telefon geht.

Sie betritt die U-Bahn-Station, wie hundertmal zuvor. Leichtfüßig bewegt sie sich durch die unterirdischen Gänge. Sie steigt in den letzten Wagen ein und fünf Stationen später wieder aus. Ihr Weg führt sie über ein paar stark befahrene Straßen, bis sie eine kleine Gasse erreicht, in der immer viel Trubel herrscht. Sie läutet an der Tür aus Glas und Aluminium mit der Nummer 87, und die alte Hexe, Rosalía, ist sogleich an der Sprechanlage.

»Ich bin's, Amanda«, meldet sie sich an, und mit einem Summen öffnet sich die Tür.

Amanda geht die steile Treppe hinauf. Drei Stockwerke mit verfallenen Wänden und Treppenabsätzen so finster wie Wolfsschlünde. Als sie stehen bleibt, um Atem zu schöpfen, hat sie das Gefühl, einen eisigen Hauch im Nacken zu spüren. Die Angst treibt sie schnell weiter.

Rosalía wartet hinter der Tür auf ihren Stock gestützt.

»Was ist denn jetzt los? Hab ich dir nicht gesagt, du sollst achtundvierzig Stunden warten?«, empfängt die Alte sie.

Doch als sie sieht, wie leichenblass Amanda ist, öffnet sie ihr die Tür und sagt:

»Verstehe. Ein Notfall.«

Amanda geht schnurstracks auf das Zimmer zu, das Rosalía als ihr »Arbeitszimmer« bezeichnet. Es handelt sich um einen schmalen Raum, vollgestopft mit Krempel. Einmachgläser mit Substanzen in allen möglichen Farben, flüssige und feste; ein Aquarium mit sechs orangefarbenen Fischen, Räucherstäbchen, Pflanzen, dicke Wälzer, Kristallkugeln, die aussehen wie Briefbeschwerer, und überall Talismane. Amanda setzt sich auf die einzig freie Fläche im Raum, und das ist der Besucherstuhl. Sie wartet nicht, bis Rosalía Platz genommen hat, und bestürmt sie, immer noch ein wenig außer Atem, mit der Frage:

»Kennst du eine Methode, mit der man Geister vertreiben kann?«

»Ist es ein guter oder ein böser Geist?«

»Ein böser.«

»Ja, aber da haben wir ein Problem«, sagt sie.

»Was für ein Problem?«

»Willst du immer noch den Liebestrank?«

»Ja, klar«, erwidert Amanda.

»Du musst dich entscheiden: entweder das eine oder das andere.«

Amanda blickt finster drein.

»Warum?«

Die Alte setzt sich an ihren Tisch und schlingt die Hände ineinander. Sie sieht aus wie ein mürrischer, abgeklärter Professor. Sie spricht langsam:

»Es gibt Beschwörungen, um böse Geister zu vertreiben, aber sie sind so stark, dass sie nicht nur diese Geister vertreiben, sondern auch das Gute. Solange die Beschwörung andauert, ist es, als würden wir uns im Inneren einer Kristallkugel befinden. Schreckliche Dinge können uns nichts anhaben, aber auch alles

Wunderbare zieht an uns vorbei, als würden wir nicht existieren. Wenn ich so eine Beschwörung für dich durchführe, wird dieser Junge, den du unbedingt haben willst, sich nicht in dich verlieben, bis …«

We don't need no education
We don't need no thought control…

Amandas Handy klingelt und unterbricht die Rede der Hexe, die sichtlich verärgert ist. Amanda zieht es aus der Hosentasche und geht ran.

Am anderen Ende brüllt ihr Vater:

»Wo zum Teufel steckst du, Amanda? Die Schule hat gerade angerufen, die haben gesagt, dass du schon zwei Tage nicht mehr da warst. Stimmt das?«

Amanda seufzt resigniert. Es hat keinen Sinn, es abzustreiten.

»Ja«, erwidert sie unwirsch.

Auch sie mag es nicht, wenn sie unterbrochen wird.

»Wo bist du? Wenn du mich anlügst, kannst du was erleben.«

Ihr Vater ist stinksauer, doch an Amanda prallt alles ab. Man hat sie im Leben schon so oft angebrüllt und beschimpft, dass es ihr nicht mehr wehtut.

Schnell findet sie die Antwort, die ihr Vater hören will. Zum Glück war sie immer schon schnell im Denken.

»Ich bin schon den ganzen Tag im Krankenhaus. Ismael geht es besser.«

Die Worte klingen so überzeugend, dass ihr das schier Unmögliche gelingt: ihren Vater zu entwaffnen.

»Wenn ich nach Hause komme, bist du gefälligst da, verstanden? Und keine Ausreden.«

»Wann kommst du denn nach Hause?«, fragt Amanda, damit sie weiß, wie viel Zeit ihr bleibt.

Doch ihr Vater hat schon aufgelegt. Rosalía verzieht missmutig den Mund.

»Du solltest den Ton abstellen, wenn du etwas Wichtiges zu erledigen hast«, sagt sie. Ihre Hände ruhen auf dem Tisch.

»Das wäre noch schlimmer. Mein Vater flippt aus, wenn ich nicht rangehe.«

Rosalía ist wütend.

»Ich hab keine Zeit zu verlieren. Also, wie gesagt, du musst dich entscheiden. Die beiden Beschwörungen können nicht gleichzeitig zum Einsatz kommen.«

Amanda überlegt, obwohl ihr eigentlich klar ist, dass es nichts zu überlegen gibt.

Durch die Schlitze unter den hängenden Lidern sieht die Alte sie an.

»Wenn dich ein böser Geist verfolgt, solltest du es dir vielleicht noch mal durch den Kopf gehen lassen. Womöglich schwebst du in großer Gefahr.«

Amanda zögert. Sie ist erschrocken. Aber sie hat eine klare Vorstellung davon, was sie zu tun gedenkt.

»Ich hab's mir überlegt.« Sie steht auf, verlässt das Zimmer, kehrt zurück. »Ich werde das Risiko eingehen.«

»Ganz schön wagemutig.« Rosalía lächelt und entblößt eine Reihe perfekter Porzellanzähne. »Gut, dann machen wir es wie besprochen. Komm am Sonntagabend um halb neun und bring alles mit, was ich dir gesagt habe.«

›Ich muss etwas von Bel beschaffen, das nicht aus Metall ist, ganz egal wie‹, denkt Amanda.

Die Alte fährt fort:

»Erst machen wir die Beschwörung für die Loslösung, dann die für die Liebe. Das wird ein Weilchen dauern. Mindestens drei Stunden. Und wir dürfen dabei nicht gestört werden, verstanden?« Rosalía blickt demonstrativ auf das Handy.

Amanda nickt. Als sie schon in der Tür steht, dreht sie sich noch einmal zu der Alten um und fragt:

»Kann ich in der Zwischenzeit irgendetwas tun? Etwas, das mich vor dem bösen Geist schützt?«

Die Alte schüttelt wieder den Kopf.

»Wenn der Geist richtig wütend ist, ist da nicht viel …«

»Das ist er. Er ist stinksauer.«

»Und, hat er einen Grund dazu?«

Amanda senkt den Blick.

»Wenn es der ist, den ich meine, … ja.«

»Dann kannst du es nur mit kleinen listigen Tricks versuchen, aber ich warne dich, wenn er hartnäckig ist, wird es schwer sein, ihn loszuwerden. Leg bei dir überall Rosmarin aus. Manchmal vertreibt sie das. Koch dir Rosmarintee und trink ihn in einem Zug aus. Vielleicht wäre es auch nicht schlecht, wenn du dich damit einsprühst. Und wenn du ganz verzweifelt bist, kannst du dich immer noch auf einen Friedhof flüchten. Die Anwesenheit anderer Toter besänftigt sie ein wenig. Auch Kirchen sind da hilfreich, wie du bestimmt aus Filmen oder Romanen weißt. Aber nur, weil es an den meisten heiligen Orten von Leichen nur so wimmelt. Ah, und wenn du an etwas glaubst, an was auch immer, solltest du dich unter seinen Schutz stellen.«

Amanda nickt. Die Worte der Hexe klingen nicht gerade beruhigend.

»Bis Sonntag«, verabschiedet sie sich.

Die Alte klopft zum Abschied mit dem Stock auf den Boden und knallt die Tür zu.

Auf dem Treppenabsatz schlägt Amanda eine Polarkälte entgegen. Sie knöpft die Jacke zu und tastet im Dunkeln nach dem Lichtschalter. Ihre Finger berühren ein kleines Rechteck aus Kunststoff. Sie drückt darauf, und sogleich geht eine gelbe Glühbirne oben an der Wand an. Doch kaum ist sie angegangen, zerspringt sie auch schon. Amanda stößt einen gellenden Schrei aus. Sie umklammert das Geländer, ihr gefriert fast die Hand. Vorsichtig setzt sie einen Fuß vor den anderen, damit sie nicht fällt. Die Dunkelheit kommt ihr jetzt noch undurchdringlicher vor. Ihr Herz schlägt schneller. Wieder beschleicht sie das unangenehme Gefühl, dass jemand sie verfolgt. Sie spürt den frostigen Hauch im Nacken. Sie versucht, die absurden Gedanken aus ihrem Kopf zu vertreiben.

›So ein Blödsinn. Da ist niemand‹, denkt sie.

Doch die Angst ist ein anhänglicher Begleiter. Amanda bekommt eine Gänsehaut. Als spürte ihr Körper eine Gefahr, die ihre Augen nicht sehen, rein instinktiv, wie ein Tier. Als sie den nächsten Treppenabsatz erreicht – ›Jetzt sind es nur noch zwei!‹, denkt sie –, läuft es ihr eiskalt den Rücken runter. Sie tastet nach dem Schalter, drückt und wartet auf die Explosion.

Die lässt nicht lange auf sich warten. Diesmal fallen ihr die Glassplitter auf den Kopf. Einer hat sich ihr in die Haut gebohrt. Sie schüttelt den Kopf, um die Splitter loszuwerden, und hat nur noch einen Gedanken:

›Ich muss hier raus.‹

Sie hält sich am Geländer fest, atmet tief ein, bis ihr Herzschlag sich beruhigt hat, und will ihren Weg fortsetzen.

In dem Moment stößt sie etwas heftig von hinten, sie stolpert und fällt vier Stufen hinunter. Zum Glück hatte sie die Hand am Geländer, trotzdem hat sie sich den Kopf und die Beine angeschlagen und den Arm verdreht. Sie spürt einen stechenden Schmerz in der Schulter. Sie steht auf.

›Nur noch ein Stockwerk‹, sagt sie sich.

Zu weit.

Alma wacht mitten in einem Fieberschub auf. Sie lauscht in die Stille. In der Ferne heult ein Krankenwagen, ein Fernseher begleitet den Nachmittagsschlaf eines Nachbarn, Schritte im Innenhof. Scheinbar ist sie allein in der Wohnung. Bel ist nicht gekommen. Das würde sie nicht weiter beunruhigen, wäre da nicht diese Vorahnung, dass gerade etwas Schlimmes geschieht oder bald geschehen wird.

›Bel ist auf eine Verwandlung nicht vorbereitet‹, sagt sie sich.

Schüttelfrost quält sie. Sie muss unbedingt etwas gegen das Fieber nehmen. Bibbernd schleicht sie in gekrümmter Haltung in die Küche. Sie löst den Inhalt des Beutels in ein wenig Wasser auf und trinkt es in einem Zug. Sie will nur noch zurück ins Bett, unter die Decke kriechen und die Augen schließen.

Der Verdacht muss warten. Das Fieber betäubt ihre Sinne.

›Hoffentlich ist es nur falscher Alarm‹, denkt sie.

Als sie den Treppenabsatz im ersten Stock erreicht, hat Amanda ihre Meinung geändert.

›Ich hätte zu Rosalía zurückgehen sollen. Ich hätte die Treppe nicht hinuntergehen dürfen‹.

Doch die Reue nützt ihr jetzt wenig. Sie kann nichts mehr tun. Eine übermenschliche Kraft treibt sie vor sich her. Diese Kraft begnügt sich nicht länger damit, sie zu stoßen, sondern sie wirbelt sie durch die Luft wie ein Blatt im Wind. Die Kraft ist so gewaltig, dass es sinnlos ist, sich dagegen wehren zu wollen.

Auf einmal hat sie das Gefühl, das Ende naht. Sie wird die finstere Grotte nicht lebend verlassen. Wenn man ihren Leichnam findet, werden alle glauben, sie habe sich den Treppenschacht hinuntergestürzt. Denn genau das versucht diese Kraft zu erreichen, die ihre Bewegungen kontrolliert, als wäre sie eine Marionette. Sie packt sie an den Knöcheln, reißt sie hoch und will sie hinunterwerfen. Amanda kämpft, klammert sich mit aller Kraft an das Geländer, sie versucht, sich zu wehren, stößt einen gellenden Schrei aus, aber gegen diese übermenschliche Kraft kommt sie nicht an.

Amanda gibt normalerweise nicht so leicht auf, aber diesmal sind die Umstände außergewöhnlich. Sie begreift, dass der Feind zu stark für sie ist, und wähnt alles verloren. Sie begreift, dass sie zu weit gegangen ist und dass sie dafür einen hohen Preis bezahlen wird. Den höchsten. Sie wird sterben und kann sich nur noch in ihr Schicksal ergeben. Da hört sie, wie unten die Tür ins Schloss fällt. Licht geht an, und Schritte kommen seelenruhig die Treppe hinauf.

Die Kraft, die sie beherrscht hat, lässt sie fallen und zieht sich zurück. Wie eine Windböe, die mit einem Mal nachlässt. Als fürchtete sie, man könne sie entdecken oder als wollte sie sich die Beute für den Moment aufsparen, in dem sie allein waren. Doch die wahren Gründe wird sie nie erfahren.

Amandas Körper hängt über der Brüstung, ein Bein baumelt in der Luft und das andere hat wie durch ein Wunder wieder festen Boden unter den Füßen. Sie fühlt sich wie eine Puppe, die man zurück in die Schachtel gelegt hat. Die Person, die soeben das Haus betreten hat, hat ihr das Leben gerettet. Sie ist nur noch ein paar Meter entfernt. Amanda richtet sich auf. Ihre Hände sind taub, der Körper ist von oben bis unten mit kleinen

Blutergüssen übersät, aber die meisten Sorgen macht ihr die verletzte Schulter. Bei der kleinsten Bewegung könnte sie vor Schmerz schreien.

Sie fährt sich mit der Hand durchs Haar und tut so, als wäre nichts passiert, als sie ihrer Retterin gegenübersteht, einer dunkelhaarigen älteren Frau mit rundem Gesicht, die ihr matt zulächelt. Amanda grüßt sie unendlich dankbar, doch die Frau verzieht nur angestrengt den Mund und stößt einen kehligen Laut aus. Sie ist taubstumm.

So schnell es ihre schmerzenden Beine erlauben, eilt Amanda die Treppe hinunter auf die Straße. Sie fühlt sich, als wäre sie von den Toten auferstanden.

Carlos legt auf und streicht den nächsten Namen von der Liste. Er hat einfach kein Glück. Er wirft einen Blick auf die Namen, die noch ausstehen – mehr als die Hälfte – und fragt sich, wer von ihnen wohl etwas über den Computer wissen könnte. Er fühlt sich lächerlich. Er jagt einem Computer hinterher, während seine Kollegen den Mord an einem Jungen aufzuklären versuchen, der nicht einmal volljährig werden durfte. Eigentlich sollte er schlafen, doch dafür ist er viel zu nervös. Blanca ist in Bels leerem Zimmer und Carlos weiß genau, was jetzt kommt: Vorwürfe, Tränen, und so sehr er auch versucht, sich in seine Frau hineinzuversetzen, kann er ihr Verhalten einfach nicht verstehen.

Er beschließt, die Wohnung zu verlassen. Er fühlt sich eingesperrt, als bekäme er keine Luft mehr. Als er an Bels ehemaligem Zimmer vorbeikommt, bestätigt sich sein Verdacht. Seine Frau sitzt an die leere Wand gelehnt, die Arme um die angezogenen Beine geschlungen und starrt auf die Fliesen. Sie trägt einen alten Pyjama und ihre Socken könnten mal eine Wäsche vertragen. Ihr Haar ist schmutzig und verfilzt, ihre Augen sind wie eingesunken hinter dunklen Augenringen, und sie ist blasser und abgezehrter denn je. Das Fenster steht sperrangelweit offen, und ein eisiger Wind weht hinein, der die ganze Wohnung auszukühlen droht.

»Du wirst dir eine Lungenentzündung holen«, sagt er und will hineingehen, um das Fenster zu schließen.

Doch mit schneidendem Ton fährt Blanca ihm in die Parade:

»Wag es ja nicht. Verschwinde.«

Carlos begreift, dass seine Frau in ein tiefes Loch gefallen ist. Das Gefühl der Ohnmacht wächst mit jedem Tag, aber auch das Mitleid. Mitleid, weil sie nur mehr ein trauriger Schatten der Frau ist, die sie einmal war. Und auch wegen des gemeinsamen Lebens, an das sie mit all ihrer Kraft geglaubt hatten und von dem nichts mehr übrig ist außer dieser Traurigkeit und diesem Schmerz, die sich für immer in ihren Herzen festgesetzt haben. Während er sich anzieht, denkt er, dass ihr Leben fortan so leer sein wird wie das Zimmer ihrer Tochter.

Es ist fast sechs, als Amanda nach Hause kommt. Ihre Schulter schmerzt, sie hat keine Lust zu reden, und schon gar nicht, irgendwelche Fragen zu beantworten. Kaum hat sie die Tüten in ihrem Zimmer abgestellt, die Jacke ausgezogen und den Computer eingeschaltet, da hört sie auch schon die Stimme ihres Vaters aus dem Wohnzimmer:

»Komm her, Amanda.«

Wie immer, wenn er nach einer langen Fahrt nach Hause kommt, hat Manuel eine Jumbopizza und vier Dosen Bier bestellt und sich vor den Fernseher gesetzt, um sich berieseln zu lassen. Wenn er fertig ist, wird er sich eine Zigarette nach der anderen anzünden, bis das halbe Päckchen aufgeraucht ist. Das ist seine Art, nach der Arbeit zu entspannen, für Amanda ist das schier unerträglich. Er duscht vorher nicht mal. Manchmal riecht es schon im Flur nach betrunkenem Fernfahrer. Noch schlimmer ist es, wenn ihr Onkel sich dem Festschmaus aus Fett und Glotze anschließt.

Amanda wünscht sich, sie könnte während des Gesprächs die Luft anhalten.

»Willst du nicht mehr zur Schule gehen?«, fragt ihr Vater, mit einem schlaffen Stück Pizza in der einen und der Bierdose in der anderen Hand.

»Ich hatte heute einen Termin bei meiner Psychologin«, lügt sie und schaut zu Boden, um sich den Anblick zu ersparen.

»Komm rein und setz dich.«

Ein schlechtes Zeichen: Das wird lange dauern. Amanda hatte gedacht, mit einer kurzen Abreibung wäre es getan, doch nun weitet sich das Ganze zu einem existenziellen Gespräch aus.

Amanda gehorcht. Der Essensgeruch stört sie.

»Iss«, sagt ihr Vater und schiebt ihr mir dem Fuß den Pizzakarton zu.

»Nein, danke. Ich hab keinen Hunger.«

»Hast du jetzt beschlossen, auch nichts mehr zu essen? Machst du jetzt gar nichts mehr so wie früher? Kannst du mir vielleicht mal verraten, was du mit deinem Leben anfangen willst?«

Mit jeder Frage wird die Stimme ihres Vaters lauter.

»Ich hab gerade ’ne schlechte Phase«, sagt sie. Das Verhör ist ihr unangenehm. Und nur, um ihren Vater zu beruhigen, fügt sie hinzu: »Ich werde die Schule nicht mehr schwänzen, versprochen.«

»Das will ich meinen«, sagt er drohend, »denn wenn ich höre, dass du auch nur einen Tag im Unterricht fehlst, nehme ich dich sofort von der Schule. Ein Kollege sucht eine Telefonistin für das Transportunternehmen, das er gerade aufgemacht hat. Die Arbeitszeit ist von sechs Uhr morgens bis sieben Uhr abends, jeden Tag, auch am Samstag. Wenn ich mitkriege, dass du wieder rumspinnst oder mich verarschst, dann sorg ich dafür, dass du bei ihm anfängst. Kapiert? Du musst lernen, dass es im Leben Pflichten gibt, mit der Schule angefangen. Abhauen tun nur Feiglinge, klar?«

Ihr Vater beißt energisch in die Pizza und Amanda stammelt schnell: »Ja, ja.« Dann starren beide schweigend auf den Bildschirm, wo immer wieder dasselbe Tor aus allen möglichen Perspektiven gezeigt wird. Amanda denkt an die Worte ihres Vaters. Sie weiß genau, dass es eine Anspielung auf ihre Mutter war, doch der Vergleich lässt sie kalt. Sie weiß selbst, dass Flucht die schlechteste Lösung ist, vor allem für den, der zurückbleibt und sich damit abfinden muss, dass er bei dem Spiel der Dumme ist.

Ihr Vater spricht nie offen über ihre Mutter. Amanda denkt oft an sie, aber das würde sie ihm nie sagen. Sie hat ein paar Fotos von ihr gesehen und weiß, dass sie eine sehr hübsche Frau war oder ist. Und dass sie einen verschlagenen Blick hat. Als kleines Mädchen hat sie immer geweint, wenn sie daran dachte, dass ihre Mutter sie verlassen hatte. Doch in letzter Zeit, vielleicht seit einem Jahr oder ein paar Monaten, hat sie angefangen, sie zu verstehen. Denn Amanda hat selbst oft große Lust abzuhauen. Sie macht es nur nicht, weil sie nicht weiß, wo sie hinsoll, und weil ihr Vater sie binnen vierundzwanzig Stunden mit Gewalt zurückholen würde. Aber der Wunsch ist übermächtig. Und dass er in Erfüllung geht, ist, wie so vieles im Leben, nur eine Frage der Zeit.

Nach der Pause und ein paar großen Schlucken Bier wirkt Manuel schon wieder besänftigt.

»Geht dir das immer noch nah mit deiner Freundin?«, fragt er.

Amanda hält es nicht mehr aus. Sie heult vor Zorn, vor zurückgehaltener Wut, vor Ohnmacht. Manuel sieht sie aus Lichtjahren Entfernung an. Er bemerkt die geschwollene Schulter, die Schürfwunden an den Händen, die Blutstropfen auf der Stirn.

»Was ist mit dir passiert?«, schreit er. »Hat dich wer geschlagen?«

Amanda verzieht widerwillig das Gesicht. Eine Miene, die besagen soll: ›Interessiert dich das wirklich?‹ Sie versucht, sich zu beruhigen. Wut hilft ihr jetzt nicht weiter. Aber es nützt nichts. Ihr Vater steht auf und packt sie an dem verletzten Arm. Amanda schreit auf vor Schmerz.

»Wie ist das passiert? Los, sag's mir!«

»Ich bin eine Treppe runtergefallen«, verteidigt sie sich, und sie spricht so hastig, dass man sie kaum versteht.

»Was für 'ne Treppe?«

»Hab ich doch schon gesagt. Bei der Psychologin.«

Ihr Vater schnaubt, stößt sie in den Flur. In der anderen Hand hält er die Bierdose.

»Du fährst sofort in die Notaufnahme. Ein Arzt soll sich den Arm anschauen. Der sieht übel aus.«

»Nein, es ist nichts, Papa, ich hab schon …«

»Du machst, was ich dir sage! Auf der Stelle!«

Instinktiv hebt er die Hand, wie gewöhnlich. Amanda sieht ihn erschrocken an und denkt, dass ihr Vater eine merkwürdige Art hat, sich um sie zu kümmern. Zum zweiten Mal an diesem Tag wird Amanda klar, dass jeder Widerstand zwecklos ist.

Sie geht in ihr Zimmer, um eine Jacke zu holen, fährt den Computer runter und verlässt wortlos die Wohnung.

Carlos verbringt den Rest des Tages bis zum Abendessen auf dem Kriminalkommissariat. Die Obduktion bei Fernando bestätigt den Verdacht auf Herzstillstand. Plötzlicher Herztod, wie bei den Fußballspielern, von denen der Polizeichef vor ein paar Stunden gesprochen hatte. Ihm fällt es schwer, das zu glauben, aber er muss sich der Beweislage beugen.

Kurz vor Schluss kommt ein Kollege, der gerade mit den Eltern gesprochen hat, und mit der definitiven Bestätigung.

»Fernando hatte seit seiner Geburt eine kleine Herzschädigung. Seit ein paar Jahren nahm er Medikamente. In der Schule war er vom Sportunterricht befreit. So gut wie niemand wusste davon.«

Carlos runzelt die Stirn. Er versteht nicht, was da vor sich geht. Aber er sieht sich auch nicht in der Lage, ein Urteil abzugeben. Er hat seit mehr als vierundzwanzig Stunden nicht geschlafen und wahrscheinlich kann er nicht mehr klar denken.

Als die Gerichtsmediziner den Leichnam für die Beerdigung freigeben, beschließt Carlos, nach Hause zu gehen.

Ihm bleiben nur noch ein paar Stunden, um etwas zu essen, dann muss er schon wieder zum Dienst antreten, aber zum ersten Mal in vielen Ehejahren freut er sich, dass er nur so kurz zu Hause ist.

Kaum hat er aufgeschlossen, wartet auch schon eine Überraschung auf ihn. Auf dem Sofa sitzt Amanda. Ihr gegenüber trocknet Blanca ihre Tränen und lächelt auf diese schmerzliche Weise, die nur Trauernden eigen ist. Sie haben sich an der Hand gefasst. Blanca sagt:

»Bel hätte gewollt, dass du es bekommst. Du weißt, dass sie dich sehr gern hatte.«

Auf Amandas Knien liegt Bels Tagebuch, und sie greift mit der freien Hand danach. Der Arm ist geschient und auf Höhe der Schulter trägt sie einen Verband. Oder zumindest schien es Carlos so, der im Vorbeigehen nur einen flüchtigen Blick in das Zimmer geworfen hat, ohne auch nur zu grüßen.

Doch während er sich für die nächste Schicht frisch macht, spürt er, wie das Blut in seinen Adern brodelt. Dieses Tagebuch ist das Einzige, das er hat, um zu beweisen, dass seine Tochter am Tag ihres Todes allerbeste Laune hatte. Er könnte so tun, als hätte er nichts gesehen, und vielleicht wäre es das Beste für Blanca. Doch auch jetzt kann er seine Frau nicht verstehen. Wie kann sie einfach einen Gegenstand verschenken, der für seine

Ermittlung von so entscheidender Bedeutung ist? Auch wenn sie von dieser Ermittlung nichts weiß.

Er verlässt das Bad und stürmt ins Wohnzimmer mit der Absicht, das Tagebuch wieder an sich zu nehmen. Doch Amanda ist schon weg. Und Blanca richtet nicht ein Wort an ihn. In der Art, wie sie auf dem Sofa sitzt, liegt ein Hochmut, der ihm Angst macht, denn eigentlich will sie damit sagen: »Ich brauche dich nicht mehr. Es würde mir nichts ausmachen, wenn du aus meinem Leben verschwindest.«

Niedergeschlagen öffnet Carlos den Kühlschrank und nimmt sich ein Stück Käse. Er geht ins Schlafzimmer, zieht die Uniform an, nimmt seine Dienstwaffen aus dem Tresor, und während er die Handschellen am Gürtel befestigt, wirft er einen kurzen Blick

auf die Kiste mit Bels Computer, den einzigen Gegenstand, den er sich nicht wegzuwerfen getraut hatte. Er verlässt das Haus, ohne sich zu verabschieden.

Im Auto macht er das Radio an, um nicht einzuschlafen. Eine männliche Stimme berichtet über neu angelaufene Kinofilme:

»Man hätte keinen besseren Tag wählen können für die Erstaufführung dieser neuen Version des klassischen Horrorfilms aus dem Jahr 1980. Es geht zurück in das Camp ›Crystal Lake‹, das seine Tore wieder öffnet, nachdem es eine Weile wegen eines Unfalls geschlossen war. Sehr bald werden einige junge Camper ermordet, und man stellt fest, dass die Verbrechen mit der Geschichte von Jason zusammenhängen, einem zwölfjährigen Jungen, der in einem See ertrunken ist. Jetzt ist er zurückgekehrt, um sich zu rächen. Der Film verspricht eine ordentliche Prise …«

Carlos schnalzt deprimiert mit der Zunge und denkt, dass so was nur in Filmen möglich ist und niemals in der Wirklichkeit. Er stellt einen anderen Sender ein und lässt den Wagen an.

Auf Ismaels Station ist alles ruhig. Die Frühschicht hat ihren Dienst noch nicht angetreten und Marian ist gewöhnlich nicht so früh auf den Beinen, doch diese Nacht hat sie kaum geschlafen. Irgendwann war sie es leid, sich schlaflos im Bett hin- und herzuwälzen, und ist noch vor dem Morgengrauen aufgestanden.

Im Krankenhaus geht sie gleich in die Cafeteria und bestellt einen Milchkaffee, in dem Vertrauen, dass das Koffein dieses dumpfe Gefühl aus ihrem Kopf vertreibt, das sie immer verspürt, wenn sie wenig geschlafen hat. Sie verfolgt gerade aufmerksam die Nachrichten im Fernsehen, als sie hinter sich eine Stimme sagen hört:

»Heute sind Sie aber früh dran.«

Es ist eine der Nachtschwestern. Sie hat sie schon oft gesehen, aber noch nie mit ihr gesprochen.

»Ich konnte nicht schlafen. Als würde irgendetwas passieren. Ismael geht es doch gut, oder? Ich meine, es ist doch alles unverändert?«

Die Krankenschwester sieht sie an, als würde sie sich fragen, was für ein Geheimnis sich hinter diesen Worten verbirgt. Sie lächelt merkwürdig. Auch sie wirkt sehr müde.

»Es geht ihm gut, aber es ist nicht alles unverändert«, erwidert sie.

Marian stellt die Tasse auf den Teller. Das Blitzen in ihren kalten Augen zwingt die Krankenschwester, weiterzureden.

»Er hat wieder eine Reaktion gezeigt. Der diensthabende Arzt wird Ihnen berichten.«

»Wie beim letzten Mal?«

Die Krankenschwester schüttelt den Kopf und sagt leise:

»Er hat die Lippen bewegt. Als wollte er etwas sagen. Aber er hat nicht geredet.«

Marian versteht nicht.

»Die Kollegin, die bei ihm war, hatte den Eindruck, er würde etwas singen. Sehr leise. Wir konnten nicht herausfinden, was, aber es hörte sich Englisch an. Spricht Ihr Sohn Englisch?«

»Radebrechend«, lächelt Marian, erleichtert darüber, dass sie im Präsenz über die Fähigkeiten ihres Sohnes sprechen kann. »Das Fach, in dem er immer auf Fünf steht, aber so was kennt ja jeder …«

Die Krankenschwester fühlt sich angesprochen und lacht.

»Er hat also gesungen«, wiederholt Marian verdutzt und freudig.

Die guten Nachrichten sprengen Marians Herz. Sie umarmt den Engel der Nacht, der ihr so unerwartet gute Nachrichten beschert hat. Sie trinkt ihren Kaffee in einem Zug aus und bestellt noch einen, als wäre es ein Getränk zum Feiern. Viele Fragen schießen ihr durch den Kopf, und sie wendet sich wieder ihrer Informantin zu:

»Und ändert das etwas? Haben die Ärzte etwas gesagt?«

»Sie sind zufrieden. Und erstaunt. Sie sagen, es sei ein absolut außergewöhnlicher Fall, bei dem Seltsames geschieht.«

»Seltsames? Zum Beispiel?«

»Zum Beispiel, dass sich die Fortschritte immer in der Nacht zeigen, wenn er gar keinen Anreiz bekommt.«

Die Krankenschwester denkt einen Moment nach und bevor sie geht, fügt sie noch hinzu:

»Was soll's. Hauptsache, es gibt Fortschritte, oder?«

»Aber ja.«

Auch Amanda hat nicht geschlafen. Sie hat in der Nacht ein wenig Ordnung gemacht. Nicht in ihren Sachen, sondern in ihrem Leben. Und vor lauter Nachdenken hat sie kein Auge zugemacht. Sie war spät zurückgekommen, doch ihr Vater hatte ausgestreckt auf dem Sofa auf sie gewartet und sich ihren Verband genau angesehen, als wäre er ein Fachmann in diesen Dingen. Dann war er ins Bett gegangen und hatte von ihr verlangt, sie solle ebenfalls ins Bett gehen – dabei gab es so viel zu tun.

Gleich nach dem Aufwachen hat sie die sechs Töpfe mit den Rosmarinpflanzen aus der Gärtnerei aus der Tüte geholt und im Zimmer verteilt: Einen in jede Ecke, einen auf den Nachttisch, damit sie sich geschützt fühlt und schlafen kann, und den letzten auf die Fensterbank.

›Für den Fall, dass die bösen Geister im Flug herbeieilen‹, denkt sie.

In der Tüte befinden sich noch mehr Sachen. Ein Päckchen mit einem halben Pfund getrocknetem Rosmarin, das sie im Kräuterladen gefunden hat, und ein Päckchen Rosmarinbonbons. Sie holt gleich eines aus der Verpackung und schiebt es sich in den Mund. Der süßliche Kräutergeschmack ist gewöhnungsbedürftig. Während sie sich das Bonbon auf der Zunge zergehen lässt, geht sie in die Küche und setzt in einem Stieltopf Wasser auf. In der Wohnung ist es still, ihr Vater ist noch nicht aufgestanden. Sie hört ihn schnarchen und setzt mit einem Seufzer der Erleichterung ihr Vorhaben fort.

Die Zauberin Rosalía hat ihr keine genauen Anweisungen gegeben, wie man einen Rosmarintee zubereitet, also muss sie ein wenig improvisieren. Als das Wasser zu sieden beginnt, gibt sie zwei gut gehäufte Löffel von dem getrockneten Kraut hinein und wartet. Besser zu viel als zu wenig. Der Aufguss ist blassgrün und riecht seltsam. Mithilfe eines Siebes schüttet sie den Trank in eine Tasse um. Sie bewegt sich langsam und ungeschickt. Der geschiente Arm ist ihr bei vielem hinderlich.

Vorsichtig, damit sie sich nicht verbrüht, kehrt sie mit der Tasse in ihr Zimmer zurück. Langsam öffnet sie die Tür, sie ist auf alles vorbereitet. Den Anblick der ausgeweideten Katze auf

ihrem Bett hat sie noch lebhaft in Erinnerung. Doch im Zimmer ist alles ruhig, wie gehabt. Bis auf den penetranten Kräutergeruch, der sie jetzt überallhin begleitet.

Amanda seufzt – endlich ist der Moment gekommen, ein wenig zu verschnaufen. Es waren eigenartige und harte Tage. Die Ruhe wiegt sie in dem Glauben, sie sei in Sicherheit. Sie schaltet den Computer ein. Während er hochfährt, öffnet sie die oberste Schublade an ihrem Schreibtisch, schiebt das Lexikon, den MP3-Player, die wiederbeschreibbaren CDs und Etuis mit Stiften beiseite, bis sie die kalte Oberfläche ertastet, nach der sie sucht.

Sie holt eine ziemlich große Blechdose mit einem muskulösen, leicht nach vorn gebeugten Tarzan heraus, der in seiner Haltung dem Gorilla ähnelt, der ihn begleitet. Ihre Großmutter, die mit ihr gleich am Tag der Erstaufführung in dem Film war, hat ihr die Dose geschenkt. Sie weckt gute Erinnerungen, vor allem jetzt, da die Großmutter so krank ist. Es ist eines dieser Relikte aus der Kindheit, von denen Teenager so viele besitzen, nicht weil sie noch daran hängen würden, sondern weil sie noch keine Zeit gefunden haben, aufzuräumen.

Amanda setzt sich aufs Bett, lehnt sich gegen das Kissen und legt die Dose in ihren Schoß. Sie öffnet sie vorsichtig. Von der Innenseite des Deckels lächelt Ismael sie an. Er trägt Sportkleidung und ist verschwitzt. Eigentlich lächelt er nicht ihr zu, sondern einem Mitspieler, der gerade ein Tor geworfen hat, aber das macht nichts. Es ist eine schlechte Kopie, nur auf Papier ausgedruckt, aber so hat sie ihn immer bei sich. Sie hat das Foto mit dem Handy gemacht, ohne dass er es mitbekommen hat, am letzten Tag vor den Weihnachtsferien, als sie überraschend beim Training aufgetaucht war, ohne Bel, versteht sich. Als Ismael sie sah, hatte er gefragt, was sie dort mache. Er war überrascht, schien sich aber zu freuen. Und diesmal hatte Amanda die Wahrheit gesagt und nicht wieder eine ihrer absurden Ausflüchte vorgebracht:

»Ich wollte dich sehen.«

Ismael hatte den Ball in der Hand und sie vom Spielfeld aus angesehen, wo der Trainer erste Anweisungen gab. Es war ein Blick aus der unüberbrückbaren Distanz der Verwirrung, als suchte er für sich nach einer anderen Erklärung als der offensichtlichen. Er fragte:

»Ist was mit dir?«

Amanda hatte schallend gelacht.

»Das hab ich dir doch gerade gesagt, du Dummkopf. Ich wollte dich sehen!«

Ismael wurde vom Spielfeld aus gerufen.

»Ich muss«, entschuldigte er sich.

»Ich warte hier auf dich«, kündigte sie an.

»Wirklich? Das Training dauert zwei Stunden. Und es ist schweinekalt.«

»Das macht nichts. Dann werde ich eben unterdessen erfrieren«, hatte sie gesagt und auf die Sitzreihen gedeutet.

Doch an dem Tag hatte das Training keine zwei Stunden gedauert. Es war der neunzehnte Dezember, es war eiskalt, und alle schienen mit den Gedanken woanders zu sein. Eine Dreiviertelstunde vor dem eigentlichen Ende hatte der Trainer abgebrochen.

Ismael wollte zu Hause duschen. Amanda wartete in einer der Sitzreihen auf ihn. Sie hatte das Handy in der Hand.

»Wie war's?«

»Ich hab Fotos von dir gemacht. Wenn du mal zu den Spitzensportlern gehörst, werde ich sie der Klatschpresse verkaufen.«

»Ist dir nicht kalt?«

»Ich glaube, man muss mir die Nase amputieren. Vielleicht auch die Zehen. Aber ansonsten geht es mir gut.«

Ismael lächelte amüsiert und fragte:

»Möchtest du etwas trinken gehen?«

»Sofern es warm ist, ja.«

Sie waren in ein Café gegangen, Amanda hatte eine Schokolade mit Sahne bestellt, Ismael ein Erfrischungsgetränk. Es gab viele Gesprächspausen. Manche Worte kommen nicht leicht über die Lippen. Vor allem, wenn man noch nicht viel Erfahrung hat.

»Wir sollten nicht hier sitzen, ohne Bel. Das erweckt einen falschen Eindruck«, bemerkte Ismael auf einmal.

Amanda hatte ihn verschmitzt angesehen.

»Ich habe nicht vor, es ihr zu erzählen. Und du?«

»Ich auch nicht, aber nur weil ich nicht will, dass sie sich wegen irgendetwas einen Kopf macht, das gar keine Bedeutung hat. Ich verstehe nicht, was wir hier eigentlich machen. Man muss schon verrückt sein, bei zwei Grad ein ganzes Training abzusitzen.«

»Ich bin nicht verrückt. Es ist schlimmer. Gegen Wahn ist wenigstens ein Kraut gewachsen …«

Ismael ist nicht blöd. Vielleicht bekommt er manchmal etwas nicht mit, aber wenn er so deutlich mit der Nase drauf gestoßen wird, kann er es nicht übersehen.

»Amanda«, sagte er und spürte, wie sein Mund trocken und seine Hände schweißnass wurden, »du kannst dich nicht an mich hängen. Ich bin mit Bel zusammen.«

Amanda zuckte die Achseln. In ihrer finsteren Miene erahnte man eine Traurigkeit, die weit tiefer lag.

»Es ist immer dasselbe«, sagte sie, »immer kommt mir eine andere zuvor. Mich mag niemand.«

»Was redest du da? Mit Sicherheit mögen dich eine Menge Leute.«

Bei diesen Worten öffneten sich in Amanda die Schleusen, und sie brach in Tränen aus. Verzweifelt wie ein kleines Kind. Ismael war verdattert. Sie bedeckte das Gesicht mit den Händen, als sie sagte:

»Ich will nicht, dass mich eine Menge Leute mögen, du Idiot. Ich will, dass du mich magst.«

Ismael sah sich um. Mehrere Leute sahen zu ihnen herüber. Er schämte sich. Er konnte nur sagen:

»Amanda, bitte hör auf zu weinen.«

Wie zu erwarten, reagierte Amanda nicht darauf. Sie hatte es nicht einmal gehört. Ihre Traurigkeit war geplatzt wie ein Luftballon, in den jemand hineingestochen hat. Da war nichts zu machen. Ismael wusste nicht, was er tun sollte. Er dachte darüber nach, was er ihr Nettes und Aufrichtiges sagen könnte. Manchmal kann ein aufrichtiges Wort einen verzweifelten Menschen beruhigen. Er gestand ihr etwas, das bis zu dem Zeitpunkt nur seine Mutter wusste:

»Ich mag dich doch.«

Diese vier einfachen Worte hatten den gewünschten Effekt. Wie von Zauberhand hörte Amanda auf zu weinen. Sie wischte die Tränen mit den Fingerspitzen weg, schnäuzte sich und ließ diese überraschende Erklärung auf sich wirken. Ismael ging behutsam vor. Er wollte der Freundin Mut machen, ohne falsche Hoffnungen zu wecken. Er hatte schon genug Probleme damit gehabt, bevor er mit Bel zusammengekommen war.

»Na ja, ich mochte dich schon immer«, berichtigte er sich. »Deshalb habe ich so lange gebraucht, bis mir klar war, dass ich in Bel verliebt bin. Ich konnte mich zwischen euch beiden nicht entscheiden. Ihr seid beide einmalig.«

Amanda runzelte die Stirn. Das war ein seltsamer Trost. Eine dieser Schockbehandlungen, die so aggressiv sind wie die Krankheit, die man damit zu bekämpfen versucht.

»Und warum hast du dich am Ende für sie entschieden?«

»Keine Ahnung. Ich weiß nur, dass es schwierig war.«

Amanda zog schnell Bilanz. Sie schob die auf dem Tisch verteilten Zuckerkristalle zu einer Linie zusammen.

»Das heißt, wenn Bel nicht gewesen wäre …«

»Keine Ahnung, was passiert wäre, wenn Bel nicht gewesen wäre. Vielleicht hätte ich dich gefragt, ob du mit mir ausgehst. Du bist sehr hübsch. Und genauso nett wie sie. Du musst nur ein bisschen mehr lernen, dann wärst du vollkommen.«

Sie lachten. Das Lachen löste die Spannung, wie es der Wind mit dichtem Nebel macht. Ismael fügte hinzu:

»Ha, was habe ich für ein Glück. Zwei erstklassige Mädels. Während so viele andere im Regen stehen.«

Er leerte sein Glas in einem Zug. Amanda nahm seine Hand. Es war eine schnelle, unvorhersehbare Geste. Er wollte nett sein, aber nicht übertreiben. Er zog seine Hand weg und sagte mit gesenkter Stimme:

»Aber ich werde Bel nicht hintergehen, weil ich sie liebe. Ich bin sicher, du verstehst mich. Du hast sie doch auch sehr gern. Sie ist deine beste Freundin.«

Amanda senkte den Blick und stimmte kaum hörbar zu. Ismael streckte die Arme aus und fasste ihre Hände.

»Außerdem wirst du weit bessere Jungs kennenlernen als mich, da geb ich dir Brief und Siegel drauf. Sobald du aufhörst, an mich zu denken …«

Amanda hielt es nicht mehr aus. Wie eine Marionette stand sie vom Tisch auf und sagte nur:

»Tut mir leid, ich muss jetzt gehen.«

Und dann zog sie von dannen. Ismael verstand die Welt nicht mehr. Er dachte über die unerwarteten Reaktionen von Mädchen nach und fragte sich, ob er wohl genügend Geld für zwei Getränke hatte.

Als Alma die Augen aufschlägt, ist es dunkel. Es geht ihr ein wenig besser, aber sie weiß, das liegt an dem Zauberpulver aus dem Beutel. Sie steht auf und will ihren Morgenrock vom Knauf der Schranktür nehmen, wo sie ihn immer aufhängt. Aber er ist nicht da. Sie macht die Nachttischlampe an und sieht sich um. Der Morgenrock liegt unordentlich im Flur am Boden. Verwundert hebt sie ihn auf. Dann fällt ihr Blick ins Wohnzimmer und sie traut ihren Augen kaum.

Das Sofa liegt umgekippt auf der Rückenlehne und blockiert die Tür. Der Teppich ist zusammengeknüllt wie ein benutztes Taschentuch. Die vier Stühle vom Esstisch liegen im ganzen Zimmer verteilt herum. Dazwischen Tonscherben – sie stammen von der großen Keramikschale, die vorher auf dem Tisch stand – und wild verstreut CDs, DVDs und Bücher. Einige Blätter sind herausgerissen und auf den Boden geworfen worden, wie unschuldige Opfer einer blutigen Schlacht. Die Stehlampe ist in zwei Teile zerbrochen und die Vorhänge hängen an einer Seite herunter. Es sieht aus, als wäre ein Tornado durch das Wohnzimmer gefegt.

In gewisser Weise ist dem ja auch so.

Alma ahnt es sofort. Der Tornado trägt den Namen Bel. Das hatte sie schon gestern gespürt, aber das Beste gehofft. Jetzt erkennt sie den Ernst der Lage.

›Bel ist nicht bereit für eine Verwandlung‹, sagt sie sich wieder.

Alma denkt einen Moment nach. Sie trifft nicht gern übereilte Entscheidungen, die sie später bereuen könnte. Sie hat den Eindruck, das Ganze könnte ihr entgleiten, sie allein könnte Bel nicht aufhalten, und es könnte etwas Schlimmes passieren, wenn sie nicht so schnell wie möglich etwas dagegen unternimmt. Sie kennt nur einen Menschen, der eingreifen kann, wenn es wirklich ernst wird, aber sie hat keine Ahnung, ob dieser Mensch sie empfangen wird. Es ist mehr als sechzehn Jahre her, seit sie das letzte Mal …

Sie hört Lärm. Ein gewaltiges Krachen. Sie geht in die Küche und schaut aus dem Fenster in den Hof. Dort stehen einige Fahrräder von Nachbarn, direkt neben der schmalen Tür, durch die man in den Zählerraum gelangt. Es sieht alles ganz ruhig aus, doch Alma weiß, dass der Schein trügt. Sie nimmt die Schlüssel zum Innenhof und eilt die drei Stockwerke hinunter. Wieder ein Krachen. Diesmal ist es lauter. Jetzt weiß sie, woher es kommt: aus dem Zählerraum. Man hört einen weiteren Schlag und noch einen. Immer lauter. Nach dem letzten, der wirklich besorgniserregend war, beginnt das Licht im Treppenhaus zu flackern, als würde es jeden Moment ausgehen. Alma erreicht den Zählerraum gerade noch rechtzeitig, um zu sehen, wie Bel ihr zerstörerisches Werk vollendet.

Mit einer Eisenstange schlägt sie auf die Zähler ein. Alma sieht sofort, dass der Geist des Mädchens nichts mehr mit dem gemein hat, den sie vor ein paar Tagen kennengelernt hat. Es ist genau das eingetreten, was sie befürchtet hat.

Sie versucht, sie zu besänftigen:

»Wie ich sehe, kannst du wieder Gegenstände greifen«, sagt sie, obwohl ihr alles andere als zum Scherzen zumute ist.

Bel findet die Bemerkung überhaupt nicht witzig. Sie umklammert die Eisenstange noch fester und dreht sich zu ihr um. Das Medium erstarrt vor Angst, als die leblosen Augen des Mädchens sie ansehen. Selten hat sie einen derart hasserfüllten Blick gesehen. Und eben dieser Hass hat aus Bel ein wahres Ungeheuer gemacht. Alma hatte vermutet, dass es dazu kommen könnte, aber nicht, dass es so heftig werden würde.

»Bel, bitte, lass die Stange los. Du musst reden, dich beruhigen. Ich kann dir helfen, erinnerst du dich?«

Doch Bel gibt keine Antwort. Sie hält weiterhin die Eisenstange umklammert und sieht sie wutentbrannt an. Einen Augenblick lang befürchtet Alma, Bel würde auf sie losgehen und mit solcher Wucht auf sie einschlagen, dass sie auf der Stelle tot wäre. Doch im letzten Moment dreht Bel sich zu den Zählern um und versetzt ihnen einen brutalen Schlag. Funken und Plastikteile fliegen durch die Luft. Eine Sekunde später geht das Licht aus. In dem schmalen Raum ist es stockfinster. Bel nutzt die Gelegenheit, um zu verschwinden.

»Flüchte dich auf den Friedhof, Bel!«, ruft Alma ihr nach, in der Hoffnung, dass der Geist sie hört. »Dort wirst du ruhiger. Hör auf mich, ich will nur dein Bestes. Geh zum Friedhof! Ich bin bei dir, vergiss das nicht.«

Doch Bel ist schon weit fort. Alma verharrt einen Moment reglos in der Dunkelheit und denkt über den nächsten Schachzug nach, mit dem sie verhindern kann, dass ein Unglück geschieht. Ihr Gedankenfluss wird durch Stimmen von oben unterbrochen. Die Bewohner fragen sich, was los ist, warum plötzlich das Licht ausgegangen ist. Man muss einen Elektriker verständigen, damit er den Schaden repariert. ›Und vielleicht auch die von der Gesellschaft‹, denkt sich Alma, die keine Ahnung in Sachen Elektrik hat. Langsam verlässt sie den Zählerraum. Sie ist so versunken, dass sie die wütenden Stimmen ihrer Nachbarn gar nicht mehr hört.

Ihr ist kalt und sie zittert, aber ihr ist klar, dass sie nicht zurück ins Bett kann. Es gibt Dringlicheres zu tun als eine Erkältung auszukurieren. Natürlich ist dieser nächtliche Ausflug das Letzte, was sie will, aber sie weiß, dass Bel sie braucht, dass nur sie ihr jetzt noch helfen kann. Sie kehrt in ihr Zimmer zurück, holt Jeans und einen Rollkragenpullover aus dem Schrank und zieht beides so schnell an, wie es ihre schmerzenden Glieder erlauben.

Im Wohnzimmer lässt sie alles, wie es ist. Sie hat keine Zeit aufzuräumen, außerdem wäre es sinnlos. Bel kann jederzeit zurückkommen.

Bevor sie das Haus verlässt, steckt sie noch drei Beutelchen des Wundermittels in die Tasche ihres schwarzen Wollmantels. ›Die werde ich brauchen‹, sagt sie sich.

Für Amanda ist die Tarzandose eine wahre Schatztruhe. In ihr bewahrt sie alles auf, woran sie hängt. Das heißt, alles, was mit Ismael zu tun hat. Die wenigen Fotos ohne Bel, die sie von ihm hat, ein halbes Dutzend Zeitungsausschnitte aus der Schülerzeitung über die Handballmannschaft, zwei Weihnachtskarten, drei Geburtstagskarten und vor allem die Haarsträhne, die sie ihm im Krankenhaus abgeschnitten hat. Das alles würde sie nie jemandem zeigen, denn sie würde sich furchtbar schämen, zugeben zu müssen, dass sie all das so sorgsam gehütet hat wie Edelsteine. Es sind kleine belanglose Gegenstände, die für niemanden eine Bedeutung haben, außer für sie. Nicht mal Ismael würde sich daran erinnern.

Sie ist mit der Dose in der Hand eingenickt, und nun liegt der ganze Inhalt auf der Bettdecke verteilt. Eines nach dem anderen sammelt sie jedes Kleinod wieder ein und legt es zurück in die Dose. Bei einem hält sie inne und betrachtet es lange mit zitternder Hand: Es ist eine Kinokarte. Auf der Vorderseite steht der Titel des Films, *Der Tag, an dem die Erde stillstand*, Samstagabend, teuerste Preiskategorie. Sie waren zu dritt dort. Isma und Bel waren damals schon zusammen. Während sie darauf warteten, dass die Saaltüren geöffnet wurden, hatte Isma einen Kugelschreiber aus seiner Jacke gezogen und etwas auf die Rückseite der Karten der beiden Freundinnen geschrieben. Ein einziges Wort mit roter Tinte, dasselbe für beide und in Großbuchstaben: »SCHÖNHEIT«. Dann hatten sich die beiden Turteltäubchen nebeneinandergesetzt und sie sich neben Bel. Es war unerträglich. Zwei Stunden lang Zungenküsse, Seufzer und leises Stöhnen. Sie hatte als Einzige den Film gesehen. Als sie den Kinosaal verließen, war es müßig, mit ihnen darüber reden zu wollen, dass der intergalaktische Androide aussah, als wäre er aus Alufolie, und dass die Spezialeffekte richtig gut waren. Sie hatten keine Ahnung, wovon sie sprach. Und zu allem Überfluss fanden sie das auch noch witzig.

Amanda legt die Kinokarte in die Dose zurück und nimmt etwas anderes in die Hand: einen Flaschenverschluss. Das ist das älteste Souvenir. Das war an einem anderen Samstagabend, eine Woche nach Schulanfang, den sie, wie immer, im *Piojo Mareado* verbrachten. Amanda hatte den Verschluss von der Theke genommen, ihn in die Luft geworfen und mit der Hand aufgefangen.

»Bei Kopf küsst du Bel, bei Zahl mich.«

Isma war rot angelaufen und hatte gefragt:

»Wohin?«

Und Amanda hatte selbstsicher geantwortet:

»Das kann sich jede selbst aussuchen.«

Bel hatte gelacht. Vielleicht war sie überzeugt, dass sie gewinnen würde.

Heraus kam Zahl.

»Auf den Mund«, sagte Amanda.

Ismael war rot wie eine Tomate, als er seinen Teil der Wette erfüllte.

Amanda fällt das Tagebuch wieder ein. Sie ist neugierig, was Bel an dem Tag geschrieben hat. Bestimmt hatte sie diesen glorreichen Kuss zwischen ihr und ihrem damaligen guten Freund erwähnt, auf den sie beide ein Auge geworfen hatten. Amanda holt das Buch, das Blanca ihr geschenkt hat, aus dem Rucksack und sucht nach dem Datum. Sie sieht im Kalender nach. Der zwanzigste September. Da ist es. Bel hat nur eine Seite geschrieben. Ein Gedicht. Amanda wundert sich, denn sie hatte keine Ahnung, dass Bel Gedichte schrieb. Doch als sie es liest, umspielt ein triumphierendes Lächeln ihren Mund.

GEDICHT DES SCHMERZES UND DES ZWEIFELS

Zwischen Mond und Sonne
erstreckt sich die unermessliche Weite,
in der die Möwen ihre Bahnen ziehen.
Sie lieben sich auf die Ferne
und ihre Blicke
flüstern leise.
Und wenn sich zwischen dir und mir
ein unüberbrückbarer Horizont
aus Schweigen und Distanz erstreckte,
würde ich dich weiterhin lieben
für den Rest meines Lebens,
für den Rest meiner Seele.

Als sie am Ende angekommen ist, klappt sie das Heft zu. Sie ist sich nicht sicher, ob sie es richtig verstanden hat. Hatte Bel Angst, dass Isma nicht sie liebte? Dass er sich für eine andere entscheiden könnte? Sie war noch nie eine gute Leserin gewesen, manchmal entgingen ihr die wichtigsten Details. Trotz allem merkt man, dass Bel nicht gerade gut drauf war, als sie das Gedicht schrieb. Und allein das ist für sie Grund genug, mit einem schadenfrohen Lächeln zu murmeln:

»Bingo.«

Blanca betritt den Friedhof und geht zügig an den Mausoleen am Eingang vorbei. Sie hat einen Strauß weißer Tulpen in der Hand. Trotz der frühen Stunde strahlt die Sonne schon am Himmel, das perfekte Wetter für den Valentinstag, doch Blanca hat andere Sachen im Kopf.

Als sie zum Grab ihrer Tochter kommt, setzt sie sich zunächst auf das Mäuerchen gegenüber. Ihr ist ein wenig schwindelig, doch sie vermutet, dass es vorübergeht, wenn sie kurz Rast macht und sich die kühle Morgenluft um die Wangen wehen lässt. Sie gewahrt eine Frau in schwarzem Wollmantel, die sie vom anderen Ende des Ganges mit den Grabnischen ansieht. Aber sie schenkt ihr keine besondere Aufmerksamkeit, denn sie geht davon aus, dass die Frau genau wie sie einen geliebten Menschen besucht, der von ihr gegangen ist.

Als Blanca sich ein wenig erholt hat, geht sie zu dem Grabstein, entfernt die verwelkten Blumen und die trockenen Blätter und steckt sie in eine mitgebrachte Plastiktüte. Zärtlich fährt sie über die Buchstaben von Bels Namen. Sie füllt neues Wasser in die beiden Plastikvasen und verteilt die weißen Tulpen darauf.

Da spürt sie etwas. Eine leise Bewegung, doch nicht in dem Bereich der Wirklichkeit, den wir mit unseren Sinnen erfassen können, sondern jenseits. Sie vermag es nicht zu erklären, es ist reiner Instinkt. Aber es ist da. Blanca lächelt und flüstert:

»Gefallen dir die Tulpen, die ich dir mitgebracht habe, mein Schatz?«

Mit unsichtbarer, zarter Hand bewegt der Wind die Blüten. Blanca starrt darauf wie hypnotisiert. Sie sieht darin etwas, das Carlos nicht wahrhaben will: Bel ist da. Sie weiß nicht wie, aber sie ist da. Wahrscheinlich hätte sie zu anderen Zeiten solche Gedanken als verrückt abgetan, doch jetzt sind sie das Einzige, das ihr geblieben ist. Auf das Nichts folgt nur der Abgrund. Geht man einen Schritt weiter, stößt man auf absurde Gedanken, die einem manchmal helfen, weiterzuleben. Gedanken, die nur Verrückte und Verzweifelte trösten. Blanca hätte nie gedacht, sich einmal damit auseinandersetzen zu müssen. Sie ist überzeugt, dass es Carlos guttun würde, wenn er das auch täte.

Sie ist so in die Betrachtung der winzigen Bewegung der Tulpen versunken, dass sie jegliches Zeitgefühl verliert. Nachdem sie lange dort gesessen hat, beschließt sie, dass es Zeit ist, zu gehen. Auf dem Weg zum Ausgang trifft sie nochmals auf die Frau im schwarzen Mantel. Auch sie ist noch da. Kaum sitzt sie im Auto, hat sie wieder das unerklärliche Gefühl, dass da etwas ist. Sie ist sich sicher, dass bei ihrer Ankunft der Sender im Radio klar eingestellt war. Jetzt hört man nur ein Rauschen. Als sie an dem Knopf dreht, um wieder zu ihrem gewohnten Nachrichtensender zu kommen, landet sie bei der Hitparade und einem Lied, das Bel sehr mochte. Sie wertet das als weiteres Zeichen. Als säße ihre Tochter mit ihr im Auto und wählte die Musik aus, wie früher, als sie sie zu den Tanzstunden gefahren hat. Auf der Fahrt lässt sie sich von der Musik einlullen, sie trommelt sogar mit den Fingern auf dem Lenkrad den Takt mit.

Was hat dein Gift,
dass es mir allein
mit einem Kuss
das Leben raubt?
Dass es mich
zum Mond mitnimmt
und mir die alles heilende Droge gibt.

Zu Hause angekommen, geht sie schnurstracks in das leere Zimmer. Sie zieht nicht einmal ihre Jacke aus. Sie stellt die Tüte auf dem Boden ab, setzt sich an die Wand, zieht die Beine an und schlingt die Arme darum.

Sie kann die leeren Wände nicht ertragen. Aber sie erträgt es auch nicht, an einem anderen Ort zu sein. Sie schließt die Augen. Sie lehnt den Kopf an die Wand und seufzt.

An keinem Ort fühlt sie sich mehr wohl.

Zu Amandas Sammlung gehören auch Dinge, mit denen sie keine besondere Erinnerung verbindet, die sich einfach nur in der Dose befinden, weil sie mit Isma zu tun haben, und das allein macht sie schon zu etwas Besonderem. So auch die Perlmuttmuschel, die sie im Krankenhaus unter seinem Bett gefunden hat. Sie hatte sich gewundert, was die Muschel dort zu suchen hatte, so weit entfernt vom Meer, und sie hatte darin gleich einen Talisman gesehen, einen kleinen Schatz, der ihr nur Glück bringen konnte. Die Muschel liegt auf ihrer Handfläche und sie streicht mit dem Zeigefinger darüber, als wäre es ein kleines Tier. Sie fragt sich immer noch, warum sie ausgerechnet an diesem Ort lag, und deutet es als gutes Omen.

Sie steht auf, sucht auf dem Computer ein Lied aus und macht sich ein wenig zurecht. Der Text, den die männliche Stimme zum tausendsten Mal singt, spiegelt ihre Stimmung wider:

Ich stehe hier allein
will nur noch schreien,
nichts ist mir geblieben ohne dich.

Amanda dreht und wendet das einzige Teil der Sammlung in ihrer Hand, das furchtbare Erinnerungen in ihr weckt. Sie weiß nicht, wieso sie es überhaupt aufhebt. Sie hätte es noch am selben Abend wegwerfen sollen, an dem sie es mitgenommen hat. Manchmal versteht sie sich selbst nicht.

Es handelt sich um ein kleines, viereckiges Tütchen aus stabilem Kunststoff. Darin befindet sich etwas. Es sieht aus wie ein großer Ring oder eine weiche Scheibe, doch es ist nichts dergleichen. Es ist ein Kondom. Amanda hatte es aus der obersten Schublade von Ismaels Schreibtisch genommen, als sie das letzte Mal bei ihm war. Es war ein Zwölfer-Päckchen, in dem vier Stück fehlten. Fünf mit dem, das sie genommen hatte. Daran, dass vier fehlten, war nichts mehr zu ändern, doch sie war so in

Rage geraten, dass sie das Gefühl hatte, in ihr tobte ein verheerender Sturm.

Amanda betrachtet das Plastiktütchen. Bis zum Verfallsdatum ist es noch lange hin. ›Schade, dass es noch nicht zum Einsatz gekommen ist‹, denkt sie. Und es ist traurig, dass ein Gegenstand, der für die Liebe gemacht ist, ihr die schmerzlichsten Worte in Erinnerung bringt, die sie je gehört hat. Sie waren natürlich aus Ismaels Mund gekommen, denn wir sind nur bei den Menschen wirklich verwundbar, die wir selbst nie angreifen könnten. Könnte sie die Worte doch nur vergessen, aber wie? All die schmerzlichen Erinnerungen, die sie am liebsten für immer aus ihrem Gedächtnis verbannen würde, sind auf einmal wieder da.

Ismaels verzerrtes Gesicht. Das ungläubige Staunen. Der Hass in seinem Blick. Aber noch schlimmer war die Enttäuschung. Seine geballten Fäuste, die Wut, die Ablehnung. Amanda würde alles geben, um das vergessen zu können. Vor allem die bitteren Worte, die darauf folgten:

»Ich habe dir vertraut, Amanda. Geh jetzt, bitte.«

Sie hatte lange nicht mehr geweint, aber an dem Tag schon. Als sie Ismaels Wohnung verließ, war ihr speiübel. Nicht nur, weil sie sich lächerlich gemacht hatte. Vor allem, weil sie alles zerstört hatte. Es würde nie wieder so sein wie an dem Nachmittag nach dem Training, Isma würde sie nie mehr so ansehen, ihr nie mehr vertrauen, sie nie mehr alleine treffen wollen. Das ließ sich nicht mehr kitten. Eine zweite Chance würde sie nicht bekommen. Sie war so dumm gewesen.

›Könnte man doch schlimme Erinnerungen immer unter Verschluss halten‹, denkt Amanda, während sie den Deckel der Tarzandose schließt und versucht, an etwas anderes zu denken.

Ihr fällt ein, dass heute Valentinstag ist. Bestimmt hat Malcom an diesem wichtigen Tag an sie gedacht. Das mit Malcom ist das einzig Schöne, das ihr in letzter Zeit widerfahren ist. Es wird ihr guttun, seine Nachricht zu lesen. Seine Mails sind so besonders, immer so voller Komplimente, dass man süchtig danach wird. Vor allem jetzt.

Sie öffnet ihr Postfach. Fünf Nachrichten im Posteingang, doch keine von Malcom. Nur unwichtiges Zeug.

›Merkwürdig, dass er am Valentinstag nicht an mich denkt.‹

Doch dann fällt ihr eine logische Erklärung ein: Die Zeitverschiebung. Vielleicht herrscht in der Dominikanischen Republik noch tiefste Nacht.

›Ja, das muss es sein. Dort ist der Tag noch gar nicht angebrochen.‹

Der Gedanke tröstet sie. Außerdem hat sie Hunger. Es wird Zeit, den sentimentalen Quatsch hinter sich zu lassen und Pläne für das Wochenende zu schmieden. Sie stellt die Dose an ihren Platz, räkelt sich und überlegt, dass sie ihre Großmutter schon lange nicht gesehen hat. Sie würde sie gern besuchen. Mit diesem Gedanken macht sie sich auf den Weg in die Küche, denn jetzt ist erst mal ein Schlemmerfrühstück angesagt.

Ihr Vater schläft nach wie vor und schnarcht wie ein Holzfäller.

Früher hatte Carlos die Samstage gewöhnlich mit Basteleien und Reparaturarbeiten im Haus verbracht. Er sagte, das würde ihn entspannen. Es gab nichts, an das Carlos sich nicht herangewagt hätte, und wenn es nichts zu reparieren gab, verschönerte er die Wohnung, strich die Wände, verlegte Parkett. Er hatte ein Händchen dafür, und Blanca brüstete sich gerne damit. Er sah es eher so, dass er seine Hände keine fünf Minuten still halten konnte.

Doch seit der Tragödie sitzt er nur noch mit der Fernbedienung in der Hand auf dem Sofa. Er zappt von einem Kanal zum anderen, und es ist ihm gleich, ob gerade ein Film mit Jim Carrey oder eine Dokumentation über den Einmarsch nach Polen läuft. Er behauptet, er sähe fern, doch in Wirklichkeit sieht er gar nichts. Er ist mit den Gedanken woanders. Seit Tagen geht ihm die Liste mit den Namen aus dem Vergnügungspark nicht mehr aus dem Kopf. Er ahnt, dass sie die Lösung ist, der Ausweg aus diesem absurden Lauf, der ihn immer im Kreis herumführt.

Er hat bereits mehr als zwei Drittel der Leute abtelefoniert, viele Telefonate mit wildfremden Menschen, immer wieder dieselben Erklärungen. Der ein oder andere hat ihm angeboten, zu helfen, sich umzuhören, doch bislang ist nichts dabei herausgekommen. Er steht immer noch genauso da wie am Anfang.

Es ist zehn nach fünf an einem gewöhnlichen Samstag, und Carlos ist auf dem Sofa eingenickt. Blanca macht sich in der

Küche zu schaffen. Sie stellt das Geschirr in den Geschirrspüler, räumt die Schränke auf, kehrt mehrfach den Boden. Die beiden haben die Rollen getauscht: Jetzt ist sie diejenige, die keine fünf Minuten ruhig sitzen bleiben kann. Den einen verdammt der Schmerz zur Untätigkeit und den anderen lässt er nicht zur Ruhe kommen; manchmal verändert er sogar unser ganzes Wesen, wie es Blanca und Carlos ergangen ist.

Das Telefon klingelt. Drei Mal. Carlos hat die Augen geschlossen. Er könnte den Arm ausstrecken und abnehmen, aber er ist zu faul. Auch Blanca geht nicht ran, sie fegt einfach weiter den Boden, als würde sie das Telefon nichts angehen. Schließlich verstummt der Apparat. Der Anrufbeantworter ist angesprungen. Carlos ist erleichtert, dass die elektronische Stimme den Anruf entgegennimmt. Sie ist wie immer zu Diensten.

»Ich kann Ihren Anruf leider nicht entgegennehmen. Bitte hinterlassen Sie Ihre Nachricht nach dem Signalton.«

Eine männliche Stimme sagt:

»Guten Tag, hier spricht Benito. Das ist eine Nachricht für Señor Carlos Anglas. Ich glaube, Sie haben vor ein paar Tagen hier angerufen und nach einem Computer gefragt. Meine Frau hat gesagt, wir wüssten davon nichts, aber das stimmt nicht. Ich habe ihn gekauft, allerdings für meine Tochter. Sie hat ihn mit in das Kinderheim genommen, in dem sie arbeitet, damit die Kinder damit umgehen lernen. Also, am besten hinterlasse ich Ihnen meine Nummer, dann können Sie mich anrufen, wenn Sie das abhören. Sie lautet …«

An Carlos zieht das alles vorbei, er hat die Augen nach wie vor geschlossen. Später, wenn er dazu aufgelegt ist, wird er sich anhören, wer was von ihm will und was die Welt ihm zu sagen hat. Er ist müde, will mit nichts behelligt werden. Er will einfach nur mit geschlossenen Augen daliegen, im Hintergrund den Lärm des Fernsehers, und abtauchen.

›Könnte ich doch einfach verschwinden‹, denkt er und schon ist er eingeschlafen.

Amanda klingelt und wartet. Eine Pflegerin im blauen Kittel öffnet die Tür.

»Amanda, was für eine Überraschung! Du warst ja eine Ewigkeit nicht mehr hier.«

Das Mädchen lächelt und bringt eine Entschuldigung vor, die immer zieht:

»Ja. Ich musste so viel für die Schule lernen.«

»Komm rein. Sie sitzt im Gemeinschaftsraum und sieht noch ein wenig fern, bevor sie ins Bett geht.«

Amanda wirft einen Blick auf die große Uhr im Flur: fünf nach sieben. Das Schlimmste am Leben im Altenheim muss sein, dass man jeden Abend um halb sieben essen und um viertel vor acht ins Bett gehen muss. Sie ist schon oft im Gemeinschaftsraum gewesen. Er ist in verschiedene Bereiche aufgeteilt. Auf einer Seite befindet sich der uralte, für die Größe des Raumes viel zu kleine Fernseher. Auf der anderen Seite stehen zwei mit grünem

Filz bezogene Tische, an denen manche Bewohner Karten spielen. Ein bisschen weiter hinten befindet sich die Bibliothek, die aus einem dunklen Holzregal mit etwa zwei Dutzend Büchern mit abgenutzten Umschlägen besteht. Sie wird nur selten genutzt, und wenn, dann eher wegen der bequemen Sessel als aus Interesse an der Lektüre.

Amanda findet den Ort deprimierend, und die Pflegerinnen versuchen dem mit einem aufgesetzten Dauerlächeln entgegenzuwirken.

Die Pflegerin bleibt vor der alten, nach vorn gebeugten Frau im Rollstuhl stehen und brüllt ihr ins Ohr:

»Virginia, Liebes, deine Enkelin ist da. Wie schön, nicht? Freust du dich?«

Sie trällert die Worte in diesem albernen Ton, den Erwachsene manchmal anschlagen, wenn sie mit Kindern sprechen.

Ihre Großmutter antwortet nicht. Sie starrt die Pflegerin nur an. Doch die gibt nicht so schnell auf.

»Deine Enkelin ist hier. Erinnerst du dich an Amanda? Bildhübsch ist sie. Und groß geworden. Komm, lass sie uns ansehen. Wir möchten sie uns doch ansehen, nicht wahr? Du willst das arme Mädchen doch nicht enttäuschen, oder? Sie ist extra vorbeigekommen, um dich zu besuchen.«

Amanda ist diese Art zu reden zuwider. Wenn sie an der Stelle ihrer Großmutter wäre, würde sie auf dieses dumme Geschwätz auch nicht reagieren. Die Pflegerin dreht den Rollstuhl herum. Sie holt einen Stuhl für das Mädchen und fährt mit ihrem albernen Singsang fort:

»Du hast deiner Enkelin bestimmt viel zu erzählen, nicht wahr, Virginia, Liebes? Zum Beispiel, dass wir heute draußen im Park waren, in der Sonne« – sie dehnt dabei das O – »oder dass du ein neues Zimmer hast, ganz allein für dich … Ich lass euch jetzt allein, damit ihr euch in Ruhe unterhalten könnt.« An Amanda gewandt sagt sie in demselben trällernden, lauten Tonfall: »Wenn ihr etwas braucht, müsst ihr mich nur rufen, ja? Ich bin in der Küche und bereite die Medikamente vor.«

Die Pflegerin zieht von dannen, und Amanda und ihre Großmutter sitzen einander gegenüber und starren sich schweigend an, wie zwei Eulen, die noch nie einer Artgenossin begegnet sind. Amanda nimmt ihre Hand, und ihre Großmutter, matt und passiv wie eine Stoffpuppe, lässt es sich gefallen. Die Krankheit hat ihr den Willen genommen und führt sie immer weiter weg von ihren Erinnerungen. Das letzte Mal hat sie Amanda nicht einmal mehr erkannt. Amanda, ihre Enkelin, die sie wie eine Tochter großgezogen hat, nachdem ihre eigene Tochter abgehauen war und Amanda im Stich gelassen hatte. Für die sie alles getan hat und so manches Mal über sich hinausgewachsen ist. Dank ihrer Großmutter hatte Amanda eine mehr oder weniger normale Kindheit. Dank ihrer Großmutter musste sie nicht mit dem Gefühl der Leere, der Verlassenheit aufwachsen. Amanda spürt, dass mit der schwindenden Erinnerung ihrer Großmutter auch ein Teil ihrer selbst verloren geht, ein Teil ihrer Geschichte. Das ist eine sehr schmerzliche Erfahrung, doch andererseits hat sie dadurch begriffen, dass ihre Großmutter auch ohne Erinnerung das Einzige ist, was ihr bleibt. Deshalb ist sie gekommen. Deshalb streichelt sie ihre Hand und blickt in ihre Eulenaugen.

Vor ihr sitzt die Mutter ihrer Mutter, die immer für sie da war. Es muss hart sein, sich damit abzufinden, dass nichts die eigene Tochter halten kann. Ihre Großmutter musste lernen, ohne ihre Tochter zu leben, aber sie hat sich nicht unterkriegen lassen, hat all ihre Liebe auf ihre Enkelin konzentriert, der sie Mutter und Großmutter zugleich war. Es gab häufig Auseinandersetzungen mit Manuel, wenn es um Amandas Erziehung ging. Sie hat durchgesetzt, dass sie an den Wochenenden zu ihr kommen und einen Monat der Sommerferien mit ihr verbringen durfte. Manchmal hatte sie eine kleine Reise organisiert. Sie hat Amanda den Schnee gezeigt, andere Städte – nicht viele, für solche Eskapaden fehlte das Geld. Fast jeden Samstag sind sie ins Kino gegangen und hin und wieder auch ins Theater. Im Sommer haben sie einen Bungalow auf einem nahe gelegenen Campingplatz gemietet und jeden Tag am Strand gespielt. Sie haben im Meer gebadet, in der Sonne gelegen. Und vor allem viel gelacht. An die Zeit, die sie mit ihrer Großmutter verbracht hat, hat Amanda die schönsten Kindheitserinnerungen. Sie war eine ganz besondere Frau, sie hat sich nie aufgeregt, nie die Geduld verloren, nie die Stimme erhoben. Sich ihre Großmutter mit zum Schlag erhobener Hand vorzustellen ist genauso abwegig, als stellte man sich eine saufende Robbe in einer Oase vor. Amanda war gern mit ihr zusammen. Sie haben die gemeinsame Zeit beide sehr genossen. Selbst zu Hause in der Wohnung war es mit ihrer

Großmutter die reine Freude. Sie haben Oca gespielt – obwohl ihre Großmutter immer verloren hat – oder ›Mensch, ärgere dich nicht‹, oder sie haben im Wohnzimmer getanzt, ein Picknick auf dem Teppich veranstaltet oder sich mit den alten Sachen verkleidet, die sie in ihren Schränken aufbewahrte.

Die guten Erinnerungen, die ein Mensch im Leben eines andern hinterlässt, sind das größte Geschenk, das er einem anderen machen kann. Und Amanda hat das Gefühl, sie müsste ihrer Großmutter etwas davon zurückgeben. Deshalb überwindet sie ihre Scheu, greift wieder nach der Hand, die mit Altersflecken übersäht ist, und spricht sie an:

»Ich bin's, Oma. Erkennst du mich? Amanda. Martinas Tochter.«

Der Name der geflohenen Tochter scheint in der Erinnerung etwas wachzurufen. Einen Funken Hoffnung.

»Martina?«, fragt sie. »Ist sie wieder da?«

Amanda schüttelt traurig den Kopf.

»Nein, Oma. Sie ist nicht wieder da. Und sie kommt wohl auch nicht wieder.«

Der Funke erlischt. Sie hatten nie nach ihrer Mutter gesucht.

Es hatte keinen Sinn, nach jemandem zu suchen, der aus freien Stücken weggegangen war. Sie hatten gedacht, irgendwann würde sie es müde werden, durch die Welt zu ziehen, fern von den geliebten Menschen, und zurückkommen. Doch das tat sie nicht. Sie hatte inzwischen einen reichen Andalusier kennengelernt und war zu ihm gezogen, ohne an die zu denken, die zurückgeblieben waren. Die Mutter, den Mann, die kleine Tochter. Amanda war drei Jahre alt, als ihre Mutter fortging. Sie hat keinerlei Erinnerung an sie. Wären da nicht die Fotos, die ihre Großmutter ihr gezeigt hatte, wüsste sie nicht, wie sie aussah oder ob sie ihr ähnlich war. Doch nach allem, was man ihr erzählt hatte und was sie dem Schweigen und den Andeutungen ihres Vaters entnehmen kann, hat sie viel mit ihrer Mutter gemein. Vielleicht hält ihr Vater es deswegen nicht mit ihr aus: Amanda erinnert ihn an die Frau, die ihn verletzt hat, indem sie ihn wegen eines anderen Mannes verlassen hat.

»Kommt Martina mich besuchen?«, fragt die Großmutter wieder.

»Nein, Oma, wir wissen nicht, wo sie ist. Sie wird nicht kommen«, erwidert Amanda, die sich weigert, ihre Großmutter wie ein kleines, unverständiges Kind zu behandeln.

Wieder entsteht ein langes Schweigen. Ein halbes Dutzend Pflegerinnen kommt in den Gemeinschaftsraum und kümmert sich um die Hilfsbedürftigen. Es ist Zeit, ins Bett zu gehen. Virginia bemerkt das allabendliche Ritual und zieht müde die Hand zurück.

»Ich muss jetzt gehen«, sagt sie wohlerzogen zu ihrer Enkelin, »aber Sie können an einem anderen Tag wiederkommen. Ich werde Sie gerne empfangen.«

Amanda steht auf und geht auf die Pflegerin zu, die ihr die Tür geöffnet hat. Sie will wissen, wie es um ihre Großmutter steht, denn sie hat das Gefühl, dass sie stark abgebaut hat.

»Ihr Zustand hat sich verschlechtert, nicht wahr?«, fragt sie.

»Nur geistig«, erwidert die Pflegerin. »Wie du sicher bemerkt hast, erkennt sie niemanden mehr. Sie benimmt sich wie ein kleines Kind. Das ist der normale Krankheitsverlauf. Aber ansonsten erfreut sie sich bester Gesundheit und sie hat die Kraft eines Stieres.«

Amanda findet das unfair. Geist und Körper sollten gleichzeitig verfallen. Was nützt es, wenn man stark und gesund ist, aber der Kopf nicht mehr mitmacht? Oder umgekehrt: Was will man mit einem Körper, der nicht mehr auf die Befehle des Kopfes reagiert?

»Möchtest du sie in das neue Zimmer begleiten? Ich glaube, sie würde sich freuen, auch wenn sie das nicht zum Ausdruck bringen kann.«

Amanda schiebt den Rollstuhl und folgt der Pflegerin durch einen Flur mit grünen Fliesen. Das Zimmer befindet sich fast am Ende, es ist groß und riecht angenehm sauber. An der einen Seite befindet sich ein großes Fenster, und Amanda stellt sich vor, wie am Tag das Sonnenlicht hereinflutet.

»Und jetzt marsch, marsch ins Bett, Virginia«, trällert die Pflegerin. »Aber erst machen wir noch Pipi.«

Virginia protestiert. Sie will nicht, dass man sie auf die Toilette begleitet. Amanda kann sie gut verstehen. Die Pflegerin macht sich nicht einmal die Mühe, die Tür zu schließen, während ihre Großmutter uriniert; sie sitzt auf der Toilette, gehalten von der Pflegerin, als befürchtete sie, die alte Dame könnte in die Schüssel gleiten und im Abfluss verschwinden.

Missmutig kehrt Virginia ins Zimmer zurück und legt sich ins Bett. Die Pflegerin hilft ihr, die Beine auszustrecken und sich zuzudecken.

»So ist es gut. Schön zudecken, damit du dich nicht erkältest.«

»Das hättest du nicht tun dürfen«, sagt Virginia plötzlich und sieht ihre Enkelin an.

Ihre Stimme klingt ernst, als wäre sie eine völlig andere Person.

Die Pflegerin, die genauso überrascht ist wie Amanda, fragt:

»Was sagst du, Virginia? Warum denn auf einmal so ernst?«

Die alte Dame beachtet sie nicht. Mit zornigem, abwesendem Blick starrt sie ihre Enkelin an.

»Sie ist wütend. Und sie hat allen Grund dazu.«

Die Pflegerin schaltet sich ein:

»Das ist doch Amanda, erkennst du sie nicht? Deine Enkelin, die du so liebst. Warum sprichst du so mit ihr?«

Die alte Dame erwidert eiskalt und schneidend:

»Ich rede mit ihr. Misch dich nicht ein.«

Die Pflegerin stutzt.

»Aber, Virginia, was ist denn das für ein Benehmen? Sprich nicht in diesem Ton mit mir, ich habe dir doch nichts getan.«

Virginia packt Amanda am Handgelenk. Das Mädchen ist überrascht von ihrer Kraft. Ihr Kopf ist leicht angehoben und ihre Augen sind weit aufgerissen. Die schlaffe Haut an ihrem Hals erinnert Amanda an die ausgebreiteten Flügel einer Fledermaus.

»Sie hat mir alles erzählt«, sagt sie, und die Stimme scheint ganz tief aus ihrem Innern zu kommen. »Sie ist wütend. Und sie hat allen Grund dazu.«

Amandas Herz rast. Sie versucht, sich der Hand zu entwinden, die sie umklammert hält, aber es gelingt ihr nicht. Ihre Großmutter hat eine unglaubliche Kraft.

»Von wem sprichst du? Wer ist *sie*?«, fragt Amanda ängstlich.

»Das weißt du genau.«

»Hast du sie gesehen?«

»Bruno ist auch sehr verärgert.«

»Bruno? Wer ist Bruno? Lass mich bitte los!«, fleht Amanda am Rande der Verzweiflung.

Die Großmutter hebt den Kopf noch etwas weiter und sagt in dem Ton, den Amanda noch von früher kennt, wenn ihre Großmutter sie tadelte, weil sie etwas ausgefressen hatte:

»Das hättest du nicht tun dürfen. Du bist ein sehr böses Mädchen. Das habe ich dir so nicht beigebracht.«

Dann lässt sie ihre Hand auf die Decke sinken. Der Kopf ruht auf dem schneeweißen Kissen. Die Lider fallen wie Vorhänge über ihre Augen.

Mit weichen Knien verlässt Amanda das Zimmer und marschiert durch den Flur Richtung Ausgang.

»Hör nicht auf sie. Sie weiß nicht, was sie redet. Sie fantasiert«, versucht die Pflegerin sie zu beruhigen.

Der Friedhof wird gleich geschlossen, und Alma reißt den letzten

Beutel von dem Grippemittel auf und kippt sich das Pulver direkt in den Mund. Der Schüttelfrost hat wieder angefangen, und das Vernünftigste wäre, nach Hause zu gehen und sich ins Bett zu legen, aber das ist völlig unmöglich. Sie ist die Einzige, die weiß, was vorgeht, und damit hat sie eine Verantwortung, die sie übernehmen muss, auch wenn es ihr nicht passt. Sonst kommen vielleicht andere Menschen zu Schaden.

Sie ist schon lange auf dem Friedhof. Erst ist sie um Bels Grab herumgeschlichen. Geister halten sich gern in der Nähe ihrer Gräber auf. Das hilft ihnen. Deshalb hat sie Bel auch geraten, an diesen Ort zu kommen; sie hatte gehofft, sie könnte hier mit ihr reden und sie zur Vernunft bringen. Auch wenn Bel sich so aufführt, weiß Alma, dass sie orientierungsloser ist denn je und unbedingt Hilfe braucht.

Es hatte gedauert, bis Bel aufgetaucht war. Gemeinsam mit einer sehr blassen, schlanken Frau, die erst das Grab in Ordnung brachte und es dann lange mit unendlich traurigem Blick betrachtete. Alma hatte daraus geschlossen, dass es sich um die Mutter des Mädchens handelte und dass allein ihre Anwesenheit an diesem stillen Ort Bel geholfen hatte, sich zu beruhigen.

Am Ende war die Frau gegangen, und Bel war ihr gefolgt, hatte sich aber vorher am Ende des Ganges noch einmal umgedreht und ihr einen Blick zugeworfen. Wieder war Alma das Blut in den Adern gefroren. Stundenlang hatte sie vergeblich auf ihre Rückkehr gewartet. Irgendwann hatte sie aufgegeben. Ihr wurde klar, wenn sie Bel sehen wollte, musste sie woanders nach ihr suchen und ihre Strategie ändern.

Sie musste verschwinden, wenn sie nicht die ganze Nacht auf dem Friedhof verbringen und auf einen Geist warten wollte, der nicht die geringste Absicht hatte, zurückzukehren. In der Verfassung, in der sich Bel befand, war schwer abzusehen, ob sie in der kommende Nacht an Ismaels Bett wachen würde. Es würde sie nicht wundern, wenn sich auch das geändert hätte. Rachsüchtige Geister vergessen leicht ihre guten Absichten, so stark sie auch sein mögen, und überlassen dem Bösen das Feld. Zumindest bis sie ihren Rachedurst gestillt haben.

Alma geht zum Ausgang. Sie schlottert. Zum Glück kommt gleich ein Taxi mit grünem Licht vorbei. Der Fahrer dreht sofort die Heizung hoch, als er sie sieht, aber auch das hilft nicht. Leise nennt sie dem Fahrer das Ziel:

»Zur U-Bahn-Station *Jaume I*, bitte. Das ist an der *Vía Layetana*.«

Auf der zwanzigminütigen Fahrt schließt sie die Augen. Zum ersten Mal, seit sie das Haus verlassen hat, fühlt sie sich wohl; so sehr, dass sie auf dem Rücksitz einschläft. Der Fahrer muss ihr auf das Knie klopfen, damit sie aufwacht.

Sie zahlt, steigt aus und merkt, dass sie nicht mehr zittert. Das Grippemittel zeigt Wirkung. Auch das Nickerchen hat ihr gutgetan.

Sie geht die Treppen zur U-Bahn hinunter. Unten angekommen, sieht sie sich um. Sie befindet sich im Eingangsbereich der Station, Menschen hetzen an ihr vorbei. An einer Seite befinden sich die Schalter und das Büro des Stationschefs. Dort muss sie hin, doch als sie die geschlossene Tür sieht, überkommen sie plötzlich Zweifel. Es ist lange her, dass sie hier war; vielleicht haben sich die Losungen geändert, vielleicht wohnt er gar nicht mehr dort. Sie fragt sich, was geschieht, wenn sie ihn nicht findet. Dann befände sie sich in einer Sackgasse.

Sie trifft eine Entscheidung: Es gibt nur einen Weg, das herauszufinden. Und zwar, indem sie an die Tür des Stationschefs klopft und ihr Anliegen vorbringt. Sie hofft, dass er noch nicht nach Hause gegangen ist. Nach dreimaligem Klopfen antwortet eine weibliche Stimme:

»Herein.«

Es ist eine junge Frau mit raspelkurzem, grellrot gefärbtem Haar.

»Hallo«, grüßt Alma und fragt schnell, bevor sie es sich noch einmal anders überlegen kann: »Könnten Sie mich zu Hyerónimus Zas bringen?«

Die Frau reißt die Augen auf. Klar, dass Almas Anliegen sie irritiert. Entweder weiß sie, wer gemeint ist, oder sie hat zumindest von ihm gehört, als Stadtlegende, wie so viele Leute, die in der U-Bahn arbeiten.

»Bitte?«, fragt sie nach, vielleicht, um sich zu vergewissern.

»Hyerónimus Zas. Ich muss ihn sprechen. Könnten Sie ihm sagen, dass ich hier bin? Sagen Sie ihm, Alma ist da.«

»Alma, und wie weiter?«

»Nur Alma. Er wird sich erinnern.«

»Gut. Warten Sie bitte einen Moment hier«, sagt sie selbstsicher und deutet auf einen kleinen Warteraum; doch sie scheint einen Moment zu zögern, als würde sie nicht allzu oft mit solchen Anliegen konfrontiert.

›Vielleicht ist sie neu‹, denkt Alma, ›oder vielleicht bekommt Hyerónimus nicht mehr so viel Besuch wie früher‹.

Die Frau verschwindet in ihrem Büro und schließt die Tür. Alma weiß, sie telefoniert. Hyerónimus wird überrascht sein, wenn er ihren Namen hört. Vielleicht war sie doch etwas vorschnell, als sie der Angestellten nur ihren Vornamen genannt und behauptet hat, er würde sich bestimmt erinnern. Was wäre, wenn Hyerónimus sie vergessen hat? Nein, ausgeschlossen. Was einem mal viel bedeutet hat, vergisst man nicht so einfach.

Der Warteraum ist karg eingerichtet, ähnlich wie in einer Arztpraxis: nur zwei gepolsterte Stühle und ein weißer Tisch. Es liegen ein paar Zeitschriften aus, doch Alma steht jetzt nicht der Sinn nach lesen. Sie setzt sich auf einen Stuhl, legt den Kopf an die Wand und schließt die Augen. Sie ist dankbar für diese Oase der Ruhe inmitten der hektischen Betriebsamkeit des unterirdischen Ameisenhaufens.

›Die Grippe hätte mich zu keinem schlechteren Zeitpunkt erwischen können‹, denkt sie.

Man hört fröhliche Stimmen von Jugendlichen, die in Feierlaune sind.

›Für manch ein Mädchen ist heute der erste richtige Valentinstag‹, denkt Alma, ›das wäre er ja auch für Bel gewesen‹.

Die Frau mit dem roten Haar lässt auf sich warten. Alma versucht, sich die Anweisungen in Erinnerung zu rufen, denen sie damals keine Beachtung geschenkt hatte. Sie war fest entschlossen gewesen, Hyerónimus' Dienste nie wieder in Anspruch zu nehmen. Er selbst hatte ihr gesagt, wenn sie ihn wiedersehen wollte, müsse sie nur zur Station *Jaume I* gehen und sich an den Verantwortlichen wenden. Er würde sie direkt zu ihm bringen. Und genau das hatte sie jetzt getan.

Mit diesen Gedanken fällt sie in einen unruhigen Schlaf.

»Verzeihung ... Señora Alma.«

Alma fährt auf. Sie fragt sich, seit wann ihr Gesicht so alt aussieht, dass man sie als Señora anspricht, und erblickt ein junges Mädchen in der Uniform der U-Bahn-Mitarbeiter, das sie leicht verschämt anlächelt. Sie hat ihr die Hand auf die Schulter gelegt und zaghaft versucht, sie zu wecken.

»Verzeihen Sie, aber Sie werden erwartet. Kommen Sie bitte mit.«

Alma fühlt sich, als hätte sie Stunden geschlafen. Ihr Hals brennt und ist wie zugeschnürt. Sie versucht, schnell wach zu werden, damit sie dem jungen Mädchen folgen kann, das sich flink und elegant wie eine Katze bewegt.

»Wie spät ist es?«, fragt sie.

»Siebzehn Minuten nach zwölf.«

»Ich dachte, die U-Bahn würde um zwölf schließen.«

»An Werktagen. Vor Feiertagen schließt sie um zwei«, sagt das junge Mädchen, das sich nicht mit langen Erklärungen aufhält, als zählte für sie allein die Zeit.

Energischen Schrittes verlassen sie das Büro und durchqueren die Eingangshalle, in der für die späte Stunde ungewöhnlich viel los ist. Die Angestellte schiebt ihre Karte ein, damit Alma das Drehkreuz passieren kann. Sie nehmen den linken Gang. »Richtung La Pau«, liest Alma irgendwo. Sie weiß, wohin es geht, sie war oft genug da, auch wenn es schon lange her ist.

Die Angestellte eilt die Treppe hinunter, und Alma gibt sich alle Mühe, ihr zu folgen. An einem anderen Tag wäre ihr das leichtgefallen, aber heute ist sie nicht fit genug, um unterirdische Geschwindigkeitsrekorde zu brechen. Sie erreichen den Bahnsteig, auf dem Dutzende von Menschen warten. Ein Zug kommt aus dem Tunnel und bremst ab. Als er anhält und die Türen sich öffnen, stürmen alle hinein. Die Angestellte gibt Alma ein Zeichen, sie solle stehen bleiben. Das hätte sie auf jeden Fall getan. Es freut sie, dass sich in all den Jahren gar nicht so viel verändert hat. Es ertönt dreimal der Signalton, die Türen schließen sich, und ratternd fährt der Zug in den Tunnel und lässt den verlassenen Bahnsteig zurück. Alma bemerkt, dass die Angestellte jemandem ein Zeichen gibt. Ein Mann mit einer gelben reflektierenden Weste steht vor der Treppe mit dem Schild »Ausgang«. Alma blickt noch einmal in die Richtung, aus der sie gekommen sind. Dort steht eine kräftige Frau, ebenfalls mit einer reflektierenden Weste, und bewacht den anderen Zugang. Sie haben die Zugänge abgeriegelt, damit niemand außer ihr und ihrer Begleiterin den Bahnsteig betritt. Es ist kein Zufall, dass er menschenleer ist, denn was jetzt geschieht, ist eines der bestgehüteten Geheimnisse der Stadt.

Durch den Tunnel braust ein anderer Zug heran, er klingt noch rauer oder verrosteter. Gleich wird der alte, massive Zug mit der leicht abgeblätterten prächtigen gelben Farbe wieder vor ihr stehen, in den sie so oft eingestiegen ist.

Langsam fährt er ein und die altersschwache Maschine hält quietschend an. Die Türen gehen nicht von alleine auf, denn zu der Zeit, als er gebaut wurde, gab es noch keine Automatiktüren.

»Gute Fahrt, Alma«, sagt die junge Frau mit einem Lächeln wie von einem Werbeplakat und deutet mit der ausgestreckten Hand auf den Zug.

Alma verabschiedet sich von ihr mit zwei Küssen auf die Wange. Die Unbekannte ist ein wenig irritiert ob der plötzlichen Vertraulichkeit, hört aber nicht auf zu lächeln. Sie macht ihren Job gut.

Mit Mühe gelingt es Alma, den Griff herunterzudrücken, und quietschend öffnet sich die Tür. Sie betritt den Waggon, der ein wahres Relikt vergangener Zeit ist. Er ist sehr geräumig, die Fenster haben Holzrahmen und die Sitze rote Stoffbezüge. Alma lässt

sich auf einem nieder und macht sich bereit für die Reise in die Vergangenheit. Sie denkt an all die Zeit, in der sie Hyerónimus nicht gesehen hat, an all das, was passiert ist, seit sie sich vor sechzehn Jahren von ihm verabschiedet hat, für immer, wie sie damals glaubte.

Diesmal ertönt kein Alarmsignal. Man hört nur das Geräusch der abgenutzten Eisenräder. Der Zug fährt sofort los und taucht mit dröhnenden Maschinen in die Dunkelheit ein. Alma lächelt. Es ist nur eine kurze Fahrt, doch in Wirklichkeit ist es die längste Reise, die sie je unternommen hat, denn es ist eine Reise in die graue Vorzeit ihres Lebens.

Sie würde es niemals zugeben, aber tief in ihrem Inneren wünscht sie sich, Hyerónimus wiederzusehen. Auch wenn ihr aus Nervosität ein wenig flau im Magen ist, versucht sie, sich zu entspannen und die Fahrt zu genießen. Ihr ist bewusst, dass dieses Privileg nur wenigen Menschen vergönnt ist.

Viele Leute haben schon mal von den Geisterstationen der U-Bahn in Barcelona gehört, aber nur wenige hatten Gelegenheit, sich mit eigenen Augen davon zu überzeugen, ob es stimmt oder ob es nur eine der vielen Legenden der Stadt ist. Die Geisterstationen wurden vor langer Zeit erbaut. Einige wurden nach Jahren stillgelegt. Andere nicht einmal eingeweiht. Manch einer behauptet, er wäre schon einmal dort gewesen – die meisten von ihnen lügen –, und es gibt andere, die die Existenz solcher Orte vehement abstreiten, aber das tun sie nur, weil sie die Vorstellung nicht ertragen können. Ungläubigkeit ist immer ein Schutzschild gegen unerträgliche Furcht: die Furcht, es könnte tatsächlich wahr sein.

Von allen Geisterstationen, die es in den Eingeweiden Barcelonas je gegeben hat, ist *Correos* die bedeutendste. Sie war ein paar Jahre in Betrieb, doch dann wurde sie plötzlich, ohne dass man je den wahren Grund erfahren hat, geschlossen. Offiziell hieß es, man habe Wassereinbrüche entdeckt und sie müsse saniert werden. Die Züge hielten nicht mehr dort, das Streckennetz wurde entsprechend verändert, und der Name verschwand aus allen Plänen. Sie existierte nicht mehr.

Doch die Wirklichkeit sieht anders aus, als es in den Zeitungen stand. Die Station trägt diesen Namen, weil sie sich direkt unter dem Hauptpostamt der Stadt befindet, einem sehr alten Gebäude, das von außen mehr an eine Kathedrale erinnert als an ein Dienstgebäude. Von einem der Keller, in denen die Postsäcke gelagert werden, gelangt man durch einen schmalen Gang zum Bahnsteig. Das war ausgesprochen praktisch für die vielen Briefträger, die jeden Tag tausende von Briefen auszutragen hatten, denn mit der U-Bahn sparten sie viel Zeit und Weg.

Einer der Briefträger war Roque, sehr gewissenhaft, wie es heißt. Er war jung, athletisch gebaut, und er mochte seine Arbeit. Jeden Tag holte er gut gelaunt seinen Postsack, hängte ihn sich um und wartete am Bahnsteig auf den Zug, der ihn zu den entlegenen Punkten seines Zustellungsgebietes brachte.

Acht Jahre lang hatte er nicht einen Tag gefehlt und immer ein Lächeln auf den Lippen gehabt. Bis Roque an einem strahlenden Apriltag mit blassen Wangen und verweinten Augen zur Arbeit erschien und einem Kollegen offenbarte, alles sei vorbei.

An dem Tag kam es zu der Tragödie. Niedergeschlagen wartete Roque auf den Zug. Sein Postsack quoll über von Sendungen. Und genau in dem Moment, als der Zug einfuhr, warf sich Roque auf die Gleise. Er war sofort tot, zerquetscht von der tonnenschweren Maschine. Die Briefe lagen überall zwischen den Bahnschwellen herum, viele blutverschmiert. Keiner der Augenzeugen des »Unfalls«, wie man es nannte, konnte sich erklären, was geschehen war. Es hieß, Roque sei gestolpert oder hätte einen Schwindelanfall gehabt. Einige sprachen von Selbstmord aus Liebeskummer und erzählten, er sei hoffnungslos in die Tochter des Stationschefs verliebt gewesen, die sich am Abend zuvor mit einem jungen Medizinstudenten verlobt hatte. In dem platt gedrückten Postsack wurde eine rote Rose gefunden, die

Roque offensichtlich jemandem hatte schenken wollen. Es ist nie herausgekommen, was tatsächlich geschehen war, das Rätsel wurde nie gelöst.

Doch das Schlimmste kam erst noch. Nach diesem unglückseligen Tag kehrte Roque jeden Morgen zurück, um seinen Postsack zu holen, dessen Inhalt zerstreut auf den Gleisen lag. Damit er in Ruhe suchen konnte, hielt er die Züge an. Es störte ihn, dass sie an der Station hielten. Anfangs löste er nur kleine mechanische Fehlsteuerungen aus. Doch bald ging er mit solch roher Gewalt gegen sie vor, dass sie mitten auf dem Weg gestoppt wurden. Die Fahrgäste wussten nicht, was los war, und regten sich auf, weil sie zu spät zur Arbeit kamen. Die Beschwerden der Fahrgäste häuften sich, und es kam immer öfter zu Ausfällen, doch Roque machte keine Anstalten, damit aufhören zu wollen. Im Gegenteil: An einem verhängnisvollen Tag löste er in einem Waggon sogar einen Brand aus. Und damit nicht genug: Auf dem schmalen Gang zum Postamt zündete er die zur Verteilung bereitliegenden Säcke seiner Kollegen an. Wie durch ein Wunder gab es keine Toten, aber sehr wohl Verletzte. Einer der Briefträger hatte eine Panikattacke. Zwei andere wurden vor Schreck ohnmächtig. An dem Tag entschieden die Verantwortlichen des Transportunternehmens, dass dringend Abhilfe geschaffen werden müsse.

Mehr als vierundzwanzig Stunden diskutierten sie in einem Büro in der *Zona Alta* der Stadt. Es gab Wutausbrüche und Rücktritte. Einige wollten von dem Lösungsvorschlag der Verantwortlichen nichts wissen. Für die Verantwortlichen stand fest, dass in der Station *Correos* ein Geist umging und dass man ihn zur Räson bringen müsse. Zu diesem Zweck hatten sie unter größter Geheimhaltung einen international bekannten Parapsychologen angeheuert. Sein Name war Sir Ambrosius Zas, und er hatte rasant Berühmtheit erlangt, seit es ihm gelungen war, die sieben Rachegeister im Landhaus des Grafen von Bennet in Edinburgh zu besänftigen. Es war eine heikle Aufgabe gewesen, bei der er um ein Haar zu Tode gekommen wäre, und er hatte dabei solchen Mut bewiesen, dass die englische Königin ihn zum Ritter geschlagen und ihm den Titel ›Sir‹ verliehen hatte, eine der höchsten Auszeichnungen in Großbritannien.

Sir Ambrosius Zas fuhr in einer dichten Ruhmeswolke und in Begleitung seiner jungen Frau, Julie-Gwendoline, in die U-Bahn-Station ein; die Frau war so blass und still, dass einige sogleich der Überzeugung waren, es könne sich nur um einen Geist handeln. Die Würdenträger der Stadt bewirteten sie fürstlich und erfüllten ihnen alle Wünsche. Sir Ambrosius bat darum, mit seiner Frau in der verhexten Station logieren zu dürfen. Außer den für seine Arbeit notwendigen Utensilien und einigen unverzichtbaren Möbeln und Haushaltsgeräten verlangte er noch eine Telefonleitung, über die er sich im Notfall mit der Außenwelt verständigen könnte. Des Weiteren verlangte er bunte Lampen, Pflanzen, Proviant und absolute Freiheit für seine Arbeit. Sir Ambrosius Zas und seine Frau zogen am 9. Oktober 1962 in die Station ein, und man geht davon aus, dass sie sie nie mehr verlassen haben.

Gerüchten zufolge bekamen sie einen Sohn, dem sie den Namen Hyerónimus gaben. Er war blass und rothaarig wie seine Mutter und mutig und schlau wie sein Vater. In den ersten Lebensjahren haben sie ihn selbst unterrichtet und ihm alles beigebracht, was sie wussten, und später hatte er die Universität besucht – die ja ganz in der Nähe seines Zuhauses lag. In dieser Zeit hatte Alma ihn kennengelernt. Er war einer der ungewöhnlichsten jungen Männer, die ihr je begegnet waren. Und einer der größten – er brachte es auf fast zwei Meter Gardemaß. Er war unmöglich zu übersehen. Alma hatte schon immer ein Faible für große Männer. Und wenn diese Männer noch ein anrüchiges Geheimnis umgab, war es um sie geschehen.

Doch noch einmal zurück zu Roque. Sir Ambrosius Zas gelang es, den gequälten Geist zu befreien, der aus Pflichtgefühl im-

mer wieder zurückkehren musste. Roques Geist beruhigte sich, er vergaß all seine Verpflichtungen auf Erden und hat die Fahrgäste der U-Bahn und seine Kollegen nie wieder belästigt. Doch die Station war nicht mehr dieselbe. Die Behörden haben es nicht gewagt, sie wieder zu eröffnen, aus Furcht, Roque könnte eines Tages doch zurückkehren – obwohl das unmöglich war: Sind Geister einmal gegangen, kommen sie nicht mehr zurück, doch die Verantwortlichen hatten von Geistwesen keine Ahnung. Außerdem war es besser, alles so zu belassen, wie es war. Es hauste zwar kein Toter mehr dort, aber dafür drei Lebende: der berühmteste Parapsychologe der Welt, seine junge, stille Frau und das Baby, das in den Eingeweiden der Stadt gezeugt wurde, in denen sie sich so wohlfühlten. Die Legende der Geisterstation *Correos* war geboren.

Der Zug hält vor einem fünfzig Jahre alten Werbeplakat. Man sieht darauf eine Flasche mit einer orangefarbenen Flüssigkeit, auf deren Etikett steht: »Fábula, das fabelhafte Erfrischungsgetränk für die ganze Familie.« Neben dem Plakat, auf Höhe des Flaschenhalses, steht ein schwarz gekleideter Mann: Gehrock aus Samt, Hemd und Krawatte aus Seide, blitzblanke Schuhe, hochelegant. Alma erkennt ihn sofort. Er hat immer noch volles Haar, allerdings ist es inzwischen ergraut. Er trägt immer noch dieselbe Punkfrisur wie als Student. Unter den großen Augen zeichnen sich dunkle Augenringe ab, und das verleiht ihm das attraktive Flair eines gerade erwachten Vampirs. Mit ineinandergeschlungenen Händen steht er da, groß und schlank, ernst.

»Ich habe nie geglaubt, dass es ein Abschied für immer sein würde«, begrüßt er sie.

Er nimmt ihre Hand und haucht ehrerbietig einen Kuss darauf. Fröhlich klimpern die Glöckchen an ihrem Handgelenk.

»Willkommen zu Hause, meine Liebe. Es ist mir eine Freude, dich wiederzusehen«, sagt er mit einem Blick auf das Armband, das er ihr vor vielen Jahren geschenkt hat, und fügt hinzu: »Wie ich sehe, trägst du es immer noch.«

Alma zieht den Ärmel herunter und weiß nicht, was sie sagen soll. Sie ist gerührt, an diesem Ort zu sein und vor dem Menschen zu stehen, der ihr einmal so viel bedeutet hat.

»Danke«, erwidert sie unbeholfen.

»Bist du erkältet?«

»Eigentlich gehöre ich ins Bett.«

»Ich hätte nichts dagegen, vor allem nicht, wenn ich dir dabei Gesellschaft leisten darf.«

Alma lacht. Er ist immer noch ganz der Alte. Sie haben sich ewig nicht gesehen und kaum zwei Sätze gewechselt und schon macht er ihr ein unmoralisches Angebot.

Hyerónimus hält ihr den Arm hin, und sie hakt sich unter. Sie gehen bis ans Ende des Bahnsteigs, auf das inzwischen unleserlich gewordene Ausgangsschild zu.

Hyerónimus hebt die Augenbrauen und fragt:

»Bist du eigentlich noch verheiratet?«

»Ich habe mich vor acht Jahren scheiden lassen.«

Ein zufriedenes Lächeln huscht über sein Gesicht, aber er enthält sich jeglichen Kommentars und gibt sich professionell.

»Ich vermute, du bist wegen einer ernsten Angelegenheit hier.«

»In der Tat. Sehr ernst.«

Sie biegen in einen schmalen, schlecht erleuchteten Flur ab. Hyerónimus geht voraus, öffnet eine Tür und bittet sie einzutreten.

»Glaubst du, trotz des Ernstes der Lage können wir es uns erlauben, ein Viertelstündchen auf die Vergangenheit anzustoßen? Ich habe französischen Champagner kalt gestellt. Wie wär's mit einem Schluck?«

»Hast du nicht ein Antigrippemittel und ein wenig Wasser für mich?«, fragt Alma.

Hyerónimus verzieht das Gesicht und stößt einen langen Seufzer aus.

»Ein Grippemittel? Almita, Almita… Jetzt habe ich sechzehn Jahre auf dich gewartet, um mit einem Antigrippemittel anzustoßen? Wie deprimierend! Und wenn ich dir einen Kaffe mache?«

Alma nickt amüsiert. Ihr Herz rast, aber das würde sie nie zugeben. Sie ist immer wieder erstaunt über diesen seltsamen Ort, auch wenn sie schon öfter hier war. Hyerónimus' unterirdisches Appartement verfügt über alle Annehmlichkeiten einer modernen Wohnung. Es ist geräumig, es gibt eine voll ausgestattete Küche, einen Computer mit riesigem Bildschirm und Internetanschluss und einen Plasmafernseher. Alma hat keine Ahnung, wo der Luxus herkommt, denn das Appartement der Eltern, das sie noch gut in Erinnerung hat, war viel nüchterner eingerichtet. Aber sie glaubt nicht, dass Hyerónimus die Absicht hat, ihr Rede und Antwort zu stehen. Er war noch nie besonders redselig.

Auch die Kaffeemaschine ist ultramodern, eine mit Kapseln. Und schon wird es kompliziert.

»Magst du den Kaffee lieber stark oder mild?«

»Eher stark, danke.«

»Möchtest du mal einen mit Karamellgeschmack probieren?«

Alma zögert. Ihr Kopf schmerzt.

»Na ja ...«

»Mit Zucker? Verlängert? Mit Milch?«

Alma fühlt sich unwohl. So viel Aufhebens wegen einer Tasse Kaffee. Sie will lieber über das reden, was sie auf dem Herzen hat.

»Genau wie du. Hab ich schon erwähnt, weshalb ich hier bin?«

Hyerónimus hebt bedächtig eine Hand, als wollte er sagen: ›Moment, das hier ist wichtig.‹ Er wählt die Kapseln aus, hängt eine Art Milchkrug in die Maschine ein und drückt auf einen Knopf. Weiße Lichter fangen an zu blinken. Alma seufzt, allmählich wird sie unruhig. Fauchend springt die Kaffeemaschine an, gefolgt von einem Glucksen. Als die erste Tasse fertig ist, wiederholt Hyerónimus die Operation mit der zweiten Tasse. Er sucht sorgfältig passende Löffel aus, gibt Zucker hinzu und bringt das Ergebnis der aufwendigen Aktion zu Alma, die kurz davor ist, die Geduld zu verlieren.

»Ich habe sechzehn Jahre auf dich gewartet, dann kannst du doch wohl mal fünf Minuten auf mich warten, oder?«

Er stellt die Tassen auf den Tisch und nimmt Almas fiebrig glühende Hände.

»Na, dann erzähl mal. Welch zornigem Rachegeist habe ich das enorme Glück zu verdanken, dass du zu mir zurückgekehrt bist?«

Alma kämpft mit sich. Bel zuliebe schiebt sie Hyerónimus und seine Verführungskünste beiseite und konzentriert sich auf den Grund ihres Besuchs. In ihrem Kopf dreht sich alles. Und das hat nichts mit der Erkältung zu tun.

»Die Trompeten werden die Toten vor das Gericht Gottes rufen. Alle Toten werden auferstehen, vor Gott treten und für ihr Handeln einstehen, sodass der Tod und die Natur vor Entsetzen fliehen.«

Die Stimme des Priesters hallt durch das Kirchenschiff. Es ist noch früh am Morgen an diesem bleigrauen Tag. In der ersten Reihe, direkt vor dem Sarg, sitzen Fernandos Eltern, sein älterer Bruder und der achtzigjährige Großvater. Dahinter weitere Angehörige. Es sind viele Freunde der Familie und von Fernando gekommen. In der Mitte haben ein paar Lehrer Platz genommen, die den Verstorbenen besonders ins Herz geschlossen hatten, und etwa zwanzig Klassenkameraden. Auch die Polizei ist vertreten, und neben dem ein oder anderen Arbeitskollegen haben sich auch Fremde eingefunden, die den Toten zwar nicht persönlich kannten, aber aus Entsetzen über den Tod eines so jungen Menschen an der allgemeinen Trauer Anteil nehmen.

Amanda sitzt in der elften Reihe am Gang. Sie kennt die Gebete nicht, sie bewegt nur die Lippen. Sie kann den Blick nicht von dem Sarg abwenden, als fürchte sie, Nando würde jeden Moment herausspringen. Ihre Niedergeschlagenheit und ihre Trauer sind nicht gespielt. Sie musste sogar ein paar Tränen von ihrer Wange wischen. Wer sie so sieht, hält sie für eine trauernde Bekannte oder gar Freundin, die den Menschen verloren hat, den sie am meisten auf der Welt liebte.

Die Wahrheit sieht anders aus. Amanda ist tief bewegt, das ja. Und sehr traurig. Wer würde sich in einer solchen Situation nicht elend fühlen? Wie soll man am Boden zerstörte Eltern ansehen, ohne Mitleid zu empfinden, oder ohne Schuldgefühle neben den Lehrern sitzen, die seinen Ehrgeiz und seinen Einsatz bewunderten? Amanda fühlt sich wie der letzte Dreck. Sie wartet sehnsüchtig darauf, dass die Zeremonie vorübergeht und dass sie diesen ganzen Albtraum vergessen kann.

Neben ihr betet Blanca andächtig. Sie war nie sehr gläubig, aber seit Bels Tod hat sie zum Glauben zurückgefunden. Sie ist abgemagert und das lebendige Bild des Zusammenbruchs. Ihre Hand klammert sich an Amandas Arm wie ein Schiffbrüchiger an das rettende Brett. Als sie die beste Freundin ihrer Tochter weinen sieht, hat sie das Gefühl, dass derselbe Schmerz sie verbindet, dass von all den Menschen um sie herum allein Amanda sie wirklich versteht.

Carlos sitzt ebenfalls neben ihr, aber sie würdigt ihn keines Blickes. Sie tut so, als ob er gar nicht da wäre. Einen Moment lang hatte Carlos mit dem Gedanken gespielt, der Beerdigung fernzubleiben. Aber dann hatte er sich überlegt, dass die Beerdigung eine gute Gelegenheit ist, um die Leute zu beobachten. Es interessiert ihn, wie sich die Anwesenden verhalten. Vor allem Amanda, die immer nervös wird, sobald er sie ansieht. Carlos weiß, wenn die Rührung einen übermannt, treten unerwartete Gefühle zutage. Und er lauert wie ein Löwe, der im Gebüsch darauf wartet, dass die Antilope vorbeispringt. Zwei Bänke weiter vorn sitzt Marian. Er selbst hatte sie gestern Abend informiert. Sie hatte sofort zugesagt, dass sie kommen würde. »Er hat versucht, meinem Sohn zu helfen, und das ist das Mindeste, was ich für ihn tun kann«, hatte sie gesagt. Vielleicht hat sie ihn noch gar nicht bemerkt. Sein Blick fällt auf ihren Pferdeschwanz, aus dem sich ein paar Strähnen gelöst haben, und auf ihre Schultern. Sie trägt einen hellgrauen Gabardinemantel, der ihr viel zu groß ist. Irgendwann fährt auch sie sich mit dem Handrücken über die Augen. Auch sie ist ergriffen, wie alle Anwesenden, und kann das nicht verhehlen. Sie muss die ganze Zeit an Isma und die Zukunft denken.

Die Zeit vergeht unerträglich langsam. Als die Messe zu Ende ist, tragen dunkel gekleidete Männer Fernandos Sarg zu dem Leichenwagen vor dem Portal. Blanca flüstert Amanda ins Ohr:

»Komm, lass uns unser Beileid aussprechen.«

Amanda würde alles geben, um diese bittere Pille nicht schlucken zu müssen. Sie will Nandos Mutter nicht in die Augen sehen. Sie will nicht die Hand seines Vater drücken, ihn auf die Wange küssen und sagen, wie leid ihr das alles tut. Sie hat das Gefühl, Nando würde sie aus seinem Sarg heraus beobachten und wüsste genau, was passiert ist – als würde er nur darauf warten, es ihr heimzuzahlen. Sie fühlt sich wie eine Verbrecherin. Und das passt ihr gar nicht.

Langsamen Schrittes folgen die beiden der aus der Kirche strömenden Menge in das trübe Tageslicht. Es hat angefangen zu nieseln, und der Himmel ist noch grauer als zu Beginn der Totenmesse. Nandos Eltern stehen draußen vor der Tür, inmitten von Tränen und Beileidsbekundungen. Die Leute versuchen, ihnen mit Worten, mit einem Händedruck oder einem Schulterklopfen Trost zu spenden. Die meisten wissen, dass Worte in dem Fall wenig nützen, aber was können sie anderes tun?

Auch Amanda hat das Kirchenportal gleich erreicht, Blanca geht vor ihr. Ihr Herz rebelliert. Sie kann nicht ruhig bleiben, so eine gute Schauspielerin ist sie nun auch wieder nicht. Als sie schließlich vor den Protagonisten des traurigen Abschieds stehen, reicht Blanca Fernandos Mutter die Hand und sagt ihr, sie könne sie sehr gut verstehen, es täte ihr so leid. Carlos bleibt im Hintergrund. Amanda schnürt es die Kehle zu. Sie hat das Gefühl, gleich in Ohnmacht zu fallen.

Als sie an der Reihe ist, spielt sie ihre Rolle aber doch. Nandos Mutter umarmt sie. Amanda fällt es schwer, die Geste zu erwidern, und nicht nur wegen des geschienten Armes. Sie kennt die Frau ja kaum. Sie hat sie nicht ein Mal gesehen, während sie mit dem Sohn zusammen war. Erst das Unglück hat den Kontakt gefördert, der alles andere als ehrlich ist. Im Grunde haben sie sich nichts zu sagen, und Amanda bringt kein Wort über die Lippen.

»Lass, sag nichts, ich weiß sehr gut, wie du dich fühlst«, sagt Nandos Mutter.

Der Vater verzieht den Mund, als er sie auf die Wange küsst. Amanda ist erleichtert, als er sich dem Nächsten zuwendet. Sie hat ihre Feuerprobe bestanden. Doch es macht sie nervös, wie Carlos sie ansieht. Blanca spricht mit jemandem. Zum Glück kommt Gato lächelnd auf sie zugetrabt. Er deutet mit dem Kopf zur Seite, wo Uri und Abel warten. Sie winken Amanda zu.

»Was ist denn mit deinem Arm passiert?«, fragt er.

Amanda hat die Geschichte an diesem Morgen schon tausendmal erzählt. Carlos hatte als Erster gefragt. Zum Glück war sie vorbereitet. Sie erzählt allen dasselbe:

»Ich bin gestolpert, als ich eine Treppe runtergegangen bin. Und als ich mich festhalten wollte, hab ich mir die Schulter ausgerenkt.«

Gato betrachtet den Verband.

»Und die Schürfwunden?«

»Auch dabei.«

Amanda weiß, das ist der schwächste Teil ihrer Geschichte. Genauso wie Carlos mustert Gato die blutverkrusteten Stellen in ihrem Gesicht.

»Ganz schön scheiße, die Geschichte mit Nando«, meint Gato.

Amanda sagt nur knapp:

»Ja.«

Blanca verabschiedet sich von jemandem, den Amanda auch kennt, und gesellt sich wieder zu ihr.

»Ich glaube, ich gehe nach Hause«, sagt sie. »Es wird mir guttun, ein wenig auszuruhen. Wenn du etwas brauchst, ruf an, ja?«

Amanda nickt. Sie verabschieden sich. Blanca macht sich auf den Weg zu ihrem Auto. Amanda fällt auf, dass Carlos sie nicht begleitet, er steht immer noch in einer größeren Menschenansammlung vor der Kirche. Er scheint auf jemanden zu warten.

»Ach ja«, hört sie Gato sagen, »wahrscheinlich wirst du nicht kommen wollen, aber wir haben uns für heute Abend im ›verlorenen Haus‹ zu einer Geisterbeschwörung verabredet. Wir wollen die Geister von Bel und Nando anrufen. Wir hätten dich gern dabei.«

Amanda guckt ihn entsetzt an.

»Was habt ihr vor? Was? Seid ihr wahnsinnig?«

Gato zuckt die Achseln. Er hat noch nie viel darüber nachgedacht, was er tut. Genauso wenig wie seine Kumpels, mit denen er sich seit einiger Zeit zu den spiritistischen Sitzungen trifft. Doch diesmal spielen sie mit dem Feuer, ohne es zu wissen. Amanda starrt ihn an. Als er wegschaut, sagt sie leise:

»Ihr seid doch völlig bescheuert. Natürlich werde ich nicht kommen.«

»Wie du willst. Falls du deine Meinung ändern solltest, wir treffen uns um halb sieben, um alles vorzubereiten. Sobald es richtig dunkel ist, fangen wir an.«

Er zieht ab und Amanda sieht ihm nach. Sie denkt noch über die skurrile Idee ihrer Freunde nach, da spürt sie wieder den kalten Hauch im Nacken. Es ist derselbe wie auf der Treppe im Haus von Rosalía, als sie beinahe gestorben wäre. Sie sieht sich um. Vor der Kirche stehen weiterhin viele Menschen, die noch nicht Abschied genommen haben. Der Leichenwagen ist noch nicht abgefahren. Kein geeigneter Ort, um jemanden an den Knöcheln zu packen und ihn durch die Luft zu schleudern. Die Anwesenheit der Leute vermittelt ihr ein seltsames Gefühl von Sicherheit, obwohl sie keinerlei Grund hat, sich sicher zu fühlen.

Sie betrachtet das Grüppchen, das ein paar Meter vor ihr steht. Carlos spricht mit Marian. Es sieht aus, als ob er ihr etwas sehr Wichtiges erklärte, denn er gestikuliert wild, und Marian hört ihm aufmerksam zu. Fernandos Eltern machen sich allmählich auf den Weg, sie werden den Leichenwagen zum Friedhof begleiten; der letzte schwere Gang steht ihnen noch bevor, sie müssen sich für immer von ihrem Sohn verabschieden. Amanda hat ihnen erklärt, dass sie keine Friedhöfe mag – was übrigens nicht gelogen ist – und dass sie es nicht ertragen könne, mitansehen zu müssen, wie der Sarg in die Grabnische geschoben wird. Die Mutter hatte Verständnis gezeigt, sie fest gedrückt und mit einem traurigen Lächeln gesagt:

»Aber ja, mach dir keine Gedanken. Er würde das gut verstehen. Er mochte auch keine Friedhöfe.«

Amanda will sich gerade auf den Heimweg machen, als sie plötzlich etwas zu Tode erschreckt. Ein Motor heult auf und ein weißes Auto kommt direkt auf sie zugerast, sie kann ihm nicht mehr ausweichen. Mit einem Affenzahn schießt es mit quietschenden Reifen auf den Bürgersteig. Instinktiv klammert sie sich an das Erstbeste, das sie zu fassen bekommt, und zieht sich hoch. Zum Glück war es ein Fenstergitter, denn wären die schmiedeeisernen Stäbe nicht gewesen, wäre sie jetzt tot. Das Auto prallt gegen die Fassade. Die Leute schreien entsetzt auf und rennen wild durcheinander. Carlos eilt zur Unfallstelle.

Dank ihrer guten Reflexe und ihrer Beweglichkeit hat sich Amanda wie durch ein Wunder retten können, doch ein Fuß ist zwischen den Eisenstäben eingeklemmt. Sie liegt auf dem Autodach und windet sich vor Schmerzen. Ein junger Mann steigt aus und fasst sich an den Kopf. Er redet wirres Zeug, kann sich selbst nicht erklären, wie es zu dem Unfall kam.

»Das Gaspedal hat geklemmt … Es hat sich von allein bewegt, genau wie das Lenkrad … Ich habe nichts gemacht … Als ob eine Hand daran gedreht hätte … Eine plötzliche Lenkbewegung … eine unsichtbare Hand … Als hätte das Auto ein Eigenleben …«

Keiner wird daraus schlau. Carlos versucht, ihn zu beruhigen, während sich andere um Amanda kümmern. Jemand ruft einen Krankenwagen.

Carlos fragt den Fahrer, ob er Alkohol getrunken habe. Der junge Mann schüttelt energisch den Kopf. Unter den Anwesenden befindet sich ein Arzt, der sofort seine Hilfe anbietet. Amandas Fuß ist völlig eingeklemmt, vielleicht sogar mehrfach gebrochen. Ohne fremde Hilfe wird man sie nicht befreien können. Die Feuerwehr ist schon verständigt.

Eine Menschentraube versammelt sich um den Unfallort. Der Leichenwagen ist zur Nebensache geworden. Außer für Amanda, die inmitten des reißenden Schmerzes im linken Fuß denkt, wenn Nando sie jetzt sehen könnte, würde er sich gerade in seinem Sarg ins Fäustchen lachen. Wieder spürt sie den eiskalten Hauch im Nacken. Er scheint sie zu warnen:

›Ich bin hier. Ich habe es wieder getan.‹

Bevor Marian geht, hält sie Ausschau nach Blanca. Sie will mit ihr reden, ihr Hilfe anbieten. Blanca steht abseits und wirkt verloren wie ein verängstigter Vogel.

»Wollen wir irgendwo frühstücken gehen?«, schlägt sie vor.

Blanca nickt. Sie weiß, es ist eine gute Gelegenheit, um über Bel zu reden, und das ist das Einzige, was sie will.

Sie gehen durch die *Calle Portaferrissa* und biegen links ab. In der *Calle Petritxol* herrscht noch die typische sonntägliche Lethargie, aber es riecht bereits nach heißer Schokolade und warmem Gebäck. Sie betreten eines der berühmtesten Cafés und zögern einen Moment, als der Kellner fragt, was sie wünschen.

»Ich habe nicht viel Hunger«, entschuldigt sich Blanca.

»Komm schon, man muss die Gelegenheit beim Schopfe packen«, erwidert Marian und wendet sich dem jungen Kellner zu: »Zwei heiße Schokoladen und zwei Hefeschnecken, bitte.«

Obwohl es noch sehr früh ist, ist das Café bereits gut besucht. Sie haben den letzten freien Tisch ergattert. Er steht in einer Ecke vor dem großen Fenster, das auf die schmale, ruhige Straße hinausführt. Als hätten sie eine Zeitreise ins 19. Jahrhundert gemacht.

»Wie geht es Isma?«, fragt Blanca.

»Sein Zustand bessert sich, aber nur sehr langsam. Und die Ärzte sind vorsichtig mit guten Prognosen. Sie befürchten wohl, dass die scheinbaren Fortschritte vielleicht doch im Sande verlaufen. Aber ich klammere mich an die Hoffnung.«

»Er wird wieder gesund, du wirst sehen«, sagt Blanca entschieden, und Marian ist ihr dankbar. »Außerdem bin ich sicher, dass Bel bei ihm ist. Sie wird nicht zulassen, dass ihm etwas passiert.«

Marian sieht Blanca aufmerksam an. Vor kurzem noch hätte sie eine solche Bemerkung als Unsinn abgetan. Doch ihre Haltung hat sich geändert. Sie hat gelernt, dass es nicht nur Schwarz oder Weiß gibt und dass wir von vielem keine Ahnung haben. Viele Leute würden anführen, das sei der letzte Strohhalm, an den ein von Ängsten geplagter Geist sich klammert, ein Trick unseres Verstandes, um dem Schmerz nicht zu unterliegen. Doch so einfach ist das nicht. Marian hört Blanca aufmerksam zu.

»Du hältst mich bestimmt für verrückt. Carlos denkt, ich sei nicht mehr ganz bei Trost.«

Marian schüttelt den Kopf. Sie nimmt Blancas Hand.

»Ich verstehe dich besser, als du glaubst.«

Schweigend sehen sie sich an, und Marian sucht nach passenden Worten. In dem Moment kommt der Kellner mit dem Frühstück. Die Schokolade dampft und riecht vorzüglich. Die Hefeschnecken sind riesengroß. Doch die beiden nehmen das kaum zur Kenntnis. Sie sind zu sehr mit ihren Gedanken beschäftigt, vor allem Marian.

»Kennst du ein Lied mit dem Titel ›Alles wird gut‹?«

Blanca runzelt die Stirn.

»Na ja, eigentlich heißt es *I'll be okay* auf Englisch. Isma hat den Text in Bels Tagebuch geschrieben. Für die beiden muss er eine große Bedeutung gehabt haben. Vermutlich haben sie sich mit dem Inhalt identifiziert.«

»Kommt mir bekannt vor, aber ich kann kein Englisch«, entschuldigt sich Blanca. »Wovon handelt es denn?«

»Es handelt von jemandem, dem es auch nach schlimmen Momenten immer wieder gut gehen wird. Eine kleine Aufmunterungsspritze, wenn du jemandem Mut machen willst.«

Blanca nickt nachdenklich.

»Mein Sohn hat vor ein paar Tagen angefangen, dieses Lied zu singen. Und seitdem hört er nicht mehr damit auf. Die Ärzte verstehen nicht, was das zu bedeuten hat. Ich glaube, du verstehst das eher.«

Blancas Miene hellt sich auf.

»Siehst du das jetzt auch so?«

Sie schweigen wieder, doch das hat jetzt keine Bedeutung,

sie wissen, dass sie einander in Gedanken verbunden sind. Auf einmal sagt Blanca:

»Kann ich dich etwas fragen?«

»Sicher.«

»Ich hoffe, es ist dir nicht unangenehm. Es ist mir so eingefallen und seitdem geht es mir nicht mehr aus dem Kopf. Es ist auch nicht so wichtig, aber ich würde es gerne wissen.«

Marian wartet, dass Blanca ihre Frage stellt. Aus all den Umschweifen zieht sie den Schluss, dass es ihr wohl nicht leichtfällt.

»Nun sag schon«, ermutigt sie sie.

»Weißt du, ob Isma und Bel schon …?«

Wieder Schweigen. Blanca nimmt einen neuen Anlauf.

»… ob sie schon Sex hatten?«

Marian ist überrascht. Nicht nur über die Frage, sondern auch über die Art, wie Blanca sie gestellt hat. Sie hätte nicht gedacht, dass Blanca Probleme hätte, offen darüber zu sprechen. Doch dem ist wohl doch nicht so. Blanca bemerkt Marians Erstaunen und schiebt schnell eine Erklärung nach:

»Du wirst mich bestimmt für blöd halten, aber es würde mir

helfen, wenn ich wüsste, dass …« Sie senkt den Blick. »Ich glaube, es wäre ein Trost für mich, wenn ich wüsste, dass Bel nicht mehr das kleine Mädchen war, das ich in ihr gesehen habe …« – sie schnalzt mit der Zunge, blickt zur Decke. »Tut mir leid, ich weiß, ich rede dummes Zeug.«

Marian schüttelt den Kopf. Sie sieht sie verständnisvoll an und sagt:

»Das ist kein dummes Zeug. Ich habe Ismael nur versprochen, dass ich mit niemandem über das geheime Wochenende spreche. Ich würde mein Wort brechen, aber andererseits denke ich, dass ihm das in diesem Fall nichts ausmachen würde.«

»Geheimes Wochenende?«

»Erinnerst du dich an das letzte lange Wochenende? Am Montag war Feiertag, Tag der Verfassung.«

»Aber ja«, sagt Blanca sofort. »Sie sind mit dir an den Strand gefahren. Warst du nicht mit ihnen in deinem Appartement in Blanes?«

»Ich habe sie hingebracht, aber ich war nicht mit ihnen dort. Ich habe den Kühlschrank gefüllt, bin wieder nach Hause gefahren und habe die Daumen gedrückt, dass alles gut geht.« Marian starrt auf die Tassen mit der Schokolade, die sie noch nicht angerührt haben. »Es tut mir leid, dass ich gelogen habe, ehrlich. Aber das ist ja nun nicht mehr wichtig.«

»Ich verstehe nicht, warum Amanda mir nichts gesagt hat.«

»Amanda weiß nichts davon. Isma und Bel wollten es ihr nicht erzählen.«

»Genauso wenig wie mir. Bel hat mir nicht vertraut.«

»Vielleicht hat sie gedacht, du würdest sie nicht gehen lassen oder mit ihr schimpfen. Oder vielleicht war es auch wegen Carlos. Mädchen haben es nicht so gern, wenn ihr Vater alle Details aus ihrem Leben kennt, meinst du nicht? Wie dem auch sei, hältst du das für so wichtig? Vielleicht muss man nicht alles über seine Kinder wissen. Vor allem, wenn sie ein Alter erreicht haben, in dem sie uns langsam entgleiten. Hättest du deinen Eltern so was erzählt? Von deiner Hochzeitsnacht zum Beispiel?«

Blanca denkt nach und schmunzelt. Da ist so vieles, was sie gerne wissen würde, sie weiß gar nicht, wo sie anfangen soll.

»Hast du eine Ahnung, wie es ihnen ergangen ist?«

»Das Essen im Kühlschrank haben sie kaum angerührt, und alles war aufgeräumt. Im Fernseher war der Disney-Kanal eingestellt, das fand ich witzig. Und sonst weiß ich nur, dass Ismael mindestens eine Woche lang auf Wolke sieben schwebte. Ich musste ihn daran erinnern, dass das Leben hier unten stattfindet und dass es eine Menge zu erledigen gibt. Aber es hat gedauert, bis er das realisiert hat. Du wirst es nicht glauben, aber er hat sogar von Hochzeit gesprochen! Er hat mich gefragt, in welchem Alter er Bel fragen könnte, ob sie ihn heiraten will, ohne sich lächerlich zu machen. Ich habe ihm geraten, noch ein paar Jährchen zu warten.«

Blanca hat keinen Zweifel.

»Bel hätte Ja gesagt. Sie hat doch nur von ihm gesprochen! Jetzt verstehe ich, warum sie so merkwürdig war, warum sie sogar mit dem Schreiben aufgehört hat. Sie sagte, sie hätte keine Lust. Sie hat nur noch Musik gehört und telefoniert. Mit deinem Sohn natürlich.«

»Dann würde ich mal sagen, es ist ihnen gut ergangen«, sagt Marian und lächelt, als sie daran zurückdenkt.

»Und dein Sohn hat dir nichts gesagt? Nicht einmal danach?«

»Kein Wort. Ich glaube, er hatte für sich entschieden, dass mich seine intimen Erlebnisse mit Bel nichts angehen. Ein paar Tage später habe ich ihm nur mit viel Nachfragerei einen knappen Kommentar entlocken können. Knapper hätte er kaum ausfallen können. Ich habe ihn gefragt, ob alles gut gegangen ist, ob Bel Blanes gefallen hat. Und er hat nur gesagt: ›Blanes hat uns nicht interessiert, Mama‹.«

Blanca rührt ihre Schokolade um. Sie wirkt abwesend.

»In dem Alter ist man kein kleines Mädchen mehr«, murmelt sie. »Da weiß man genau, was man will. Und Bel wollte deinen Sohn, so viel ist klar.«

Blanca trinkt einen Schluck. Marian tut es ihr gleich. Sie lassen sich beide den süßen und intensiven Geschmack der Schokolade auf der Zunge zergehen. Mit feuchten Augen sagt Blanca:

»Ich bin sicher, Bel ist nicht fort, Marian. Ich weiß, sie wird bei deinem Sohn bleiben, bis er wieder gesund ist.«

Das »verlorene Haus« ist ein altes Gemäuer am Berghang. Uri, Abel, Gato und Ismael hatten es entdeckt und ihm diesen Namen gegeben. Sie hielten ihn für passend. Es liegt in der Tat verloren in einem Wald, und man kann von dort die gesamte Stadt überblicken. Nachts hört man die Grillen zirpen und das Rascheln der Tiere, die zwischen den trockenen Blättern herumkriechen. Um dorthin zu kommen, muss man sich entweder verlaufen haben oder total verrückt sein, wie die vier Freunde. Seit Monaten treffen sie sich jeden Sonntagabend dort, nur jetzt ohne Ismael.

Teile des Gemäuers sind völlig verfallen. Von dem Laubengang ist fast nichts mehr übrig, Schlingpflanzen haben alles überwuchert. Die Balkone im ersten Stock sind kaputt, und im Dach klaffen Löcher von der Größe einer Wassermelone. Die Feuchtigkeit hat die Wände zerfressen. Die Steinplatten des ehemaligen Innenhofes haben alle Risse, aber gerade deshalb ist es der perfekte Ort für spiritistische Sitzungen.

Allein der Ort selbst lässt einen erschaudern, da muss gar nicht groß etwas passieren.

Uri und Abel warten schon eine Weile am Eingang, als Gato eintrifft. Es ist Teil eines eigenen Rituals: Sie treffen sich am Fuß der Haupttreppe und gehen gemeinsam hinein. Gato nennt es seinen »triumphalen Einzug«.

»Damit die Geister sich schon mal vorbereiten«, pflegt er zu sagen.

Heute denken alle an Isma. Er hatte großen Spaß an den Geisterbeschwörungen und freute sich immer diebisch, wenn er die anderen erschrecken konnte. Er tat immer so, als ob er darüber lachte, was sie taten, aber im Grunde zeigte er mit der Blödelei nur, dass er noch mehr Angst hatte als die anderen.

Da es sich heute um eine ganz besondere Sitzung handelt, sind auch geladene Gäste dabei. Zwei Kollegen von Abel und ein Cousin von Uri. Alle mit ängstlichen, eingeschüchterten Gesichtern, als hätten sie bereits eine unerfreuliche Begegnung mit dem Jenseits gehabt. Man stellt sich vor, reicht sich die Hand, und dann betreten sie alle wie eine wohlgehütete Herde das Haus.

Die Neulinge sehen sich mit großen Augen um. Überall wachsen Pflanzen aus den Rissen in Wänden und Böden, und hin und wieder sieht man eine Ratte vorbeihuschen, die genauso überrascht ist wie sie. Gato sucht den Platz aus:

»Lasst uns die Beschwörung hier machen.« Er deutet auf einen Punkt im Innenhof, an dem sich früher mal eine geometrische Zeichnung befand, ein Stern vielleicht.

Die anderen versammeln sich um den genannten Punkt. Das sperrige Hexenbrett hat Uri zusammengeklappt in einem Koffer dabei. Wer nicht weiß, was sich darin befindet, würde es für einen Gitarren- oder Oboenkoffer halten.

Gato öffnet seinen Rucksack und holt ein Päckchen Zucker heraus. Alle sehen ihm neugierig zu, während er die Verpackung aufreißt und die winzigen Kristalle kreisförmig im Hof verteilt, bis auf den Raum in der Mitte, der für sie, die Geisterbeschwörer, reserviert ist.

»Warum verstreust du Zucker?«, fragt einer der Neulinge.

»Um uns zu schützen«, erklärt Gato, ohne sein Tun zu unterbrechen. »Zucker knirscht, wenn man drauftritt. So weiß man, dass jemand im Anmarsch ist, selbst wenn man ihn nicht sehen kann.«

Den Gästen läuft es eiskalt den Rücken herunter. Gatos professionelles Auftreten ist Furcht einflößend. Er nimmt seine Aufgabe so ernst, dass sie schon anfangen zu glauben, sie werden tatsächlich einem Geist begegnen. Auf einmal weiß niemand mehr, ob er das überhaupt will, obwohl man ja eigentlich davon ausgehen sollte, dass sie sich dort eingefunden haben, weil sie Kontakt zum Jenseits aufnehmen wollen.

Gato setzt sich vor dem Brett auf den Boden. Er holt den Zeiger heraus, eine Art Holzpfeil mit einem großen, kreisförmigen Loch. Es ist schon ziemlich finster. Er holt ein halbes Dutzend Kerzen und eine Kamera aus dem Rucksack. Es handelt sich um typische Grablichter mit roter Plastikummantelung, wie man sie in Kirchen oder auf Friedhöfen findet. Er zündet eine nach der anderen an und stellt sie in einem Kreis auf. Damit markiert er eine Lichtgrenze, die sie vom übrigen Haus trennt. Er stellt die Kamera auf Nachtaufnahme-Modus ein.

»Wenn ein Geist kommt und ich es schaffe, ein Foto zu machen, verdien ich richtig Kohle«, sagt er mit einem verschmitzten Lächeln. »Los Jungs, es ist gleich so weit. Wisst ihr, wie's geht?«

Die letzte Frage richtet sich an die Neulinge. Zwei von ihnen schütteln den Kopf. Gato legt den Zeiger auf das Hexenbrett.

»Kommt her und setzt euch hin, ich erklär es euch.«

Alle gehorchen dem Zeremonienmeister und passieren die Lichtgrenze.

»Ihr müsst ganz still sein und euch konzentrieren. Wir fassen uns an den Händen. Zuerst rufen wir Bels Geist. Wir stellen ihm konkrete Fragen. Ihr müsst immer auf die Spitze des Zeigers schauen. Das ist sehr wichtig. Ah, und ihr dürft auf keinen Fall die Augen zumachen oder woandershin schauen. Ganz egal, was passiert, verstanden? Ganz egal, was passiert.«

Einer der Neulinge fragt:

»Darf man blinzeln?«

»Natürlich, du Idiot. Aber so schnell wie möglich.«

Nach einem Moment erwartungsvoller Spannung, in dem sich alle nur ansehen, fragt Gato:

»Seid ihr bereit?«

Alle nicken, die einen mehr, die anderen weniger überzeugt.

»Gut, dann setzt euch jetzt im Schneidersitz hin und fasst euch an den Händen.«

Alle tun, was der Zeremonienmeister verlangt. Der Zeiger liegt genau in der Mitte des Brettes. Im unteren Teil stehen von links nach rechts die drei typischen kurzen Antworten der Sitzungen: »Ja«, »Vielleicht«, »Nein«. In einem Halbkreis in der oberen Hälfte des Bretts befinden sich die Buchstaben des Alphabets. Und in einer Linie darunter die Ziffern von null bis neun. In respektvollem Schweigen blicken alle auf die Zeichen auf dem Brett.

»Dann fangen wir jetzt an«, verkündet Gato mit einem Räuspern.

Im Folgenden verstellt er ein wenig die Stimme, um ihr mehr Gewicht zu verleihen. Und er erhebt sie leicht. Der ein oder andere hat Mühe, ein Lachen zu unterdrücken. Vielleicht liegt es an der nervlichen Anspannung, denn die Zeremonie ist alles andere als komisch. Im Gegenteil: Sie mutet sehr feierlich an.

»Ich rufe dich an, Belinda Anglas Magem. Ich fordere dich auf, dich uns über dieses heilige Hexenbrett zu zeigen. Wir wollen hören, was du uns zu sagen hast.«

Absolute Stille. Selbst das Atmen stört. Gato wiederholt die Botschaft noch einmal:

»Ich rufe dich an, Belinda Anglas Magem. Ich fordere dich auf, dich uns über dieses heilige Hexenbrett zu zeigen. Wir wollen hören, was du uns zu sagen hast.«

Alle Blicke ruhen auf dem Holzzeiger, der völlig reglos in der Mitte des Brettes liegt. Der ein oder andere hätte gern gefragt, was bestimmte Worte bedeuten und ob es einen Grund gibt, warum man mit den Geistern so seltsam sprechen muss. Doch die Beschwörung geht weiter: Gato wiederholt sie feierlich zum dritten und dann noch ein viertes Mal. Wieder Schaudern; sie sind angespannt, hoch konzentriert. Die kleinste Regung würde unbändige Reaktionen auslösen. Die Neulinge sind weit gespannter als die anderen, denn sie haben die Erfahrung noch nicht gemacht, dass die Beschwörungen nie funktionieren. Oder dass die Gegenwart der Geister sich höchstens in einem kleinen Geräusch im Garten zeigt, das vom Rascheln einer Maus oder einer Schlange nicht zu unterscheiden ist. Bei den Neulingen sind Glaube und Angst noch intakt.

»Bel mochte es nicht, wenn sie Belinda genannt wurde«, flüstert Uri. »Und wenn wir es mit dem Spitznamen versuchen?«

Gato findet die Idee gut. Wieder verstellt er die Stimme und sagt feierlich:

»Ich rufe dich an, Bel Anglas Magem. Ich fordere dich auf, dich uns über dieses heilige Hexenbrett zu zeigen. Wir wollen hören, was du uns zu sagen hast.«

Eingeweihte wissen, dass man für die Beschwörung eines Geistes Geduld braucht. Fast immer muss man die Anrufung mehrmals wiederholen, bis sie sich aufraffen, zu erscheinen. Zumindest steht es so in den einschlägigen Büchern. Die Geisterjäger, die sie verfasst haben, fast ausschließlich Amerikaner, sind sich in diesem Punkt einig: Man muss die Botschaft wiederholen. Manchmal zwanzig oder fünfundzwanzig Mal, bis der Geist verstanden hat, was man von ihm will, oder bis er die Nervensägen leid ist, die ununterbrochen dasselbe sagen, und beschließt, ihnen den Gefallen zu tun.

Gato ist entschlossen, all sein Wissen zum Einsatz zu bringen. Er wiederholt die Anrufung noch ein halbes Dutzend Mal. Die Anwesenden sind nach wie vor konzentriert und starren auf den Zeiger. Die alten Hasen stellen fest, dass zum ersten Mal niemand lacht. Und darauf ist Gato stolz, endlich ist es ihm gelungen, dass die anderen den paranormalen Phänomenen mit der gebührenden Professionalität begegnen. Noch einmal verstellt er die Stimme, wiederholt langsam dieselben Sätze. Wenn das Hexenbrett eines Tages funktionieren sollte, dann wäre heute die Gelegenheit.

»Ich rufe dich an, Bel. Ich fordere dich auf, dich uns über dieses hei…«

Ein leises Knirschen. Wie ein Schritt auf dem mit Zucker bestreuten Boden.

Gato hält inne. Er wird blass. Lächelt. Die sechs Herzen schlagen schneller. Verstohlen sehen die Neulinge sich um. Sie haben Angst.

»Alle müssen auf den Zeiger schauen!«, rügt Gato sie. »Das ist wichtig. Nicht nachlassen in der Konzentration! Ihr macht das sehr gut!«

Die ermutigenden Worte des Zeremonienmeisters animieren sie, durchzuhalten. Ihre Hände werden feucht, Schweißtropfen zeigen sich auf den gerunzelten Stirnen, die Herzen pochen wie wild, der Atem geht schneller. Vor allem, als sie ein zweites Knirschen vernehmen. Wieder ein Schritt. Diesmal noch näher. Gato ändert seine Strategie und geht zur zweiten Phase über, zu den Fragen.

Er ist aufgewühlt, noch nie sind sie so weit gekommen wie heute. Manchmal hatten sie Geräusche im Garten gehört, aber nie drinnen im Hof. Und bis jetzt war noch kein Geist bereit gewesen, irgendwelche Fragen zu beantworten. Sein Gefühl sagt ihm, auch das wird sich heute ändern. An diesem Abend will er Neuland betreten; er stellt die erste Frage:

»Bel Anglas Magem? Bist du es? Bist du hier?«

Die Flammen der Kerzen tanzen, aber nur auf einer Seite des Kreises. Alle sehen das Flackern, aber keiner wendet den Blick von dem Zeiger ab. Dann tanzen die Flammen auf der anderen Seite, als folgten sie einer bestimmten Logik. Der Zeiger beginnt sich zu bewegen. Anfangs sehr langsam, als müsste sich jemand erst an ihn gewöhnen, und dann zügig. Ungestüm zieht er eine gerade Linie zum linken unteren Teil des Bretts und hält dann kurz vor dem Rand inne:

Ja.

Die Jungen sehen sich an. Den meisten steht die Angst ins Gesicht geschrieben. Auch Gato, aber das Gefühl, endlich am Ziel seiner Wünsche zu sein, ist stärker. Das ist für ihn der Beweis, dass er sich nicht geirrt hat: Es gibt Geister, alles, was er in den Büchern gelesen hat, die er immer im Internet bestellt, ist wahr, es sind nicht nur Hirngespinste einer Handvoll Verrückter und Betrüger, wie sein Vater behauptet. Es ist fantastisch. Er gibt sich einen Ruck und fragt mit seiner tiefen Beschwörerstimme:

»Willst du uns etwas sagen, Bel?«

Der Zeiger bewegt sich nicht. Sie warten ein paar Sekunden. Gato wiederholt die Frage. Nichts. Schweigen.

»Frag sie, ob sie Ismael etwas sagen möchte«, schlägt Uri vor.

Gatos Blick hellt sich auf. Wieder hebt er feierlich an:

»Ist es dein Wunsch, dass wir unserem lieben Ismael eine Botschaft überbringen?«

Der Zeiger zittert leicht. Als zögerte er. Dann beschreibt er eine rasche Parabel in die rechte obere Ecke zum R. Dann fährt er zurück zum A, geht über zum C, dann weiter H und zurück zum E, das alles in so rasender Geschwindigkeit, dass es für ein ungeübtes Auge fast unmöglich ist, das Wort zu entziffern. Gato reißt die Augen auf, er will nicht, dass ihm etwas entgeht. Außerdem ist er der Einzige, der das Brett direkt vor sich hat, der Einzige, der versuchen kann, die Nachricht von Bel zu entschlüsseln, die, der Bewegung des Zeigers nach zu urteilen, offensichtlich in Rage ist.

Gato beißt sich auf die Lippen, bevor er das Wort ausspricht: »RACHE«.

»Rache? Sie will sich an dem armen Ismael rächen?«, fragt Uri leise mit betretener Miene. »Und warum?«

Gato, der ganz in seiner Rolle aufgeht, fährt fort:

»Bel, hör zu. Ist es dein Wunsch, mit uns die Gründe zu teilen, aus denen du dich an Ismael rächen willst?«

Der Zeiger beschreibt eine saubere Linie nach rechts und bleibt auf der Antwort stehen:

Nein.

»Hat Ismael dir etwas getan, das du mit uns teilen willst?«, fragt Gato wieder.

Der Zeiger rührt sich nicht.

Gato wiederholt die Frage noch zwei Mal, bekommt aber keine Antwort.

Er hat gelesen, wenn ein Geist bereits seine Bereitschaft gezeigt hat, mit den Lebenden in Kontakt zu treten, und plötzlich schweigt, dann liegt das daran, dass die Frage ungelegen kommt. Vielleicht ist Bel die Frage unangenehm oder sie will einfach nur nicht darauf antworten. In dem Fall muss man eine neue Frage stellen. Und das tut Gato:

»Hast du dort, wo du jetzt bist, deinen Frieden gefunden?«

Der Zeiger bewegt sich nicht. Er ruht nach wie auf dem Nein, was man auch eine Antwort nennen kann.

»Frag sie, ob Ismael wieder gesund wird«, schlägt Uri vor.

»Hast du Kenntnis darüber, ob Ismael genesen wird?«, hört man Gatos tiefe Stimme fragen.

Der Zeiger kehrt in die Mitte zurück. Gato raunt den anderen zu:

»Das heißt, sie weiß es nicht.«

»Frag nach Amanda«, sagt Abel.

Gato runzelt die Stirn, als käme ihm die Frage merkwürdig vor oder als ärgerte er sich, dass er nicht selbst darauf gekommen ist.

»Amanda war ihre beste Freundin«, erklärt Abel. »Frag Bel, ob sie sie vermisst.«

»Eine tolle beste Freundin, ich würde nicht nach ihr fragen«, sagt einer der Neulinge. »Sonst wird sie womöglich noch sauer.«

»Wieso sollte sie sauer werden? Sie waren ein Herz und eine Seele.«

»Weil Amanda ihr Isma ausspannen wollte«, erklärt der Gast, und alle sind sprachlos.

Er ist auch in der Handballmannschaft und war an dem Tag dabei, als Amanda bei eisiger Kälte in den Sitzreihen des Stadions auf ihn gewartet hat. Kein Mädchen würde so etwas tun, es sei denn, sie ist in jemanden verschossen. Die anderen sehen ihn fragend an, und er erzählt ihnen, was er weiß.

»Sie war mal da und hat beim Training zugesehen. Sie hat Fotos gemacht und zwei Stunden auf ihn gewartet, um mit ihm was trinken zu gehen. Sie war in ihn verknallt. Das sah man doch auf…«

Er kommt nicht dazu, den Satz zu Ende zu sprechen. Vor den verblüfften Augen seiner Kumpel saust der Zeiger durch die Luft, beschreibt eine Parabel und landet mit voller Wucht im Bein des Jungen. Die Wunde fängt sofort an zu bluten, und alle hören die Schritte, die sich über den knirschenden Zucker entfernen. Dann herrscht wieder Totenstille, doch das merken die Jungen nicht mehr, weil sie sich um ihren verletzten Kumpel kümmern, der sich das Bein hält und vor Schmerz heult. Uri zieht den Zeiger aus der Wunde und untersucht sie im Schein einer Kerze. Der Zeiger hat die Jeans durchstochen und sich etwa fünf Zentimeter tief in den Schenkel gebohrt. Sie wissen nicht, ob es eine gefährliche Verletzung ist, aber sie sind sich einig, ihren Kumpel sofort ins nächste Krankenhaus zu bringen. Alle bis auf Gato, der plötzlich auf das Dach des Hauses deutet und ihnen ein Zeichen gibt, zu schweigen. Auf dem verfallenen Dach bewegt sich etwas, die Schritte hallen im gesamten Gebäude wider. Gato zückt die Kamera und drückt ein paarmal schnell auf den Auslöser.

»Wir müssen hier weg«, sagt Uri und hilft dem Verletzten auf.

Doch Gato kann von seinen Fotos nicht lassen.

»Komm, Gato, hör auf, wir müssen hier weg!«

Die Jungen sind schon im Aufbruch. Gato schießt weiter Fotos, hat aber seinen Rucksack schon über der Schulter hängen. Zum Glück, denn so kann Uri ihn im letzten Moment am oberen Griff wegreißen.

Einen Augenblick später stürzt das Dach in den Hof. Es begräbt das Brett und die noch brennenden Kerzen unter sich. Wie durch ein Wunder kommt Gato davon. Die Schuttteile sind direkt vor seinen Füßen niedergegangen. Wäre Uri nicht gewesen, läge er jetzt darunter.

Sie rennen davon, so schnell sie können.

Während sie sich entfernen, hören sie immer noch Steine poltern. Als hätte sich der rächende Geist nicht damit zufriedengegeben, das Dach zum Einsturz zu bringen, sondern als würde er jetzt eine nach der anderen die Wände niederreißen.

Die meisten denken, das kann nicht Bel sein, sie würde sich niemals so aufführen. Ein paar Stunden später erfahren sie, dass es im Wald einen Brand gegeben hat, der in zehn Kilometern Umkreis alles dem Erdboden gleichgemacht hat. Häuser, Bäume, Tiere. Nichts ist mehr übrig.

Das war die letzte Sitzung im »verlorenen Haus«.

Amanda hat einen Großteil des Tages im Krankenhaus verbracht. Die Verletzung am Fuß ist nicht so schwer, wie man im ersten Moment vermutet hat. Es ist nichts gebrochen, aber ihre Bänder sind in Mitleidenschaft gezogen. Der Arzt hielt es für ratsam, den Fuß für eine Woche einzugipsen. Sie darf ihn aufsetzen, aber nicht belasten. Man hat ihr eine Krücke gegeben, auf die sie sich mit dem gesunden Arm stützen kann. Zum Glück hat es den linken Fuß erwischt, sonst hätte sie die Krücke nicht benutzen können. Gegen acht verlässt sie das Krankenhaus. Sie will ihren Vater nicht anrufen, weil sie Angst hat, er würde sie zu

Hause einsperren, wenn er hört, was passiert ist. Und die beste Methode, den Gehorsam nicht zu verweigern, ist, dem anderen gar nicht erst die Möglichkeit zu geben, einen Befehl auszusprechen. Sie will ihren Plan weiterverfolgen, wenn es sein muss im Schneckentempo.

Sie geht zu Hause vorbei und holt alle notwendigen Sachen. Sie nimmt den Rucksack, damit sie die Hände frei hat, und fährt mit der U-Bahn zu Rosalía. Punkt halb neun erreicht sie das Haus, wie verabredet, und angesichts der Umstände grenzt das schon an ein Wunder. Im Eingang schaltet sie das Handy stumm. Dann klingelt sie, stößt die Tür auf, als der Summer ertönt, und kreuzt die Finger, dass Bel an diesem Abend Besseres zu tun hat, als ihre Wut an ihr auszulassen.

›Es ist bald geschafft‹, macht sich Amanda Mut. ›Nach der Loslösung und dem Liebestrank kann ich mich vor dieser verdammten …‹

Als Rosalía den eingegipsten Fuß sieht, lächelt sie sonderbar.

»Was ist denn mit dir passiert? Willst du mir mit dem Krückstock Konkurrenz machen?«

Amanda findet das überhaupt nicht lustig. Sie schwitzt, nachdem sie sich die vier Stockwerke hochgequält hat. Sie brummelt einen Gruß vor sich hin und steuert direkt auf das Arbeitszimmer zu, wie die anderen Male.

»Heute brauchen wir viel Platz«, sagt die Hexe. »Ich habe im Wohnzimmer alles vorbereitet.« Das Zimmer sieht aus wie eine barocke Bühne. Die Vorhänge sind aus schwerem, rotem Samt und zugezogen. Wenn es Tag wäre, würden sie das Sonnenlicht komplett aussperren. Der Fußboden glänzt und der Musterverlauf soll schwarzen Marmor imitieren. Im Raum stehen nur ein mit einem weißen Laken abgedecktes Sofa und ein Tisch, auf dem einige Utensilien bereitliegen.

»Hast du alles dabei?«, fragt die Alte.

Amanda lehnt sich gegen den Türpfosten, stellt die Krücke

beiseite, nimmt den Rucksack vom Rücken und schwenkt ihn durch die Luft, als Zeichen, dass sie an alles gedacht hat.

»Erst das Geld«, erinnert Rosalía sie und streckt die faltige Hand aus.

Amanda sieht, dass die Alte ein Glas mit einer braunen Flüssigkeit in der anderen Hand hält. Sie zieht mehrere gefaltete Fünfzigeuroscheine aus der Hosentasche und reicht sie ihr. Die Alte zählt nach und schiebt sie sich in den Ausschnitt. Doch selbst das viele Geld scheint ihre Laune nicht zu verbessern.

»Gut. Trink das«, sagt sie und hält ihr das Glas hin.

Das Mädchen tut wie ihr geheißen. Das Gebräu ist warm und schmeckt bitter.

»Zieh dich aus!«, befiehlt Rosalía und nimmt ihr das Glas weg.

»Wir haben keine Zeit zu verlieren.«

Der Ton der Alten behagt Amanda nicht. Ihr brüskes Auftreten, der Mangel an Feingefühl, der herrische Befehlston.

»Los! Worauf wartest du?«

Amanda tut sich schwer. Sie braucht eine Ewigkeit, um die Jacke und die Bluse auszuziehen. Sie bittet Rosalía um einen Stuhl. Mit dem Gipsfuß kann sie die Hose nicht im Stehen ausziehen. Zu gerne würde sie den Verband an der Schulter und am Fuß ablegen. Als sie fertig ist, fühlt sie sich lächerlich. Sie sieht aus wie eine Mumie in Unterwäsche.

»Den Slip und den BH auch«, sagt Rosalía vom Flur aus, bevor sie in ihrem Arbeitszimmer verschwindet.

Für den Slip braucht sie keine Hilfe. Beim BH wird die Sache schon schwieriger, doch sie will die Alte nicht um Hilfe bitten. Sie streift die Träger herunter, dreht den Verschluss nach vorne, und mit einem Klick hat sie sich von dem BH befreit.

Amanda sitzt vollkommen nackt auf dem Stuhl. Sie presst die Beine zusammen und versucht, sich mit der freien Hand zu bedecken. Sie fühlt sich unbehaglich, als wäre sie auch innerlich entblößt. Doch erklären könnte sie dieses Gefühl nicht. Auf dem

Tisch befinden sich eine lange Schere und ein Aluminiumtopf. Sie weiß, dass sie nicht zufällig dort sind.

Rosalía kommt ins Zimmer, sammelt Amandas Kleidung ein und nimmt sie mit.

»Steh auf«, sagt sie, bevor sie auch den Stuhl rausbringt. »Leg alle Zutaten für den Loslösungstrank zu den anderen Sachen auf den Tisch in der Ecke.«

Amanda holt ihren Rucksack, der noch bei der Tür liegt, und humpelt zum Tisch. Sie legt die beiden Gegenstände für den ersten Trank auf den Tisch: Bels Tagebuch mit dem rosafarbenen Einband und einen Handspiegel mit Plastikgriff und runder Spiegelfläche.

»Jetzt leg dich auf den Boden.«

Sie gehorcht. Die glatten Fliesen sind eiskalt. Ein Schauer läuft ihr über den Rücken. Sie fühlt sich verwundbarer denn je. Sie schließt die Augen und versucht, an Ismael zu denken. Sie muss ihn ganz nah bei sich wissen, damit sie weitermachen kann. Sie tut es für ihn. Ihre Gefühle für ihn sind so stark, dass nichts von dem, was gerade passiert, ihr etwas anhaben kann. Sie würde alles tun, damit er sich in sie verliebt. Aber das kann er nicht, solange er immer noch in Bel vernarrt ist. Rosalía hatte das beim ersten Gespräch klargestellt:

»Ein Mensch, der einen anderen liebt, ist mit ihm durch so starke Bande verbunden, dass er keine Augen für jemand anderen hat. Wenn du willst, dass Ismael deine Gefühle erwidert, musst du erst die Bande zerstören, die ihn an seine tote Freundin fesseln. Das nennt man Loslösung, und dafür gibt es eine Beschwörung, die immer funktioniert, aber sie gehört zu den teuersten.«

Geld spielte keine Rolle. Hauptsache, es funktionierte. Sie hatte nur einen leisen Zweifel, ob die Beschwörung auch wirkte, wenn der Angebetete bewusstlos war.

»Aber natürlich«, hatte Rosalía erwidert, als wüsste sie genau, wovon sie sprach oder als hätte sie es schon tausendmal gemacht. »Die Gefühle eines Menschen verändern sich nicht, auch wenn er bewusstlos ist. Selbst wenn Ismael an der Schwelle des Todes stünde, sein Herz würde immer noch Bel gehören. Und es wird immer so bleiben, wenn du nichts dagegen unternimmst.«

Und jetzt unternimmt sie etwas. Wieder stellt sie sich sein Gesicht vor, um die Angst zu vertreiben.

»Du musst Ruhe bewahren«, sagt Rosalía, der die Nervosität des Mädchens nicht verborgen geblieben ist. »Was auch immer passiert, du darfst nicht schreien. Verstanden?«

Mit zusammengekniffenen Augen betrachtet sie die Gegenstände auf dem Tisch.

»Was davon gehört deiner Rivalin?«, fragt sie.

»Das Büchlein.«

»Ein Buch?«, fragt die Alte argwöhnisch. »Was denn für ein Buch? Ich habe dir doch gesagt, es kann nicht etwas x-Beliebiges sein. Es muss ein Gegenstand sein, der …«

»Du hast gesagt, ein Gegenstand, der nicht aus Metall ist«, fällt ihr Amanda ins Wort, um zu zeigen, dass sie sehr wohl weiß, was sie tut, »und mit dem sie direkt in Berührung gekommen ist. Das ist ihr Tagebuch. Handgeschrieben.«

»Ah, das ist etwas anderes«, sagt die Alte und lacht.

Sie nimmt das Tagebuch in ihre faltigen Hände und schlägt es unter dem aufmerksamen Blick von Amanda auf. Langsam blättert sie die Seiten um, bis sie an einer Stelle innehält. Sie sieht sie sich genau an und überlegt. Dann reißt sie das Blatt einfach heraus und wirft das Buch auf den Boden.

Mit der Schere zerschneidet sie das Blatt in winzige Stücke, die sie in den Topf wirft. Das dauert eine Weile, denn die Schnipsel sind nicht größer als Reiskörner, und sie lässt sich genüsslich Zeit bei der Arbeit.

Amanda bibbert und fragt sich, ob das nicht schneller gehen könnte. Ihr ist eiskalt. Rosalía scheint das völlig egal zu sein. Als das Blatt aus Bels Tagebuch klein geschnipselt ist, fragt sie:

»Und wo ist der Gegenstand von dem anderen?«

»Wie?«

Amanda ist so kalt, dass sie nicht klar denken kann.

»Der Gegenstand von deinem Herzallerliebsten. Wo ist der?«

»Hier.« Amanda hebt das Tagebuch wieder auf, das Rosalía auf den Boden geworfen hat, und schlägt es zielsicher auf einer bestimmten Seite auf. Es ist die Seite, auf die Isma den Text des Liedes geschrieben hat, das Bel und er so mochten. Amanda kam das wie gerufen. Sie reißt das Blatt heraus.

Die Alte nimmt es und sieht es sich genau an. Sie kneift die Augen zusammen, die zu müde sind, um die kleine Schrift entziffern zu können.

»Was zum Teufel ist das?«, fragt sie und starrt auf das Papier, als hätte sie eine tote Ratte vor sich.

»Das hat er geschrieben«, sagt Amanda ohne weitere Erklärung.

Sie versucht, sich an den Text des Liedes zu erinnern. Es handelt von jemandem, bei dem alles schiefgeht und der völlig mutlos ist. »Wenn du niedergeschlagen und verloren bist und eine helfende Hand brauchst, sag dir immer wieder, alles wird gut.« Der Text passt genau zu dem Moment, und sie fühlt sich gleich besser. Doch die positive Wirkung hält nur kurz an. Rosalías raue Stimme holt sie in die schreckliche Wirklichkeit zurück.

»Was ist das? Ein Gedicht oder so etwas? Warum in einer anderen Sprache?«

»Es ist ein Lied. Auf Englisch«, erklärt sie genervt.

Die Hexe scheint Zweifel zu haben, doch am Ende trifft sie eine Entscheidung und wiederholt die Operation von vorhin.

Sie wendet sich Amanda zu.

»Gib mir deinen kleinen Finger. Halt ihn hoch.«

Amanda hebt die Hand und sieht neben sich die Alte mit einer Nadel in der Hand kauern. Aus ihrer Position sieht sie das schwarze Zahnfleisch mit den vielen Zahnlücken. Sie erschrickt und würde am liebsten schreiend davonlaufen, doch sie erinnert sich an Rosalías Worte: Sie muss ruhig bleiben. Sie versucht, tief einzuatmen und ihre Panik unter Kontrolle zu bringen. »Wenn du niedergeschlagen und verloren bist und eine helfende Hand brauchst…«, wiederholt sie für sich. Und als wäre die Angst allein nicht genug, muss sie auf einmal auch noch dringend auf die Toilette.

Das mit der Nadel war nicht so schlimm. Es waren nur drei Pikser in die Fingerkuppe. Rosalía bittet sie, einen Moment zu

warten, und nimmt den Spiegel vom Tisch. Sie geht auf Amanda zu und wirft ihn auf den Boden. Amanda fährt kreischend auf. Rosalía sieht sie streng an:

»Ich hab dir doch gesagt, du sollst nicht schreien.«

Amanda zittert. Sie weiß nicht, ob es allein wegen der Kälte ist. Sie bittet um Verzeihung, als hätte sie sich schuldig gemacht.

»Tut mir leid, ehrlich. Ich hab mich so erschrocken.«

Die Scherben des Spiegels liegen überall auf dem Boden verteilt, so nah, dass es Amanda nicht weiter wundern würde, wenn einer in ihrer Haut steckte. Schwerfällig bückt sich die Alte, um eine der Scherben aufzuheben, und bewegt sie auf Amandas kleinen Finger zu, den diese immer noch ausgestreckt hält.

Amanda fürchtet schon, sie wolle sie schneiden. Sie weiß nicht, wie sie es schafft, ruhig zu bleiben, aber es gelingt ihr. Sie schließt die Augen und denkt an Ismaels Bild in ihrer Schatztruhe. Der lächelnde, glückliche, Handball spielende Ismael. Verdammt gut aussehend. So kann sie verbergen, dass sie völlig kopflos ist, von Ruhe keine Spur.

Doch die Alte schneidet sie nicht, sie fängt mit der Scherbe die Blutstropfen auf, die aus den drei Stichen quellen. Sie macht das sehr vorsichtig, um alles Blut aufzufangen und – so will es Amanda scheinen – um ihr nicht wehzutun. Dann legt sie die blutige Scherbe in den Topf.

»Ich… ich muss mal«, wagt sich Amanda vor, die fürchtet, dass sie es nicht mehr lange aushält.

»Du musst warten. Wenn du jetzt aufstehst, war alles umsonst.«

Amanda hat sich nie elender gefühlt. Sie liegt nackt auf dem Boden im Haus dieser widerwärtigen Hexe, zitternd vor Kälte und die Blase kurz vorm Platzen. Sie will nur, dass alles schnell vorbei ist.

Rosalía bückt sich, um eine weitere Scherbe aufzuheben. Amanda fragt sich, was sie damit vorhat, doch die Alte geht einfach aus dem Zimmer. Als sie allein ist, presst sie die Beine zusammen und versucht, das quälende Druckgefühl auf der Blase durch kleine Hüftbewegungen zu lindern, doch es gelingt ihr kaum.

Ihre Finger sind steif vor Kälte. Auch ihre Füße sind zu Eiszapfen gefroren. Amanda lauscht. Rosalía ist in der Küche. Oder in ihrem Arbeitszimmer. Wenn sie nicht bald zurückkommt, wird sie alles unter sich laufen lassen. Aber das ist nicht das Schlimmste. Das Schlimmste ist, wenn es ihr nicht gelingt, sich zu beherrschen, wird die Beschwörung schiefgehen. Vielleicht müssten sie noch mal vorn anfangen. Und dazu fehlt ihr die Kraft. Sie will nur noch weg.

Auf einmal hört sie, wie der Fernseher eingeschaltet wird. Sie kann es nicht glauben. ›Hat die verrückte Alte nichts Besseres zu tun, als jetzt Fernsehen zu gucken?‹

Sie denkt darüber nach, ob sie etwas unternehmen sollte. Wut steigt in ihr auf. Sie könnte schreien. Am liebsten würde sie aufstehen und Rosalía ohrfeigen. Sie will nach ihr rufen, doch aus ihrem Mund kommt nur ein kläglicher Schrei:

»Rosalía, bitte!«

Sie hört sie nicht. Ihr ist, als ob der Fernseher jetzt noch lauter dröhnte. Amanda wiederholt ihren Hilfeschrei noch zwei Mal. Erst dann reagiert die Alte. Doch ihre Reaktion bringt sie noch mehr auf die Palme.

»Warte noch kurz. Meine Lieblingsserie hat gerade angefangen.«

Amanda hat das Gefühl, jeden Moment vor Wut zu platzen. Diesmal schreit sie aus vollem Hals, und ihr bricht die Stimme. Tränen der Ohnmacht kullern über ihre Wangen.

»Rosalía, komm! Ich kann nicht mehr! Bring es zu Ende!«

Mit überaus zufriedenem Lächeln kommt Rosalía mit einer Scherbe in der Hand über den Flur. Sie kauert sich neben sie und hält die Scherbe an ihre Wange.

»Hier ist die vorletzte Zutat«, flüstert sie, stolz wie der Wissenschaftler, der soeben bewiesen hat, dass seine Theorie Gültigkeit hat. »Ein, zwei, drei … und vier Tränchen. Da haben wir's. Wenn ich dich gebeten hätte, zu weinen, hättest du es nicht gekonnt. So war es leichter«, sagt sie, ohne sie anzusehen, und wirft die Scherbe in den Topf.

Amanda hätte ihr am liebsten eine verpasst, aber sie bleibt am Boden liegen. Sie will die Beschwörung nicht zerstören.

»Es ist gleich so weit, steh auf!«, befielt Rosalía.

Amanda hat das Gefühl, wenn sie aufsteht, wird sich ihre Blase entleeren, aber nichts passiert, auch wenn der Druck schier unerträglich ist. Rosalía befiehlt munter weiter:

»Hock dich hin, los, hock dich hin! Mach schon!«

Verwirrt hockt Amanda sich hin. Das ist mit dem Gips gar nicht so einfach.

»Mach die Beine breit. Und jetzt pinkel hier rein!«

Rosalía stellt den Topf auf den Boden und deutet mit dem Finger darauf.

Amanda denkt nicht lange nach. Sie muss so dringend, dass sie überall hinpinkeln würde. Sie strengt sich an, um gut zu zielen.

Noch nie war sie in so einer Lage. Und als der Strahl zu fließen beginnt, schließt sie die Augen. Ihr ganzer Körper wird von einem Wonneschauer erfasst.

»Das harntreibende Mittel zusammen mit der aufgestauten Wut, das funktioniert bei Leuten wie dir immer«, sagt die widerwärtige Rosalía immer noch grinsend.

Als Amanda fertig ist, nimmt sie den Topf mit in die Küche und sagt:

»Nur Geduld, es dauert, bis es fertig geköchelt ist. Ich bringe dir gleich eine Decke. Du machst mich ganz nervös mit deinem Gezitter.«

›Mein Vater wird mich umbringen‹, denkt Amanda.

Kaum ist Gato wieder zu Hause, erzählt er seinen Eltern von den Erlebnissen im »verlorenen Haus«. Seine Mutter bekreuzigt sich, es hat ihr nie behagt, dass die Jungen diesen Ort aufgesucht haben, und jetzt sieht sie all ihre Befürchtungen bestätigt. Seine Eltern verlangen eine Erklärung, und er sagt ihnen alles, was er weiß, denn er hat ein gutes Verhältnis zu ihnen und er will nichts verschweigen, weil er nicht weiß, ob das nicht alles noch schlimmer macht. Gato gehört zu den Jugendlichen, die daran glauben, dass Erwachsene noch zu etwas anderem Nutze sind, als ihren Kindern bei ihren Vorhaben im Weg zu stehen und ihnen immer wieder dieselben Vorträge zu halten.

Er erzählt, sie hätten alle zusammengelegt, um den Verletzten ins Krankenhaus zu bringen. Dort habe man ihn gleich in der Notfallambulanz behandelt. Man habe sie ein wenig warten lassen, tausend Sachen gefragt und ihnen dann nur ganz kurz gesagt, dass die Wunde ihres Freundes nur oberflächlich und nicht weiter schlimm sei. Sie hatten die Wunde gesäubert, alle Holzsplitter entfernt, ihm ein Schmerzmittel und eine Tetanusspritze gegeben. Natürlich hat keiner den Ärzten verraten, wie es zu der Verletzung gekommen war. Sie haben behauptet, sie hätten eine Wanderung in der Natur gemacht, und er habe sich einen Ast in den Schenkel gerammt – eine dieser Notlügen, die streng genommen keine Lügen sind.

Der Arzt hatte sie mit einer Miene angesehen, als wollte er sagen, ich lass mir doch keinen Bären aufbinden, und sie ernst ermahnt:

»Vielleicht solltet ihr mal darüber nachdenken, die Ausflüge in die Natur sein zu lassen.«

Dann hatte er sie ziehen lassen. Der Schreck saß ihnen in den Gliedern, aber sie fühlten sich geeint durch die furchtbare Wahrheit, die ihnen heute offenbart wurde.

Gato braucht eine Weile für seinen Bericht, denn an dem Abend haben sich die Ereignisse derart überschlagen, dass es nicht leicht ist, sie zusammenzufassen. Er erzählt von den Fotos, die er gemacht hat, und ist hocherfreut, dass auch sein Vater die Bilder sehen möchte. Sie gehen zum Computer.

Gato schiebt die Karte in den Schlitz, und der Vater öffnet das entsprechende Programm. Sofort haben sie den gesamten Inhalt der Speicherkarte der Kamera vor Augen: ein Haufen Fotos vom letzten Schulausflug, ein paar von den Kunstfotos, mit denen Gato sich die Zeit vertreibt, wenn er sich allein in seinem Zimmer langweilt – zum Beispiel eine spektakuläre Großaufnahme seiner Nase, auf der sie wie ein kahler Berg anmutet – und am Ende die verwackelten Aufnahmen der spiritistischen Sitzung. Man erkennt nur diffusen Nebel.

»Das kann nicht sein«, murmelt Gato. »Auf dem Display waren sie gut zu sehen.«

Der Vater durchsucht die Datei erneut und schüttelt den Kopf.

»Das sind alle. Sie sind nichts geworden.«

Der Vater zoomt die Bilder auf Vollbild. Doch das Ergebnis ist niederschmetternd: Nichts.

Nur auf einem erkennt man vage das Dach des Hauses und einen Teil der Wand. Gato überhäuft seinen Vater mit Erklärungen, damit er sich ein Bild von den örtlichen Gegebenheiten machen kann. Doch das einzig Beeindruckende ist ein deutlich erkennbarer heller Fleck zwischen den verschwommenen Schatten. Er ist weiß, als würde er von innen heraus leuchten. Gato kneift die Augen zusammen. Er sagt zu seinem Vater, dieses Wesen, was auch immer es sein mochte, habe in dem Moment in die Kamera geblickt, die Augen seien zwei blitzende Punkte gewesen. Als hätte es unbedingt fotografiert werden wollen. Doch auf dem Bild ist nichts davon zu sehen. Gato schnaubt mutlos.

»Da sieht man schon mal etwas Besonderes, und dann versagt die Technik«, sagt er.

Hyerónimus wacht um die übliche Zeit auf: Es ist drei Uhr morgens. Dort unten, wo er lebt, ist es sinnlos, sich nach dem Tageslicht zu richten, und so hat er sich seit vielen Jahren einen eigenen Rhythmus angewöhnt. Obwohl heute kein gewöhnlicher Tag ist und er länger schlafen könnte, aber sein Hirn spielt nicht mit. Das Hirn von Hyerónimus Zas hat entschieden, es will, wie gewohnt, mit der Welt in Kontakt treten. Nur dass die Welt für den berühmten Parapsychologen heute weit rosiger aussieht als gestern. Er streckt den Arm aus und berührt Almas nackte Hüfte. Sie schläft tief und fest, und das ist um die Uhrzeit ja auch nicht weiter verwunderlich. Hyerónimus dreht sich zu ihr und betrachtet sie schweigend; genüsslich beobachtet er, wie sie atmet. Schlafend ähnelt sie wieder dem jungen Mädchen, das er vor langer Zeit geliebt hat. Er hätte nicht im Traum daran gedacht, dass sie noch einmal zusammenfinden würden. Und jetzt ist er der glücklichste Mann des Universums.

Alma und er, das weiß Hyerónimus, ergänzen sich perfekt.

Sein Vater, der berühmte Ambrosius Zas, hatte Almas Potenzial sofort gespürt, als er ihr das erste Mal die Hand reichte. Damals hatte Alma davon geträumt, Parapsychologin zu werden wie Hyerónimus. Sie wusste noch nicht, dass ihr wahres Talent ein anderes war. »Du bist keine Parapsychologin, Alma, du bist ein Medium«, hatte Sir Ambrosius zu ihr gesagt. »Deine mentale Kraft reicht nicht aus, um Geister zu beschwören. Doch du besitzt die Gabe, verirrte Seelen zu führen. Viele suchen ihren Weg. Du kannst ihnen diesen weisen.« So hatte Alma ihre Lebensaufgabe gefunden und war zum ersten Mal glücklich.

Hyerónimus hingegen ist kein Medium, sondern Parapsychologe, einer der besten der Welt. Viele sagen, er sei einzigartig. Aus aller Welt wird er in den heikelsten Situationen um Rat gefragt. Alma ist noch nie jemandem begegnet, der zugleich Medium und Parapsychologe ist. Wenn es so jemanden gäbe, verfügte er über eine unermessliche, fast grenzenlose Macht.

Anfangs war es Alma schwergefallen, den Unterschied zwischen beiden Berufungen zu erkennen. Jetzt, viele Jahre später, ist es ihr klar: Ein Medium besitzt die Fähigkeit, mit Toten zu sprechen und kann dagegen nichts ausrichten. Das ist so, wie wenn man sehr groß ist oder ein ausgezeichnetes musikalisches Gehör hat: Man kann sich verstellen, so tun, als ob man genau wie alle anderen wäre, aber an der Veranlagung ändert sich dadurch nichts.

»Manche Menschen erkennen gar nicht, dass sie ein Medium sind«, hatte ihr Ambrosius erklärt. »Nachts hören sie die Stimmen der Geister, die Hilfe suchend Kontakt zu ihnen aufnehmen, doch sie stellen sich taub. Einige nehmen Schlafmittel, damit sie nichts hören, und andere gewöhnen sich einfach daran, dass sie ständig Stimmen hören. Doch diese Lösung bringt nicht viel, Geister können sehr hartnäckig sein und einen verrückt machen. Ich rate diesen gequälten Menschen immer, sie sollen ihre Veranlagung als Medium annehmen. Und sie sollen denen Gehör schenken, die zu ihnen sprechen, und sei es nur aus Höflichkeit. Wenn man ihnen Gehör schenkt, sind Geister meist sehr vernünftig. Natürlich braucht alles seine Zeit, auch, dass man sich an ungeladenen Besuch gewöhnt«.

Dank Hyerónimus' Vater konnte Alma anders mit ihrer Begabung umgehen. Ihr wurde auch klar, warum sie nie ernsthaft Parapsychologie praktizieren könnte. Dafür war sie nicht gemacht.

»Parapsychologen«, hatte ihr der Meister erklärt, als sie noch eine Anfängerin in der Materie war, »unterscheiden sich von einem Medium dadurch, dass sie nicht nur mit den Geistern aus dem Jenseits sprechen, sondern auch den Zustand der Dinge verändern können. Sie können erreichen, dass ein rebellischer Geist einen Ort verlässt, an dem er sich seit Jahrzehnten aufhält, auch gegen dessen Willen. Sie können bewirken, dass ein Geist in einen menschlichen Körper schlüpft und sich über ihn ausdrückt. Wenn sie besonders mächtig sind, können sie ihn sogar festsetzen. Das geschieht allerdings nur im äußersten Notfall, wenn Geister wirklich zur Plage werden und eine Bedrohung darstellen. Aber natürlich sind auch hier die Begabungen von Mensch zu Mensch unterschiedlich. Nicht jeder Athlet kann einen olympischen Rekord brechen. Nicht alle Tänzerinnen können so springen, als würden sie fliegen. Man muss über eine große mentale Kraft verfügen, um einen Geist zu beherrschen und erst recht, um ihn gegen seinen Willen festzusetzen.«

Und da Alma das weiß, ist sie nun hier, in seiner Höhle. Hyerónimus wäre es lieber, wenn sie ihn aufgesucht hätte, um ihre Beziehung wieder aufleben zu lassen, aber er ergibt sich in sein Schicksal. Er hat nach allen Einzelheiten gefragt, um sich ein Bild von dem Fall zu machen. Zwei Stunden lang hat Alma ihm davon berichtet, wie sie aus der Zeitung erfahren hat, dass ein junges Mädchen in einem Vergnügungspark der Stadt zu Tode gekommen war. Von Anfang an hatte sie das Gefühl gehabt, dass an der Sache etwas faul war, und der offiziellen Version misstraut, die das Ganze als Unfall abtat. Dann hatte sie den Park mehrere Tage hintereinander besucht, bis Bel aufgetaucht war. Seitdem war sie so etwas wie ihre Mentorin und einzige Freundin, denn Bel hatte sonst niemanden getroffen, der sie sehen und hören konnte. Ob sie ihren Schutzgeist inzwischen gefunden hatte, wusste Alma nicht.

Umgeschlagen war das Ganze erst, als Bel die Verwandlung durchmachte. Das ist das Schlimmste, was einem Geist widerfahren kann, vor allem, wenn er noch nicht genügend Erfahrung darin hat, seinen Zorn zu kontrollieren. Jetzt war dieses nachdenkliche, leicht desorientierte Mädchen zu einer echten Bedrohung geworden. Und es gibt nur einen Menschen, der die mentale Kraft hat, ihr Einhalt zu gebieten: Hyerónimus. Nur er kann es schaffen, sie wieder in den Zustand zu versetzen, in dem sie vor dem Wutausbruch war, damit sie ihre Rachegelüste vergisst und diese Welt für immer verlässt, nachdem sie sich von den Menschen verabschiedet hat, die sie liebt.

Ohne Bel hätte Hyerónimus vielleicht nie wieder etwas von Alma gehört.

Schon allein deshalb musste er diesem unbekannten aufgebrachten weiblichen Geist dankbar sein. Nur durch sie konnte er jetzt die Nase in ihre Schulter drücken und den Duft ihrer Haut einatmen, den er schon fast vergessen hatte. Er hatte es nie jemandem gesagt, aber in den vergangenen sechzehn Jahren war kein Tag vergangen, an dem er nicht an Alma gedacht hatte. Und jetzt, wo sie da war, würde er sie stundenlang ansehen, mit der Faszination, mit der man ein Kunstwerk oder eine Fata Morgana betrachtet, weil man weiß, es liegt in ihrer Natur zu entschwinden; sie haben nur Gestalt angenommen, damit wir uns mit täglich wachsender Sehnsucht an sie zurückerinnern.

Diese Gedanken gehen ihm durch den Kopf und halten ihn wach. Ihm ist klar, dass er nicht mehr schlafen kann, und er beschließt, sich seinen täglichen Verrichtungen zu widmen. Er steht auf, stellt die Kaffeemaschine an und geht ins Bad. Er dreht den Wasserhahn auf und lässt zehn Minuten lang den warmen Strahl auf sich herunterprasseln und sich von ihm das Genick massieren. An diesem Ort kann man wunderbar nachdenken. Fast alle wichtigen Entscheidungen seines Lebens hat er hier getroffen. Hier hat er beschlossen, Alma gehen zu lassen, ihr keine Steine in den Weg zu legen, ihre Gründe zu respektieren. Und nun beschließt er, alles daranzusetzen, sie zurückzugewinnen, sie mit einer ganzen Palette von Gründen dazu zu bewegen, für immer bei ihm zu bleiben.

Doch Bel hat Vorrang. Da draußen tobt ein Poltergeist, den jemand dazu bringen muss, die Füße stillzuhalten. Er muss darüber nachdenken, wie man das am besten bewerkstelligen kann. Vor allem müssten sie Bel erst mal finden. Dann könnten sie testen, ob sie auf eine Beschwörung reagiert und mit ihr reden, damit sie zur Vernunft kommt. Er weiß aus Erfahrung, dass man mit zornmütigen Geistern nicht gut verhandeln kann. Alma hat ihn darauf hingewiesen, dass die Zeit drängt, und das macht die Sache nicht gerade einfacher.

Er schwebt glückselig in seiner Dampfwolke, da hört er, wie die Badezimmertür geöffnet wird. Er spitzt die Ohren. Es wäre nicht das erste Mal, dass ein Geist, den er sucht, ihn zuerst findet. Aber beruhigt stellt er fest, dass kein Geist ins Bad gekommen ist. Zumindest nicht die Art von Geist, vor dem er sich schützen muss.

Hinter dem Nebel taucht Alma auf. Sie ist nackt, ungekämmt und genauso schön wie vorhin, als er sie im Bett zurückgelassen hat.

»Gibt es noch Platz für mich?«, fragt sie.

Hyerónimus reicht ihr die Hand wie ein Kavalier der alten Schule, um ihr behilflich zu sein, und sagt:

»Wo ich bin, wird immer Platz für dich sein, Alma.«

Sie lacht und umarmt ihn. Und er traut sich endlich, ihr zu sagen, was er die ganze Zeit schon denkt:

»Zusammen sind wir unschlagbar, meine Kleine.«

Es ist schon sehr spät, doch Amanda hat jegliches Zeitgefühl verloren. Zitternd liegt sie am Boden, trotz der Decke, die Rosalía ihr übergeworfen hat. Sie hat das Gefühl, die Kälte würde nie mehr aus ihrem Körper weichen.

Die Alte hantiert weiter in der Küche herum, wie schon seit Stunden. Dieser verfluchte stinkende Sud! Ein ekelerregender Gestank hat sich ausgebreitet, und Amanda bedauert, dass sie noch einen weiteren Zaubertrank herstellen müssen. Zudem noch den Wichtigsten: Den Liebestrank, der dafür sorgen wird, dass Ismael sich unsterblich in sie verliebt. Rosalía hat ihr versichert, es würde hundertprozentig funktionieren. Und das will sie ausprobieren. Nur deswegen ist sie hier.

Die Hexe kommt mit einem winzigen Gefäß in der Hand aus der Küche. Es ist aus Glas und enthält eine zähe gelbliche Flüssigkeit. Sie stellt es auf den Tisch, reibt sich die Hände und sagt munter:

»Auf zum Nächsten. Wo sind die Zutaten?«

Amanda hat sie bereits auf den Tisch gelegt. Sie hat an alles gedacht: Ismaels Haarsträhne, ein weißes Blatt Papier, einen roten Filzstift und ein in der Sonne getrockneter Rosmarinzweig.

»Der geht schneller«, erklärt Rosalía. »Bist du bereit?«

Amanda nickt, obwohl sie eigentlich nur den dringenden Wunsch verspürt, nach Hause zu gehen, sich ins Bett zu legen und zwei Tage am Stück zu schlafen.

»Leg die Decke weg und steh auf!«, befiehlt Rosalía.

»Kann ich bitte ein Glas Wasser haben?«

»Wenn wir fertig sind. Hast du immer noch nicht gelernt, dass man die Zauberin während einer Beschwörung nicht unterbrechen darf?«

Amanda senkt den Blick und seufzt resigniert. Die Alte greift nach dem Rosmarinzweig, nimmt ihn kurz in Augenschein und stellt sich dann so vor Amanda hin, dass ihre Füße genau zueinanderzeigen. Sie fährt mit dem Zweig über ihren Körper. Er fühlt sich trocken, rau und unangenehm an, doch er kitzelt auf der Haut. Amanda hat große Mühe, nicht laut aufzulachen, vor allem, als Rosalía über die Magengegend, ihre Schenkel oder ihre Fußsohle streicht. Dafür ist sie extra in die Knie gegangen und hat sie gebeten, nach vorne zu schauen. Amanda versteht bestimmte Teile des Rituals nicht, aber sie gehorcht, ohne Fragen zu stellen.

Als die Alte fertig ist, verlässt sie mit dem Zweig das Zimmer und kehrt mit einem ziemlich großen Mörser mit dem dazugehörigen Holzstößel zurück. Sie setzt sich auf das Sofa und klemmt den Mörser zwischen ihre Knie. Vor den Augen der vor Kälte zitternden Amanda zupft sie die trockenen Nadeln von dem Zweig und wirft sie in den Mörser. Sie fügt die Haarsträhne hinzu und sagt zu ihr:

»Jetzt musst du mit einem roten Stift auf dieses weiße Papier den Namen der Person schreiben, von der du dir wünschst, dass sie dich liebt. In schöner Handschrift.«

»Ich muss mit links schreiben«, rechtfertigt sich Amanda. »Ich glaube nicht, dass ich so eine schöne Schrift hinbekomme.«

»Dann gib dir Mühe«, sagt die Alte rau wie der trockene Zweig, den Amanda eben noch auf ihrer Haut gespürt hat.

Amanda nimmt das Blatt und den Filzstift und macht sich ans Werk. Es ist nicht einfach, sie kann mit links nicht schreiben und muss es ganz langsam tun, damit die Buchstaben überhaupt lesbar sind. Außerdem ist ihr das alles unangenehm, sie fühlt sich lächerlich, vollkommen nackt wie sie ist. Als sie fertig ist, reicht sie Rosalía das Blatt und fragt:

»Kann ich mich jetzt anziehen?«

»Du sollst keine Fragen stellen. Während der Beschwörung darf nicht geredet werden. Setz dich wieder hin und warte auf meine Anweisungen.«

Amanda ist müde. Sie will gehen. Sie versucht, wieder an Isma zu denken, was alles geschehen könnte, wenn er aufwachte, doch die Müdigkeit ist stärker. Nichts vermag sie mehr aus ihrem Kopf zu vertreiben.

Rosalía holt ein Feuerzeug aus der Tasche und zündet eine Ecke des Blattes an, das Amanda ihr gegeben hat. Betört sieht sie zu, wie das Feuer aufflammt und das Blatt verschlingt. Als das Feuer fast ihre Hand erreicht hat, wirft sie das Blatt in den Mörser. Ein süßlicher Geruch von verbranntem Rosmarin steigt auf. ›Das erste angenehme Erlebnis, seit ich die Wohnung betreten habe‹, denkt Amanda. Doch das währt nicht lange. Denn sogleich wird er überdeckt von dem widerwärtigen Geruch nach verbranntem Haar. Aber auch das endet bald, denn Rosalía erstickt das Feuer mit dem Stößel. Die Stöße erfolgen rhythmisch, gleichmäßig, wie Herzschläge. Man merkt, dass sie das schon oft gemacht hat. Einen Moment lang sieht Amanda ihr fasziniert zu – bis die Alte innehält, die Mischung betrachtet und drei Mal mittenrein spuckt. Amanda würde sich am liebsten übergeben.

›So eine Sau‹, denkt sie.

Die Alte mahlt noch eine Weile weiter, bis ein bräunlicher, widerlich aussehender Brei entsteht. Dann nimmt sie die beiden letzten Utensilien vom Tisch, die bislang noch keine Verwendung gefunden haben: einen Blumentopf und ein kleines Säckchen mit Erde. Sie schüttet die Hälfte der Erde in den Topf und fügt die Mischung aus dem Mörser hinzu. Amanda verspürt Erleichterung, dass sie ihrem geliebten Ismael diese widerwärtige Mischung nicht verabreichen muss. Dann holt Rosalía etwas aus ihrer Tasche. Es handelt sich um einen dunklen, länglichen Samen. Sie begutachtet ihn erst einmal ausgiebig, bevor sie ihn mit Daumen und Zeigefinger fasst und vorsichtig in die Mitte des Blumentopfs in die vorbereitete Paste steckt. Nun gibt sie noch etwas Erde darüber und streicht sie mit der Hand glatt.

»Da, nimm«, sagt sie zu Amanda und reicht ihr den Topf. »Drück ihn gegen deine Brust, auf der linken Seite, wo dein Herz ist. Du musst unbedingt schweigen, während ich das heilige Gebet spreche, das unserem Zauber Macht verleiht.«

Amanda nimmt den Topf und hält ihn an die linke Brust. Er fühlt sich kalt und feucht an. Allein der Gedanke, dass die Sitzung gleich vorbei ist, hält sie bei der Stange. Sie hat das Gefühl, sich schon seit einer Ewigkeit bei Rosalía aufzuhalten. Die Alte hebt den Zeigefinger. Er ist faltig, und der Nagel ist lang und schmutzig.

»Bevor wir zum Ende kommen, muss ich dir noch sagen, dass diese Beschwörung eine der stärksten ist, die man mit Geld kaufen kann. Wenn wir weitermachen, wirst du ein Leben lang an den Menschen gebunden sein, dessen Namen du mit roter Farbe aufgeschrieben hast. Bedenke, dass bedingungslose Liebe zu einem großen Problem werden kann, wenn der erste Begeisterungssturm vorbei ist. Wenn du glaubst, du könntest dieses armen Jungen je überdrüssig werden, ist es besser, wenn du ihn nicht der Qual aussetzt, dich für immer lieben zu müssen.«

Amanda schüttelt den Kopf, sie ist sich sicher:

»Ich werde ihn immer lieben.«

»Gut. Dann bringen wir es zu Ende.«

Die Alte stellt sich wieder vor sie hin, die Füße bilden eine Linie. Sie lässt die Hände auf den Blumentopf sinken, schließt die Augen und räuspert sich. Feierlich hebt sie an:

»Möge aus dir der Samen sprießen, der Ismaels Herz zerspringen lässt. Mögen aus dir starke und unverbrüchliche Liebesbande sprießen. Möge aus dir das Vergessen sprießen, das sich über alle legt, außer über das Mädchen, das dies in ihren Händen trägt. Und so wird von dem Moment an, in dem aus dieser dunklen Erde eine Blume wächst, Ismael zu Amanda gehören.«

Als die Alte die Augen aufschlägt, sieht sie, dass Amanda schüchtern lächelt, aber vor allem wie Espenlaub zittert.

»Zieh dich an, sonst holst du dir noch eine Lungenentzündung. Jetzt erkläre ich dir den letzten und wichtigsten Teil.«

Amanda humpelt ins Arbeitszimmer, wo ihre Kleider liegen. Erst beim Anziehen gewinnt sie den Teil ihrer Persönlichkeit zurück, den die Alte ihr genommen hatte, indem sie sie gezwungen hatte, nackt und wehrlos vor ihren Augen auf dem Boden zu liegen. Sie wirft einen kurzen Blick auf das Display ihres Handys und stellt entsetzt fest, dass sie nicht weniger als vierzehn Anrufe in Abwesenheit hat. Alle von ihrem Vater. Das wird ein schwerer Gang. Wieder wird sie von schrecklicher Müdigkeit übermannt.

Als sie herauskommt, sitzt Rosalía mit dem Glasgefäß mit der bernsteinfarbenen Flüssigkeit und dem Blumentopf auf dem Schoß an der Tür.

»Damit die Beschwörung wirkt, musst du dich ganz genau an meine Anweisungen halten. Als Erstes musst du zwei Tropfen von dem Trank auf die Lippen von diesem Ismael träufeln.« Sie hebt das Glasgefäß, in dem die zähe Flüssigkeit nach oben schwappt. »Nur zwei Tropfen. Wenn du dich bei der Dosis vertust, wird es keine Wirkung haben. Ebenso wenig, wenn du nicht rechtzeitig dort bist. Es muss innerhalb von achtundvierzig Stunden erledigt sein.«

»Verstanden«, murmelt Amanda, »zwei Tropfen binnen achtundvierzig Stunden.«

In ihrem Kopf rattert es. Am liebsten würde sie sofort ins Krankenhaus gehen, aber bis zur Besuchszeit ist es noch ein paar Stunden hin. Am besten geht sie gleich morgen zu Ismael, und zwar dann, wenn seine Mutter arbeitet und das Personal anderweitig beschäftigt ist. Die Essenszeit wäre ideal. Sie würde ihnen die untröstliche Freundin vorspielen, die unbedingt an seinem Bett wachen will, und wenn niemand hinsähe, würde sie blitzschnell seine Lippen mit zwei Tropfen von der Flüssigkeit benetzen. Das dürfte nicht weiter schwer sein.

Die Alte redet weiter, und Amanda bemüht sich, alles in sich aufzunehmen.

»Die andere Beschwörung dauert ein wenig länger«, sagt sie. »Für eine lebenslange Liebe braucht man Geduld. Der Topf enthält den Samen einer Sonnenblume, einer Pflanze mit großen Zauberkräften. Du musst sie nachts mit deinem Menstruationsblut gießen. Nur ein Mal. Am nächsten Tag gießt du ein Glas pures Wasser hinterher. Und dann wartest du, bis sie keimt. Das geht schnell. Und wenn aus dem Keimling ein Stil wächst und dieser Stil eine Blüte bekommt, dann wird die Beschwörung Wirkung zeigen.«

Rosalía sieht Amanda mit ihren hellen Augen an.

»Du musst dir immer vor Augen halten, dass beide Beschwörungen unwiderruflich sind. Sind sie ausgeführt, musst du die Konsequenzen tragen, denn es gibt kein Zurück. Es gibt keine Gegenmittel, verstanden?«

Amanda nickt.

»Nur eines löscht sie sofort aus«, fügt die Alte hinzu. »Dein Tod.«

Amanda kichert.

»Nun ja, ich habe nicht vor, so bald zu sterben.«

»Der Tod schert sich nicht um unsere Vorhaben. Hast du noch Fragen?«

Amanda presst den Blumentopf an sich.

»Hast du eine Plastiktüte für mich?«

Die Alte wirft ihr einen feindseligen Blick zu. Sie ist beleidigt, weil dieses stolze, neumalkluge Mädchen keine anderen Fragen hat. Sie holt ihr eine Plastiktüte aus der Küche, Amanda stellt den Topf hinein, schließt den Reißverschluss ihrer Jacke, setzt den Rucksack auf, nimmt ihre Krücke und bleibt einen Schritt vor dem Treppenabsatz stehen.

»Ich hab Angst, alleine runterzugehen. Du musst mich zur Haustür bringen.«

Rosalía will schon Nein sagen, doch dann besinnt sie sich eines Besseren. Sie will keine Scherereien auf der Treppe und noch weniger möchte sie in eine krumme Sache hineingezogen werden. Das wäre das Ende ihres Geschäfts. Obwohl sie sich denkt, wenn der Geist zurückkommen will, wird ihre Anwesenheit ihn nicht daran hindern.

Langsam gehen die Alte und das junge Mädchen die steile Treppe hinunter. Amanda trägt ihre Beute in Gestalt von zwei Zaubermitteln nach Hause. Rosalías Geld liegt oben in der Wohnung, sie hat an der dramatischen Geschichte der drei jungen Leute ganz ordentlich verdient. An der Haustür angekommen, sagt Amanda kein Wort zum Abschied und macht sich direkt auf den Weg zur U-Bahn, die gerade wieder geöffnet hat. Am liebsten würde sie ihrem Vater aus dem Weg gehen, aber sie will schnellstmöglich ins Bett. Rosalía sieht ihr mürrisch nach und fragt sich, was die jungen Leute von heute doch für ein Benehmen am Leib haben. Langsam kämpft sie sich wieder die Stufen hinauf.

Ein eisiger Montagmorgen bricht an.

Manuel, Amandas Vater, hat vor Wut kein Auge zugetan. Er sitzt in seinem Sessel und starrt die Tür an, der Fernseher ist aus. Er fragt sich, ob er sich beherrschen kann, wenn Amanda ihm unter die Augen kommt. Er hat sich vor langer Zeit geschworen, sie nie wieder zu schlagen, aber heute ist er nicht sicher, ob ihm das gelingt.

Auch Carlos liegt auf dem Sofa, aber aus einem anderen Grund. Heute Nacht hat er nicht bei Blanca geschlafen. Wenn er wach wird, wird er sich freuen, dass das Wochenende endlich vorbei ist. Und er wird sich fragen, was von dem Leben noch übrig ist, das er vor dem 22. Dezember hatte. Ob es noch ein Leben gibt, ob es lohnt, darum zu kämpfen, und ob er dazu in der Lage ist.

Der Wecker auf Marians Nachttisch klingelt. Zeit aufzustehen und zur Arbeit zu gehen. Als sie die Augen aufschlägt, denkt sie als Erstes: ›Dreiundfünfzig Tage ohne Isma. Hoffentlich ist heute der letzte‹.

Die Hexe Rosalía hat sich angezogen mit dem Geld in der Tasche ins Bett gelegt. Zufrieden schnarcht sie wie ein Bär. Sie hofft, dass sie dieses dumme Ding nicht mehr treffen muss, das die Nacht in ihrer Wohnung verbracht hat. Doch sie hofft auch, dass sie ihren Willen bekommt.

Hyerónimus und Alma sitzen beim dritten Kaffee und spielen verschiedene Szenarien durch. Immer wieder sehen sie sich lange wortlos an. Hyerónimus verschweigt vieles, das er vor Alma vielleicht nie aussprechen wird, Alma hingegen sagt so manches, von dem sie nie geglaubt hatte, dass sie es ihm je sagen könnte. Jeder auf seine Weise bereiten sie sich auf den Kampf vor, der alles andere als leicht wird, bei dem sie aber zum ersten Mal seit langer Zeit wieder Seite an Seite kämpfen.

Blanca liegt im tiefen Schlummer der Schlaftabletten, wenigstens ist sie mal eine Nacht von Albträumen verschont geblieben. Amanda hingegen steht der schlimmste Albtraum noch bevor: Sie steht mit den Schlüsseln in der Hand vor der Tür und traut sich nicht rein.

In Ismaels Zimmer im Krankenhaus herrscht absolute Stille. Nur ein scharfer Beobachter würde die kleinen Bewegungen wahrnehmen, das gleichmäßige Tropfen aus der Flasche in seine Venen, die leise Vibration der Geräte, an die er angeschlossen ist, das mechanische Auf und Ab des Beatmungsgerätes.

Auf einmal fangen die Lippen des Jungen an, sich zu bewegen. Auch heute wird niemand das Lied erkennen.

When you're down and lost
And you need a helping hand
When you're down and lost
Along the way
Oh just tell yourself
Ah, I'll be OK

Man könnte meinen, dass niemand zuhört, dass niemand etwas bemerkt. Aber vielleicht ist da doch jemand.

DRITTER TEIL

... UND DANN WERDE ICH DICH
DEM ERDBODEN GLEICHMACHEN.
UND WENN ICH DICH ZERTRETEN HABE,
WIRD ES DEIN ENDE SEIN.

MONTAG, 16. FEBRUAR

BRUNO IST ERST SIEBEN JAHRE ALT, ABER ER IST EIN GANZ BESONderer Junge. Er lebt in einem Heim, zusammen mit anderen Kindern, die weder Vater noch Mutter haben, in der Obhut von Iris, der Leiterin, die ihn liebt wie ihren eigenen Sohn. Da er schon als Baby in das Heim gekommen ist, fühlt er sich dort zu Hause. Die Schule ist nicht weit entfernt, im Sommer geht er zum Spielen in den Garten und hin und wieder machen sie einen Ausflug. Er kann sich also nicht beklagen. Und erst recht nicht, seit Iris den Computer besorgt hat. Alle müssen sich das Gerät teilen, aber immerhin.

Seit der Computer da ist, hat sich Brunos Leben grundlegend verändert. Er verbringt möglichst viel Zeit vor dem Bildschirm. Er hat nicht nur das Internet entdeckt, sondern auch seine Leidenschaft fürs Fotografieren. Er hat eine stattliche Sammlung an Fotos und bringt Stunden damit zu, sie sich anzusehen. Einige hat er selbst gemacht, andere hat er im Netz gefunden. Er träumt davon, ein berühmter Fotograf zu werden und durch die Welt zu reisen und alles abzulichten. Vor allem Dinge, die er noch nicht kennt. Bruno hat sehr originelle Einfälle. Auf einigen seiner Schnappschüsse sieht man lediglich Füße. Es gefällt ihm, Füße auf Bildern zu verewigen. Als Iris ihn fragt, warum er die Füße fotografiert und nicht das Gesicht, erwidert er:

»Das Gesicht ist immer zu sehen, die Füße nie.«

Und er hat recht. So ist Bruno: Manchmal sagt er Dinge, die logisch sind, aber einem Erwachsenen nie auffallen würden. Iris hat viel mit dem Psychologen des Heims gesprochen. Auch er kennt ihn sehr gut. Erst vor kurzem hat er ihr gesagt, Bruno sei äußerst sensibel, habe ein phänomenales Gedächtnis, er könne viel besser rechnen als andere Kinder in seinem Alter, er könne hervorragend lesen und sei sehr kreativ. Er ist hochbegabt, aber

es ist nicht immer nur ein Segen, wenn der Verstand dem Körper um Jahre voraus ist. Bruno ist verletzlicher als andere Kinder in seinem Alter. Er ängstigt sich schnell, ist extrem empfindlich und achtet sehr darauf, wie er bei anderen ankommt. Deshalb ist er ein Einzelgänger. Es fällt ihm schwer, sich anderen Kindern anzuschließen; er ist perfektionistisch und krittelt gern herum, weil er immer mehr erwartet. Und er hat seine nicht alltäglichen Steckenpferde, wie eben das Fotografieren und das Sammeln von besonderen Bildern.

Einige Fotos haben für ihn eine ganz besondere Bedeutung. Er hat den Ordner *Brunos Wolkenkratzer* genannt und genau das enthält er auch: Bilder von den höchsten Gebäuden der Welt.

Schon seit langem begeistert sich Bruno für Wolkenkratzer. Er will alles über diese steinernen Riesen wissen: wie viele Stockwerke sie haben, wie viele Aufzüge und Fenster, ob sie eine Antenne haben oder eine Dachterrasse oder welchem Zweck sie dienen.

Jeden Tag sieht Bruno sich die Bilder von den Wolkenkratzern an, entweder nach dem Abendessen oder bevor er ins Bett geht – immer viel zu früh, wie er findet –, das heißt sofern der Computer frei ist, denn er ist heiß begehrt. Eines nach dem anderen betrachtet er seine Sammlerstücke: Das *Empire State Building* (die erste Entdeckung, mit Nachtbeleuchtung in wechselnden Farben und einer ellenlangen Antenne auf dem Dach), das *Chrysler Building* (mit der spitzen Kuppel) die *Petronas Towers* in Malaysia (die zum Zeitpunkt seiner Geburt die höchsten Gebäude der Welt waren), den *Taipei 101* in Taiwan (so genannt, weil er einhundertundein Stockwerke hat, und noch dazu fünf unterirdische, wie er weiß), den *Burdsch Chalifa* in Dubai (den König unter den Wolkenkratzern, denn es ist der höchste) oder der *Torre de Collserola* in Barcelona, eigentlich ein Fernsehturm, der aber trotzdem als Wolkenkratzer durchgeht – er steht da wie ein Flamingo auf einem Bein.

Samuel, der sich um die Haustechnik kümmert, hat ihm gezeigt, wie er sich seine Lieblingsfotos ansehen kann. Ein Doppelklick auf den Ordner *Fotos*. Dann ein weiterer Doppelklick auf *Brunos Wolkenkratzer*. Und dann noch einmal auf das erste Bild, das er anschauen möchte. Bruno macht alles genau so, wie man es ihm gezeigt hat, und beginnt immer mit demselben Bild: dem vom *Empire State Building*. Dann bewegt er sich über die Pfeile auf der Tastatur vor und zurück, ganz nach Belieben. Immer wieder betrachtet er voller Bewunderung die Details: Er zählt die Stockwerke, überprüft, ob die Antenne noch auf dem Dach ist. Kinder in dem Alter gehen immer methodisch vor, doch Bruno übertrifft sie alle.

Manchmal ärgert er sich auch über den neuen Computer. Bruno hätte lieber einen neuen gehabt, denn das Gerät fängt manchmal an zu spinnen. Immer wenn er seine Gebäude betrachtet. Manchmal wechselt er langsam von Bild zu Bild und manchmal schneller, wenn er ein bestimmtes sucht. Und dabei hat der Computer sich schon mehr als einmal selbstständig gemacht: In rasender Abfolge jagen die Bilder an ihm vorbei, als suchte das Gerät ein Bild, das es nicht finden kann. Bruno hat festgestellt, dass dabei zwischen seinen Wolkenkratzern noch andere Bilder auftauchen. Sie sind nur vage zu erkennen, und bei der Geschwindigkeit kann er nicht auf die Details achten, wie er es so gern tut. Es sind Bilder, die er noch nie gesehen hat und die nicht zu seiner Sammlung gehören. Er ist sich sicher, dass weder er noch Samuel sie dort abgelegt haben. Als hätte der Computer selbst sie an einem geheimen Ort gespeichert und würde sie einspielen, wenn es ihm passt.

Doch heute wird etwas anderes passieren. Bruno muss gleich ins Bett. Spätestens in zehn Minuten wird Iris hochkommen und sagen, dass es Zeit ist, ins Bett zu gehen. Sie können protestieren, aber sie wissen, dass es nichts nützen wird. Im Gegenteil: Das schafft nur zusätzliche Probleme, denn wer zwei Mal protestiert, darf am Wochenende nicht fernsehen, und das ist eine harte Strafe. Bruno möchte sich das Foto vom *Taipei 101* ansehen. Doch als er mehrfach auf den rechten Pfeil drückt, hängt der Rechner plötzlich.

Es geht weder vor noch zurück. Und das Foto auf dem Bildschirm ist keins von seinen, es ist wieder eine dieser seltsamen Aufnahmen, von denen er nicht weiß, wo sie herkommen, und die ihn nicht interessieren.

Diesmal kann Bruno sehr wohl die Details betrachten. Wäre er nicht so wütend gewesen, hätte er sich besser darauf konzentrieren können. Bruno kann es nicht ertragen, wenn es nicht so läuft, wie er es will, vor allem nicht, wenn es sich um eine Maschine handelt. Er schnaubt, schlägt mit der Maus auf den Tisch und brüllt:

»Mist!«

Dann ruft er nach dem Techniker:

»Samueeeeeeel!«

Samuel kommt nicht sofort. Er repariert gerade in der Küche die streikende Spülmaschine und hört ihn erst beim dritten Rufen. Müde geht er die Treppe hinauf und lehnt sich gegen den Türrahmen.

»Was ist, Bru?«, fragt er und macht nicht den Eindruck, als hätte er große Lust, heute noch jemandem zu helfen.

»Sieh mal, er ist schon wieder stehen geblieben. Ich kann mir den *Taipei 101* nicht ansehen!«, jammert Bruno, als wäre ihm eine schreckliche Ungerechtigkeit widerfahren.

In dem Moment fällt Samuels Blick auf das Foto auf dem Bildschirm. Man erkennt klar und deutlich die Schienen einer Achterbahn. Es sieht ganz so aus, als wäre das Foto von einer der automatischen Kameras gemacht worden, denn die Auflösung ist grottenschlecht. Verschwommen sind zwei Gestalten zu sehen. Mädchen vielleicht. Als wirbelten sie durch die Luft. Das ist merkwürdig, wenn man bedenkt, an welchem Ort sie sich befinden. Samuel kann es sich nicht erklären, aber das Bild hat etwas Beunruhigendes.

»Reparier ihn, Sam, bitte. Ich will den *Taipei 101* sehen«, sagt Bruno starrköpfig wie immer.

»Eine Sekunde ... lass mich mal sehen.«

Bruno überlässt ihm seinen Platz und Samuel setzt sich vor das Gerät. Er tippt auf der Tastatur herum, wartet, ob eine Reaktion erfolgt, und verzieht frustriert das Gesicht.

»Er hat sich aufgehängt«, meint er, bevor er auf den leuchtenden Knopf in dem weißen Gehäuse drückt, in dem sich die lebenswichtigen Organe des Computers befinden.

Mit einem metallischen Klicken schaltet sich der Computer aus.

Bruno ist noch zorniger als vorher. Vor allem, als Samuel sagt:

»Es reicht für heute. Es ist schon spät. Marsch ins Bett.«

»Aber ich wollte den *Tai*...«

Samuel unterbricht ihn:

»Morgen. Er verschwindet ja nicht über Nacht.«

Bruno kreuzt die Arme vor der Brust. Seine Wangen sind knallrot vor Wut.

»Mist!«, ruft er noch lauter als zuvor. »Aber ich wollte ihn *jetzt* sehen!«

Samuel lässt nicht mit sich reden und Bruno auch nicht. Sie sind sich sehr ähnlich.

Bruno marschiert ins Bett und fühlt sich vom Computer und Samuel ungerecht behandelt.

An das geheimnisvolle Foto denkt er nicht mehr. Nicht nur, weil er alles ausblendet, was ihn nicht interessiert. Auch, weil er allmählich anfängt, sich mit völlig unerklärlichen Phänomenen vertraut zu machen, ohne dass seine Gefährten auch nur die leiseste Ahnung davon haben.

Carlos unternimmt einen weiteren Versuch, mit Blanca zu reden. Seit er Bels Zimmer ausgeräumt hat, spricht sie kaum noch mit ihm. Er weiß nicht, was sie den Tag über gemacht hat, denn sie erzählt ihm nichts mehr. Das Letzte ist die Entscheidung, künftig getrennt zu schlafen. Sie hat sie ihm am Tag zuvor mitgeteilt, am Sonntag, an dem er zu normalen Zeiten schläft, wie die meisten Menschen. Es war der längste Satz, den sie in den letzten neun Tagen gesagt hat:

»Macht es dir etwas aus, woanders zu schlafen? Ich kann nicht einschlafen, wenn ich weiß, dass du neben mir liegst.«

Klarer hätte sie es nicht formulieren können. Er weiß genau, dass es ihr nicht darum geht, allein zu schlafen. In den ersten Tagen nach dem Unfall hatte er sich ein paar Tage freigenommen, und sie hatten eng umschlungen im Bett gelegen und sich gegenseitig getröstet. Sie stößt ihn weg, weil er das getan hat, weil er in ihren Augen zu einem gefühllosen Ungeheuer geworden ist, dem nichts daran liegt, die Erinnerung an die Tochter zu bewahren. Er weiß, was Blanca über ihn denkt, seit Tagen sieht er den stetigen Vorwurf in ihren Augen.

Carlos ist der Ansicht, die Erinnerung an die Menschen, die wir lieben, lebt nicht in einer Handvoll Gegenständen weiter, die sie uns nach ihrem Tod hinterlassen, sondern in uns selbst. Er weigert sich, seinen Schmerz an so etwas Vergänglichem festzumachen wie ein paar Möbeln und ein paar sinnlos im Schrank hängenden Kleidern. Für ihn ist die Erinnerung an seine tote Tochter sehr viel mehr als das. Sie ist ein heftiger Schmerz, der niemals weichen wird, eine große Leere, die niemand je wird füllen können. Aber es geht auch ums Überleben: Er will sich nicht in der Traurigkeit suhlen, er will sich nicht in ein Gespenst verwandeln, das sich so lange vom Schmerz ernährt, bis er ein Teil von ihm geworden ist. Er will weiterleben. Nicht so, als ob nichts geschehen wäre, denn das ist unmöglich. Einfach, als müsste er mit der Last der Traurigkeit, die ihm für immer anhaftet, wieder neu laufen lernen.

In ein Handtuch gehüllt kommt Carlos aus der Dusche. Er muss es Blanca sagen. Manchmal fließen die Gedanken so wohlgeordnet durch seinen Kopf, dass er glaubt, er könne seine Frau überzeugen, wenn es ihm gelänge, sie genau so rüberzubringen. Doch sobald er es versucht, geht alles durcheinander. Er kann es ihr nicht so erklären, wie er es sich im Kopf zurechtgelegt hatte; ihr durchdringender Blick macht ihn nervös, und am Ende stammelt er irgendetwas, das sie rundweg ablehnt.

Heute ist es nicht anders.

Blanca sitzt im Morgenmantel auf dem Sofa, einen Stapel Fotoalben neben sich. Sie blättert langsam Seite für Seite um und betrachtet interessiert die Bilder. Hin und wieder huscht ein trauriges Lächeln über ihr Gesicht, sie hält einen Moment inne, trocknet die eine oder andere Träne und dann blättert sie weiter.

Auf ihrem Schoß liegt das Album aus Bels ersten Lebensmonaten. Die Fotos sind verblasst.

Carlos setzt sich neben sie.

»Können wir reden?«, fragt er.

Blanca antwortet nicht, blättert weiter die dicken Seiten um.

»Bitte, Blanca, wir können so nicht weitermachen. Liebes, ich kann es nicht ertragen, dich so am Boden zerstört zu sehen. Und so weit weg. Lass mich dir helfen. Lass nicht zu, dass wir uns mehr und mehr voneinander entfernen. Das hat uns beide schwer getroffen. Lass uns mit vereinten Kräften kämpfen, wir haben doch noch uns beide.«

Blanca blickt auf und sieht Carlos ins Gesicht. Ihre Augen sind nur mehr zwei Schächte aus Traurigkeit. Die Art, wie sie ihn ansieht, macht ihm Angst. Umso mehr, weil sie kein Wort sagt.

»Bitte, Blanca, rede mit mir«, fleht er.

Doch Blancas Herz ist nur noch ein Eiszapfen. Carlos weckt keinerlei Empfindung mehr in ihr. Kein Verständnis, keine Solidarität, nicht einmal Sympathie. Von der Liebe ganz zu schweigen, die sie einst verband, als sie zusammenzogen und nach Bels Geburt den Bund fürs Leben schlossen. Ihre eigenen Gefühle erschrecken sie. Es ist, als säße ein Fremder neben ihr.

»Ich habe dir nichts zu sagen«, sagt sie am Ende leise, ohne den Blick abzuwenden. Carlos seufzt. Er wird bei ihr nichts erreichen. Er nimmt ihre Hand. Sie zieht sie weg und sagt: »Außer, dass ich mir nie hätte träumen lassen, dass du unsere Tochter so schnell vergessen würdest.«

»Ich habe sie nicht …«, fährt Carlos auf.

Blanca hebt die zitternde Hand.

»Spar dir das. Ich glaub dir kein Wort. Du hast mein Leben zerstört. Ich will nur noch, dass du gehst, damit ich in Ruhe weinen kann. Denn ich denke an Bel, und ich werde bis zu meinem Tod an sie denken …«

Bei den letzten Worten ist sie immer lauter geworden. Blanca gibt sich stark, dabei ist sie kurz davor, die Nerven zu verlieren. Und das kann Carlos nicht verstehen. Dieses Verlangen seiner Frau, sich am Unglück festzuklammern, die Weigerung, weiterleben zu wollen, oder es zumindest zu versuchen. Andererseits ist er so müde, dass er nicht weiß, was er denken soll. Vielleicht hat sie recht, und er ist einfach unsensibel. Aber nur, weil er es gut meint.

Er steht auf, während sie ihn weiter mit erhobener Stimme herunterputzt, und geht zurück ins Bad. Er ist niedergeschlagen. Er hat das Gefühl, dass seine Ehe kurz vor dem Aus steht. Schnell zieht er sich an. Es ist halb neun, und seine Schicht beginnt erst um Mitternacht, aber er will noch bei seinen Kollegen von der Kriminalpolizei vorbeischauen.

Zu Blanca sagt er nichts, aber die würdigt ihn ohnehin keines Blickes.

Auch heute hat er nicht daran gedacht, den Anrufbeantworter abzuhören.

Auf dem Weg zu seinem nächsten Ziel hält Carlos an einer roten Ampel. Der Ort weckt eine Erinnerung: Genau an dieser Stelle hatte Bel ihn vor zwei Monaten aus heiterem Himmel mit einer Frage überrascht.

»Woher weiß man, dass jemand die Liebe unseres Lebens ist?«, hatte sie gefragt.

Carlos hatte nervös gehüstelt und scherzhaft geantwortet:

»Mensch, Mädchen, was für eine Frage. Kann ich da erst mal bei Wikipedia nachschlagen?«

Missbilligend hatte Bel den Mund verzogen.

»Ich meine das ernst, Papa.«

Carlos wurde klar, dass seine Tochter eine ehrliche Antwort erwartete. Er hatte sich bemüht, sie ihr zu geben.

»Na ja, das ist eine Sache der persönlichen Reife und der Erwartungen, die man hat. Die Intuition spielt auch eine große Rolle. Deine Mutter glaubt in solchen Dingen sehr an Intuition. Sie würde jetzt sagen, hör auf das, was dein Herz dir sagt.«

»Hattest du auch so eine Eingebung, als du Mama kennengelernt hast?«

»Ich? Ja, ich glaube schon. Ich hatte gleich das Gefühl, dass sie eine große Bedeutung in meinem Leben haben würde. Und wie du siehst…«

»Okay, Danke für die Information«, hatte Bel in einem so neutralen Ton erwidert, als bedankte sie sich für den Wetterbericht.

Ein rätselhaftes Lächeln war über ihre Lippen gehuscht und sie hatte auf den Asphalt gestarrt.

Carlos hatte noch eine Weile über das Gespräch nachgedacht und dann gefragt:

»Warum fragst du, Bel? Hast du die Liebe deines Lebens kennengelernt?«

»Keine Ahnung. Die Symptome sind nicht dieselben.«

Carlos hatte gelacht.

»Und was sind das für Symptome?«

»Die sind nicht für väterliche Ohren bestimmt.«

In dem Moment hatte die Ampel auf Grün geschaltet, Carlos war losgefahren, und sie hatten nie wieder darüber gesprochen.

Ein sogenannter Poltergeist ist ein Geist, der poltert, also Lärm macht. Die Fachleute bringen das mit dem Zorn im Moment des Todes in Verbindung. Außerdem haben diese Poltergeister eine enge Verbindung zu Jugendlichen. Das heißt nicht, dass Erwachsene einen solch aufsässigen Geist nie zu Gesicht bekommen – vor allem, wenn es sich um Erwachsene wie Hyerónimus oder Alma handelt – doch mehrheitlich zeigen sie sich erwiesenermaßen bei Jugendlichen zwischen dreizehn und achtzehn. In dem Alter sind die Menschen offensichtlich besonders empfänglich für übernatürliche Phänomene.

Unter allen Geistwesen sind die Poltergeister die lästigsten. Nicht nur weil sie wütend und aufbrausend sind und es der Welt heimzahlen, indem sie Unschuldige erschrecken, Gegenstände durch die Luft schleudern oder etwas zerstören. Auch weil sie, wenn sie ihre Energien bündeln, als Einzige in der Lage sind, Menschen in die Enge zu treiben oder sich sogar ihrer zu bemächtigen, auch wenn das nur selten vorkommt. Hyerónimus Zas kennt einen Fall, in dem ein solch zornmütiger Geist seinen Spaß daran hatte, seine Opfer lange Zeit in der Luft schweben und sie dann aus großer Höhe fallen zu lassen. Um seiner selbst willen hofft er, dass Bels Fall nicht ähnlich gelagert ist.

Es wäre gut gewesen, wenn man die Beschwörung im Vergnügungspark hätte durchführen können, aber es war zu riskant. Dort könnten sie unterbrochen werden, und das ist das Schlimmste, was bei einer Beschwörung passieren kann. Es ist auch nicht ratsam, den Geist in der Wohnung des Beschwörenden anzurufen. Er könnte sich den Weg merken und fortan Gefallen daran finden, zurückzukehren. Das wäre nicht der erste Fall, in dem ein Geist den plagt, der seine Ruhe gestört hat. Nein, sie mussten einen neutralen Ort finden, der in keiner Beziehung zu Bel und zu Hyerónimus stand. Alma weiß Rat.

»Das Studio eines Freundes«, schlägt sie vor. »Er ist Fotograf und zurzeit auf Reisen. Er hat mir den Schlüssel gegeben, damit ich hin und wieder nach dem Rechten sehe. Das ist perfekt.«

Als sie ihren Plan aufgestellt und alles Notwendige in einem Rollkoffer verstaut haben, tätigt Hyerónimus einen kurzen Anruf.

»Könnten Sie uns bitte einen Zug vorbeischicken?«

Er trägt wieder seinen langen schwarzen Gehrock, der ihm fast bis zu den Füßen reicht, und eine dunkel getönte Brille mit einer runden, vergoldeten Fassung. An seinen Füßen glänzen blitzblanke spitze Stiefel, und er hält ein Paar bordeauxfarbene Satinhandschuhe in der Hand. Man könnte sagen, er sieht aus, als posierte er für eine Modezeitschrift, und das würde ihn mit

Stolz erfüllen, denn Hyerónimus ist schrecklich eitel. Um nichts auf der Welt würde er sein Erscheinungsbild vernachlässigen.

Auf dem Bahnsteig reicht er Alma den Arm. Es wundert ihn selbst, aber er brennt darauf, in die wirkliche Welt zurückzukehren.

Donnernd fährt der Zug ein. Der Fahrer grüßt lustlos. Die beiden Fahrgäste steigen in den einzigen Waggon ein. Alma blickt noch ein letztes Mal auf den Bahnsteig zurück und fragt sich, ob es diesmal ein Abschied für immer ist.

»Ich werde deine Hilfe brauchen, damit ich mich in der Welt da oben zurechtfinde«, sagt Hyerónimus.

»Klar. Wie lange hast du deine Wohnung nicht mehr verlassen?«

Hyerónimus muss nicht lange nachdenken. Die Antwort kommt wie von selbst:

»Sechzehn Jahre, sieben Monate, einundzwanzig Tage, vier Stunden und ein paar Minuten. Seit du weggegangen bist.«

Carlos will mehr über Fernandos Tod wissen. Je mehr er darüber nachdenkt, desto weniger glaubwürdig erscheint es ihm, dass ein junger gesunder Mann so plötzlich stirbt. Deshalb will er seinen Kollegen bei der Kriminalpolizei noch ein paar Fragen stellen.

Dort wundert sich keiner, dass er mal wieder auftaucht, denn alles, was mit dem Tod seiner Tochter zu tun hat, ist für ihn zur Obsession geworden. Er will unbedingt noch einmal den Bericht des Gerichtsmediziners einsehen. Vielleicht ist den Ermittlern etwas entgangen.

Doch der Polizeichef Montoliu ist es leid, dass Carlos sich ständig einmischt. Er stellt sich ihm in den Weg und nach ein paar Ausflüchten sagt er in einem für seine Verhältnisse schon verständnisvollen Ton:

»Du solltest dir ein paar Tage freinehmen, Anglas. Fahr weg, vergiss das alles. Du erreichst nichts, wenn du dich verrückt machst.«

»Nicht, solange ich nicht weiß, was passiert ist«, sagt Carlos.

Montoliu schüttelt den Kopf und schnalzt mit der Zunge. Er hält seinen ehemaligen Kollegen für einen hoffnungslosen Fall.

»Immer noch derselbe Dickkopf wie früher«, sagt er. »In dem Bericht steht nichts, was wir dir nicht schon gesagt hätten: Der Junge ist an plötzlichem Herztod gestorben. Die Ursache war ein Herzfehler.«

»Kann ich den Bericht lesen?«

»Natürlich nicht!«, bellt Montoliu. »Das geht dich nichts an, Anglas. Verdammt, jetzt beug dich endlich den Beweisen. Wie gesagt, manchmal geschehen merkwürdige Dinge. Manchmal sogar sehr merkwürdige. Und trotzdem gibt es dann eine logische Begründung, die von einem so guten Gerichtsmediziner wie unserem bestätigt wird.«

Doch Carlos ist nicht bereit, sich irgendetwas zu beugen, nicht einmal Beweisen.

»Habt ihr an dem Abend mit den Eltern gesprochen?«

»Ja, ja«, erwidert Montoliu müde. »Wir haben getan, was zu tun war.«

»Und, wussten sie, wo er den Abend verbracht hat?«

»Zuhause, im Internet. Später ist er noch mal losgezogen, um frische Luft zu schnappen, wie er sagte.«

»Wissen Sie, wann er zurückkam?«

»Nicht genau, denn sie gehen immer früh ins Bett, haben sie den Jungs gesagt. Aber es dürfte spät gewesen sein. Gegen zwölf.«

»Hat jemand den Jungen auf seinem Spaziergang gesehen?«

»Ja, er wurde gesehen. Zweifelst du unsere Methoden an, Anglas? Ich bitte dich!«

»Wer hat ihn gesehen?«

Der Polizeichef schnaubt. Nicht einmal Carlos selbst versteht, dass er ihn noch nicht zum Teufel gejagt hat.

»Einer der Kumpel von dem Mädchen, Spitzname Gato oder so ähnlich. Sie waren nicht befreundet. Er kannte ihn nur vom Sehen.«

»Wo hat er ihn gesehen?«

Montoliu verliert allmählich die Geduld.

»Es reicht, Anglas. Diese Ermittlung geht dich überhaupt nichts an, falls du es noch nicht gemerkt hast. Hör auf damit, deine Probleme hier bei uns lösen zu wollen, und nimm dir Urlaub, den hast du dringend nötig.« Er legt seine große, schwere Hand auf Carlos' Schulter. »Wenn du so weitermachst, bringst du dich in Schwierigkeiten. Hör auf mich, wenigstens ein Mal. Du überspannst den Bogen. Vergiss die Sache und such nicht nach Schurken, wo keine sind.«

Montoliu glaubt, dass Carlos übers Ziel hinausgeschossen ist. Der hat hingegen das Gefühl, trotz aller Bemühungen keinen Schritt weitergekommen zu sein. Doch er ist entschlossen, nicht nachzulassen.

Der Besuch hat doch was gebracht. Immerhin hat er jetzt eine Spur, einen Namen: Gato.

Er verabschiedet sich von Montoliu, winkt den anderen zu und geht in die frische Nachtluft hinaus. Er wirft einen Blick auf die Uhr: Viertel nach neun. Noch genug Zeit, um jemandem einen Besuch abzustatten, bevor er zur Arbeit geht.

Das Studio von Almas Freund ist ziemlich heruntergekommen. Es sieht mehr nach einer verlassenen Fabrikhalle aus als nach einem Arbeitsplatz. Das Einzige, das zeigt, dass hier jemand arbeitet, ist ein Regal voll mit allen möglichen Fotoutensilien. Mindestens ein Dutzend Objektive sind gleichgültig auf sie gerichtet.

»Was für eine Kälte«, klagt Alma und schließt den obersten Knopf, um ihren Hals zu schützen.

Voller Unmut sieht Hyerónimus sich um. Er fragt sich, wo er sich im Notfall hinsetzen soll, denn es gibt nur das Regal und einen Kleiderständer mit so langen Armen, das er an einen Baum im Winter erinnert.

Er hat fast den ganzen Weg über geschwiegen. Hyerónimus hat alles durch seine getönte Brille beobachtet, und Alma hat ihn durch eine Welt geführt, die ihm fremd und feindselig erscheint. Sie beide schienen nichts weiter zu brauchen als die Übereinkunft, gemeinsam irgendwohin zu gehen. Der Koffer, den er hinter sich hergezogen hat, lässt sie wie zwei wunderliche Reisende aus einer Stadt wirken, die niemand zu identifizieren vermag.

»Wie gemacht für unser Vorhaben, findest du nicht?«, meint Alma begeistert.

Hyerónimus teilt ihre Begeisterung zwar nicht, aber er muss zugeben, die Halle ist geräumig und für ihre Zwecke durchaus dienlich. Nachdem er sich vergewissert hat, dass es tatsächlich keine andere Möglichkeit gibt, legt er den Koffer auf den staubigen Boden und öffnet ihn. Als Erstes nimmt er ein Päckchen Taschentücher heraus und breitet eines wie eine Decke auf dem Boden aus. Dann packt er ein hochmodernes digitales Aufnahmegerät aus, stellt es vorsichtig auf das Taschentuch und schließt es an.

Hyerónimus nimmt ein Päckchen Mehl aus dem Koffer. Er zieht Mehl dem Zucker vor, weil es die Geistwesen weniger aufrührt. Mit Poltergeistern muss man vorsichtig sein, denn sie haben einen teuflischen Charakter und sind ziemlich überspannt. Sobald sie etwas nicht unter Kontrolle haben, wie zum Beispiel Knirschgeräusche beim Gehen, werden sie gallig.

Hyerónimus verteilt das Mehl vorsichtig auf dem Boden. Alma beobachtet ihn von der anderen Ecke des Raumes aus. Seine

Bewegungen erinnern an einen Sämann, auch wenn er gekleidet ist wie ein Aristokrat aus dem vergangenen Jahrhundert.

»Zünde die Kerzen an und verteile sie in allen Ecken«, sagt Hyerónimus.

Sie haben mindestens fünfundzwanzig Kerzen mitgebracht. Auch an Streichhölzer haben sie gedacht. Alma macht sich frohen Mutes ans Werk. Sie beginnt bei der Ecke in der Nähe der Tür. Keiner von beiden sagt ein Wort.

Hyerónimus hält inne und begutachtet sein Werk: Es sieht aus, als habe es im Studio des Fotografen geschneit. Er zerknüllt die Verpackung und hält Ausschau nach einem Papierkorb. Als er keinen entdecken kann, wirft er die Kugel neben den Koffer. Er holt zwei Spiegel mittlerer Größe heraus und steckt sie ineinander. Er überlegt, wo er den Spiegel platzieren soll. Da ihm nichts Besseres einfällt, legt er ihn auf den Boden, mitten in die Schneelandschaft.

Alma erinnert der Spiegel an einen Brunnen. Einen Brunnen, in dem sich die Höhe widerspiegelt und der genauso gut ein Abgrund sein könnte.

»Wir haben's gleich«, sagt er. »Wir müssen nur noch die Rollladen runterlassen. Du weißt, Licht mögen sie gar nicht, vor allem wenn sie schlechte Laune haben. Wir müssen alles tun, damit sie sich bei uns wohlfühlt.«

Alma lässt schnell die Rollläden runter und gesellt sich zu Hyerónimus, der vor dem Spiegel steht. Sie fragt sich voller Neugier, was sie beide erwartet.

Schon seit vielen Jahren hat Alma an keiner Beschwörung mehr teilgenommen. Auch das letzte Mal war Hyerónimus an ihrer Seite. Auf einmal reibt er sich die Hände und sagt:

»Sehr schön, meine Geliebte, alles ist bereit!« Er sieht sie über die getönten Gläser der Brille auf seiner Nasenspitze an. »Bist du bereit? Sollen wir anfangen?«

Carlos weiß, wo Gato wohnt, weil er vor vielen Jahren einmal Bel dorthin gebracht hat. Bel war damals in der fünften Klasse, und er hatte eine Kindergeburtstagsparty gegeben, mit Topfschlagen, Nutellabroten und bunten Luftballons. Bel hatte das Geschenk für den Gastgeber sorgfältig in Glitzerpapier eingepackt, aber sie war sehr verhalten. Als er sie drei Stunden später abholen wollte, stellte er fest, dass die Jungen, angeführt von Gato, einen merkwürdigen Wettstreit organisiert hatten, wer am schnellsten das Nachbardach herunterrutschen kann, während die Mädchen sie von einer Bank aus beobachteten und erschrocken kicherten. Diese unsichtbare Grenze zwischen den beiden Grüppchen hatte Carlos damals deutlich gemacht, dass seine Tochter älter wurde und dass sie an manchen Dingen keinen Gefallen mehr fand.

Als er zu Gatos Haus kommt, wirft er einen Blick zu der Bank. Sie kommt ihm so trostlos vor wie er selbst. Er erinnert sich, dass die Familie im Erdgeschoss wohnt, aber er weiß nicht genau, an welcher Tür er klingeln soll. Doch dann ist alles viel einfacher als gedacht: Es gibt auf der Etage nur eine einzige Tür. Ohne zu zögern, drückt er auf den Klingelknopf. Ein Bewohner, der gerade mit seinem Hund spazieren geht, sieht ihn neugierig an. Eine Uniform erregt immer Aufmerksamkeit.

Gatos Mutter meldet sich an der Sprechanlage. Carlos sagt, dass er Bels Vater ist und gerne mit ihrem Sohn sprechen würde.

Auch bei den Eltern des Jungen weckt die Uniform Neugier und Bewunderung. Gato ist beeindruckt. Er ist schon im Schlafanzug. Sie unterhalten sich in der Küche, an einem schmalen, langen Tisch, der direkt an der gekachelten Wand steht.

»Entschuldige, dass ich dich um diese Zeit störe, Gato, aber ich muss dir eine wichtige Frage stellen. Es geht um Nandos Tod.«

Gato sieht seinen Vater an und sprudelt hervor:

»Ich habe doch schon mit den Polizisten darüber gesprochen …«

»Ja, ich weiß. Das sind Kollegen«, beruhigt Carlos ihn schnell. »Aber es sind neue Beweise aufgetaucht und wir müssen weiterermitteln.«

Gato nickt und blickt Hilfe suchend zu seinen Eltern.

»Man hat mir gesagt, du hast Nando an dem Abend gesehen, an dem er starb«, sagt Carlos.

»Ja.«

»Erinnerst du dich noch genau, wo das war?«

»Klar, das habe ich doch auch schon gesagt. Direkt bei der Brücke, in der *Calle Viaducto*.«

»Dort wohnt Amanda, nicht wahr?«

»Ja, ganz in der Nähe.«

Gatos Vater runzelt die Stirn. Carlos fährt fort.

»Hast du mit Nando gesprochen? Hat er dir gesagt, wo er herkam?«

»Er ging auf der anderen Straßenseite. Wir haben uns nur gegrüßt.«

»Ist dir etwas an ihm aufgefallen?«

Die Mutter mischt sich ein:

»Das hat er doch alles schon Ihren Kollegen gesagt, als …«

Carlos fällt ihr ins Wort:

»Ich weiß. Wir wollen nur sichergehen. Keine Sorge. Gegen Ihren Sohn liegt nichts vor. Es besteht keinerlei Verdacht. Aber womöglich ist er ein wichtiger Zeuge«, versucht er, sie zu beruhigen.

Gatos Blick wandert suchend umher. Sein Vater gibt ihm ein Zeichen, er solle fortfahren.

»Er sah nicht gut aus. Er hatte eine Hand auf den Bauch oder die Brust gelegt. Als hätte er Schmerzen.«

Carlos denkt nach. Gato war ihm immer schon sympathisch. Er weiß, dass Bel ihn sehr gern hatte. Er ist ein netter Kerl.

»Danke, Gato. Du hast mir sehr geholfen. Jetzt lasse ich dich in Ruhe schlafen. Entschuldige noch mal die Störung.«

Er steht auf. Er verabschiedet sich, dankt, dass sie ihm ihre Zeit geopfert haben, und geht.

Als er ins Auto steigt, sieht er auf die Uhr: Viertel nach elf. Er hat gerade noch Zeit, Marian anzurufen, bevor er auf dem Revier sein muss.

Hyerónimus Zas bemüht sich schon seit einer Weile, Kontakt zu Bel aufzunehmen, aber bis jetzt erfolglos. Er wird langsam müde, auch wenn man ihm das in seinem schicken Outfit nicht ansieht. Alma hat recht: Bels Verwandlung ist so plötzlich erfolgt, dass sie unglaublich mächtig geworden ist. Weit mächtiger, als er anfangs gedacht hatte. Es ist nicht der erste Fall, bei dem sich ein scheinbar harmloser Geist über Nacht in ein wahres Monster verwandelt, doch er ist kein Experte auf diesem Gebiet. Niemand ist das. Es sind so eigenwillige Wesen, dass es ein Privileg ist, wenn man mal mit einem von ihnen zu tun bekommt.

Deshalb hegt Zas den Verdacht, dass es wichtige Gründe für diese Wandlung gibt. Schreckliche Gründe.

»Hast du nach der Verwandlung mit ihr gesprochen?«, fragt er Alma, als er eine kurze Pause einlegt.

»Sie wollte nicht mit mir reden.«

»Ist sie auch wütend auf dich?«

Alma schüttelt den Kopf.

»Nicht, dass ich wüsste.«

»Gut. In diesem Fall ist man gut beraten, nicht zu den Feinden zu gehören«, sagt Hyerónimus und holt zwei Plastikbecher mit Deckel aus dem schwarzen Koffer. Kaffee. Espresso, der sich dank einer chemischen Reaktion selbst erwärmt, wenn man an einer Lasche zieht – auch das grenzt an Zauberei. Offensichtlich hat er an alles gedacht. Er reicht Alma einen Becher.

»Wir wär's mit einem Kaffee? Ich denke, den haben wir uns verdient, oder?«

Alma nickt.

»Etwas Warmes wird mir guttun.«

»Hat Bel dir im Vergnügungspark noch mehr erzählt?«

Alma betrachtet den Becher skeptisch. Sie hat so etwas noch nie gesehen. Sie traut dem hypermodernen Zeug nicht. Sie mag immer noch den guten alten Filterkaffee.

»Nichts«, sagt sie. »Alles, was ich weiß, habe ich aus der Zeitung. Mehr oder weniger durch Zufall.«

»Nun, im Leben gibt es eben solche Zufälle«, erklärt er. »Im Grunde sind wir alle das Ergebnis einer Vielzahl unerklärlicher Zufälle. Ob es den Leuten passt oder nicht, man muss dem mächtigen Gesetz des Zufalls die Macht zugestehen, die es über unser Schicksal hat, meine Liebe.«

Alma zuckt die Achseln. Ihr Kopf dröhnt zu sehr, um sich auf eine Diskussion über den Sinn des Zufalls einzulassen, also schweigt sie lieber. Außerdem muss sie sich dringend die Nase putzen und kramt nach einem Taschentuch. Dann nehmen beide gleichzeitig die Deckel von ihren Bechern und das köstliche Aroma von frisch zubereitetem Kaffee steigt auf. Doch Alma bemerkt es nicht.

»Und was ist mit dem Selbstmord?«, fragt Hyerónimus.

Ihre Antwort ist kategorisch.

»Bel war sehr verliebt. Sie ist es immer noch. Ihr Freund liegt im Koma, aber sie besucht ihn weiterhin.«

»Woher weißt du das?«

»Das hat sie mir selbst erzählt.«

Hyerónimus sieht sie an. Er freut sich, dass Alma der Kaffee trotz ihrer Vorbehalte schmeckt. Das gibt Anlass zu der Hoffnung, dass es vielleicht auch in anderen Bereichen so sein wird.

»Ein sehr verliebter Mensch macht so was nicht«, bemerkt sie und führt den Becher wieder an die Lippen. »Der stürzt sich nicht einfach von einer Achterbahn; der haut nicht einfach ab, ohne jede Erklärung.«

Hyerónimus ist starr. Er lächelt nicht. Er sieht Alma an, als wäre sie der Geist, auf den sie warten.

»Du hast es gemacht«, murmelt er. »Du bist einfach gegangen, ohne jede Erklärung.«

Doch Alma hört ihn nicht. Ein ohrenbetäubender Lärm lässt sie auffahren; ihr stockt der Atem. Sie drehen sich um und sehen gerade noch, wie das Regal mit den Kameras in sich zusammenfällt wie ein Wolkenkratzer, den jemand zum Einsturz gebracht hat.

Sie versuchen, in Deckung zu gehen, aber überall fliegen Glas-, Aluminium- und Holzsplitter herum. Sie haben sich von dem Schreck noch nicht erholt, da sehen sie, dass eine unsichtbare Hand etwas in das Mehl geschrieben hat. Sie gehen hin und sehen nach. Die Botschaft ist nicht leicht zu entziffern. Es gelingt ihnen erst nach einer Weile. Es sind nur vier Worte:

Ich werde Bruno sein.

Hyerónimus kratzt sich am Kinn, seine Augen sind weit aufgerissen.

»Ich werde Bruno sein«, sagt er leise. »Was kann das bedeuten?«

Alma ist damit beschäftigt, den Schaden unter die Lupe zu nehmen. Sie denkt an ihren Freund, wie sauer er sein wird, wenn er zurückkommt. In dem Moment fällt ihr etwas auf:

»Der Spiegel. Er ist kaputt. Ich habe dir gesagt, sie mag keine Spiegel«, sagt Alma.

Hyerónimus starrt ununterbrochen auf die Botschaft.

»Und wenn es… Aber ja!«, ruft er plötzlich. »Sie hat von jemandem Besitz ergriffen. Unser wütender Geist hat einen Körper gefunden! Er heißt Bruno, das ist alles, was wir wissen«, sagt er und deutet auf die Botschaft. »Das ist nicht gerade viel.«

Er blickt noch mal auf den Spiegel, fährt sich wieder über das Kinn, als hätte er einen dichten Bart, den er kämmen müsste, und sagt:

»Ich muss gestehen, meine liebe Alma, unser Feind ist stärker, als ich dachte. Er ist nicht willens, mit uns zusammenzuarbeiten, er trifft seine eigenen Entscheidungen, er lässt sich nicht beschwören. Ich weiß nicht, wann ich es zuletzt mit so einem zu tun hatte. Das wird kompliziert.« Er sieht Alma mit einem immer breiter werdenden Grinsen an. »Wunderbar!«

Carlos wählt die Nummer von Ismaels Mutter. Er muss ihr unbedingt berichten, was er macht, welche Hoffnungen er auf die neue Spur setzt. Sie ist die Einzige, die an ihn glaubt und Vertrauen in seine Vorgehensweise hat.

Beim ersten Mal nimmt sie nicht ab. Die Mailbox. Doch er gibt nicht auf. Als er schon damit rechnet, dass wieder die Mailbox anspringt, hört er plötzlich Lärm am anderen Ende. Stimmen, klirrende Gläser, ohrenbetäubende Musik und eine kaum hörbare weibliche Stimme, die so etwas ruft wie: »Warte einen Moment, ich gehe vor die Tür.«

Die Stimme gehört Ismaels Mutter. Wenig später sagt sie ohne die Geräuschkulisse im Hintergrund:

»Entschuldige, Carlos, ich bin in einer Bar. Was gibt's?«

Wenn man ihm gesagt hätte, eine Herde afrikanischer Elefanten hätte die Stadt eingenommen, hätte ihn das genauso überrascht.

»Man hat mir gesagt, Isma wird wieder gesund«, sagt sie euphorisch, doch sie verbessert sich sogleich, weil sie Angst hat, es könnte doch nicht wahr sein. »Na ja, es *kann sein*, dass er gesund wird. Aber das ist fantastisch. Das feiere ich gerade.«

Carlos kann sich nicht erinnern, Marian je so fröhlich erlebt zu haben. Er freut sich sehr für sie und würde ihr das gerne persönlich sagen.

»Wo bist du?«

»In einem Lokal namens *Miramelindo*. Kennst du es?«

»Klar. Ich mag die Gegend dort sehr.«

»Ja, sie ist toll.«

Carlos muss eine Frage stellen, auch wenn er weiß, dass ihn das eigentlich nichts angeht, und er befürchten muss, dass Marian ihn in die Schranken weist. Leise fragt er:

»Bist du mit jemandem dort?«

»Ach was, ich bin allein. Man hat es mir heute Morgen gesagt, und ich bin nicht zur Arbeit gegangen. Ich war den ganzen Tag im Krankenhaus. Und als ich rauskam, wollte ich nicht nach Hause. Heute nicht.« Sie lacht ein wenig künstlich. »Mit wem sollte ich das schon feiern, du Narr?«

»Du hättest mir Bescheid sagen können. Ich hätte mir auch freigenommen.«

Schweigen am anderen Ende. Marian wird ernst.

»Ich hätte es gern mit dir gefeiert, ehrlich. Du bist der einzige Mensch, mit dem ich die gute Nachricht teilen wollte, aber ich habe mich nicht getraut, dich zu fragen.« Marian sucht nach Worten. »Ich dachte, ich sollte das lieber lassen, aus Respekt, was weiß ich. Wenn es umgekehrt wäre, hätte ich glaube ich nicht ... Ich weiß es nicht. Ich bin ein bisschen neben der Spur.«

Carlos weiß nicht, was er sagen soll. Er glaubt, Marian verhält sich so, weil sie zu viel getrunken hat. Was ja auch verständlich ist.

»Ich freu mich sehr für dich«, sagt er. »Wirklich, du hast es verdient, glücklich zu sein. Und dein Sohn hat es verdient, dass er wieder gesund wird.«

Marian fängt bitterlich an zu weinen. Er kann sie kaum verstehen. Schluchzend erklärt sie ihm:

»Man hat mir erzählt, er soll Musik hören. Gleich morgen bringe ich ihm seinen Walkman und ein paar CDs. Ich habe sie heute Nachmittag zusammengesucht. Die meisten hat deine Tochter aufgenommen. Ich glaube, sie werden ihm sehr guttun. Als wäre sie bei ihm …« Marian macht eine Pause und fügt dann traurig hinzu: »Obwohl mir vor dem Moment graut, wenn er mich fragt, wo Bel ist. Ich weiß nicht, was ich darauf antworten soll.«

Es fällt Carlos nicht leicht, die nächsten Worte auszusprechen. Aber er fühlt, dass es seine Pflicht ist:

»Denk darüber jetzt nicht nach. Wir werden ihm alle dabei helfen, die tragische Geschichte mit Bel zu überwinden. Und du wirst sehen, wir schaffen das.«

Marian atmet tief ein. Im Hintergrund hört Carlos die Stimmen der Nachtschwärmer in einem der belebtesten Viertel der Stadt.

»Warum hast du mich angerufen?«

»Das ist unwichtig. Ich erzähle es dir morgen. Ich komme zu spät zur Arbeit.«

»Wie du meinst. Ich gehe nach Hause, es ist schon fast Mitternacht. Morgen rufe ich dich an und dann reden wir, ja?«

Carlos bejaht die Frage, aber er kommt nicht mehr dazu, sich zu verabschieden. Auf dem Display seines Handys erscheint: »Verbindung beendet.«

Brunos Schreie wecken Iris auf, die in dieser Nacht Dienst hat und im Zimmer gegenüber schläft. Sofort läuft sie zu ihm. Er sitzt auf dem Bett und brüllt lauthals. Es ist nicht das erste Mal, dass Bruno mitten in der Nacht aus einem Albtraum aufwacht, aber so außer sich hat sie ihn noch nie erlebt.

Iris nimmt ihn in den Arm, streicht über seine Stirn und flüstert ihm ins Ohr:

»Es ist vorbei, mein Schatz, es ist vorbei. Es war nur ein Albtraum. Es ist nichts passiert.«

Sie erklärt ihm die merkwürdige Natur der Träume. Manchmal, sagt sie, ergreifen sie mit solcher Macht von uns Besitz, dass wir uns nur schwer von ihnen befreien können.

Bruno reagiert nicht auf ihre Worte und schluchzt weiter verzweifelt. Iris hat das Gefühl, dass er nicht mehr aus der Traumwelt herausfindet, die ihm so große Angst macht. Sie muss ihn in die Realität zurückholen. Sie sagt ihm, er solle aufstehen. Er gehorcht, hört aber nicht auf zu weinen.

Iris setzt sich auf den Boden, Bruno legt sich auf ihre Beine und sie wiegt ihn wie ein Baby. Er hört auf zu schluchzen und weint still vor sich hin, wie ein Erwachsener.

»Du hast nur geträumt, mein Schatz. Es ist alles in Ordnung. Träume sind nicht wirklich.«

Bruno lässt sich weiterwiegen, schließt die Augen und genießt den Moment. Er weint nicht mehr. Sanft sagt sie noch einmal:

»Siehst du? Es war nur ein Albtraum. Er ist vorbei.«

Bruno öffnet die Augen und schüttelt den Kopf.

»Sie war echt. Da war ein Mädchen und das wollte sich mit in mein Bett legen«, sagt er, als wäre es das Normalste von der Welt.

Iris lacht.

»Ein Mädchen?«

Bruno nickt und sagt im Brustton der Überzeugung:

»Ja. Sie hat gesagt, ich soll sie zu mir ins Bett lassen.«

»Und das hat dir Angst gemacht?«

Wieder ein Kopfnicken.

»Sie hatte ein böses Gesicht.«

Sie runzelt die Stirn.

»Du Armer, sie hat dir Angst gemacht«, sagt sie zärtlich.

»Nur heute. Vorher nicht«, sagt Bruno.

»Vorher? Hast du sie schon mal gesehen?«

Bruno nickt.

»Und vorher hat sie dir keine Angst gemacht?«

»Nein. Sie hat mir was erzählt. Ich hatte keine Angst vor ihr. Aber da hat sie auch keine schlimmen Sachen gesagt.«

»Nein? Was hat sie denn vorher zu dir gesagt?«

Bruno schließt die Augen, aber er spricht weiter. Iris wundert sich, dass er so selbstverständlich darüber redet, als ginge es um ein Erlebnis aus der Schule. So wie man über Dinge spricht, die man gut kennt. Je mehr ihr der Junge von den Begegnungen mit der Unbekannten erzählt, die ihn nachts besucht, desto mulmiger wird Iris.

»Sie hat mich mit großen Augen angesehen und gesagt, sie

hätte gerne einen kleinen Bruder wie mich. Sie hat die ganze Zeit mein Gesicht gestreichelt.«

»Sie hat dein Gesicht berührt?«

»Ständig. Aber ich hatte keine Angst vor ihr. Sie war nett. Aber sehr traurig.«

Iris denkt nach. Sie hat in ihrem Berufsleben viele Kinder kennengelernt, die nachts Angst hatten, aber keines vermochte das je so zu beschreiben wie Bruno. Sie weiß nicht, ob sie ein besonderes Augenmerk darauf legen sollte.

»Sprichst du schon lange mit diesem Mädchen?«

»Ja, eine ganze Weile.«

»Und was hat dich heute so erschreckt?«

Wieder fängt Bruno bitterlich an zu weinen. Die Erinnerung ängstigt ihn. Nicht nur die Worte des Mädchens. Auch bestimmte Bilder, die er nicht mehr aus dem Kopf bekommt.

»Ihre Augen. Sie hat mich so seltsam angesehen. Sie war so böse auf mich. Dabei hab ich ihr gar nichts getan.«

Iris fragt sich, wie sie dem Jungen helfen kann. Ihr kommt eine Idee.

»Ich weiß, was wir machen.«

Bruno hört ihr aufmerksam zu.

»Das nächste Mal, wenn dieses Mädchen auftaucht und sagt, dass sie zu dir ins Bett will, sagst du ihr, dass du das nicht willst. Weine nicht und hab keine Angst. Sag es entschieden, überzeugt. Wenn nötig, redest du ein ernstes Wort mit ihr.«

»Und wenn sie böse wird?«

»Dann wirst du auch böse, noch mehr als sie! Erschreck sie! Mach ein Dinosaurier-Gesicht.«

Bruno lacht. Iris glaubt, dass sie auf einem guten Weg sind. Doch er wird gleich wieder ernst.

»Aber sie will nicht nur zu mir ins Bett. Das würde mir ja nichts ausmachen«, sagt er.

»Ach nein? Wo will sie denn hin?«, fragt Iris.

»In meinen Körper. Geister machen das so.«

Iris hält abrupt inne und sieht Bruno an. Bis heute hat sie immer geglaubt, seine Fantasien zu kennen. Doch diese passt nicht dazu. Auf einmal wird auch ihr bange.

»Was sagst du?«

»Manche Geister suchen sich Körper, in die sie schlüpfen können, wenn sie ihren verloren haben. Ich glaube, das Mädchen ist so ein Geist. Deshalb ist sie so traurig. Und deshalb hat sie keine Freunde.«

Iris hat keine Ahnung, wo Bruno das her hat. Aus einem Buch oder einem Comic? Aus dem Fernsehen? Im Heim legen sie sehr viel Wert darauf, dass die Kinder solche Filme nicht sehen, weil sie vermeiden wollen, dass die Kleinen sich ängstigen. Und auch

in der Schule kann er das nicht gehört haben. Sie ist versucht, Bruno selbst zu fragen, doch sie will seinen Fantasien nicht zu große Bedeutung beimessen.

»Sie hat keine Freunde?«

»Natürlich nicht, Tote sind sehr einsam«, sagt Bruno mit erschreckender Selbstverständlichkeit.

Iris' Herz pocht auf Hochtouren. Sie umfasst Brunos Kopf und drückt beide Wangen und sieht ihm dabei fest in die Augen.

»Wo hast du das denn her?«

»Das hat sie mir erzählt.«

Sie will Bruno ermahnen, dass man nicht lügen darf. Ihm sagen, wie wunderbar ehrliche Menschen sind und wie traurig er sein wird, wenn er ihr nicht die Wahrheit sagt. Doch sie hält sich zurück.

Als hätte Bruno ihre Gedanken gelesen, fügt er hinzu:

»Es ist wahr, ich schwöre es. Bitte glaub mir, Iris.«

Iris wiegt ihn, bis er von sich aus wieder ins Bett möchte. Am Ende siegt immer die Müdigkeit. Sie deckt ihn gut zu und wacht an seinem Bett, bis er eingeschlafen ist. Sie bleibt noch eine Weile sitzen und betrachtet die schlafenden Jungen, die sich zu viert ein Zimmer teilen. Sie muss erst mal zur Ruhe kommen. Dann verlässt sie leise das Zimmer.

Iris ist sehr besorgt und kann anfangs nicht einschlafen. Sie denkt an Brunos blühende Fantasie und spekuliert darüber, wo diese Albträume herrühren könnten. Sie redet sich ein, er habe es in irgendeinem Film gesehen. Leider kann man die Kinder nicht überall so schützen wie innerhalb des Heimes, weder sie noch die anderen Betreuer können vermeiden, dass sie mit anderen Dingen in Berührung kommen, anderen Einflüssen ausgesetzt sind, und irgendwann haben sie ohnehin keine Kontrolle mehr über sie.

Laut sagt sie vor sich hin, damit sie es nicht vergisst:

»Ich muss gleich morgen mit dem Psychologen darüber sprechen.«

Doch sie findet keine Ruhe. In den fünf Jahren, in denen sie Bruno kennt, hat Iris gelernt, dass mit einer großen Begabung häufig große Probleme einhergehen, mit denen normale Menschen überfordert sind.

So ergeht es ihr jetzt. Sie weiß schlicht nicht, wie sie mit dem umgehen soll, was er ihr erzählt hat.

Amanda hatte gestern einen furchtbaren Tag. Sie hatte keine Schule. Eigentlich wäre das eine gute Nachricht gewesen, hätte ihr Vater nicht seinen freien Tag gehabt und sie unermüdlich verfolgt. Er hatte sie gezwungen, die Küche sauber zu machen, ihr Zimmer aufzuräumen und den ganzen Morgen zu lernen. Und das Schlimmste: Er hatte ihr verboten zu chatten, ihre Mails zu lesen oder überhaupt ins Internet zu gehen. Er hatte sie auf Schritt und Tritt verfolgt, sich mit ihr angelegt und sie runtergeputzt. Erst als er um zehn ins Bett ging, weil er früh aufstehen musste, konnte Amanda ein wenig aufatmen.

Das hing alles mit dem Morgen davor zusammen, als sie endlich allen Mut zusammengenommen und die Wohnungstür aufgeschlossen hatte. Sie wusste, dass ihr Vater in Rage war. Auf dem Weg hatte sie ihm noch eine SMS geschickt: »Bin gleich da«, aber das hatte ihn nicht milder gestimmt. Er lag auf dem Sofa und starrte fuchsteufelswild auf die Tür. Amanda war es gerade noch gelungen, den Blumentopf und das Fläschchen mit dem Zaubertrank in Sicherheit zu bringen, da hagelte es schon die erste Ohrfeige.

Lange war Ruhe gewesen, aber gestern war ihrem Vater die Hand wieder ausgerutscht. Doch Amanda war keine zwölf mehr und wusste inzwischen, wie sie ihm Einhalt gebieten konnte. Und diesmal war sie entschlossen, das auch zu tun.

Sie geht ins Bad und betrachtet sich im Spiegel. Ihr ist zum Heulen zumute. Sie sieht aus wie eine Vogelscheuche: Den Arm in der Schlinge, den Fuß in Gips, dazu noch die Platzwunde an der Augenbraue, das blaue Auge und die geschwollene Lippe. Außerdem tun ihr die Rippen und die Hand weh, denn sie hatte versucht, ihren Vater abzuwehren, als er sich wie ein Verrückter auf sie stürzte. Er hatte ununterbrochen geschrien:

»Ich bring dich um! Ich schwör dir, ich bring dich um!«

Umgebracht hatte er sie nicht, aber die Spuren der Schläge waren nicht zu übersehen. Und dann gab es ja noch die anderen, tieferen, die man zwar nicht überschminken musste, weil sie unsichtbar waren, aber dafür heilten sie auch nicht. Sie verwandelten sich in eine Leere, die einen innerlich zerfrisst, tödlich wie ein unheilbares Krebsgeschwür.

Den eigenen Vater zu hassen ist weit schlimmer, als man sich vorstellen kann. Amanda weiß, was das heißt.

Ihr wäre es lieber, wenn alles anders gekommen wäre. Sie hätte gern eine normale Familie, wie die meisten Leute, die sie kennt. Sie wünscht sich, dass ihr Vater nicht dieser gewalttätige, stinkende Prolet wäre. Und dass ihre Mutter nicht tausend

Gründe gehabt hätte, ihn zu verlassen. Warum hatte sie sie nicht mitgenommen? Amanda spürt, dass sie einen anderen Mann »Vater« hätte nennen können, solange er sie nicht geschlagen hätte; sie hätten glücklich sein können und ein ganz gewöhnliches, manchmal eintöniges Leben geführt, in dem sich alle trotz ihrer Fehler gern hatten.

›Kinder können sich ihre Eltern nun mal nicht aussuchen‹, denkt Amanda, während sie versucht, die Spuren der Schläge mit Make-up zu kaschieren.

Langsam lässt sie den Kamm durchs Haar gleiten. Sie wird das Haus verlassen. Sie hat noch nicht gefrühstückt, aber sie will keine Zeit verlieren, nachdem ihr Vater jetzt endlich weg und sie wieder frei ist. Was sie vorhat, kann nicht bis morgen warten.

Sie geht in ihr Zimmer, der ganze Raum ist vom Duft des Rosmarins erfüllt. Sie zieht eine schwarze, eng anliegende Jacke und einen Turnschuh an und nimmt die Krücke. Da fällt ihr die Kette mit dem Anhänger wieder ein. Es war dumm von ihr, dass sie sie neulich abgenommen hat, sie steht ihr so gut. Und ob die Kette Bel gehört hat oder jemand anderem, war doch letztlich gleich. Zum Glück haftet den Gegenständen nichts mehr von dem Wesen ihrer früheren Besitzer an, vor allem nicht, wenn sie tot sind.

Sie geht zurück zum Schreibtisch, zieht die Schublade auf und holt die Holzkiste heraus, in der sie ihren Schmuck aufbewahrt. Der herzförmige Anhänger liegt noch an seinem Platz. Als sie danach greift, spürt sie wieder deutlich den eisigen Hauch im Nacken.

Es ist eine Warnung. Genau wie die anderen Male. Amanda erschrickt und rührt sich nicht. Der nächste Angriff wird nicht lange auf sich warten lassen. Es war immer so: Auf den eisigen Hauch folgten furchtbare Dinge. Sie lauscht in die Stille. Nichts. Sie hält die Kette in den Händen. Der Hauch scheint fort zu sein.

›Vielleicht hat der Rosmarin den Geist vertrieben‹, denkt Amanda, während sie sich die Kette umlegt und in den Spiegel blickt.

Entsetzt schreit sie auf. Sie fährt herum. Nichts.

Aber sie hat es gesehen. Eine Art weißer Wolke mit vagen menschlichen Umrissen. Oder besser gesagt, ein Ungeheuer aus weißem Rauch. Eine lang gezogene, nebulöse Kreatur mit Klauen. Sie befand sich direkt hinter und zugleich über ihr. Die geöffneten Klauen waren auf sie gerichtet, als wollte das Ungeheuer sie packen und würde von etwas zurückgehalten. Als hätte etwas den Angriff im letzten Moment verhindert.

Amanda schließt die Schranktür, ohne noch einen weiteren Blick in den Spiegel zu werfen. Sie will dieses lauernde Ungeheuer nicht mehr sehen. Sie streicht über die Kette und lächelt. Mit einem tiefen Atemzug saugt sie noch ein letztes Mal den angenehmen Rosmarinduft ein, dann fällt die Tür hinter ihr ins Schloss.

Wieder zu Hause, schaltet Hyerónimus Zas den Computer ein und verfasst einen Bericht über die Ereignisse. Er gibt ihm den Titel *Erste (fehlgeschlagene) Intervention gegen den Poltergeist Bel*. Er hält alle Daten fest: Ort und Uhrzeit, die Gründe, aus denen die Intervention erfolgte, das verwendete Material, den Namen der Assistentin. Unter Ergebnis hält er fest: »Der Geist hat einen Namen aufgeschrieben (Bruno), der bisher noch keine Rolle in den Ermittlungen spielte.«

»Wie lautet deine Ausweisnummer?«, fragt er Alma.

Sie wirft ihm einen Blick aus der Küche zu, wo sie gerade nach einem Glas sucht, um ihr Grippemittel aufzulösen.

»Ist das unbedingt notwendig?«, fragt sie. »Für wen ist dieser Bericht?«

»Für mich natürlich! Und natürlich ist das notwendig! Es kommt auf jedes Detail an.«

Sie hatte vergessen, wie pedantisch Hyerónimus manchmal

sein konnte. Das hat sie früher extrem an ihm gestört. Jetzt amüsiert es sie; es weckt eher zärtliche Gefühle.

Nachdem er Almas Daten eingetragen hat, beginnt er mit dem konkreten Bericht. Es ist schwer, in einer neutralen, wissenschaftlichen Sprache zu beschreiben, wie es zu der Zerstörung des Regals kam. Das Aufräumen hatte sie viel Zeit gekostet. Gemeinsam hatten sie das Regal aufgerichtet und an die Wand geschoben und erleichtert festgestellt, dass es keine größeren Schäden davongetragen hatte. Eine der Befestigungen hatte sich gelöst und eine Seitenwand hatte einen Kratzer abbekommen, aber sonst sah man nichts. Das war leicht zu reparieren.

Von den Kameras konnte man das nicht behaupten, die waren vollkommen zerstört. Äußerlich waren sie verbeult, die einen mehr als die anderen, doch die wahre Katastrophe betraf die Objektive. Nicht eines war heil geblieben. Alle fünfzehn – Hyerónimus hatte sie gezählt – waren kaputt. Amandas Freund würde eine böse Überraschung erleben, wenn er zu seiner Sammlung zurückkehrte. Hyerónimus, ganz Gentleman, hatte sofort angeboten, für den Schaden aufzukommen und dem Fotografen alles zu erklären, doch Alma hatte den Kopf geschüttelt und gesagt:

»Ich werde mit ihm reden, mach dir keine Gedanken. Und was das Geld angeht … Wir machen halbe-halbe. Das wird nicht billig, denn die meisten Kameras sind alt, Sammlerstücke. Diese hier« – sie zeigt ihm den Apparat in ihrer Hand – »ist ein russisches Modell aus den fünfziger Jahren.«

Hyerónimus' Finger tippen in Windeseile:

»Es steht fest, dass der Geist, wer auch immer er ist, sehr aufgebracht ist.«

Er kehrt noch einmal zu der Botschaft auf dem Boden zurück. *Ich werde Bruno sein*. Er kann nicht ausschließen, dass ein anderer Geist aufgetaucht ist. Vielleicht hat in dem Studio einer gelebt, der sich genötigt sah, einzugreifen. Es wäre nicht das erste Mal, dass so was passiert. Obwohl das in diesem Fall weder den Jähzorn noch sein schlechtes Benehmen rechtfertigen würde. Almas Freund hat nie von merkwürdigen Begebenheiten gesprochen. Und der Name Bruno sagt ihnen beiden nichts.

Er spielt ein paar Möglichkeiten durch und entscheidet sich dann für die abstruseste: »Nach Analyse des Falles halten wir als erste Hypothese fest: Der Poltergeist Bel hat beschlossen, in den Körper eines gewissen Bruno zu schlüpfen, von dem wir absolut nichts wissen.«

»Wenn wir wenigstens den Nachnamen hätten«, denkt Hyerónimus laut nach. Mutlos sinkt er in seinem Schreibtischstuhl zurück. »Wir haben keinen Nachnamen, keine Adresse, nicht ein winziges Detail, nichts! Dein Geist spielt Ratespielchen mit uns, wie neckisch. Wir wissen nicht einmal, auf welcher Liste

wir suchen sollen. Beim Finanzamt? Bei der Sozialversicherung? Bei den säumigen Kunden oder den kürzlich Verstorbenen? Als suchte man die Stecknadel im Heuhaufen. Hast du eine Idee, wie wir unseren geheimnisvollen Knaben aufspüren könnten?«

Alma zuckt die Achseln.

»Ich nicht. Aber Bel vielleicht.«

In dem Moment beschreibt Hyerónimus Zas' Zeigefinger eine Parabel in der Luft und landet auf der Taste, die den Schlusspunkt hinter den Bericht setzt; noch nie hat er so kläglich im Nebel gestochert. Und nichts widerstrebt Hyerónimus Zas mehr, als kläglich im Nebel zu stochern.

Als Amanda aus der Haustür kommt, bemerkt sie nicht, dass Carlos' Auto auf der anderen Seite steht. Carlos lässt den Motor an und fährt ihr nach. Durch die geöffnete Scheibe spricht er sie an:

»Ich würde gerne kurz mit dir reden, Amanda.«

Sie ist überrascht, dass der Vater ihrer ehemals besten Freundin auf sie gewartet hat, und zögert einen Moment. Sie denkt darüber nach, welche Antwort sie ihm geben soll, welche Folgen es hat, wenn sie ihr Vorhaben in die Tat umsetzt. Instinktiv fasst sie an die Tasche, um sicherzugehen, dass sich das Fläschchen mit dem Zaubertrank an seinem Platz befindet.

»Ich hab's eilig«, sagt sie wenig überzeugend.

Doch Carlos ist nicht gewillt, sich abwimmeln zu lassen.

»Es ist wichtig«, fällt er ihr ins Wort. »Steig ein. Ich bringe dich zur Schule. Da wolltest du doch hin, oder?«

Amanda will natürlich nicht zur Schule, aber sie steigt ein und tut so, als ob sie ihm dankbar wäre, dass er sie mitnimmt. Sie sieht ihn irritiert an, denn sie ist es nicht gewohnt, ihn in Uniform zu sehen. Auch Carlos mustert sie aufmerksam, vor allem die Verletzungen im Gesicht.

»Wie ist das denn passiert?«

»Ich bin gegen eine Tür gelaufen. Es ist gar nicht so einfach, sich mit einem Gipsfuß fortzubewegen.«

Carlos glaubt ihr natürlich nicht, hält sich aber bedeckt. Er fährt das Fenster hoch und verriegelt die Türen. An der ersten Ampel wird er plötzlich ernst, sieht sie an und fragt:

»War Fernando an dem Abend, an dem er starb, bei dir?«

Amanda starrt ihn an und kratzt sich am Ohr. Dann senkt sie den Blick. Sie weiß nicht, wo sie hinschauen soll. Sie schaut auf die Straße, zur Decke, wieder auf die Straße, sucht nach einer Ausrede. Dieses Verhalten ist typisch für Menschen, die Zeit gewinnen wollen, aber das weiß sie nicht.

»Nein«, erwidert Amanda.

»Man hat ihn aus deinem Haus kommen sehen.«

Carlos weiß, dass er sich auf dünnem Eis bewegt, aber er will pokern. Gato hat lediglich gesagt, er habe Nando in der Nähe von Amandas Haus gesehen. Aber jeder Fischer weiß, dass man mit einem kleinen Köder manchmal fette Beute macht.

»Das ist nicht wahr«, wehrt Amanda ab. »Was sollte er bei mir wollen?«

»War er nicht dein Freund? Ich vermute, da wird er dich doch hin und wieder mal besucht haben.«

»Nein, das war er nicht!«, keift sie. »Das ist schon lange vorbei.«

Die Ampel hat auf Grün geschaltet und Carlos fährt auf die Umgehungsstraße, auf der um diese Uhrzeit viel Verkehr herrscht. Doch er nimmt nicht den Weg zu Amandas Schule, sondern fährt weiter geradeaus und biegt in eine kurvenreiche Straße ein, die zum verlassenen Parkplatz eines großen öffentlichen Parks führt. Er hält den Wagen an, zieht die Handbremse und wendet sich Amanda zu.

»Besser, du sagst mir die Wahrheit, es reicht mit dem Unsinn.«

»Das ist die Wahrheit«, sagt sie und weicht seinem Blick aus.

Doch dann fügt sie herausfordernd hinzu: »Wollen wir etwa hier bleiben?«

»Ja, bis du mir erzählt hast, was passiert ist.«

Amanda spielt mit einer Haarsträhne. Sie rollt sie mit dem Zeigefinger auf und wickelt sie wieder ab. Carlos weiß, dass sie nicht mehr weiß, was sie sagen soll. Um sie nervös zu machen, fährt er die Rückenlehne zurück, lässt sich hineinsinken und sagt:

»Lass dir ruhig Zeit. Ich habe keine Eile.«

Carlos spürt eine Veränderung in Amanda. Eine Spur von Nervosität vielleicht, die sie sofort zu kaschieren sucht. Sie ist stolz und mag es nicht, wenn andere ihre Schwächen sehen. Doch dann erwidert sie etwas, was zuvor noch undenkbar war.

»Nando war so aufdringlich.«

»Also war er da. Und hat dich bedrängt.«

Sie schnaubt. Sie ist schlau, sie weiß genau, dass sie mit diesem Schwachkopf von Carlos eine Menge Zeit vergeuden wird, wenn sie ihr Verhalten nicht ändert. Wertvolle Zeit, die sie anders zu nutzen gedenkt.

»Nein. Ich habe ihn nicht reingelassen.«

»Warum nicht? Wolltest du ihn nicht sehen?«

»Es war immer dasselbe, er hat sich an mich gehängt wie ein Blöder, obwohl ich ihm deutlich gesagt habe, dass ich nichts von ihm wollte.«

»Wenn du nichts von ihm wolltest, warum wart ihr dann mal zusammen?«

»Keine Ahnung. So was kommt vor. Jeder ist mal kurz mit wem zusammen, an dem er nichts findet.«

»Aha. Und du sagst, du hast Fernando klargemacht, dass du nichts an ihm findest.«

»Natürlich! Aber der hat es nicht begriffen. Er hat nicht lockergelassen. Er hat mich wahnsinnig gemacht.«

»Und da hast du was unternommen, damit er dich in Frieden lässt.«

Amanda fährt auf wie von der Tarantel gestochen. Sie geht zum Angriff über.

»Was redest du da! Ich habe nichts unternommen! Wovon zum Teufel sprichst du?«

»Weißt du, wie Nando starb?«

»Keine Ahnung. Ein Herzanfall, heißt es.«

»Und hast du eine Idee, was ihn verursacht haben könnte?«

»Ich? Nein.«

Amanda tut so, als ob das alles nichts mit ihr zu tun hätte. Als sprächen sie nicht über den Tod eines guten Freundes, mit dem sie zudem auch mal zusammen war, sondern über den Walfang oder das brutale Hinmetzeln der Robben, etwas, gegen das man bei aller Rebellion nichts ausrichten kann und besser zu den Akten legt.

Carlos ist völlig klar: Niemand, der wirklich unschuldig ist, würde sich so gleichgültig verhalten. Nur die Schuldigen kaschieren ihre Schuld mit Desinteresse, weil sie glauben, so seien sie geschützt.

»Denk doch mal nach, Amanda. Ich bin sicher, dass du es weißt«, sagt Carlos in vordergründig versöhnlichem Ton.

»Da gibt es nichts nachzudenken. Ich muss zur Schule. Ich komme viel zu spät.«

»Du wirst zur Schule gehen, wenn wir hier fertig sind«, erwidert er ungehalten.

Amanda versucht, die Tür aufzumachen, sie rüttelt und zieht, aber es gelingt ihr nicht. Am Ende schreit sie Carlos an:

»Du tickst doch nicht richtig! Ich kann doch nichts dafür, dass du wegen der Geschichte mit deiner Tochter übergeschnappt bist. Lass mich sofort aussteigen!«

Amanda drischt auf die Tür ein. Bei jedem Schlag hat Carlos das Gefühl, sie würde jeden Moment explodieren. Schließlich gibt Amanda auf und sagt:

»Deine Frau hat recht. Du bist völlig durchgeknallt.«

Sie kann nicht mehr. Carlos packt ihr Handgelenk und drückt mit aller Kraft zu. Vor Schmerz verzieht sie das Gesicht. Wutentbrannt sieht Carlos ihr in die Augen und fährt sie an:

»Überspann den Bogen nicht, Amanda. Denk nicht, ich würde sanfter mit dir umspringen, weil du Bels Freundin warst. Ich werde nicht aufgeben, bis ich die ganze Wahrheit rausgefunden habe.«

Amanda protestiert und versucht, sich seinem Griff zu entwinden.

»Du tust mir weh.«

Schließlich lässt Carlos sie los. Er entriegelt die Schlösser und öffnet die Beifahrertür.

»Steig aus.«

»Hier? Willst du mich nicht zur Schule bringen?«

»Nein. Ich werde dich nirgendwohin bringen. Und jetzt raus. Du kannst ja den Bus nehmen.«

Er ist so wütend, dass er nicht darüber nachdenkt, was er tut. Er stößt sie fast aus dem Wagen. Amanda muss sich an der Tür festhalten, damit sie nicht stürzt. Die Tür ist noch nicht ganz geschlossen, da braust er schon los.

Amanda steht allein auf dem Parkplatz und sieht zu, wie Carlos davonfährt. Sie setzt sich auf einen Stein und bricht vor Wut in Tränen aus. Dann steht sie auf, wischt die Tränen weg und beschließt, unbeirrt mit ihrem Plan fortzufahren.

Wenn auch mit kleinen Veränderungen.

Auf dem Heimweg wird Carlos klar, dass er zu weit gegangen ist. Amanda ist verletzt, und er hat sie einfach auf einem Parkplatz mehr als einen Kilometer von der nächsten Bushaltestellte entfernt ausgesetzt. Und er hätte sie auch nicht so brutal am Handgelenk packen dürfen. Ihr angsterfülltes Gesicht geht ihm nicht mehr aus dem Sinn, die Art, wie sie den Schlagstock und die Handschellen angesehen hatte, als fürchtete sie, er würde sie jeden Moment benutzen.

Irgendwie brachte Amanda ihn immer auf die Palme. Er hatte sie schon für ein kesses, schnippisches, fast schon unverschämtes Mädchen gehalten, als sie und Bel damals stundenlang zusammen in Bels Zimmer hockten. Doch Blanca hatte ihn daran erinnert, dass hinter dem Panzer der frechen Göre ein verletzlicher und furchtsamer Mensch mit großen familiären Problemen steckte und dass Amanda ein trauriges Leben führte, mit dem sie völlig überfordert war.

Einmal hatte er Bel und Blanca dabei überrascht, wie sie in der Küche tuschelten. Es ging um Amandas Vater. Es fielen Worte wie »Choleriker« und »Alkohol«. Bel sagte, er würde sehr viel trinken und wäre ständig mit seinem Lkw unterwegs. Amanda hätte zwangsläufig keine enge Bindung zu ihm, aber manchmal käme es ihr so vor, als ob sie ihn geradezu hasste.

Besorgt hatte Blanca sie gefragt, ob Bel glaube, dass Amandas Vater gewalttätig sei, ob ihre Freundin mal so was angedeutet habe.

Bel war sich nicht sicher.

»Ob er sie schlägt oder so?«, hatte sie gefragt.

Und Blanca hatte genickt; sie hatte sich nicht getraut, die Frage so direkt zu stellen.

»Nein, das glaube ich nicht«, hatte Bel mit einem Stirnrunzeln geantwortet. »Das hätte Amanda mir erzählt.«

»Vielleicht nicht«, hatte Carlos sich eingemischt, der im Türrahmen stand. »Normalerweise versuchen Menschen, die misshandelt werden, das zu verbergen. Manchmal stellen sie sich sogar schützend vor die Täter.«

»Ich habe nie gesehen, dass Amandas Vater …« Bel hatte heftig den Kopf geschüttelt. Sie war nach wie vor skeptisch, und die Gedanken hatten sich in ihrem Kopf überschlagen. »Nein, das wäre schon heftig. Das kann nicht sein. Er ist nur ein wenig grob, er hat viel mitgemacht. Amanda hätte mir das erzählt. Oder ich hätte etwas bemerkt. So was merkt man doch, oder?«

»Machen wir doch Folgendes«, hatte Carlos gesagt, um das Thema abzuschließen, das allmählich unangenehm wurde. »Solltest du irgendwann etwas merken oder auch nur den geringsten Verdacht haben, dann gibst du mir sofort Bescheid, ja? Das ist eine ernste Sache, Bel. Da müssten wir etwas unternehmen. Einverstanden?«

Bel hatte zugestimmt, doch es ließ sie nicht los. Blanca wirkte erleichtert.

Es war das einzige Mal, dass sie über dieses Thema gesprochen hatten.

Carlos denkt an die Verletzungen in Amandas Gesicht, die ihm dieses lang zurückliegende Gespräch in der Küche wieder in Erinnerung gerufen haben. Er hätte nicht so hart zu ihr sein dürfen, hätte sich besser im Griff haben müssen. Vielleicht lässt sie alles an sich abprallen, weil ihr im Leben nichts anderes übrig geblieben ist. Sie musste Stärke zeigen oder sie wäre untergegangen. Für manche Menschen ist das das Gesetz ihres persönlichen Dschungels.

Mit diesen Gedanken im Kopf betritt er die Wohnung. Er grüßt, doch niemand antwortet. Er hängt die Uniformjacke an ihren Platz und legt die Schlüssel in die Schublade der Dielenkommode. Er geht ins Schlafzimmer und zieht die Schuhe aus. Da fällt ihm ein, dass er den Anrufbeantworter noch gar nicht abgehört hat. Er setzt sich aufs Bett und drückt auf die Taste. Die elektronische Stimme verkündet:

»Sie haben zwei neue Nachrichten.«

Sein Herz hüpft vor Freude, als er die Nachricht eines gewissen Benito vernimmt, der sagt, er habe den Computer gekauft. Carlos schreibt die Nummer auf seine Handfläche. Der Anruf ist schon ein paar Tage her. Er fragt sich, wie er so dumm sein konnte, die ganze Zeit über den Anrufbeantworter nicht abzuhören.

›Ich habe zu viele Sachen im Kopf und bin einfach zu fahrig‹, tadelt er sich.

Als er die zweite Nachricht hört, fühlt er sich noch schlechter.

»Ich weiß nicht, ob ich bei Ihnen richtig bin. Ich suche Carlos Anglas. Mein Name ist Benito, ich habe vor ein paar Tagen schon mal angerufen. Es ist wegen dem Computer, nach dem Sie suchen, der im Vergnügungspark verkauft wurde. Meine Frau hat sich gewundert, dass Sie noch nicht zurückgerufen haben, denn sie hatte den Eindruck, Sie wären brennend daran interessiert. Wie schon gesagt, das Gerät steht in einem Kinderheim, meine Tochter wollte den Kindern ein Geschenk machen. Sie können ihn sich ansehen, wenn Sie wollen. Wenn Sie anrufen wollen, gebe ich Ihnen noch mal unsere Nummer, es ist die …«

Carlos drückt auf Stopp und ruft die Nummer an, sobald das Freizeichen ertönt. Benito ist selbst am Apparat. Carlos stellt sich vor und bittet ihn als Erstes um Entschuldigung.

»Ich dachte schon, ich hätte nicht die richtige Nummer«, sagt der Mann am anderen Ende.

»Sie sagten, ich könnte mir den Computer ansehen?«

»Selbstverständlich. Soll ich Ihnen die Nummer geben?«

»Ja, unbedingt«, sagt Carlos schnell. »Dieser Computer enthält eine Information, die sehr wichtig für unsere Ermittlungen sein kann. Ich würde ihn gerne in Augenschein nehmen, wenn ihre Tochter nichts dagegen hat.«

»Wieso sollte sie? Moment, ich gebe Ihnen die Handynummer. Sie heißt Iris.« Carlos hört im Hintergrund, wie Schubladen aufgezogen und wieder zugeschoben werden. Der Mann redet weiter. »Obwohl, wenn ich das richtig verstanden habe, hat die Kiste Macken.«

Carlos schreibt sich auch die Handynummer auf die Handfläche, gleich unter die andere. Er ruft sofort an. Es meldet sich eine Frau mit einer jungen, fröhlichen Stimme, die tatsächlich nichts dagegen hat, dass er sich das Gerät ansieht.

»Sie können kommen, wann Sie möchten. Wir müssen nur die Kinder um Erlaubnis fragen. Wenn Sie sehen würden, wie sie sich darum streiten! Der Computer ist die Attraktion schlechthin. Er macht zwar oft Probleme, sagt der Techniker, und scheint ein Eigenleben zu haben, aber den Kindern ist das egal. Vielleicht finden Sie heraus, was mit ihm los ist. Von mir aus können wir gleich einen Termin ausmachen. Wissen Sie, wo das Heim ist?«

Carlos verneint und schreibt sich die Adresse auf. Er fragt sie, ob er am Nachmittag vorbeikommen kann.

»Heute ist viel los wegen der Karnevalsvorbereitungen. Wie wäre es mit morgen?«

»Gut. Wann würde es Ihnen passen?«

»Am Abend gegen halb sieben? Dann lernen Sie auch die Kinder kennen.«

Carlos hat nicht das geringste Interesse daran, die Kinder kennenzulernen, aber das sagt er lieber nicht – denn offensichtlich sind sie Iris sehr wichtig. Er bedankt sich für ihr Entgegenkommen und legt mit einem zufriedenen Lächeln auf. Er zieht die Hose aus und geht ins Bad zu seinem allmorgendlichen Duschritual.

Heute betritt Amanda das Krankenhaus nicht wie üblich durch den Haupteingang, sondern legt einen kurzen Zwischenstopp in der Notaufnahme ein. Während sie wartet, nimmt sie ein Reinigungstuch und entfernt sorgfältig das Make-up. Sie wirft das Tuch in den Papierkorb und denkt darüber nach, was sie sagen muss, und vor allem, wie sie es vorbringen sollte. Sie muss unbedingt einen verängstigten Eindruck machen, das wehrlose Mädchen geben, das einen Ritter braucht, der sie rettet. Was die Schmerzen angeht, braucht sie niemandem etwas vorzuspielen. Die sind real.

Es verläuft alles erwartungsgemäß. Ein junger Arzt ruft sie auf und bittet sie ins Sprechzimmer. Er fragt sie, was sie zu ihm führt.

»Mein Handgelenk tut mir weh«, sagt sie und zeigt ihm die Hand.

Der Blick des Arztes fällt sofort auf den Gips am Fuß und den Arm in der Schlinge. Amanda weiß, dass er gleich danach fragen wird. Und genau das tut er, noch bevor er sie überhaupt richtig wahrgenommen hat.

»Wie ist das denn passiert?«

Sie senkt den Blick und erwidert:

»Das mit der Schulter, als ich eine Treppe runtergefallen bin. Das mit dem Fuß war ein Unfall. Ich bin in einem Gitter hängen geblieben.«

Der Arzt guckt skeptisch, presst die Lippen zusammen, und man hört nur ein kehliges »Mhm«.

»Und die Verletzungen im Gesicht? Und an der Hand?«

Amanda weiß, was sie machen muss, damit sich ihre Augen mit Tränen füllen. Sie hat eine sehr wirkungsvolle Technik. Sie reißt die Augen weit auf und hört auf zu blinzeln, bis die Tränen von allein fließen. Das ist sehr überzeugend. Auch der Arzt springt darauf an.

»Ich will nicht darüber reden«, murmelt sie und blickt zu Boden.

Der Arzt sieht sie ein paar Sekunden schweigend an. Er tut sich offensichtlich schwer, auszusprechen, was er denkt. Am Ende fragt er leise, als schämte er sich seines Verdachts:

»Hat dich jemand geschlagen?«

Eine Träne kullert über Amandas Wange. Heute klappt es wirklich vorzüglich. Sie starrt immer noch auf die Linien am Boden.

»Du solltest es mir erzählen. Niemand hat das Recht, einem anderen Menschen wehzutun«, sagt der Arzt leise. Er ist wirklich betroffen.

Amanda sieht ihn mit tränenfeuchten Augen an. Sie wartet einen Moment, spielt die Zögerliche, die Verängstigte, die der

Situation nicht gewachsen ist. Alle Gefühle sind echt, auch wenn sie gelernt hat, sie kontrolliert einzusetzen. Sie sieht dem Arzt in die Augen, so ernst, dass es schon fast beängstigend ist. Dann nickt sie wortlos.

Das bedeutet Ja. Eine einfache Silbe mit großen Folgen.

Es ist vollbracht. Sie hat sich in das bedürftige, schwache Mädchen verwandelt, das sie für ihren Plan braucht. Die Prinzessin auf der Suche nach ihrem Ritter.

In väterlichem Ton sagt der Arzt:

»Hör zu, dir wird nichts passieren, okay? Ich werde dein Handgelenk versorgen. Aber was viel wichtiger ist: Wenn du mich lässt, werde ich etwas unternehmen, damit das nie wieder vorkommt.«

Amanda schützt Entsetzen vor.

»Ich will nicht, dass …«, murmelt sie.

Der Arzt fasst ihre Hand und fährt fort:

»Hör mal, du musst verstehen, wie es jetzt weitergeht, auch wenn es dir gerade schwerfällt. Ich bin verpflichtet, die Polizei zu rufen. Du musst ihnen alles erzählen, ihnen sagen, wer dir das angetan hat. Du musst das für dich tun, aber auch für ihn, für den Menschen, der dir das antut. Nur so kann er geheilt werden und seine Fehler wiedergutmachen. Du tust ihm keinen Gefallen, wenn du zulässt, dass er dich schlägt. Verstehst du das? Brauchst du was?«

Amanda antwortet nicht. Sie hat ihn bestens verstanden, denn sie hat sich vorher schlaugemacht, damit nichts aus dem Ruder läuft. Alles verläuft genau nach Plan. Nach einer langen Pause, in der sie das Gesagte scheinbar erst mal verarbeiten muss, nickt sie.

»Gut«, sagt er zufrieden. »Dann erlaube mir, dass ich kurz einen Anruf mache. Einverstanden? Ich bin gleich wieder da. Geh nicht weg, okay? Ich muss mir noch deine Hand ansehen.«

Seine letzte Bemerkung hat ihr zu denken gegeben. Der Arzt ist nicht so naiv, wie er aussieht. Er weiß, einige Mädchen in ihrer Situation würden die Gelegenheit nutzen und abhauen, weil sie Angst vor den Konsequenzen einer Anzeige haben.

Das hat sie selbst auch schon mal gemacht.

Sie hatte damals allen Mut zusammengenommen, war ins Krankenhaus gegangen und hatte einem älteren Arzt gestanden, dass ihr Vater sie geschlagen hatte, dass es nicht das erste und mit Sicherheit auch nicht das letzte Mal war und dass er sie in seinen schlechten Zeiten einmal pro Woche verprügelt hatte, einmal hatte sie sogar eine gebrochene Rippe, und …

Aber sie hatte kalte Füße bekommen.

Wer das nicht selbst erlebt hat, hat keine Ahnung, wie schwer es ist, wie einem zumute ist. Allein den Namen des eigenen Vaters im Zusammenhang mit einer so niederträchtigen Sache nennen zu müssen fühlt sich furchtbar an. Es ist nicht leicht, den Mut aufzubringen. Man denkt darüber nach, während die Schläge schmerzen, aber dann gerät es allmählich in Vergessenheit, und am Ende unternimmt man nichts.

Letztlich ist ihr Vater der Einzige, den sie noch hat. Ihre Großmutter kann niemandem mehr helfen, sie ist selbst auf Hilfe angewiesen. Sie ist froh, dass ihre Großmutter schon krank war, als ihr Vater anfing, sie zu verprügeln. Es wäre furchtbar für sie gewesen, wenn sie sich mit ihm hätte auseinandersetzen müssen, und Amanda ist sich sicher, dass sie das getan hätte.

Es ist besser, dass sie nichts davon mitbekommen hat. Es ist besser, das allein durchzustehen, als ihr diesen Schmerz zuzumuten. Und wenn ihr Vater ins Gefängnis müsste oder man ihm verbieten würde, sich ihr zu nähern, wäre sie wirklich allein.

Vielleicht hätte man sie in ein Heim gesteckt oder zu Pflegeeltern gegeben oder sonst eine herzlose Lösung gefunden. Nein. Amanda will das alles nicht. Deshalb hat sie sich bislang nicht getraut, diesen Weg zu Ende zu gehen.

Doch diesmal ist es anders.

Als sie letzte Nacht eingeschlafen ist, hat sie nur daran gedacht, ins Krankenhaus zu gehen und das zu tun, was sie schon so lange tun will. Und am Morgen war der Wunsch – anders als sonst – immer noch da. Diesmal wird sie keinen Rückzieher machen. Die Konsequenzen sind ihr egal. Ihr ist egal, was von jetzt an passiert.

Sie hat eine Entscheidung getroffen.

Die Tür geht auf. Der Arzt ist zurück. Amandas Blick fällt auf einen ernsten Jungen, der sie beobachtet. Er steht nah genug bei ihr, dass sie ihm in die Augen sehen kann – sein Blick lässt ihr das Blut in den Adern gefrieren.

Der Arzt, der den Jungen nicht bemerkt, lächelt. Er wirkt beruhigt.

»Gleich kommen zwei Polizeibeamte und nehmen deine Aussage auf«, erklärt er, und um das Ganze ein wenig runterzuspielen, schlägt er kurz mit der Hand auf die Untersuchungsliege und sagt in aufgesetzt fröhlichem Ton: »Na, dann wollen wir uns in der Zwischenzeit doch mal das Handgelenk ansehen.«

»Wir haben absolut nichts in der Hand!«, ereifert sich Hyerónimus, der es müde ist, ins Blaue hinein zu spekulieren. »Wir sind nicht einen Millimeter weitergekommen! Wenn wir wenigstens wüssten, wo die Familie wohnt, oder wo sie sich gern herumtreibt, dann könnten wir versuchen, sie zu überraschen, aber wir wissen absolut nichts!«

Er lehnt sich zurück und fährt sich mit den Fingern durch die dichte Mähne. Alma, die ihm bisher das Feld überlassen hatte, beschließt, die Sache nun selbst in die Hand zu nehmen.

»Ich weiß, wo ihr Grab ist. Ich habe dort öfter eine Frau gesehen, die ihre Mutter sein könnte. Ich werde dort ein paar Tage Wache halten, vielleicht taucht sie wieder auf.«

»Und was willst du dann tun? Ihr sagen, dass ihre Tochter uns gehörig Ärger bereitet hat?«

Alma lächelt. Hyerónimus denkt nicht mehr klar, wenn es nicht so läuft, wie er sich das vorstellt.

»Vertrau mir. Ich denke, sie wird gern bereit sein, uns zu helfen.«

Sie hatte ihren Kaffee ausgetrunken und das Blitzen in Hyerónimus schwarzen Augen verrät ihr, dass er die Idee gut findet. Alma denkt nicht länger darüber nach: Sie zieht ihren Mantel an, nimmt den Telefonhörer ab, wählt die beiden Zahlen, die sie mit der Außenwelt verbinden, und sagt:

»Hier spricht Alma, der Gast von Señor Zas. Könnte mich bitte jemand abholen?«

Sie dreht sich zu Hyerónimus um.

»Weiter wie zwei Maulwürfe unter der Erde zu bleiben und ein halbes Dutzend Hypothesen durchzuspielen, die nur in unseren Köpfen existieren, bringt uns nicht weiter«, sagt sie, und es ist eine klare Anspielung.

Hyerónimus fühlt sich nicht auf den Schlips getreten. Im Gegenteil. Er scheint stolz auf sie zu sein. Sie ist resolut, klug und weiß sich zu helfen. Das gefällt ihm. Er begleitet sie auf den

Bahnsteig. Als der Zug durch den Tunnel heranbraust, hebt Alma unbekümmert die Hand und sagt:

»Du musst mich nicht begleiten, mein Lieber. Ich lasse von mir hören. Nicht wie beim letzten Mal.«

Alma nutzt den Weg in die oberirdische Welt, um über ein paar wichtige Fragen nachzudenken. Lange schon hat sie sich nicht mehr so gefühlt. So voller Energie und beschwingt, als würde sie dank einer höheren Macht über dem Boden schweben. Sie kennt dieses Gefühl, sie spürt es nicht zum ersten Mal. Sie kann es selbst nicht glauben, denn sie dachte, diese Dinge wären für sie längst passé, doch offensichtlich wird das Leben nicht müde, uns immer wieder aufs Neue zu überraschen.

Sie schließt die Augen, lässt sich vom Rattern des Zuges wiegen und denkt:

›Almita, du bist ein hoffnungsloser Fall. Nach sechzehn Jahren verliebst du dich wieder in denselben Mann!‹

Sie fragt sich, ob das der geeignete Moment dafür ist. Keine Ahnung, aber sie weiß, wenn das Leben uns jedes Mal vorher fragen würde, würde uns nie etwas Interessantes widerfahren. Das Leben präsentiert uns Neues ohne Ankündigung und ohne sich um unsere Meinung zu scheren.

›Zum Glück, denn sonst…‹, denkt Alma mit einem breiten Grinsen.

Als sie aus der U-Bahn-Station kommt, hält sie ein Taxi an. Auf der Fahrt denkt sie über Bel nach. Über die kurze Zeit, die sie miteinander verbracht haben, und wie wenig sie über sie weiß, Hyerónimus hat recht, sie hätte sie viel mehr fragen sollen, hätte voraussehen müssen, dass etwas schiefläuft. Das waren Anfängerfehler.

Es ist fast zwei Uhr mittags, als das Taxi sie vor dem Friedhofseingang absetzt. Die Sonne strahlt, aber es weht ein eisiger Wind. Schnell schließt sie den obersten Knopf an ihrem Mantel und legt den Schal um. Zielstrebig macht Alma sich auf den

Weg. Die Gänge mit den Nischen sind verlassen, das Raunen des Windes ist ihr einziger Begleiter.

Schon von weitem merkt Alma, dass mit Bels Grab etwas nicht stimmt. Überall liegen wild verstreut Blumen herum, es sieht katastrophal aus. Je näher sie kommt, desto mehr erkennt sie das Ausmaß: Der Grabstein ist gespalten, als hätte man ihm einen heftigen Schlag versetzt. Er sieht aus wie eine gebrochene Eisscholle. Um das Grab herum liegen Marmorsplitter. Bels Name ist nicht mehr lesbar, die Buchstaben sind abgefallen. Durch den Riss in dem edlen Stein gewahrt man eisige Dunkelheit.

Alma nimmt das Desaster in Augenschein. Die Vasen mit den frischen Blumen, die das Grab schmückten, sind verschwunden. Ebenso der Bilderrahmen. Es sieht aus, als ob man die Blumen absichtlich zertrampelt hätte.

Ihr fällt nur ein Wesen ein, das zu so etwas imstande ist.

»Die dreht doch völlig durch! Findest du, dass sie ein Recht hat, das zu tun?«, sagt eine Stimme hinter ihr.

Alma dreht sich um und vor ihr steht ein Mann mittleren Alters, mit Bauch und Schnurrbart, ein Managerverschnitt. Er trägt einen dunklen Anzug, ein gestreiftes Hemd und eine hässliche karierte Krawatte.

»Ich bin Batiskafo, aber du kannst mich Bati nennen. Ich habe das große Pech, der Beschützer dieses zerstörerischen Geistes zu sein. Es ist furchtbar! Ich bin so wütend!«

Batiskafo ist wirklich betroffen, aber unvermeidlich drängt sich ihr der Verdacht auf, wenn sie in diesem ungestalten Körper stecken würde, wäre sie auch missgelaunt.

»Was ist passiert?«, fragt sie und deutet auf das zerstörte Grab. Sie setzt sich auf das Mäuerchen.

»Dieses Mä… Dieses DING hat sich in pure negative Energie verwandelt! Es zerstört alles, was ihm in die Quere kommt, und verschreckt die Leute. Sogar mich, dabei kann ich doch gar nichts dafür und will ihr nur helfen! Ich hab keine Lust mehr, diesen ganzen Blödsinn mitzumachen. Es ist Schluss! Ich will nicht mehr!«

Alma ahnt, dass Batiskafo nicht viel Erfahrung mit zornigen Geistern hat. Bel ist sicher der erste Poltergeist, der ihm begegnet ist, und da ist es nur logisch, dass er sich überfordert fühlt. Sie beschließt, ihm aus ihrer eigenen Erfahrung zu berichten, um ihn zu beruhigen.

»Ich habe mich auch erschrocken, als ich es das erste Mal mit so jemandem zu tun hatte.«

Doch ihre Worte haben nicht die gewünschte Wirkung.

»So jemandem? Soll das heißen, es gibt noch mehr von denen?«, fragt der dickbäuchige Herr und zieht an seiner abscheulichen Krawatte.

»Weißt du, was ein Poltergeist ist?«, fragt sie.

»Ein was?«

Alma seufzt müde. Sie hat überhaupt keine Lust, einem hysterischen Schutzgeist grundlegende Lektionen in Parapsychologie zu erteilen. Jedenfalls nicht unter den gegebenen Umständen. Sie kommt lieber direkt zum Punkt.

»Ich erkläre es dir ein andermal. Im Moment muss ich dringend Bel finden. Hast du eine Idee, wo sie sein könnte?«

Batiskafo zuckt die Achseln.

»Sie wird von den primitivsten Ideen gelenkt. Sich an ihre Fersen zu heften ist nicht gerade ein geruhsamer Job. Und in den letzten Tagen ist sie scheinbar besessen von einer Art Waisenhaus. Total nervig, ständig schleicht sie um dieses schreckliche Haus rum!«

»Redet sie mit dir?«

»Mit mir?« Batiskafo reißt die Augen auf. »Sie hat noch nicht mal mit mir geredet, als sie noch ein normaler Geist war, dann kannst du dir ja denken, wie es jetzt ist!«

»Kurzum: Du hast keine Ahnung, wo sie sein könnte?«

»Nein. Aber wie ich sie kenne, fischt sie bestimmt wieder tote

Tiere aus Müllcontainern und legt sie einer von ihren Freundinnen auf die Bettdecke. Besonders hygienisch ist das nicht, was sie da macht.«

»Tote Tiere? Was meinst du damit?«

Batiskafo erzählt ihr die Geschichte von Sexy, die nach ihrem Tod ein paar Stunden lang mehrmals vom Müll auf das Bett einer Sterblichen und wieder zurückgewandert war.

»Immer wieder hat sie das ausgeweidete Tier auf ihre Decke gelegt. Was für eine Sauerei! Als ob sie ihr was getan hätte!«

Alma fragt, ob es noch weitere gewalttätige Übergriffe gegeben hat. Batiskafo berichtet ihr von der dramatischen Wallfahrt der letzten Tage: die schmale, steile Treppe, von der seine Schutzbefohlene ein junges Mädchen stürzen wollte, die spiritistische Sitzung, die in einer Feuersbrunst endete, die der Teufel persönlich nicht besser hätte inszenieren können, und von dem Tag, an dem es ihr plötzlich in den Sinn gekommen war, Formel-1-Pilotin zu spielen und mit einem Wagen gegen eine Hauswand zu donnern, ohne sich darum zu scheren, dass direkt davor ein Mädchen stand. Danach war sie abgehauen, sie war einfach zu schnell für ihn, und seitdem schafft er es lediglich, ihr auf den Fersen zu bleiben. Alma unterbricht ihn:

»Weißt du, wo sie wohnt? Oder ob sie nach Hause zurückgegangen ist?«

»Sie hasst ihr Zuhause. Soweit ich weiß, kommt sie auf den Friedhof, wenn sie ihre Mutter sehen will. Ich halte das für eine gute Idee, sie ist hier viel ruhiger und das scheint ihr gutzutun.«

Batiskafo seufzt dümmlich und blickt auf die zerstörte Grabnische, bevor er fortfährt.

»Du musst lernen, Geduld mit ihr zu haben, Bati«, rät Alma. »Du kannst sowieso nichts ausrichten, ganz egal, was du sagst.«

Batiskafo murrt:

»Aha. Und schließt das auch diese unerklärlichen Wutausbrüche ein? Und ihr abstoßendes Verhalten?«

»Ich fürchte ja«, sagt Alma.

Batiskafo schüttelt bedauernd den Kopf. Er fragt sich, warum er keinen friedfertigen Geist erwischt hat, einen von denen, die einfach nur noch mal die geliebten Menschen aufsuchen wollen, bevor sie diese Welt endgültig verlassen. Er wirkt tief betrübt. Alma beschließt, ihm die zweite Lektion in Sachen Parapsychologie zu erteilen und ihm in groben Zügen zu erläutern, was in Bel vorgeht.

»Bel hat sich verwandelt«, sagt sie, »und deinen Worten entnehme ich, dass der Prozess fortschreitet. Das ist typisch für diese Art von Geistern. Wenn sie einen Grund haben, wütend zu sein, oder Entdeckungen machen, die ihnen missfallen, machen sie häufig innerhalb von ganz kurzer Zeit eine völlige Wandlung

durch. Es ist enorm wichtig, dass wir rausfinden, was sie so wütend macht, damit wir ihr helfen und diese Gewaltwelle beenden können. Und du bist der Einzige, der das kann.«

Batiskafo öffnet und schließt verdutzt den Mund wie ein Fisch.

»Denk nach, Bati«, sagt Alma in mütterlichem Ton, der ein Lächeln auf sein tumbes Gesicht zaubert. »Von dir hängt so vieles ab. Du musst dich erinnern, ob in den letzten Tagen etwas vorgefallen ist, das uns einen Hinweis geben kann. Wir müssen wissen, wo wir sie finden können. Dieser Ort, von dem du erzählt hast, ein Waisenhaus, sagst du? Wo liegt das? Vielleicht hast du die Lösung für all unsere Fragen.«

Batiskafo fühlt sich plötzlich wichtig.

»Das weiß ich nicht«, erwidert er.

Alma hat das Gefühl, gleich zu platzen. Doch in dem Moment sagt Bati, was sie hören wollte.

»Aber ich kann dich hinbringen, wenn du willst.«

Offensichtlich hat er eine lange Leitung. Als bräuchten die Gedanken eine Weile, um sich in seinem Kopf zu sortieren. Dieser Schutzgeist ist die erschöpfende Tätigkeit des Denkens einfach nicht gewohnt. Als wenn das so einfach wäre! Er grübelt, schließt die Augen, fährt sich mit der Zunge über den Mund und läuft rot an. Man hat den Eindruck, er habe aufgehört zu atmen. Schließlich sagt er:

»Mehr fällt mir nicht ein.«

Alma verzweifelt allmählich. Warum mussten sie ausgerechnet einen solchen Dummkopf als Schutzgeist erwischen? Hätte es nicht ein intelligenteres Exemplar sein können? Sie versucht, ihm auf die Sprünge zu helfen.

»Mal sehen. Geh alles durch, was sie getan hat, seit ihr euch kennt. Gibt es irgendetwas, das sie immer wieder tut? Ganz gleich, was. In den ersten Tagen vor der Verwandlung hat sie zum Beispiel regelmäßig ihren Freund Ismael im Krankenhaus besucht. Macht sie das noch?«

»Ja, klar. Sie geht immer noch ins Krankenhaus. Aber nur ganz kurz, bevor es hell wird. Und sie macht dort merkwürdige Dinge.«

»Was für merkwürdige Dinge?«

»Sie überhäuft den armen Jungen mit Küssen und singt ihm Lieder vor. Es ist zum Davonlaufen. Sie singt so was von falsch, und der arme Kerl kann sich nicht wehren.«

»Es ist ihr Freund, Bati, sie ist total vernarrt in ihn! Wie kann es sein, dass du das nicht bemerkt hast?«

»Mir hat keiner was gesagt«, verteidigt er sich. »Da ist noch jemand anders, an dem sie einen Narren gefressen hat, aber das wundert mich, denn er ist erst sieben Jahre alt. Ich wusste nicht, dass Bel so schräg drauf ist.«

Er verzieht angewidert das Gesicht. Alma ist plötzlich ganz Ohr.

»Ein Junge. Wer ist das?«

»Er lebt dort. In dem Waisenhaus. Er heißt Bruno.«

Alma fährt auf.

»Bruno? Bravo, Bati! Erzähl weiter! Du weißt nicht zufällig, wo dieses Mädchen mit der Katze wohnt?«

»Amanda? Ja, klar. Ich war oft bei ihr. Sie war das auch mit dem Unfall. Vielleicht ist das ja wichtig.«

Alma reißt die Augen auf, Wut steigt in ihr auf, nur mühsam beherrscht faucht sie ihn an.

»Wie? Natürlich ist das wichtig, du Idiot!«

Sie hat genug gehört. Sie steht auf, packt den dickbäuchigen Manager am Ärmel seines Jacketts und zieht ihn Richtung Ausgang.

»Komm, es gibt viel zu tun! Wir fangen bei der Wohnung des Mädchens mit der Katze an.«

Er keucht, kann mit ihrem schnellen Schritt nicht mithalten.

»Ach ja, könntest du nicht in einen Körper schlüpfen, der etwas beweglicher ist als der dieses fünfzigjährigen Fettsacks? Wir haben es eilig, Bati!«

»Wird erledigt!«, erwidert der junge Schutzgeist, hellauf begeistert, sich endlich nützlich machen zu können.

Der Arzt hat auf Amandas Zustand Rücksicht genommen. Sie braucht die gesunde Hand, um sich auf die Krücke stützen zu können, also hat er nur einen Kompressionsverband angelegt, der an den Handgelenkschoner einer Tennisspielerin erinnert. Die Verletzungen sind zum Glück auch nicht so schwer, dass sie nach einer anderen Behandlung verlangten.

Als die beiden Polizisten eintreffen, sitzt Amanda ruhig auf der Untersuchungsliege. Sie stellen die Fragen gleich im Sprechzimmer. Es sei ein erstes Sondierungsgespräch, teilt man ihr mit, später müsse sie auf dem Revier vorbeikommen, damit ein Kollege die Aussage schriftlich aufnehmen könne.

Amanda sagt zu allem Ja, sieht den Polizisten aber zu keinem Moment in die Augen. Der Arzt macht Anstalten, das Sprechzimmer zu verlassen, doch einer der Beamten bittet ihn, zu bleiben.

Er soll ihnen Amandas Verletzungen aufzählen. Der Arzt erwähnt die aufgeplatzte Augenbraue, die Hämatome im Gesicht, das verstauchte Handgelenk sowie die Verletzungen an Fuß und Schulter.

»Letztere sind schon etwas älter«, erklärt er.

Die Polizisten wenden sich wieder Amanda zu.

»Wie ist es dazu gekommen?«

Sie wiederholt die offizielle Version, die gar nicht so weit von der Wahrheit entfernt ist.

»Das mit der Schulter, als ich eine Treppe runtergefallen bin. Und der Fuß wurde eingeklemmt, als mich beinahe ein Auto überfahren hat.«

Die beiden Polizisten sind überrascht, dass ein einzelner Mensch binnen kurzer Zeit so viel Pech haben kann.

»Erklärst du uns, wie es zu dem Unfall auf der Treppe kam?«

»Eine Lappalie. Ich bin gestolpert und habe versucht, mich am Geländer festzuhalten, das war alles. Aber ich habe mir dabei ziemlich wehgetan.«

»Ja«, nickt der eine, der das Verhör zu leiten scheint. »Ein zufälliger Sturz also.«

»Ja.«

»War jemand bei dir? Hat dich jemand gesehen?«

»Nein. Ich war allein.«

»Aha. Und das andere? Du sagst, es war ein Unfall. In dem Fall hat es doch bestimmt Zeugen gegeben.«

»Ja, klar. Eine Menge. Das war nach einer Totenmesse. Da waren mindestens fünfzig Leute.«

Die beiden Polizisten sehen sie an, als würden sie sich fragen, ob sie ihnen etwas vorlügt und warum. Zum Glück lässt sich das mit dem Unfall leicht überprüfen.

»Und die Verletzungen im Gesicht, war das auch ein Sturz auf der Treppe?«

»Nein. Das war was anderes«, sagt sie leise und tut so, als würde sie sich schämen.

»Möchtest du uns das erklären?«

Amanda presst die Lippen zusammen, als fiele es ihr schwer, die Worte auszusprechen. Hilfe suchend blickt sie den Arzt an. Sie senkt den Blick. Eine weitere Träne quillt aus dem Tränenkanal.

Der junge Arzt sieht sich genötigt, einzugreifen. Das ist nicht der erste Fall dieser Art, mit dem er es zu tun hat. Er weiß, dass ein ermutigendes Wort das Opfer zum Reden bringen kann. Deshalb zögert er nicht und sagt:

»Wer hat dich geschlagen, Amanda? Erzähl es uns. Es wird dir nichts passieren, das verspreche ich dir. Erinnerst du dich daran, was wir besprochen haben?«

Amanda öffnet den Mund. Sie will reden. Zum ersten Mal denkt sie nicht über die Konsequenzen nach. Ihr Kopf ist leer, sie ist wie betäubt durch all das, was ihr widerfahren ist, sie kann nicht mehr klar denken.

Plötzlich schießt ihr etwas durch den Kopf, und ihr Herz schlägt schneller. Sie erinnert sich an die Wut, die sie am Morgen empfunden hat, als Carlos sie zwang, aus dem Auto zu steigen, und sie einfach allein auf dem Parkplatz zurückgelassen hat. Sie erinnert sich an seine Fragen und Andeutungen, die für sie völlig überraschend kamen und auf die sie keine Antwort hatte. Sie denkt daran, welch glücklicher Umstand es wäre, wenn jemand gesehen hätte, wie sie zu ihm ins Auto stieg. Eigentlich dürfte das nicht so schwierig sein. Es gibt immer eine neugierige Nachbarin, die gerade aus dem Fenster gesehen hat und bezeugen könnte, dass er sie nach seinem Dienst vor dem Haus abgepasst hatte. Sie kehrt aus ihren Gedanken zurück und trifft auf die fragenden Blicke der drei Männer. Sie warten darauf, dass sie einen Namen nennt. Einen Namen und die Sache ist unter Dach und Fach.

Und Amanda tut ihnen den Gefallen. Sie spricht den Namen langsam aus und genießt den süßen Geschmack der Rache:

»Carlos Anglas.«

»Gehört er zu deiner Familie?«, fragt einer der Beamten irritiert.

»Nein.«

»Kannst du uns sagen, in welcher Beziehung du zu ihm stehst?«

Das kann sie. Mit dem größten Vergnügen.

Amanda stellt sich die ganze Zeit Carlos' Gesicht vor, während er versucht, sich vor seinen Kollegen für die Aktion von heute Morgen zu rechtfertigen. Sie werden ihm Fragen stellen, werden wissen wollen, warum er vor dem Haus der besten Freundin seiner Tochter gewartet hat, warum er sie aufgefordert hat, einzusteigen, und warum er sie später an einem menschenleeren Ort zurückgelassen hat, obwohl er wusste, dass sie verletzt war. Aber vor allem werden sie wissen wollen, was in der Zwischenzeit passiert ist, was er getan hat, was er ihr angetan hat.

Sie lächelt.

Früher hat sie nie verstanden, warum es in Filmen immer heißt, Rache ist süß. Jetzt gibt sie ihnen völlig recht.

Sich zu rächen bedeutet, Grenzen zu überschreiten. Die des anderen und vor allem deine eigenen. Ihm zu zeigen, wie stark du bist.

Rache puscht das Selbstwertgefühl.

Die Polizisten haben von komplizierten Verfahren gesprochen, von Formalitäten und Papierkram, den sie in den nächsten Tagen zu erledigen habe. Sie hat weiterhin zu allem Ja gesagt und sich bemüht, dass der Glanz in ihren Augen hinter der Maske der verängstigten jungen Frau keinen Verdacht weckt. Dann kam die Verabschiedung. Der Arzt hat ihr weiter Mut zugesprochen.

»Du hast getan, was du tun musstest. Meinen Glückwunsch.« Sein väterliches Gehabe war lächerlich.

Die Polizisten haben sie noch gefragt, ob sie sie nach Hause bringen sollen.

»Nein«, hat sie gesagt. »Ich will noch einen Freund besuchen, der hier im Krankenhaus liegt.«

Sie haben sie bis zum Haupteingang begleitet.

Einen Moment lang hatte sie schon befürchtet, sie würden sie noch bis nach oben zu dem Zimmer bringen, in dem Ismael weiterhin mit dem Tode ringt. Doch zum Glück blieb ihr das erspart.

»Wir sehen uns bald wieder«, lautete der letzte Satz.

Amanda kam nur ein »Alles klar« über die Lippen.

Es ist gerade Essenszeit, als sie Ismaels Zimmer betritt. Dort ist alles wie immer: Die Maschinen piepsen in dem ihnen eigenen merkwürdigen Rhythmus, das Beatmungsgerät ist in Betrieb, Ismael ist blass, und sein Gesicht sieht so entspannt aus, dass man meinen könnte, er schlafe nur.

Amanda bleibt am Fußende des Bettes stehen und sieht ihn lange an. Sie fragt sich, ob er mitbekommt, dass sie da ist. Ob es irgendetwas jenseits der Maschinen gibt, das ihn an diese Welt bindet, aus der sie ihn beobachtet, in der sie auf ihn wartet, ihn begehrt. Was passieren würde, wenn Ismael genau in dem Moment aufwachen und sie ansehen würde.

Amanda weiß, was passieren würde. Er würde nach Bel fragen. Und das könnte sie nicht ertragen.

Deshalb ist sie gekommen. Um Ismael von dem furchtbaren Schmerz zu befreien, dass der Mensch, den er liebt, vor vielen Tagen gestorben ist, während er im Schattenreich zwischen Leben und Tod gefangen war.

Sie geht auf das Kopfende zu, stellt die Krücke an die Wand. Sie kramt in der Tasche und holt das Fläschchen mit der bernsteinfarbenen Flüssigkeit und eine kleine Pipette heraus – sie hat an alles gedacht. Sie saugt die Flüssigkeit in die Pipette, verschließt das Fläschchen wieder und steckt es in die Tasche. Jede Bewegung führt sie mit Bedacht aus.

Sie hält den Atem an und lauscht. Schritte kommen näher. Sie versteckt die Pipette in ihrer Hand. Wenn jemand hereinkäme, würde er nur ein trauriges Mädchen vorfinden, das seinen Freund besucht. Die Schritte entfernen sich. Es besteht keine Gefahr. Amanda atmet weiter. Sie spürt, der Moment ist da.

Jetzt oder nie.

Ismael hat die Lippen wegen des Plastikschlauchs des Beatmungsgerätes geöffnet. Es wird ein Leichtes sein, sie mit den zwei Tropfen zu benetzen, damit der Loslösungszauber wirken kann. Amandas Hand zittert, sie zögert, einen Moment lang ist sie sich nicht sicher, ob Rosalía gesagt hat, sie soll die Flüssigkeit auf die Mundwinkel träufeln oder ob das egal ist. Schließlich hält sie die Pipette über die Unterlippe, genau in der Mitte, und achtet sorgsam darauf, dass es exakt zwei Tropfen sind.

Die zähe Substanz rinnt über Ismaels fleischige Unterlippe und verschwindet in seinem Mund wie in einem finsteren Abgrund.

Alma taucht einige Zeit später in Begleitung eines Jungen mit orientalischen Gesichtszügen und gestähltem, athletischem Körper vor Amandas Haus auf. Es ist Batiskafo, der sich in dem neuen Körper sehr wohlzufühlen scheint. Er spannt den Bizeps an und murmelt:

»Ganz schön muskulös, der Kerl.«

Bevor er sich für dieses neue Erscheinungsbild entschieden hatte, war der Schutzgeist versuchsweise in den Körper eines Busfahrers, eines Essenausfahrers, eines Pyrenäenhundes, eines Zwergpudels und einer graubraunen Mischlingskatze geschlüpft. Und vielleicht hätte er noch weitergemacht, wenn Alma ihm nicht gedroht hätte, ihn ins Tierheim zu bringen, wenn er mit den Inkarnationsspielereien nicht aufhörte.

»Wir kommen zu spät«, hatte sie ihn mit einem Blick auf die Uhr getadelt. »Weißt du, wie viel Zeit wir durch deine Blödeleien verloren haben?«

Zerknirscht, aber folgsam hatte der Junge sich ihrem Befehl gebeugt und kurz darauf in einem orientalischen Supermarkt gefunden, was er suchte.

»Soll ich durch die Wand reingehen?«, fragt er, als sie den Hauseingang erreichen.

»Nein, danke. Ich klingele lieber. Sich irgendwo reinzumogeln zeugt von schlechter Kinderstube«, sagt sie.

Eine Bewohnerin mit Kinderwagen öffnet die Tür, und sie nutzen die Gelegenheit, um ins Haus zu kommen. Sie läuten mehrfach an der Wohnungstür, immer eindringlicher. Doch sie haben kein Glück. Es macht niemand auf.

»Vielleicht ist sie nicht da«, spekuliert Alma.

Doch Batiskafo meint selbstsicher:

»Doch, ist sie. Sie duscht gerade.«

Alma wirft ihm einen fragenden Blick zu. Woher zum Teufel will er das wissen? Der Junge erklärt es ihr ebenso ungezwungen, wie er vorher angeboten hatte, durch die Wand zu gehen.

»Meine Sinne sind sehr gut entwickelt. Ich höre das Wasser laufen. Und ich rieche die Seife.«

Alma riecht und hört nichts. Sie weiß nur, dass sie vor verschlossener Tür stehen und ein dummes Gesicht machen.

»Ich bin gleich wieder da«, sagt Bati und verschwindet hinter der Tür.

Alma wartet auf dem Treppenabsatz. Sie grüßt flüchtig die vorbeikommenden Bewohner, sieht immer wieder auf die Uhr, nutzt die Zeit, um ihre Taschen auszumisten, und setzt sich auf die Treppe. Bati kommt und kommt nicht wieder, und nach einer Weile hat sie Angst um ihn. Vielleicht lauerte in der Wohnung irgendeine Gefahr, mit der er nicht gerechnet hat. Auch Geister, die so erstaunliche Dinge vollbringen können, wie feste Körper zu durchdringen, sind nicht gegen alle Bedrohungen gefeit. Sie hätte ihn nicht allein losziehen lassen dürfen, das war ein viel zu großes Risiko. Alma schimpft im Geiste mit sich, dass sie nicht besser über die Sicherheit des Jungen gewacht hat. Sie reibt sich die Hände, geht auf dem Treppenabsatz auf und ab, mit der bangen Frage, was er in der Wohnung treibt und warum er so lange auf sich warten lässt.

Als die Antworten schon eine düstere Färbung bekommen, taucht Bati wieder auf. Er kommt durch die Holztür, als wäre es ein Vorhang aus Plastikstreifen. Er scheint keinen Schaden davongetragen zu haben.

»Amanda ist zu Hause«, berichtet er. »Mann, sieht die gut aus! Bei keinem von den Weibern, die ich gesehen habe, seit ich mich überall einschmuggeln kann, habe ich je solche Titten …«

Alma macht das Über-die-Stränge-schlagender-Teenager-nerv-Gesicht.

»Ehrlich gesagt interessiert es mich herzlich wenig, wie Amandas … was auch immer! Hast du dich außer als Spanner auch anderweitig nützlich gemacht?«

»Nein, nicht allzu viel, ehrlich gesagt. Ich bin nicht mal in die Nähe ihres Zimmers gekommen. Überall Rosmarin. Das stinkt vielleicht.«

›Ein schlaues Mädchen, diese Amanda‹, denkt Alma, ›sie scheint zu wissen, mit welcher Art von Feind sie es zu tun hat. Rosmarin hat zwar keine Wirkung auf Poltergeister, aber bestimmt gibt es einen Schutz, der …‹

Ohne es zu wissen, gibt Bati ihr die Antwort.

»Und sie konnte ich nur ansehen, denn sie trägt einen Schutzschild. Aber ich hatte recht, sie stand unter der Dusche!«

»Einen Schutzschild? Was willst du damit sagen?«

»Silber. Sie trägt einen silbernen Anhänger um den Hals. Ein Herz. Sie legt ihn nicht mal ab, wenn sie duscht. Das hält unsere Zerstörerin in Schach!«

»Gut«, murmelt Alma. »Umso besser. Zumindest, bis uns was eingefallen ist.«

Seit sie unter der Dusche steht, hat Amanda ein merkwürdiges und sehr angenehmes Gefühl. Als würde sie jemand stillschweigend beobachten, stumm vor Begehren und Bewunderung. Amanda mag es, wenn man sie beobachtet. Und deshalb tut sie einen Moment lang so, als ob sie wirklich jemand beobachtete. Sie bewegt sich sanft, als würde sie mit dem Wasser tanzen, sie biegt den Rücken nach hinten und hebt die Arme, so gut sie kann (das ist nicht einfach mit der Plastiktüte über dem Verband), weil sie sich präsentieren will. Danach fühlt sie sich so entspannt wie schon lange nicht mehr. Vorsichtig steigt sie aus der Dusche, damit sie nicht stürzt, und wickelt sich in ihr Handtuch ein. Sie vermeidet es, in den Spiegel zu sehen, diesen Teil der häuslichen Kulisse will sie sich einstweilen ersparen.

Langsam trocknet sie sich ab und entdeckt einen blutfarbenen Fleck auf dem Handtuch. Sie lächelt und vergewissert sich, ob es tatsächlich Blut ist. Bingo. Ihre Regel ist da. Genau das, was sie braucht, damit ihre Liebespflanze keimt und blüht. In ihrem Zimmer zieht sie sich an. Sie zieht die Schublade mit ihrer Unterwäsche auf und wühlt in den Slips herum. Da ist ein Slip mit weißen Knochen und einem weißen Totenkopf auf schwarzem Grund. Noch fast neu. Sie hat ihn nur ein einziges Mal getragen und weiß noch genau, an welchem Tag. Er weckt schlechte Erinnerungen. Sie haben mit der Halloweenparty zu tun, auf der Isma und Bel zusammenkamen. Gegen Mitternacht, sie hatte schon drei Getränke bestellt, hatte sie bemerkt, dass weder er noch sie zu sehen waren. Sie hatte das Schlimmste befürchtet, doch ihr Verdacht hatte sich erst nach ein Uhr bestätigt, als ihre beste Freundin und ihrer beider Schwarm Hand in Hand wieder auftauchten. Sie strahlten wie neugeboren. Und das waren sie auch. Sie hatten sich verändert.

»Du sollst es als Erste erfahren«, hatte Bel gesagt, und das Glück stand ihr ins Gesicht geschrieben.

Amanda hatte nichts gesagt, obwohl ihr klar war, was lief. Ihre Freundin verkündete:

»Vor dir steht das neue Pärchen der Schule!«

Es gab Glückwunschküsschen, es wurde gelacht, angestoßen. Was hätte sie denn tun sollen? Hätte sie Bel sagen sollen, dass sie ihren Piratenslip angezogen und dabei an Isma gedacht hatte? Hätte sie ihnen wünschen sollen, dass es möglichst bald schiefgeht, damit sie wieder freie Bahn hatte? Nein, sie verstellte sich. An diesem Abend wurde sie zur Spezialistin in Sachen Heuchelei.

Ismael und Bel tauschten schüchterne Blicke, aber die Hände ließen sie nicht mehr los. Als Bel auf die Toilette ging, hatte Isma zu ihr gesagt:

»Danke für deine Hilfe, Amanda. Wenn du uns nicht allein gelassen hättest, hätte ich mich nie getraut, Bel zu fragen, ob sie mit mir zusammen sein will. Ich kann noch gar nicht fassen, dass sie Ja gesagt hat!«

Dann war Isma an der Reihe, und während die beiden Freundinnen auf ihn warteten, hatte Bel gesagt:

»Ich kann es immer noch nicht glauben! Er hat mich gefragt! Wir sind wirklich zusammen!«

Amanda beschließt, nicht mehr daran zu denken. Heute Abend will sie Spaß haben. Sie verknotet den Piratenslip und wirft ihn in den Papierkorb. ›Ich will ihn nicht mehr sehen‹, rechtfertigt sie sich vor sich selbst. Dann setzt sie sich an den Computer.

Als sie ihr Postfach öffnet, stellt sie fest, dass es mit den guten Nachrichten weitergeht. Sie hat Post von Malcom. Wenn sie ihm antwortet, wird sie ihm die Leviten lesen, dass er so lange nichts hat von sich hören lassen. Während sie die Mail öffnet, zieht sie rasch Bilanz: die Rache an Carlos, der Zaubertrank für die Loslösung, ihre Tage und jetzt die Mail.

Alles in allem ein runder Tag.

Die letzte Station für Alma und Batiskafo an diesem Tag ist das Heim, in dem Bruno lebt. Es liegt in der Nähe vom Strand, und kaum sind sie ausgestiegen, spürt Alma schon die Feuchtigkeit und den salzigen Geruch. Sie gehen durch die verlassenen Straßen eines ehemaligen Fischerviertels, bis sie auf einen Platz kommen. Auf der einen Seite steht eine bescheidene Kirche, auf der anderen kündet ein beeindruckender Betonklotz davon, dass die modernen Zeiten auch hier Einzug gehalten haben. Bati deutet auf das Gebäude und sagt:

»Das ist es.«

Alma geht zur Tür. Auf dem Schild steht, Besuchszeit ist von neun bis eins und von vier bis acht. Die hatten sie längst überschritten, wie Alma mit einem kurzen Blick auf die Kirchturmuhr feststellt: Es ist schon zehn nach elf.

»Geh du rein«, sagt sie ohne zu zögern zu Bati, »und sag mir, was der Junge macht, von dem du gesprochen hast.«

»Klar, sofort, bin schon unterwegs!«, ruft Bati in der ihm eigenen überschwänglichen Art und verschwindet durch die Tür.

Alma setzt sich auf die Treppe vor dem Haupteingang und atmet den Meeresgeruch ein. Der war für sie schon immer das Beste an dieser Stadt. Wenn man der Hektik des modernen Lebens und des Verkehrslärms überdrüssig ist, muss man nur ein paar Schritte gehen und schon kann man sich an den Strand setzen, auf den Horizont blicken und sich auf das Wesentliche besinnen. Sie macht das oft, denn Ruhe und Stille sind für sie zwei der wertvollsten Güter, nach denen der Mensch streben kann. Wenn sie die erlangen kann, ist sie der glücklichste Mensch des Universums.

›Das Glück ist einfach und hängt nicht von technischen Errungenschaften ab, wie viele glauben‹, befindet sie.

Apropos technische Errungenschaften …

Alma sieht sich um. Sie würde Hyerónimus gerne berichten, wie weit sie bei ihren Nachforschungen gekommen ist, seit sie am Nachmittag das Haus verlassen hat. Sie sucht nach einer Telefonzelle, aber die gibt es vermutlich kaum noch.

In der Tat: Weit und breit ist keine einzige Telefonzelle zu entdecken, und weder sie noch Hyerónimus beugen sich dem Handyzwang. Ihnen ist ihre Freiheit zu wichtig, als dass sie sich freiwillig der Macht eines Apparates unterwerfen, durch den man Tag und Nacht überall erreichbar ist, ganz gleich, was man tut. Dazu sind sie und Hyerónimus nicht bereit. Sie lassen lieber mehr als sechzehn Jahre bis zu einem Wiedersehen ins Land gehen, bevor sie für Gott und die Welt ständig greifbar sind.

Alma findet, dass es so gut ist, und atmet noch mal tief ein.

Kurz darauf kehrt Batiskafo zurück.

»Du kannst dir nicht vorstellen, was ihr jetzt eingefallen ist!«

Alma hebt die Augenbrauen, es ist vorbei mit der Ruhe.

»Sie hat von ihm Besitz ergriffen! Von dem armen wehrlosen Jungen!«

»Wie bitte? Bel ist in Brunos Körper geschlüpft?«

Jetzt wird ihr der Sinn der Botschaft klar: *Ich werde Bruno sein*. Sie überlegt, welche Konsequenzen das für ihre Pläne haben könnte, doch Bati redet immer weiter, man könnte meinen, er sei Zeuge eines Massakers geworden.

»Der arme Junge! Was kann er denn dafür? Er ist doch erst sieben!«

Wäre Batiskafo ein körperhaftes Wesen, würde sie ihn schütteln. Aber sie weiß nicht, welche Auswirkungen es hat, wenn man einen Körper schüttelt, der von einem Geist besessen ist. Und so erhebt sie einfach nur die Stimme.

»Es reicht, Bati, hör mir zu!«

Der Schutzgeist starrt sie mit weit aufgerissenen Augen an und verstummt. Das ist der Vorteil, wenn man so gut wie nie schreit: Wenn man es tut, ist der andere beeindruckt.

»Bruno wird nichts passieren. Er wird höchstens weiser. In dem Fall ist es von Vorteil, sieben Jahre alt zu sein. Ein wunderbares Alter, um zu lernen.«

»Du kennst diese Zerstörerin und Bettdeckenbeschmutzerin nicht! Was ist, wenn sie seiner überdrüssig wird? Oder wenn es ihr in den Sinn kommt, Bruno aus dem fünften Stock springen zu lassen? Hast du darüber schon mal nachgedacht? Du weißt doch, wie sie sein kann! Sie ist zu allem fähig!«

Alma schlägt einen versöhnlichen Ton an, damit Bati sich beruhigt.

»Aber nein, das ergibt keinen Sinn. Wenn ein Poltergeist in den Körper eines Lebenden schlüpft, dann macht er das, weil die Person bestimmte Eigenschaften hat, die ihn interessieren,

und vor allem, weil er sie für etwas braucht, das er allein nicht bewerkstelligen kann. Es mag sich für dich komisch anhören, aber ich vertraue Bel, auch jetzt noch.«

Bati senkt den Blick. Die beiden schweigen, als müssten sie das Gesagte erst mal verarbeiten. Bati fragt:

»Und wozu braucht die Furie den armen kleinen Jungen?«

Alma atmet noch einmal tief die wunderbar salzige, kühle Nachtluft ein und denkt:

›Ich hoffe, Hyerónimus hat darauf eine Antwort.‹

Es ist ein denkwürdiger Morgen in Brunos Leben. Sie ist wieder da, aber er hat keine Angst mehr vor ihr. Er ist wach, aber heute muss er Iris nicht extra rufen, damit sie ihn in den Arm nimmt. Diesmal ist seine Freundin, die ihm immer erzählte, sie wünsche sich einen Bruder wie ihn, gekommen, um zu bleiben. Jetzt weiß er, was sie gemeint hatte, als sie ihn fragte, ob er sie reinließe.

Er hat noch mehr über sie erfahren. Er weiß jetzt zum Beispiel, dass sie kein kleines Mädchen mehr ist, wie er anfangs dachte. Sie ist schon sechzehn. Und sie ist auch nicht böse, nur manchmal so wütend, dass es den Eindruck macht. Dann denkt sie furchtbare Sachen, und Bruno weiß das, weil es so ist, als ob er sie selbst dächte. Mit dem Unterschied, dass er keine Kontrolle über diese Gedanken hat, er kann sie nur über sich ergehen lassen. Es ist so, als ob man ohne Fernbedienung vor einem laufenden Fernseher säße.

Bel lebt in ihm, aber er ist nach wie vor da. Das ist alles sehr merkwürdig, aber nicht unangenehm. Das Schlimme ist nur, seit sie in seinen Körper geschlüpft ist, kann er nicht mehr sprechen.

Das ist noch nie da gewesen, denn eigentlich ist er sehr redselig, aber er hegt die Hoffnung, dass es ist nicht für lange ist.

Bruno hat inzwischen gelernt, dass Schweigen auch seine Vorteile haben kann; Iris und seine Lehrerin hatten ihm das schon seit langem zu vermitteln versucht. Er und sein Gast können per Gedanken kommunizieren. Aber nur, wenn sie es will, denn sie hat von Anfang an klargestellt, wer das Sagen hat. Bruno findet das fantastisch, es ist, als ob er zwei Persönlichkeiten hätte. Er hat weiterhin alle Züge, die seine Persönlichkeit ausmachen, und weiß außerdem alles, was man mit sechzehn weiß. Er kann die geheimnisvolle zornige Unbekannte sein, sich aber auch selbst einbringen. Das ist genial. Allerdings braucht er noch etwas Übung, um sich durchzusetzen. Momentan gewinnt immer Bel. Aber vielleicht ist es nur eine Frage der Zeit. Er wird es schon lernen.

Heute Nacht machen weder er noch sein Gast ein Auge zu. Aus irgendeinem Grund, den sie ihm nicht verraten hat, will sie nicht schlafen, und sie lässt sich nicht überreden. Um drei Uhr morgens stehen sie auf und machen den Computer an. Sie betrachten eine Weile die verschwommenen Fotos von der Achterbahn. Bruno spürt, dass Bel sich bei jedem Bild aufregt, aber dann beruhigt sie sich wieder. Sie schmieden Pläne. Die Initiative geht von Bel aus, aber Bruno hilft ihr. Sie schließen die Tür des Zimmers ab, holen eine CD aus dem Schrank, schieben sie in das Laufwerk und kopieren alle Ordner mit Fotos. Das dauert nicht lange.

Sie rufen den Internet Browser auf und gehen auf die Homepage der Post. Seine unerfahrenen kleinen Finger huschen plötzlich in Windeseile über die Tasten. Bruno lässt sich führen, er genießt die neuen Fähigkeiten und verfolgt alles aufmerksam, denn er will aus dieser fantastischen Erfahrung lernen, die ihm vergönnt ist. Er fragt sich, ob er all das immer noch beherrschen wird, wenn sie ihn verlässt. Tief in seinem Inneren wünscht er sich das.

Von dem, was Bel in ihren E-Mails schreibt, versteht er nicht viel; sie kommen ihm lang und traurig vor. Er ist begeistert von der Intensität, der Leidenschaft.

> Isma, mein Geliebter,
> ich habe keine Ahnung, was jetzt passieren wird, und ich habe große Angst. Angst, dich nie mehr wiederzusehen, mich mehr und mehr von dir zu entfernen. Die Nächte, die wir gemeinsam im Krankenhaus verbracht haben, waren wie eine Oase inmitten der Wüste unter sengender Sonne. Du kannst dir nicht vorstellen, wie schwer es war, bei Tagesanbruch zu gehen.
> Aber ich habe dir etwas versprochen, das ich noch nicht gehalten habe, und ich darf nicht ruhen, bis ich es vollbracht habe.
> Ich weiß auch nicht, wann du diese Nachricht lesen kannst, was bis dahin passiert ist, wo ich sein werde, ob es mich überhaupt noch gibt. Ich wollte dir nur sagen, was auch immer passiert, ich habe nur einen Wunsch: Sei glücklich. Denn du bist der Mensch, den ich am meisten auf der Welt liebe und…

Bel schreibt noch eine kurze Mail, die sie mit einem anderen Namen unterschreibt, den Bruno nicht kennt: Malcom.

Bruno möchte ein bisschen abschalten und stellt fest, dass er durchaus ein Nickerchen machen kann, während sie weiter wach ist. Es hat auch seine amüsanten Seiten, ein Gast im eigenen Körper zu sein, man muss es nur positiv sehen.

Nach der dritten Mail kommen die beiden Bewohner des kleinen Bruno ein wenig zur Ruhe. Er will zurück ins Bett, aber sie weigert sich. Sie will unbedingt fort, in ein Krankenhaus, jemanden besuchen, vor dem Morgengrauen noch ein wenig bei ihm sein, doch der kleine Körper, den sie sich teilen, legt ihnen gewisse Beschränkungen auf.

›Niemand wird mich so reinlassen‹, denkt sie, und Bruno findet ihren Ton ein wenig beleidigend.

Wenig später spürt Bruno, dass Bel ruhiger geworden ist. Deshalb traut er sich, ihr in Gedanken ein paar Fragen zu stellen.

›Was machst du hier? Wie lange willst du bleiben?‹

Bel gibt ihm keine Antwort. Aber er spürt, wie sie in ihm rumort. Er hat sogar den Eindruck, er höre sie zetern.

›Okay. Du magst keine Fragen. Schon verstanden.‹

Nach Mitternacht kam Alma bei Hyerónimus an und erzählte ihm haarklein, was sie erlebt hatte. Hyerónimus hatte auch keine Antworten auf ihre Fragen, aber er war bereit, sie so schnell wie möglich zu finden.

Um Punkt acht klingelt Hyerónimus Zas an der Tür des Kinderheims, in dem Bruno lebt. Die Sozialarbeiterin an der Tür sieht ihn verdutzt an. Vermutlich fragt sie sich, zu welcher Unterart der Spezies Mensch jemand gehört, der einen Gehrock aus Samt, eine lila getönte Sonnenbrille und eine Lederhose trägt. Da sich diese Frage nicht so einfach beantworten lässt, beschließt sie, ihn in keine Schublade zu stecken, sondern ihn erst mal anzuhören.

»Ich würde gerne Bruno sehen.«

»Sind Sie ein Familienangehöriger?«, fragt sie nach.

»Nicht direkt.«

Das ist für sie keine befriedigende Antwort, dennoch fährt sie fort:

»Die Kinder gehen gleich in die Schule. Haben Sie einen Besuchstermin vereinbart?«

»Ich fürchte nein.«

»Dann können Sie ihn jetzt nicht sehen. Sie müssen sich anmelden, sich an die Besuchsregeln halten.«

»Ich halte mich nie an Regeln«, sagt Zas ungerührt.

»Anders geht es nicht.«

»Es geht immer anders.«

Das Gespräch ist so absurd, dass die Sozialarbeiterin völlig durcheinanderkommt.

»Schön, warten Sie bitte einen Moment. Ich gebe der Leiterin Bescheid.«

Hyerónimus lächelt wie ein Roboter.

»Ausgezeichnet!«, befindet er.

Während die Frau die Treppe hinaufgeht, begibt sich Hyerónimus in einen Warteraum mit kahlen Wänden, wie in einem Krankenhaus. Er setzt sich auf einen Stuhl, aufrecht und die Beine eng beieinander. Er schließt die Augen und atmet tief durch den Mund ein, dann schließt er die Lippen und lässt die Luft langsam durch die Nase entweichen. Er spürt sofort, dass Bel hier ist. Und zugleich spürt er ein Beben. Das ist unvermeidlich. Er weiß, dass auch sie ihn wahrnimmt und keinerlei Lust verspürt, ihn zu treffen.

Bruno putzt sich im Bad der Kleinen die Zähne. Er ist schon fertig angezogen und gekämmt. Er hat noch immer kein Wort gesagt. Plötzlich spürt er, wie Bel in seinem Innern poltert. Es liegt etwas in der Luft; etwas verursacht in ihr Unwohlsein, Wut, den heftigen Wunsch zu fliehen. Bruno spürt nur, dass etwas nicht stimmt, kann es aber nicht einordnen.

Im Heim herrscht reger Betrieb. Die Kinder müssen frühstücken, sich anziehen und zur Schule gehen, wie jeden Tag. Iris kann sich nicht um alles kümmern. Sie hilft den Kleinsten beim Anziehen. Als die Sozialarbeiterin ihr sagt, da sei ein Herr, der nach Bruno fragt, aber keinen Besuchstermin hat, winkt sie ab:

»Er soll ein andermal wiederkommen.«

Die Sozialarbeiterin schüttelt den Kopf und verzieht den Mund.

»Ich glaube nicht, dass er gehen wird. Es ist ein sehr sonderbarer Mann und er lässt sich nicht abwimmeln.«

Iris will wissen, was es mit dem »sonderbaren Mann« auf sich hat, doch das muss warten. Jetzt ziehen die Kinder gerade die Mäntel an und nehmen ihre Ranzen. Als Gruppe gehen sie die Treppe hinunter. Erst die Älteren und die Kleinsten zuletzt. Bruno bildet die Nachhut.

Als seine Kameraden schon einen Stock tiefer sind, blickt er sich kurz um und rennt durch den Flur zu den Toiletten. Er braucht nicht mal eine Entschuldigung vorzubringen, denn niemand hat ihn gesehen. Die Toilette im zweiten Stock verfügt über abgetrennte Kabinen, und in der Kabine auf der rechten Seite gibt es ein Fenster. Bruno weiß, dass man über dieses Fenster auf das Dach des Nachbargebäudes gelangt – und damit Bel natürlich auch. Es ist ein guter Ort, um sich zu verstecken, denn niemand wird dort einen kleinen Jungen vermuten; und man kann auch

abhauen, selbst wenn man nicht sonderlich gelenkig ist.

Bel hält die Fäden in der Hand und bewegt Brunos Körper wie eine Marionette. Bruno wehrt sich nicht, denn er wollte immer schon auf dieses Dach hinaus, hat sich aber nie getraut. Doch er und Bel sind ein großartiges Team.

Hyerónimus steht auf. Er kann nicht warten, bis die Angestellte ihn offiziell empfängt, auch wenn es ihm ausgesprochen peinlich ist, ungebeten fremde Räumlichkeiten zu betreten. Doch er muss unbedingt zu Bel. Mit geschlossenen Augen lässt er sich führen; er wird geradezu magnetisch angezogen. Diese Anziehung empfindet er bei bestimmten Wesen, ohne dass er etwas dagegen tun kann. Dem geheimnisvollen Ruf folgend, begibt er sich zwei Stockwerke nach oben, biegt rechts ab, betritt die Toilette, steigt auf die Schüssel und sieht aus dem Fenster. Sein Blick wandert über das geneigte Dach mit den rauen, zerbrochenen Ziegeln. Sein erster Gedanke ist, wenn er sich dort hinauswagt, ist der samtene Gehrock hin. Doch andererseits lohnt es sich durchaus, sich dem Schmutz auszusetzen, wenn man dafür mit einem so widerspenstigen und unzugänglichen Wesen wie Bel sprechen kann.

Aus irgendeinem unerfindlichen Grund hat Hyerónimus Zas einen Hang zu schwierigen Geschöpfen. Vielleicht, weil er selbst kein einfacher Mensch ist und sie besser versteht als jeder andere.

Ungeschickt klettert Hyerónimus auf das Dach hinaus und sieht sich um. Der Junge ist schon hoch oben. Er sieht ihn auf eine Weise an, die jedem anderen Angst einjagen würde. Mit gesenktem Kopf blickt er ihn an; seine Augen sind zwei schwarze Punkte, die aussehen, als wollten sie jeden Moment aus den Höhlen springen. Er fängt wie ein Hund an zu knurren, und wenn Hyerónimus sich nicht täuscht, sabbert er ein wenig. Wäre das Ganze nicht so furchtbar, hätte der wilde Gesichtsausdruck bei dem engelsgleichen Wesen etwas Komisches.

»Guten Tag, Bel. Es ist mir eine Ehre, dich kennenzulernen.«

Das Wesen zieht sich knurrend und sabbernd auf die Spitze des Daches zurück, ohne ihn aus den Augen zu lassen. Es benimmt sich wie ein in die Enge getriebenes Tier, das bereit ist, sich jeden Moment auf den Angreifer zu stürzen. Hyerónimus Zas weiß, er muss jetzt sehr vorsichtig sein. Jeder falsche Schritt könnte ihn sehr teuer zu stehen kommen.

»Darf ich zu dir hochkommen? Ich würde gerne mit dir reden.«

Bruno und Bel schütteln heftig den Kopf.

»Ich will dich nur besser kennenlernen, ein Weilchen mit dir reden. In letzter Zeit hattest du nicht viel Gelegenheit, dich zu unterhalten, nicht wahr? Diese Iris kann nicht mit dir kommunizieren. Und Bruno ist noch zu klein, um dich zu verstehen. Ein Freund würde dir vielleicht guttun. Natürlich nur, wenn du reden willst«, fährt der Parapsychologe umsichtig fort. Er will sein Glück versuchen und schiebt einen Fuß in die Richtung, wo der Junge sitzt.

Bruno und Bel ahnen, was er vorhat, springen auf und fliehen mit drei Riesenschritten weiter über das Dach. Die Bewegung hat etwas Ungeheuerliches, Unmögliches. Kein rein menschliches Wesen kann sich auf diese Weise bewegen. Bruno und Bel erreichen den Kamin, der aus Ziegelsteinen besteht und von einer Art Schirm aus versilbertem Aluminium abgedeckt wird. Sie reißen den Schirm heraus und schleudern ihn mit voller Wucht durch die Luft.

Hyerónimus kann sich gerade noch rechtzeitig bücken, das Geschoss saust zischend über seinen Kopf hinweg, prallt gegen den Stamm eines sechzig Jahre alten Baumes und bohrt sich bis über die Hälfte hinein. Zas dreht sich zu Bruno um, der jetzt halb verborgen hinter dem Schornstein steht, und sagt:

»Verstanden. Du willst, dass ich gehe.«

Bruno und Bel nicken.

»Gut, ich verschwinde. Aber vorher will ich wissen, was du

vorhast. Ich mache mir deinetwegen große Sorgen.«

Diesmal will Bel ein für alle Mal klarstellen, dass die Anwesenheit des Parapsychologen ihr überhaupt nicht passt. Mit einem kraftvollen Griff reißt sie den ganzen Schornstein heraus und schleudert ihn auf Hyerónimus. Ein riesiger Meteorit aus Ziegelsteinen stürzt auf ihn zu, und diesmal ist es nicht so leicht, auszuweichen. Hyerónimus war noch nie besonders geschickt, er stolpert und verliert das Gleichgewicht. In einer Art Reflex greift er nach einem Rohr in der Seitenwand, doch das löst sich aus der Verankerung, und der arme Zas hängt in der Luft. Schließlich bekommt er die Regenrinne zu fassen. Um ein Haar wäre er in die Tiefe gestürzt. Und dann reißt auch noch der samtene Gehrock unter der rechten Achsel.

Er klettert wieder hoch aufs Dach. Dabei schabt der Samt über die dreckige, raue Wand, was nicht ohne Folgen bleibt. Als er schließlich wieder aufrecht steht, den Mantel ausschüttelt und das Ausmaß der Katastrophe in Augenschein nimmt, hätte er nicht übel Lust, sich an diesem Rotzlöffel und seiner zornigen Freundin zu rächen. Nichts bringt Hyerónimus Zas mehr in Rage als ein Angriff auf seine Eitelkeit.

Doch er kann sich beherrschen, sieht Bruno in die Augen und sagt:

»Ich will nur dein Freund sein.«

Aus der Mimik schließt er, dass der nächste Wutausbruch bevorsteht. Vielleicht würde es als nächstes Ziegel hageln. Doch diesmal ändern Bel und Bruno die Strategie. Behände beginnen sie den Abstieg, und als ihr Kopf mit dem von Hyerónimus auf einer Höhe ist, raunt ihm eine Grabesstimme zu:

»Das stimmt nicht, und das weißt du genau.«

Zum ersten Mal hört er Bels Stimme. Doch vielleicht ist es gar nicht ihre, sondern die verstellte von Bruno; dem werden morgen ordentlich die Stimmbänder schmerzen. Dennoch ist er tief berührt. Direkten Kontakt zu einem Poltergeist zu haben ist auf jeden Fall ein großer Erfolg. Vor allem, wenn man später davon berichten kann.

»Ich will dir nichts tun. Im Gegenteil: Ich bin hier, um dir zu helfen. Wenn du mir sagst, was du vorhast, könnte ich vielleicht...« Er will ihr Vertrauen gewinnen.

»Was ich vorhabe, geht dich nichts an!«, faucht Bel.

»Ich möchte, dass du dich beruhigst. Es bringt doch nichts, so wütend zu sein.«

Bruno hat wieder Schaum vor dem Mund und sieht ihn an wie ein lauerndes Tier.

»Ich habe meine Entscheidung getroffen, und du wirst mich nicht davon abbringen. Und ob ich wütend oder fröhlich bin, geht dich nichts an.«

»Du irrst dich. Außerdem interessiert es mich. Was machst du, wenn ich deine Pläne durchkreuze?«

Bel scheint nachzudenken. Das wertet er als gutes Zeichen. So entschlossen ist sie wohl doch nicht. Aber am Ende kommt die grauenerregende Antwort.

»Dann werde ich dich töten.«

Der Parapsychologe bewahrt die Ruhe und sagt:

»Ich habe dir doch nichts getan. Ich will dir doch nur helfen.«

»Das ist mir egal. Du mischst dich ungefragt in meine Angelegenheiten ein.«

»Hoppla. Jetzt enttäuschst du mich aber. Ich hätte dich für sensibler gehalten.«

»Es ist mir egal, ob ich dich enttäusche.«

»Möglich. Aber ich glaube, das sieht anders aus, wenn es um Ismael geht. Ist es dir auch egal, wenn du ihn enttäuschst?«

Brunos Wangen werden rot, die Augen sind blutunterlaufen. Hyerónimus spürt die Wut, die in den Adern kocht wie Magma in einem Vulkan kurz vor dem Ausbruch. Hyerónimus denkt schon, sein letztes Stündlein habe geschlagen, er würde gleich auf diesem Dach sterben, mit dem ramponierten Gehrock und seiner

halb gekitteten Liebesgeschichte. Aber da holt ihn eine ziemlich erboste Frauenstimme in die Wirklichkeit zurück:

»Sie sollten sich schämen, in Ihrem Alter. Darf ich fragen, was Sie auf dem Dach zu suchen haben?«

Es ist Iris. Auch ihr ist die Zornesröte ins Gesicht gestiegen, aber sie wirkt nicht annähernd so gefährlich wie das siebenjährige Monster auf dem Dach.

»Ich hatte keine andere Wahl. Der Junge wäre sonst gefallen …«, versucht sich Hyerónimus Zas zu entschuldigen.

Doch Iris will keine Erklärungen eines Mannes hören, bei dem man schon an der Kleidung sieht, dass er ein Spinner ist. Sie herrscht ihn an:

»Sie hatten keine andere Wahl? Ich bitte Sie! Kommen Sie sofort vom Dach. Und du auch, Bruno. Ich bringe dich jetzt zur Schule. Deinetwegen kommen alle zu spät. Findest du das gut? Schämst du dich nicht?«

Bruno macht nicht den Eindruck, als ob er sich schämt. Er wirft Hyerónimus einen so herablassenden Blick zu wie ein hochrangiger Dämon einem armen Teufelsanwärter, und klettert geschickt wieder durch das Fenster ins Haus zurück. Hyerónimus fällt es weit schwerer, wieder in die Toilette zu kommen. Er robbt über die brüchigen Ziegel bis zum Fenster, hält sich am Rahmen fest und lässt sich hineingleiten, bis er wieder mit beiden Beinen auf der glatten Toilettenschüssel steht, eine wacklige Angelegenheit. Als er wieder festen Boden unter den Füßen hat, wäscht er sich schnell die Hände. Abenteuer beendet.

Als er sich an der Eingangstür verabschiedet, sieht er Bruno noch einen Moment lang nach, der viel zu schnell für seine kleinen Beine von einer stocksteifen Iris weggezogen wird.

Ein Lächeln huscht über Hyerónimus' feine Lippen. Es ist schon witzig, dass der zerstörerischste Poltergeist, den er in seinem Leben kennengelernt hat, von ihm ablassen und zur Schule gehen muss.

Von: Einermehrinderreihe
An: Amanda
Betreff: Meine Welt dreht sich nur um dich

Amanda, meine Welt dreht sich nur um dich
Amanda, ich gäbe alles für dich

Warum höre ich in den letzten Tagen immer wieder dieses Lied?
Ich krieg dich einfach nicht mehr aus dem Kopf, du bist überall, Tag und Nacht. Ich bin geradezu besessen von dir, du lässt etwas in mir erblühen, das ich nicht kannte und das mich stärker, mutiger macht. Deshalb habe ich beschlossen, zurückzukommen. Ich muss dich sehen, dich spüren, auch wenn es nur ein einziges Mal ist.

Ich schwöre dir niemand hat je so für dich empfunden. Und niemand hat je so eine weite Reise gemacht, um bei dir zu sein. Warte auf mein Zeichen Amanda, und wir werden etwas erleben, das du nie vergessen wirst. Ich möchte dir in die Augen sehen und dir alles sagen, was ich empfinde. Bis ganz bald,
Malcom

Amanda ist jedes Mal tief bewegt, wenn sie die Mail liest. Davon hat sie immer geträumt: Ein Junge, der alles stehen und liegen lässt, dem kein Weg zu weit ist und der alle Schwierigkeiten überwindet, um bei ihr sein zu können. Schon als kleines Mädchen hatten es ihr die Prinzen in den Märchen angetan, und sie wollte immer wie die Prinzessinnen sein, die sie für sich auserkoren. Im Grunde genommen ist sie eine hoffnungslose Romantikerin. Und Malcom hat ins Schwarze getroffen. Er ist ihr Märchenprinz.

Sie lächelt betört, als sie auf »Antworten« klickt und schreibt:

Von: Amanda
An: Einermehrinderreihe
Betreff: Beeil dich

Lieber Malcom,
ich bin ja so gespannt. Komm so schnell wie möglich. Ich brenne darauf, dass du mir in die Augen siehst.
Amanda

Das Telefon klingelt. Sie blickt auf das Display. Es ist die Nummer von Bels Eltern. Sie hat keine Lust, mit Carlos zu sprechen. ›Das ist jetzt nicht der passende Moment für lästige Fragen‹, denkt sie.

Sie wartet, bis die Musik von Pink Floyd verklingt. Diesen Augenblick wird ihr keiner kaputt machen.

Um drei Minuten nach fünf bekommt Iris einen furchtbaren Schreck. Wie jeden Tag, wenn sie an der Reihe ist, die Kleinsten von der Schule abzuholen, steht sie pünktlich vor dem Eingang. Einer geht in die erste, einer in die zweite, einer in die dritte Klasse und zwei in die Vorschule. Sie bringt sie zurück ins Heim, übergibt sie der Obhut der Betreuer, die ihnen Essen machen und sich darum kümmern, dass sie beschäftigt sind. Doch heute ist es anders.

Als sie in den Hof kommt, wo die Schüler der 1b schon darauf warten, abgeholt zu werden, kann sie Bruno nirgends entdecken. Die anderen stürmen meist schon auf sie zu, nur Bruno hat den Kopf immer in den Wolken. Manchmal denkt sie, wenn sie ihn nicht rufen würde, würde er gar nicht merken, dass alle anderen um ihn herum schon gegangen sind. Die anderen stellen sich in einer Gruppe auf. Iris bittet die Älteste, die Kleinen aus der Vorschule zu holen. Währenddessen fragt sie bei der Klassenlehrerin der 1b nach. Schon am Blick der Lehrerin erkennt sie, dass etwas nicht stimmt.

»Ich sehe auf der Toilette nach«, sagt sie. »Sie wissen ja, er trödelt gern.«

Doch Bruno ist nicht auf der Toilette. Keiner weiß, wo er ist. Die ganze Schule macht sich auf die Suche, angefangen bei der Direktorin bis hin zum externen Aufsichtspersonal. Die Klassenlehrerin kann sich nicht erklären, was passiert ist. Ein Moment der Unachtsamkeit, hoffentlich kein Unfall … So etwas kommt sonst nie vor, es sind immer Leute da, die ein Auge auf die Schüler haben, vor allem auf die Erstklässler. Niemand weiß genau, wann Bruno verschwunden ist. Die Lehrerin weiß nur, dass er noch vor ein paar Minuten mit seinen Klassenkameraden gemeinsam die Treppe hinuntergegangen ist.

»Er muss getürmt sein«, sagt sie.

Iris gefällt das Wort nicht. Als wollte sie damit andeuten, dass Bruno seine Flucht aus der Schule so sorgsam geplant hat wie ein Ausbrecher aus dem Gefängnis.

Nachdem sie die Toiletten, die Turnhalle, den Speisesaal und die Bibliothek vergeblich abgesucht haben, ist Iris verzweifelt. Sie weiß nicht, was sie machen soll. Sie ruft im Heim an und sagt dort Bescheid.

»Ich schicke Samuel sofort los, er soll die Kinder holen. Rühr dich nicht von der Stelle«, sagt die Sozialarbeiterin.

Aber Iris kann nicht still sitzen. Sie muss etwas tun. Sie sucht den Schulweg Richtung Heim ab, falls der Junge sich allein auf den Weg gemacht hat. Sie geht an den Spielplätzen vorbei, wo

Bruno gerne spielt, doch er ist nirgends. Ihr Blick wandert über die Fahrbahn und die Zebrastreifen, sie schaut sogar unter den Autos nach. Auf einmal sieht sie eine Gruppe von vier eifrig diskutierenden Passanten. Sie erschrickt, weil sie im ersten Moment denkt, es handele sich um die typischen Gaffer, die sich immer an einem Unfallort einfinden.

Später kehrt sie erschöpft und niedergeschlagen in die Schule zurück. Sie sieht die Direktorin an und sagt:

»Ich glaube, ich sollte die Polizei rufen.«

Und das tut sie, noch bevor Samuel eintrifft. Es ist 17 Uhr 25. Es sind erst zwanzig Minuten vergangen, aber Iris kommen sie vor wie eine Ewigkeit. Der Polizist fragt alle Daten ab: Name, Alter, Aussehen, Kleidung, wann er zum letzten Mal gesehen wurde, ob er irgendwohin wollte, ob er eine Krankheit hat, Medikamente nimmt… Bereitwillig sagt Iris ihm alles, was sie weiß, denn sie ist überzeugt, je detaillierter ihre Beschreibung ist, desto schneller wird Bruno heil zurückkehren.

Das Gespräch ist fast beendet, als Samuel eintrifft und die Kleinen abholt, die im Hof schon ganz quengelig werden, weil sie Hunger haben. Iris, die das Telefonat im Beisein der Direktorin, der Studienleiterin und der Klassenlehrerin geführt hat, geht auf die Direktorin zu und sagt:

»Das ist eine ernste Angelegenheit, das wissen Sie.«

Die Direktorin senkt den Kopf und nickt; sie weiß um den Ernst der Lage, das kann sie ihren Job kosten. Die Klassenlehrerin ist so verängstigt, dass sie kaum ein Wort rausbringt.

»Heute Morgen war er sehr merkwürdig, als stimme etwas nicht mit ihm«, murmelt sie, doch die anderen hören ihr nicht zu.

Die Polizei ist schnell da. Sie nehmen die Aussagen auf, stellen Fragen. Die Suche wird sofort eingeleitet, die Beamten sagen, man würde sie auf dem Laufenden halten.

Für Iris ist es schlimm, dass sie ohne den kleinen Bruno ins Heim zurückkehren muss. Und noch schlimmer ist, dass sie nichts tun kann, außer auf Nachricht zu warten. Anfangs sind alle in heller Aufregung und optimistisch, dass Bruno bald gefunden wird. Doch dann machen sich Entmutigung und Pessimismus breit. Als es dunkel wird, fragt sich Iris, was in aller Welt nur mit dem Kleinen passiert ist, ob all das mit dem merkwürdigen Mann zu tun haben könnte, den sie heute Morgen auf dem Dach erwischt hat. Sie hat ihn nicht einmal nach seinem Namen und seiner Anschrift gefragt, ein großer Fehler.

Als Carlos Punkt halb sieben an der Tür klingelt, hat Iris den Termin komplett vergessen. Höflich bittet sie ihn herein und erklärt ihm, was vorgefallen ist. Carlos findet das auch höchst seltsam, doch er kommt sofort auf sein Anliegen zu sprechen.

»Darf ich mir Ihren Computer mal ansehen? Vielleicht enthält er etwas, das uns weiterhelfen kann.«

Carlos weiß, dass er das Gerät nicht mitnehmen darf. Er würde sich eine Menge Ärger einhandeln, wenn die von der Kriminalpolizei Wind davon bekämen, dass er Beweismittel an sich nimmt, um eine Ermittlung wieder aufzurollen, die offiziell abgeschlossen ist. Aber ein wenig rumschnüffeln kann er schon.

Iris bittet Samuel, Carlos behilflich zu sein. Der Techniker erklärt ihm, der Computer habe nie ordentlich funktioniert. Es gäbe häufig Abstürze.

»Wissen Sie, ob die Festplatte formatiert wurde?«, fragt Carlos. »Nach dem Kauf, meine ich.«

»Nein. Er steht da, wie wir ihn gekauft haben. Ob er vorher formatiert wurde, weiß ich nicht. Man kann wohl davon ausgehen.«

Carlos setzt sich vor den Bildschirm und sieht ein paar Sachen durch: die temporären Dateien, den Papierkorb, die Ordner mit den Dokumenten.

Das sind einige. Geduldig öffnet er einen nach dem anderen. Als er an den mit dem Namen *Brunos Wolkenkratzer* kommt, sagt Samuel:

»Wegen dem Besitzer dieser Bilder sind wir alle so fertig. Er ist verschwunden. Er ist erst sieben.«

Carlos fragt sich, ob das womöglich etwas mit seinem Fall zu tun hat.

Vor ihm tauchen die *Petronas Towers* in einer beeindruckenden Nachtansicht auf.

»Er ist verrückt nach Wolkenkratzern«, erklärt Samuel. »Er hat Fotos von allen bedeutenden Gebäuden der Welt.«

Auf dem nächsten Bild sieht man den *Torre de Collserola*.

»Das ist nicht unbedingt ein Wolkenkratzer«, bemerkt Carlos.

»Aber er gefällt ihm. Er weiß alles darüber. Wie über all die anderen.«

Es folgen die *Twin Towers*, der *Burdsch Chalifa*, der *Taipei 101*, das *Empire State Building*. Carlos blättert ein wenig herum und geht dann zum nächsten Ordner über. Er betrachtet alles aufmerksam, und doch findet er nicht, was er sucht. Er hätte ein Programm mitbringen sollen, mit dem man Dateien wiederherstellen kann. Doch er kennt sich nicht wirklich gut mit Computern aus. Und Samuel ist heute nicht dazu aufgelegt, ihm zu helfen.

Um halb elf gibt Carlos auf. Aber nur, weil er zum Dienst muss.

Als hätte Blanca noch nicht genug Schmerz zu ertragen, erreichte sie heute Morgen auch noch die furchtbare Nachricht, dass Halbstarke das Grab ihrer Tochter verwüstet haben. ›Jetzt werde ich mich auch noch darum kümmern müssen‹, denkt Blanca, der zu allem die Energie fehlt. Immerhin hat sie sich heute aufgerafft, zum Supermarkt zu gehen und den ersten Einkauf seit fast zwei Monaten zu tätigen.

Wie eine Schlafwandlerin bewegt sie sich zwischen den Gängen mit all den Waren umher. Abwesend bleibt sie hin und wieder stehen und liest befremdet die Etiketten. Leise wiederholt sie für sich: »Integral, Basmati, Rundkorn, Langkorn«, als läse sie eine Abfolge von Worten in einer fremden Sprache.

Bei den Tomaten zögert sie kurz, ob sie Strauch- oder Flaschentomaten nehmen soll, am Ende nimmt sie gar keine. Sie braucht unbedingt Taschentücher, ist aber zu kraftlos, um den Verkäufer danach zu fragen. Sie ärgert sich, dass sie keine Einkaufsliste geschrieben hat. Seit einer Viertelstunde fährt sie schon herum, doch der Wagen ist immer noch leer.

Als sie in den Gang mit Tee, Schokolade und Marmelade einbiegt, trifft sie auf einen kleinen Jungen, der sie ansieht, als würde er sie kennen. Eine Sekunde später wirft er sich in ihre Arme und umklammert sie. Blanca schätzt ihn auf nicht älter als acht, aber er ist ziemlich groß. Er hat kräftiges schwarzes Haar. Blanca hat den Jungen noch nie gesehen, doch das hindert sie nicht daran, ihn zu drücken. Nach einer Weile tritt er einen Schritt zurück und starrt sie erneut an. In dem Moment überkommt sie ein seltsames Gefühl, das sie später niemandem zu erklären vermag. Sie hat das Gefühl, ihre Tochter sei bei ihr. Genau wie damals in ihrem Zimmer. Doch jetzt steht jemand aus Fleisch und Blut vor ihr.

Der Junge sagt:

»Ich habe dich sehr lieb, Mama. Ich bin es, Bel. Du musst mir helfen. Du musst tun, was ich dir sage.«

Blanca nickt und weint, aus Rührung, Freude, Ungläubigkeit, vielleicht hat sie auch ein wenig Angst. Der Junge spricht hastig, als fürchte er, die Zeit könnte nicht ausreichen für alles, was er zu sagen hat.

»Du bist sehr tapfer, Mama. Du hattest recht, ich war da, bei dir. Das konntest du nicht wissen. Wie kann es sein, dass du mich gespürt hast, wenn kein anderer …«

Blanca weiß nicht, was sie sagen soll. Weinend umarmt sie den Jungen.

»Hör mir zu, Mama. Du musst Amanda bitten, dir die Kette zurückzugeben. Heute noch.«

Der Junge fasst ihre Hände, streichelt sie zärtlich.

»Und du musst Papa überreden, den Jungen zu adoptieren. Bestimmt bleibt etwas von mir in seiner Erinnerung und seinem Wesen haften. Sieh ihn dir an, er ist hübsch. Und mehr als schlau: er ist ein Superhirn. Ihr wolltet doch immer ein zweites Kind, oder? Jetzt habt ihr die Gelegenheit dazu. Außerdem wollte ich doch immer einen kleinen Bruder, erinnerst du dich?«

Blanca hält sich eine Hand vor den Mund, vor Rührung ist ihre Kehle wie zugeschnürt. Sie möchte ihr so viel sagen, aber es hat ihr die Sprache verschlagen.

Der Junge sagt:

»Ich muss los. Aber ich komme wieder.«

Er stellt sich auf die Zehenspitzen, und Blanca beugt sich zu ihm herab. Er drückt ihr einen Kuss auf die Wange, dreht sich auf dem Absatz um und rennt aus dem Supermarkt.

Blanca findet, dass Bel recht hat. Der Junge ist sehr hübsch.

Du glaubst mir nicht,
wenn ich dir sage, die Ferne ist Vergessen.
Du glaubst mir nicht,
wenn ich dir sage, im Vergessen bin ich bei dir,
auch wenn du nicht da bist.
Jeden Tag, jede Stunde, jeden Augenblick
denke ich an dich, und du siehst es nicht.

Marian hat Ismael den CD-Player ins Krankenzimmer gestellt, der früher auf seinem Nachttisch stand. Sie hat auch die Musik mitgebracht, die er gerne hört. Die CD, die gerade läuft, hatte Bel ihm vor ein paar Monaten gebrannt, es sind einige seiner Lieblingslieder drauf. Die beiden haben sie oft zusammen gehört.

Es ist fünf Minuten vor Mitternacht. Abgesehen von dem leise raunenden Lied ist es still im Krankenhaus. Die Nachtschwester sieht in dem kleinen Raum hinter der Theke fern und blättert zerstreut in einer Zeitschrift. Man hört hohe Pfeiftöne, die Beatmungsgeräte und das ein oder andere Schnarchen. Das Licht ist gedämpft. Hinter den Scheiben glitzert die Stadt.

Inmitten dieser Ruhe bemerkt niemand, dass Ismaels rechte Hand sich zu bewegen beginnt. Anfangs ist es nur eine winzige, nahezu unsichtbare Bewegung: Sein Zeigefinger hebt und senkt sich. Drei Sekunden später erneut. Der Mittel- und der Ringfinger kommen dazu. Am Ende krümmen sich alle Finger wie eine Klaue, die sich nicht richtig schließt. Wie in Zeitlupe öffnet er die Augen und blinzelt dreimal.

Er öffnet und schließt die Augen. Die Zunge fährt über den Plastikschlauch in seinem Mund. Seine Hand krallt sich in das Laken. Er will den Kopf drehen, aber das gelingt ihm nicht. Ihm wird klar, dass er langsamer machen muss. Er blickt zur Decke. Dort sind nur weiß-grüne, in Aluminium gefasste Paneele. Eine erloschene Neonlampe. Dunkle Scheiben. ›Vielleicht ist das Dunkle die Welt, von der ich getrennt bin‹, sagt er sich.

Ein paar Minuten später wird ihm klar, dass es Nacht ist. Und dass er sich an einem unbekannten Ort befindet. Allein. Dennoch dringt ein vertrauter Klang an sein Ohr. Er lauscht aufmerksam. Er hört ein Pfeifen, aber weiter weg. Die Melodie und der Text interessieren ihn mehr, denn sie bringen ihm die Erinnerung zurück.

There's no-one to share the pain
You're sleeping with the TV on
And your're lying in an empty bed
All the alcohol in the world
Could never help me to forget

Jemand betritt das Zimmer. Es ist die Nachtschwester, die alarmiert von den veränderten Monitorsignalen nach dem Rechten sehen will; sie folgt dabei auch ihrer Intuition, denn die Erfahrung hat sie gelehrt, dass sie immer darauf hören sollte.

Ismael gewahrt nur einen Schatten in der Dunkelheit. Deshalb – aber auch aus anderen Gründen, von denen er nichts ahnt – fragt er verwirrt:

»Amanda? Bist du das?«

In Rekordzeit ist Marian im Krankenhaus. So viele Tage hat sie davon geträumt, einen Anruf zu erhalten, in dem man ihr sagt, ihr einziger Sohn sei aus dem Koma erwacht. Heute ist es endlich so weit.

Marian ist kopflos. Beinahe hätte sie in Pantoffeln das Haus verlassen, sie ist bei Rot über eine Ampel gefahren, und in der Tiefgarage des Krankenhauses hätte sie fast die Schlüssel im Auto stecken lassen. Sie kann es kaum erwarten, zu Isma zu kommen.

Ihr Sohn liegt mit offenen Augen da und studiert die Decke. Sie nimmt seine freie Hand und lächelt ihm schweigend zu. Sie hat so lange nicht mit ihm gesprochen, dass sie sich erst wieder herantasten muss.

Isma sieht seine Mutter an. Anfangs voller Neugier, so wie man jemanden eingehend betrachtet, den man noch nie zuvor gesehen hat. Er versucht zu lächeln, drückt ihre Hand. Unter großer Anstrengung murmelt er:

»Hallo, Mama.«

Niemals haben diese vier Silben solche Begeisterung hervorgerufen. Marian kann die Tränen nicht zurückhalten. Sie weint vor Freude, etwas, das sie längst vergessen hatte. Sie küsst Ismaels Hand, seine Stirn, seine Wangen. Ihr fehlen die Worte.

Der diensthabende Arzt trifft in Begleitung zweier Schwestern ein, eine von ihnen schiebt einen kleinen Wagen.

»Wir werden das Beatmungsgerät entfernen«, kündigt er an. »Sie müssen kurz das Zimmer verlassen. Aber wenn es Ihnen recht ist, können wir die Zeit nutzen, um einiges zu besprechen.«

Während die Krankenschwestern sich um den Patienten kümmern, erklärt der Arzt Marian, sie dürfe Ismael weder drängen noch ihm irgendwas erzählen, das ihn traurig machen würde. Er müsse erst mal genesen und dabei spiele die Gemütslage eine große Rolle.

»Verwöhnen Sie ihn, das braucht er jetzt mehr denn je«, sagt der Arzt.

»Und wenn er nach Bel fragt?«, will Marian wissen.

Der Arzt versteht nicht. Marian erklärt ihm:

»Das war seine Freundin. Sie ist bei dem Unfall gestorben, bei dem mein Sohn verletzt wurde.«

»Im Moment ist es besser, wenn er nicht weiß, dass ein geliebter Mensch tot ist«, sagt der Arzt. »Vielleicht machen Sie sich unnötig Gedanken, denn soweit ich informiert bin, hat er nach einem Mädchen gefragt, doch ihr Name war nicht Bel.«

Marian ist sehr verwundert, doch sie will den Arzt nicht unterbrechen.

»Im Moment müssen wir jede Art von Gefühlsausbruch vermeiden. Auch wenn es Ihnen höllisch schwerfällt, Sie müssen fröhlich und gelassen vor Ihren Sohn treten. Ich weiß, Sie haben lange auf diesen Augenblick gewartet, aber versetzen Sie sich mal in seine Lage. Er ist völlig durcheinander. Er war wochenlang von der Welt abgeschnitten, und wir müssen dafür sorgen, dass die Ankunft im Hier und Jetzt so wenig traumatisch verläuft wie möglich. Einverstanden?«

Marian nickt. Die Botschaft ist angekommen: die Begeisterung im Zaum halten. Sie verschleiern. Sich gelassen geben. Das wird schwer.

Aber sie weiß, sie schafft das. Aus Erfahrung weiß sie, dass es ihr viel leichterfällt, Freude zu verbergen als Traurigkeit.

Als sie ins Zimmer zurückkehrt, ist sie vordergründig die Ruhe in Person. Ismael atmet wieder selbstständig. Das Gerät, das zuvor noch in seiner Lunge steckte, steht jetzt in der Ecke und wartet darauf, abgeholt zu werden. Nach Meinung der Ärzte wird er es nicht mehr brauchen.

»Morgen früh werden wir auch den Gips abnehmen. Dann ist er wieder wie neu«, sagt der Arzt mit einem stolzen Blick auf den Patienten.

Ismael reagiert nicht auf die gute Nachricht. Er kann das alles gar nicht verarbeiten. Er versteht überhaupt nicht, was los ist. Er fühlt sich, als käme er gerade aus den Ferien, und jemand würde ihm unmenschlich viel Arbeit aufbürden ... Er lässt alles über sich ergehen und beobachtet die Krankenschwestern neugierig; er fragt sich, warum man so viel Aufhebens um ihn macht.

Als die Krankenschwestern einen Teil der Geräte hinausfahren, stellt Marian einen Stuhl an das Bett ihres Sohnes, nimmt seine Hand und fragt:

»Alles in Ordnung?«

Er zögert einen Moment. Dann antwortet er mit schwerer Zunge:

»Was ist passiert?«

Marian versucht ihm zu erklären, was geschehen ist. Sie ruft sich wieder in Erinnerung, wie es war, als Ismael noch klein war und sie am Fußende seines Bettes saß und ihm Märchen vorlas. Damals sollten die Geschichten ihm helfen, sich in der Welt zurechtzufinden, in der für ihn alles neu war und die es für ihn noch zu entdecken galt.

Marian hat das Gefühl, die Zeit habe sich einen Scherz mit ihnen erlaubt und sei rückwärts gelaufen. Wieder muss Ismael die Welt neu entdecken, sich an vieles gewöhnen, bis er völlig genesen ist. Ihre Aufgabe bei diesem Abenteuer besteht darin, ihn auf diesem Weg zu begleiten, so wie sie es früher getan hat, als er noch klein war. Mit derselben Liebe und Begeisterung. Er würde ein guter Schüler sein, wie damals.

»Du hattest einen Unfall, mein Schatz. Du hast dreiundfünfzig Tage geschlafen. Aber es wird alles gut.«

Ismael reißt die Augen auf, will etwas sagen, schließt sie wieder. Er runzelt die Stirn. Dann sieht er seine Mutter an und sagt:

»Ich kann mich an nichts erinnern.«

Marian streicht ihm den Pony aus dem Gesicht. Die hässliche Wunde an seinem Kopf ist inzwischen vollständig verheilt.

»Das ist normal, mach dir keine Gedanken. Allmählich wird die Erinnerung wiederkommen.«

Sie haben beide Dutzende von Fragen. In Ismaels Kopf jagt eine Frage die nächste, doch er muss erst mal Ordnung in seine Gedanken bringen. Er sagt sich, seine Mutter hat bestimmt recht, mit der Zeit wird er begreifen. Marian will unbedingt mit den Ärzten sprechen. Es ist noch zu vieles offen. Sie muss wissen, wie die Chancen für eine völlige Genesung stehen, wann er wieder aufstehen, essen, duschen, laufen, zur Schule gehen, selbst für sich sorgen kann …

Zu gerne würde sie hören, dass sie ihren Sohn gleich mit nach Hause nehmen kann, auch wenn sie weiß, dass sie nichts überstürzen darf und dass es für solche Überlegungen noch viel zu früh ist. Sie hat so lange gelitten, dass sie endlich eine Atempause braucht. Ihr Herz hat das verdient.

Ismael bewegt die Lippen, er will etwas sagen. Marian geht ganz nah mit dem Ohr heran. Sie befürchtet, er wird ihr eine

Frage stellen, die sie nicht beantworten kann. Sie will ihm nicht sagen, dass Bel tot ist. Doch sie ist sich sicher, dass seine ersten Gedanken in diese Richtung gehen werden. Sie kennt ihren Sohn und die Gefühle für seine Freundin zu gut. Deshalb ist sie überrascht, als sie ihn sagen hört:

»Und Amanda? Kommt sie nicht?«

Nach der ersten Verwirrung denkt Marian an die Worte des Arztes, sie solle ihn verwöhnen, ihm nichts Gutes vorenthalten. Sie beschließt, ihre Gedanken beiseitezuschieben und ihm den Gefallen zu tun.

»Aber ja. Ich sage ihr gleich Bescheid.«

Sofort ruft sie Amanda an und erzählt ihr, dass Ismael aufgewacht ist und nach ihr gefragt hat, sie soll sofort kommen. Amanda ist überglücklich und sagt, sie mache sich gleich auf den Weg.

Eigentlich sollte Marian froh sein. Sie sollte sich freuen, dass ihr Sohn nach Amanda gefragt hat und nicht nach Bel. So muss sie ihm keine traurigen Nachrichten überbringen. Doch etwas erschreckt sie an dieser Frage. Was ist, wenn Ismas Gehirn doch stärker geschädigt ist, als die Ärzte vermuten? Wenn er nie wieder so wird wie früher und lernen muss, mit anderen Erinnerungen, anderen Fähigkeiten zurechtzukommen? Ist man noch derselbe Mensch, wenn man sein Gedächtnis verloren hat?

Eine innere Stimme sagt Marian, sie braucht keine Angst zu haben. Ihr Sohn lebt, er spricht mit ihr, und das ist alles, was zählt. Doch eine andere Stimme wird nicht müde, das Offenkundige zu wiederholen: Wenn ihr Sohn nicht nach Bel fragt, ist ein wichtiger Teil seines Gehirns noch nicht wach. Und das ist furchtbar.

Trasto döst zu Blancas Füßen auf dem Teppich. Sie sitzt auf dem Sofa und betrachtet die jüngsten Fotos von Bel. Sie ist darauf schon fast erwachsen, eins siebzig groß, mit weiblichen Rundungen. Blanca sieht sie sich genau an, und die Erinnerungen bauen sie ein wenig auf. Für sie ist die Erinnerung die letzte Nabelschnur, die sie mit ihrer Tochter verbindet, und sie wird sie nicht aufgeben. Da können andere noch so sehr behaupten, das sei sinnlos und destruktiv. Sie lässt sich von niemandem etwas sagen, sie hört nur auf die Stimme ihres Herzens.

Einige Fotos hat Bel selbst in das Album geklebt. Die von der Klassenfahrt nach Paris zum Beispiel, auf denen sie immer in ihren Mantel eingemummelt ist – es herrschte offensichtlich klirrende Kälte –, im Kreise ihrer Schulfreunde. Amanda ist natürlich dabei. Und auch Isma, obwohl sie damals nicht einmal denselben Freundeskreis hatten. Auf allen Bildern lachen sie dicht aneinandergedrängt mit ihren bunten Mützen und Schals. Im Hintergrund sieht man die berühmtesten Kulissen der französischen Hauptstadt: den *Eiffelturm*, *Notre-Dame*, das *Centre Pompidou*.

Nur ein Foto passt nicht ins Schema. Es ist eine Großaufnahme von Bel mit wirrem Haar und dem schlecht gelaunten Gesicht, das sie immer hatte, wenn sie gerade aufgestanden war. Das Foto muss Amanda gemacht haben, die in der Jugendherberge das Zimmer mit ihrer besten Freundin teilte. Bel trägt darauf den rosa Kitty-Pyjama, der eigentlich viel zu kindlich für den fraulichen Körper ist, und um den Hals die Kette mit dem herzförmigen Anhänger.

Bel hatte die Kette aus einer Laune heraus gekauft. Sie hatte sie auf dem Tisch eines Schmuckverkäufers am rechten Seine-Ufer entdeckt und sofort entschieden, die dreißig Euro auszugeben, die ihre Eltern ihr geschenkt hatten, damit sie sich etwas Besonderes kaufen konnte. Auf dem Foto glänzt der Anhänger funkelnagelneu im Blitzlicht. Er war das Erste, was sie ihnen nach ihrer Rückkehr gezeigt hatte, so glücklich war sie über ihre Wahl. Sie hatte gesagt, das Schmuckstück würde sie immer daran erinnern, wie schön sich die Kathedrale *Notre-Dame* im Abendlicht im ruhigen Wasser der Seine spiegelt. Es war eine Erinnerung an ihre erste Reise ins Ausland.

Auf allen späteren Fotos ist der Anhänger zu sehen. Bel hat die Kette nie abgelegt, nicht einmal zum Schlafen. Im Sommer glänzt sie auf ihrer leicht gebräunten Haut. Im Winter kann man sie unter Sweatshirts und Pullovern lediglich erahnen, aber sie ist immer da. Eineinhalb Jahre zierte sie immer den Hals ihrer Besitzerin. Bis Amanda sie sich ausgeliehen hat.

Blanca erinnert sich noch an den Tag. Es war ein Sonntagabend. Die beiden Mädchen hatten im Zimmer vor dem Computer gesessen, gelacht und gequasselt und waren hin und wieder in die Küche gekommen. Zum Abendessen hatte Blanca ihnen deftige Pfannkuchen mit Schinken und Käse gemacht. Kurz darauf hatte Amanda sich verabschiedet. Blanca war aufgefallen, dass sie Bels Kette trug, aber sie hatte natürlich nichts gesagt. In die persönlichen Angelegenheiten ihrer Tochter hat sie sich nie eingemischt.

»Hast du Amanda die Kette geliehen?«, hatte sie später gefragt.

»Ja, aber nur für ein paar Tage«, hatte Bel erwidert.

Blanca wusste, wie sehr Bel an dem Herz hing. Dass sie es ihrer Freundin geliehen hatte, zeigte nur einmal mehr, wie gern sie sie hatte, wie eng die beiden einander verbunden waren.

Das Telefon klingelt. Es ist Marian. Ismael ist aufgewacht. Ihre Stimme klingt fröhlich. Blanca verspürt eine große Erleichterung und Freude. Ein so junges Leben wie das von Isma sollte nicht von einer Maschine abhängig sein. Blanca fragt, ob sie in die Klinik kommen darf. Marian zögert, doch dann sagt sie:

»Natürlich. Ich warte auf dich.«

Nachdem sie aufgelegt hat, widmet sich Blanca noch eine Weile der Betrachtung der Fotos. Sie kann die Kette leicht von Amanda zurückfordern, so wie Bel es verlangt – es war Bel im Supermarkt, da ist sie sich sicher, auch wenn sie über den Jungen mit ihr gesprochen hatte. Sie musste Amanda einfach nur sagen, sie habe sich alte Fotos angesehen und dabei habe sie sich wieder an das Souvenir aus Paris erinnert. Sie bräuchte eine Erinnerung an ihre Tochter, und die Kette sei das Letzte, das ihr geblieben ist, seit Carlos alles ausgeräumt und sie ihr das Tagebuch gegeben hatte. Sollte Amanda sich weigern, würde sie ihr in Erinnerung rufen, dass Bel ihr die Kette nur für ein paar Tage geliehen hatte und dass Bel, wenn sie könnte, sie selbst zurückverlangen würde, weil sie so sehr an dem Schmuckstück hing. Das sind gewichtige Argumente, denen sich Amanda unmöglich verschließen konnte. Wenn Amanda ihr die Kette gab, würde sie sie immer um den Hals tragen, so wie es Bel getan hatte. Nicht einmal zum Schlafen würde sie sich von ihr trennen. So hätte sie das Gefühl, ihre Tochter – ihre Freude, ihre Pläne, ihre Träume, ihre ersten Schritte als Erwachsene – wäre ihr ein wenig näher.

Von der Begegnung im Supermarkt würde sie natürlich niemandem erzählen. Sie wüsste auch gar nicht, wie.

Amanda humpelt am Spielplatz vor dem Krankenhaus vorbei. Sie verflucht die Krücke und den Gips am Fuß, auch wenn er nicht mehr schmerzt. Es passt ihr nicht, dass sie in dieser Aufmachung vor Ismael treten muss – wie ein Krüppel. Sie ist so konzentriert, dass sie gar nicht merkt, dass ein leicht schmutziger Junge sie mit großen grauen Augen aus dem Gebüsch anstarrt.

Es ist Bruno, aber er ist nicht allein.

Schon beim Betreten des Zimmers fällt Amanda auf, dass sich alles verändert hat. Man hört nicht mehr das schreckliche Schnauben des Beatmungsgerätes, das vor kurzem noch den gesamten Raum ausfüllte. Marian strahlt übers ganze Gesicht.

Ismaels Augen sind geöffnet, und sein Blick wandert langsam über die Gegenstände, als habe er das Gefühl für die Geschwindigkeit verloren. Seine Pupillen weiten sich leicht, als er sie erblickt.

»Schau, da ist Amanda«, sagt seine Mutter, und man hat das Gefühl, sie spräche mit einem Kleinkind. »Sie ist gleich gekommen, als sie gehört hat, dass es dir besser geht.«

»Dan…ke«, murmelt er und starrt sie an, als hätte er sie noch nie gesehen.

Marian überlässt Amanda ihren Platz am Bett. Amanda setzt sich und betrachtet Ismael eindringlich. Er ist abgemagert, und seine Haut ist extrem blass. Das Haar klebt an seinem Kopf, und er hat eine hässliche Narbe auf der Stirn. Er sieht bei weitem nicht mehr so gut aus, wie sie ihn in Erinnerung hatte. Nur seine Augen sind noch dieselben, als wäre der wahre Ismael, der, der ihr so gefiel, hinter der Maske des schwächlichen Jungen verborgen, der sie irritiert ansieht.

»Wie geht es dir?«, fragt sie.

Man merkt, dass ihm das Sprechen schwerfällt.

»Jetzt besser«, bringt er hervor, in Anspielung darauf, dass sie da ist.

Er mustert sie weiter mit diesem eindringlichen Blick, und Amanda weiß nicht, was sie tun oder sagen oder wo sie hinschauen soll. Marian schaltet den Fernseher ein, und Amanda ist erleichtert. Der Apparat befreit sie von dem unangenehmen Schweigen. Zum Glück läuft gerade eine dieser dümmlichen Quiz-Sendungen, und die drei verfolgen gebannt, wie die Teilnehmer einer nach dem anderen verlieren, bis die Musik des Abspanns sie aus ihrer Versunkenheit reißt. Es ist unglaublich, was das Fernsehen in ein paar Minuten ausrichten kann.

Am Ende der Sendung kommt die Krankenschwester mit einem Tablett herein, auf dem ein Orangensaft und Joghurt stehen. Amanda will sich den kläglichen Anblick ersparen, wenn jemand, der zum Pflegefall geworden ist, wieder lernen muss, wie man isst. Sie stammelt eine Entschuldigung und verabschiedet sich von Ismael. Er kann ihrer verworrenen Argumentation nicht folgen und fragt:

»Kommst du wieder?«

Amanda nickt, aber sie fühlt sich sichtlich unwohl. Marian glaubt, dass sie noch zu jung ist, um sich nicht von den Spuren der Krankheit abschrecken zu lassen, dass sie noch ein wenig Zeit braucht, um sich an den Gedanken zu gewöhnen. Auf dem Flur fragt auch sie, ob Amanda wiederkommt.

»Ich weiß noch nicht. Mein Vater kommt morgen von einer Tour zurück und da muss ich zu Hause sein«, schützt sie vor.

Marian hat dafür Verständnis und nickt.

»Komm, wann immer du willst. Ich glaube, deine Anwesenheit tut ihm gut. Ich weiß, dass du ihn auch sehr gern hast. Lass dich nicht von seinem Zustand abschrecken. Er wird wieder so wie früher, du wirst sehen. Wir alle können es kaum erwarten, ihn wieder wohlauf zu sehen.«

Amanda nickt, sie versucht zu lächeln, aber innerlich denkt sie über die konkrete Bedeutung von Marians Worten nach ›Ich weiß, dass du ihn auch sehr gern hast‹, und noch bevor sie das Erdgeschoss erreicht hat, kommt ihr ein Verdacht: ›Und wenn dieser Idiot seiner Mutter von der Geschichte mit dem Kondom erzählt hat?‹

Am Eingang trifft sie auf Blanca. Das ist wirklich die Letzte, die sie jetzt sehen will. Direkt nach der Begrüßung überfällt Blanca sie:

»Seit Tagen schon will ich mit dir sprechen.«

»Muss das jetzt sein?«, fragt Amanda und bringt wieder die klassische Lüge an. »Mein Vater wartet auf mich.«

»Es dauert nicht lange. Telefonisch erreiche ich dich ja nicht. Ich möchte, dass du mir Bels Kette zurückgibst. Entschuldige, dass ich jetzt damit komme, aber ich habe mir neulich Fotos angesehen und ich würde die Kette gerne haben. Ich weiß, du wirst das verstehen. Bel hat sie dir nur geliehen, nicht wahr? Du wolltest sie ja nicht behalten ...«

Amanda weiß nicht, was sie sagen soll.

»Die Kette bedeutet mir sehr viel. Wir haben sie zusammen gekauft«, erwidert sie schließlich.

»Amanda, bitte. Denk doch mal daran, was sie mir erst bedeutet. Sie hat meiner Tochter gehört.«

Amanda sind die Argumente ausgegangen. Sie steht auf verlorenem Posten.

»Ich dachte, du hättest sie vergessen«, sagt sie mit einer Offenheit, die sie sogleich bereut.

»Wie du siehst, ist dem nicht so«, kontert Blanca.

Wieder Schweigen. Blanca nutzt die Gelegenheit, dass Amanda mundtot ist.

»Offen gesagt, finde ich, du solltest aufhören, dummes Zeug daherzureden, und mir die Kette endlich geben«, schleudert sie ihr entgegen und ist von sich selbst überrascht.

Amanda schnaubt genervt. Sie bittet Blanca, kurz die Krücke zu halten. Sie fasst sich in den Nacken, öffnet den Verschluss und überreicht Blanca das Herz mit der Kette.

Als der im Gebüsch kauernde Junge das sieht, steht er auf. Er lächelt geheimnisvoll.

Die Verabschiedung fällt kurz aus. Blanca murmelt einen kurzen Dank, Amanda erwidert keine Silbe. Beide gehen ihres Weges, Blanca zum Aufzug und Amanda zur U-Bahn-Station.

Bel, in Brunos Körper, folgt ihr in einigem Abstand und macht sich bereit.

Gegen zwölf Uhr mittags, er liegt gerade im Tiefschlaf, bekommt Carlos einen Anruf von Polizeichef Montoliu. Der Ton seiner Stimme verheißt nichts Gutes.

»Ich würde dich gern sehen, Anglas. Es geht um eine heikle Sache, die dich betrifft. Ich setze mich über das Protokoll hinweg, das solltest du wissen. Ich möchte, dass du sofort aufs Revier kommst.«

Carlos ist sofort klar, dass es sich um eine dringliche und unangenehme Angelegenheit handeln muss. Aber er hat keine Ahnung, wie unangenehm. Kurz darauf wird er bei Montoliu vorstellig.

»Wir haben eine Anzeige erhalten, Anglas. Eine ernste Sache. Eine Minderjährige mit einem sehr ausführlichen ärztlichen Untersuchungsbericht. Die Verletzungen kann man nicht auf die leichte Schulter nehmen. Bevor ich die Anzeige weiterleite, wollte ich mit dir sprechen und mir deine Version anhören.«

Carlos steht auf dem Schlauch. Er hat keine Ahnung, worum es geht.

»Was für eine Anzeige? Von wem?«

Montoliu schweigt.

Carlos überlegt. Seine Neuronen kommen allmählich auf Trab.

»Ich kann mir vorstellen, wo das herkommt«, räumt er ein. »Ich habe in den letzten Tagen ein paar unangenehme Verhöre mit der besten Freundin meiner Tochter geführt. Wegen ihres Todes. Du weißt, ich glaub immer noch nicht, dass …«

»Und darf man fragen, wieso du deine Nase in eine abgeschlossene Ermittlung steckst?«, unterbricht ihn Montoliu.

Das ist der schwächste Punkt, den wird er dem Polizeichef am schwersten erklären können. Er versucht, sich zu rechtfertigen, spricht von dem Schmerz und der Resignation, darüber, was es bedeutet, eine Tochter zu verlieren, doch sein Vorgesetzter bleibt hart.

»Du bist Polizist, Anglas. Du solltest dich nicht von Gefühlen leiten lassen. Du weißt so gut wie ich, dass du dich nicht korrekt verhalten hast.«

Carlos senkt den Kopf. Er nickt. Die Konsequenzen werden nicht lange auf sich warten lassen.

»Ich wollte, dass du es von mir erfährst, vor allen anderen, aber es bleibt mir keine andere Wahl, als das weiterzuverfolgen. Dieses Mädchen hat dich wegen Körperverletzung angezeigt. Für die Dauer des Verfahrens muss ich dich vom Dienst suspendieren. Und wenn du nur Vorurteile und unbegründete Verdachtsmomente gegen sie ins Feld führen kannst, sehe ich schwarz. Du sollst wissen, dass es mir sehr leidtut, Anglas, denn wir haben zusammen angefangen, es sind nicht mehr viele von dem alten Trupp übrig, und ich finde, du bist kein schlechter Kerl, verdammt. Wir haben uns nie sonderlich gut verstanden, aber du bist wie einer dieser Angehörigen, bei denen du dich daran gewöhnt hast, sie immer bei den Familienessen zu sehen, auch wenn du nie ein Wort mit ihnen wechselst.«

Carlos ist Polizeichef Montoliu dankbar für sein Entgegenkommen und dieses sonderbare Geständnis. Die bittersten Momente des Lebens zeigen einem, wo die Menschen auf dem Spielbrett stehen. Und Carlos muss feststellen, dass er Montoliu völlig falsch eingeordnet hatte.

Niedergeschlagen fährt er nach Hause. Er weiß nicht, was ihn erwartet, doch eine innere Stimme sagt ihm, er sollte versuchen zu schlafen. Es ist so viel passiert, dass ein Problem mehr oder weniger nicht mehr viel ausmacht. Er hat ein ruhiges Gewissen, und nichts auf der Welt könnte ihm einen größeren Schmerz zufügen als den, den er bereits erlitten hat. Das ist ein großer Vorteil, vielleicht der einzige in dieser Situation.

Er betritt das Haus und wirft einen flüchtigen Blick auf die Post, das ist Teil der Alltagsroutine. Zwischen Briefen von der Bank und Werbebroschüren entdeckt er einen quadratischen braunen Umschlag, auf dessen Vorderseite in Großbuchstaben sein Name steht. Die Buchstaben sehen aus, als hätte sie ein kleines Kind geschrieben. Er reißt ihn sofort auf. Der Umschlag enthält eine CD, ohne Begleitschreiben, ohne Aufdruck.

In der Wohnung schaltet er den Fernseher an und legt die

CD in den DVD-Player. Er setzt sich mit der Fernbedienung in der Hand auf den Beistelltisch, gespannt, was wohl auf der CD drauf ist.

Das erste Bild irritiert ihn. Es ist eine beeindruckende Ansicht der *Petronas Towers*; tausende Lichter glitzern vor dem Nachthimmel. Carlos erinnert sich, was ihm der Mann im Heim erzählt hat. Er denkt an den verschwundenen Jungen.

›Wolkenkratzer? Hat mir jemand Brunos Fotosammlung geschickt?‹

Er drückt die Taste, und das nächste Bild erscheint, der *Sears Tower*, ein sehr hohes Gebäude in Chicago, das er einmal in einer Dokumentation gesehen hat. Neugierig drückt er wieder die Taste. Ihm gefriert das Blut in den Adern.

Carlos erkennt die Achterbahn sofort. Und in einem der beiden Schatten in dem fahrenden Wagen erkennt er auch seine Tochter. Das Bild hat keine gute Qualität, doch die Umrisse der beiden Freundinnen würde jeder ausmachen können. Weniger deutlich hingegen ist die Bewegung. Carlos drückt noch einmal die Vorwärtstaste, sein Herz rast. Nach drei weiteren Wolkenkratzern taucht ein klareres Bild auf. Wieder die Umrisse der beiden Mädchen in der Achterbahn. Carlos beugt sich vor und kneift die Augen zusammen. Er glaubt, einen ausgestreckten Arm zu sehen, in dem verzweifelten Versuch, sich festzuklammern. Aber mehr sieht man nicht.

Nach dem nächsten Tastendruck erscheint das dritte Bild, das beste von allen. Man kann zweifelsfrei erkennen, was sich am Abend des 22. Dezember 2008 im toten Winkel zugetragen hat, kurz bevor seine geliebte Tochter Bel in die Tiefe stürzte. Es offenbart den Schrecken in all seiner Brutalität.

Es ist das letzte und das furchtbarste Bild. Es ist der Beweis, nach dem Carlos gesucht hat. Wäre er noch in der Lage zu sprechen, er würde sofort Montoliu anrufen und ihm sagen, dass er einen schlagenden Beweis gegen Amanda in der Hand hat.

Doch Carlos kann nur auf den Bildschirm starren und schluchzen, während er langsam begreift.

Die Geschehnisse im »verlorenen Haus« hätten ihnen eigentlich eine abschreckende Warnung sein sollen, doch Uri, Gato und Abel haben etwas für starke Emotionen übrig. Als sich der Schock ein wenig gelegt hat, planen sie die nächste Aktion. Am Sonntagabend, wie gehabt. Die Idee stammte von Abel.

»Habt ihr schon mal auf einem Friedhof übernachtet?«, fragt er sie mit einem Blitzen in den Augen.

Den anderen hat es die Sprache verschlagen. Auf diesem Gebiet sind sie komplett unerfahren.

»Es ist nicht meine Idee«, erklärt er großzügig. »Das habe ich aus einem Buch.«

Alle Blicke konzentrieren sich sofort auf das Buch. Obwohl sie nur den Titel erkennen können: *Retrum.* Abel spricht weiter:

»Montag haben wir schulfrei. Ich schlage vor, wir verbringen die Nacht von Sonntag auf Montag auf dem Friedhof, auf dem Bel liegt. Vor ihrem Grab. So zeigen wir ihr, dass wir keine Angst vor ihr haben, ganz gleich, wie viele Wälder sie anzündet oder wie viele Dächer sie einstürzen lässt. Was meint ihr?«

»Klasse Idee!«, erwidert Uri mit der ihm eigenen Begeisterung.

Gato sieht das Ganze nüchterner, professioneller.

»Wir könnten ein Aufnahmegerät mitnehmen, falls wir Psychofonien hören.«

»Psycho… was?«

»Psychofonien. Das sind Ansprachen von Geistern. Da kann einem das Herz schon mal in die Hose rutschen. Habt ihr noch nie eine gehört?«

Die anderen beiden schütteln den Kopf. Abel weiß nicht, was

das für Ansprachen sein sollen, aber er fragt lieber nicht, bevor er sich furchtbar lächerlich macht.

»Vielleicht hat Bel uns was zu sagen«, meint Gato. Und als er die Zustimmung im Blick seiner Freunde sieht, sagt er abschließend: »Also, abgemacht! Hört gut zu, der Plan sieht folgendermaßen aus. Wir treffen uns am Sonntagabend um halb neun vor dem Haupteingang des Friedhofs und klettern über die Mauer. Bringt Schlafsäcke und was zu essen mit, aber keine schweren Rucksäcke. Wir müssen schnell abhauen können, wenn man uns entdeckt. Eine Taschenlampe könnten wir gut gebrauchen. Ich bringe auch ein bisschen was zu trinken mit, damit wir in Stimmung kommen, das Aufnahmegerät und die Kamera. Am Morgen werde ich in meinem Blog einen Bericht veröffentlichen.

Die Clique wird Augen machen!«

Uri und Abel staunen wieder mal über das Organisationstalent ihres Freundes.

»Sollen wir uns noch verkleiden?«, fragt Uri.

Die anderen sehen ihn an, als hätten sie gerade einer Offenbarung beigewohnt.

»Es ist Karneval«, fügt er hinzu.

Abel nickt so begeistert, dass auch Gato einwilligt.

»Gut, wir gehen verkleidet. Aber es muss was Unheimliches sein, kommt ja nicht auf die Idee, als Milchflasche oder so was zu kommen. Ich kenne euch.«

Doch die scherzhafte Bemerkung kann das Kribbeln in der Magengegend nicht vertreiben. Die drei sind überzeugt, dass es eine großartige Nacht wird.

Amanda kommt früh nach Hause. Sie hat zu nichts Lust. Ihr Vater wird bald kommen, und das verhagelt ihr die Laune. Sie setzt sich direkt an den Computer und geht ins Internet. Eine neue

Nachricht im Posteingang. Sie schließt die Augen und wünscht, sie möge von Malcom sein.

```
Für: Amanda
Von: Einermehrinderreihe
Betreff: Genaue Anweisungen für unser Treffen

Liebe Amanda,

möchtest du, dass unser Treffen wirklich etwas Besonderes wird? Dann halte dich genau an meine Anweisungen. Unser Treffen findet übermorgen, am Samstag, um Punkt neun Uhr abends statt. Nimm den Bus 115 und steig an der Endstation aus. Dort warte ich auf dich, und du wirst mit mir etwas erleben, das du niemals mehr vergessen wirst. Ich kann es kaum erwarten.
Für immer dein,
Malcom
```


Amanda spürt das Kribbeln im Magen und hat das Gefühl, bis Samstagabend sei es noch ewig hin. Sie weiß nicht, wie sie das aushalten soll.

Als Erstes befindet sie, dass sie unmöglich so dort aufkreuzen kann, mit dem Gipsfuß und dem Arm in der Schlinge. Wenn Malcom sie in diesem Zustand sieht, wird er alles bereuen, was er ihr geschrieben hat. Das geht auf keinen Fall. Sie weiß, was sie zu tun hat: Sie muss sich von dem Ballast befreien, wieder die werden, die Malcom in ihr gesehen hat.

›Es tut ohnehin nicht mehr weh‹, sagt sie sich.

Amanda lächelt, während sie an Ismael denkt und an die Art, wie er sie vorhin angesehen hat.

›Jetzt liegen mir zwei Kerle zu Füßen. Das ist super. Wenn mir der eine nicht mehr gefällt, habe ich immer noch den anderen.‹

Amanda hat keine Ahnung, dass genau in diesem Moment ein kleiner Junge auf dem Bürgersteig gegenüber sitzt und mit einem rätselhaften Lächeln wie gebannt auf ihr Fenster starrt.

Bruno.

Amanda antwortet ihrem Märchenprinzen.

An: Einermehrinderreihe
Von: Amanda
Betreff: Treffen

Malcom,
ich werde dort sein.
Ich denke die ganze Zeit darüber nach, was ich anziehen werde - auch »drunter«. Wenn du mich überraschst, werde ich dich auch überraschen. Bis dann,
Amanda

Der Legende nach war vor vielen Jahren der Teufel in Gestalt einer vertrauten Person mit einem bedeutenden Mann auf den Tibidabo gewandert. Auf dem Gipfel angekommen, wollte er ihn in Versuchung führen, deutete auf die Ebene zu seinen Füßen und sagte auf Lateinisch: »Tibi dabo potestatem hanc universam et gloriam illorum si cadens adoravis me.« Was bedeutet: »Ich werde dir alle Macht und allen Ruhm dieser Lande geben, wenn du mir zu Füßen sinkst und mich anbetest.«

Man erzählt sich, der berühmte Mann habe sich in der Ebene eine so wunderschöne Stadt vorgestellt, dass er einen Moment lang darüber nachdachte, das teuflische Angebot anzunehmen. Doch er hatte den Mut, es auszuschlagen, und um es niemals zu vergessen, taufte er den Berg mit den Worten, die der Herr des Bösen gesprochen hatte: Tibi Dabo.

Deshalb heißt es, der Teufel sei in diesen Wäldern und Höhen unterwegs.

Wenn dem so wäre, würde er sich das heutige Spektakel um nichts in der Welt entgehen lassen.

Es ist Karnevalssamstag. In vielen Vierteln der Stadt gibt es Umzüge und Feste. Sie sind nicht so berühmt wie die anderer Orte, aber es gibt zahlreiche Anhänger. An allen Ecken sieht man verkleidete Menschen: Vampire, Sensenmänner, zwanzigjährige Rotkäppchen, halb erfrorene Römer und auch Hexen mit langen grünen Mähnen. Einige von ihnen fahren mit dem Bus Nummer 115, mit dem auch Amanda zu ihrem herbeigesehnten Treffen fährt.

Auch sie ist verkleidet, allerdings handelt es sich um eine exklusive Verkleidung, die sie erst im passenden Moment und vor der richtigen Person enthüllen will. Sie trägt eine hautenge schwarze Hose, hochhackige Stiefel und ein T-Shirt mit der Aufschrift »I am a devil« auf der Vorderseite. Der Tanga trägt dieselbe Aufschrift, aber damit Malcom das herausfindet, muss erst einiges andere passieren. Sie trägt keinen BH, denn sie hat sich ein abwaschbares Tattoo auf die rechte Brust geklebt, auf dem »Danger« steht. Amanda freut sich diebisch bei dem Gedanken, dass sie ihren Körper in eine Art Buch verwandelt hat. Die Schulter schmerzt noch mehr als der Fuß, ein Zeichen, dass die Verletzung noch nicht auskuriert ist, aber sie wird sich nicht von dem Schmerz ihre große Nacht vergällen lassen.

In der Jackentasche hat sie noch zwei weitere Accessoires, die sie später anlegen wird: einen langen schwarzen Schwanz mit einer roten Troddel am Ende – wie es sich für eine Glamour-Teufelin gehört – und einen Haarreif mit Hörnern, ebenfalls rot und schwarz. Sie hat eine breite schwarze Linie um die Augen gezogen und knallroten Lippenstift aufgetragen. Wenn sie die Geschichte des Berges kennen würde, auf den sie hinauffährt, würde sie sagen, sie habe das Outfit passend zur Umgebung ausgesucht. Doch Amanda merkt gar nicht, wohin sie fährt, so sehr wird sie von dem Gedanken beherrscht, dass dies die bedeutendste Nacht ihres Lebens wird.

Der Bus schlängelt sich den Berg hoch. In der Stadt gehen mehr und mehr Lichter an. Der Himmel ist dunkelblau und glitzert. Amanda fragt sich, wo Malcom auf sie wartet, worin die besondere Überraschung besteht, die er für sie vorbereitet hat. Unweigerlich drängt sich ihr die Frage auf, wer ihr lieber ist, Malcom oder Ismael, wem sie den Vorzug geben würde, wenn sie wählen müsste. Sie denkt eine Weile darüber nach, während der Bus sich seinem Ziel nähert und die letzten Fahrgäste aussteigen. Sie stellt sich vor, sie würde aus beiden den perfekten Jungen schnitzen: Malcoms Humor, Ismaels Körper, Malcoms Hände, Ismaels Augen, Malcoms Alter, Ismaels Stil …

Das letzte Stück bis zur Endhaltestelle legt sie allein mit dem Fahrer und ihren Gedanken zurück. Die sind ausgesprochen praktisch: Während Ismael gesund wird, hält sie sich an Malcom. Und dann wird sie weitersehen. Das ist das Gute, wenn man die Wahl hat.

Der Bus hält auf einem abgelegenen, verlassenen Platz, und wäre sie nicht so beschwingt, würde sie sich fürchten. Es ist fast neun, Malcom müsste bald da sein. In weiter Ferne hört man den fröhlichen, gedämpften Lärm des Karnevalsfestes, als käme er aus den Wolken oder dem Universum. Amanda hält sich beim Aussteigen am Türgriff fest. Sie befindet sich direkt beim Fernsehturm, der das Panorama des Berges beherrscht. Von dort oben wirkt er mit seinen fast dreihundert Metern auf sie wie ein Riese aus Beton, Stahl und Glas, der sie jeden Moment zertreten kann. Er ist Ehrfurcht gebietend. Hoch oben blinkt ein rotes Licht, so weit weg, dass man es für eine fliegende Untertasse halten könnte.

Amanda hat keine Zeit, sich zu fragen, wo sie hingehen soll. Direkt vor ihren Augen, an der Anzeigetafel der Bushaltestelle, klebt eine Nachricht:

Geh auf den Turm hinauf.
Auf die Aussichtsplattform.
Ich warte auf dich.

Amanda lächelt. Sie ist wirklich beeindruckt. Sie fühlt sich wie früher als kleines Mädchen, wenn sie an einer Schnitzeljagd teilnahm. Wie hat sie das geliebt! Doch jetzt ist der Preis keine Kiste mit Schokoladenbonbons, Weingummi und Zuckerwatte, sondern etwas anderes, nicht weniger Süßes: ein Mulatte, der sie vernaschen will. Allein bei dem Gedanken hat sie wieder das Kribbeln im Bauch.

Der Eingang zum Turm ist leicht zu finden. Man muss nur dem Licht folgen, denn draußen ist es schon fast stockfinster. Es ist eiskalt. An diesem Wochenende sollte es wieder kälter werden, hat sie gelesen.

Im Nu befindet sich Amanda in einer großen Eingangshalle, deren Wände mit Fotos verziert sind, die den Ausblick vom Turm zeigen. Der Aufzug scheint geradezu auf sie zu warten, sie huscht hinein und drückt auf den Knopf, neben dem »Aussichtsplattform« steht. Sie kann sich nicht erinnern, je so nervös gewesen zu sein. Um sich zu beruhigen, lehnt sie sich an die Wand und atmet tief ein.

›Es ist bald geschafft‹, denkt sie, während sie das beeindruckende Panorama genießt.

Von oben ist der Blick auf die Stadt mit ihren Millionen kleinen glitzernden Lichtern atemberaubend. Dahinter erahnt man das Meer in Gestalt eines dunklen Streifens. Am Himmel funkeln unzählige Sterne – der ideale Platz für ein romantisches Date. Amanda ist gerührt, dass Malcom sich für sie so etwas Besonderes hat einfallen lassen. Sie fühlt sich wie die Hauptdarstellerin in einer romantischen Komödie.

Von der gläsernen Aussichtsplattform hat man einen perfekten Rundumblick, auch auf den Vergnügungspark auf dem Berg gegenüber, obwohl man ihn im Moment nicht sieht, weil alles geschlossen ist. Nur ein aufmerksamer Beobachter könnte, wenn er die Nase gegen die Scheibe presste, unter den vagen Schatten die Umrisse der schlafenden und lauernden Maschinen ausmachen. Hätte das Treffen im Frühling stattgefunden und nicht im Februar, wären sie jetzt in Betrieb und würden mit ihrer Musik und ihren bunten Lichtern die Landschaft beleben.

Amanda verlässt den Aufzug und durchquert langsam den Gang bis zur Zugangstür. Jemand hat eine brennende Kerze davorgestellt. Die Flamme tanzt, als wäre auch sie aufgeregt. Amanda zögert erst, doch dann entdeckt sie fast einen Meter weiter noch eine brennende Kerze. Sie ist verwundert, was Malcom sich alles hat einfallen lassen. Zweifellos ist er weit fantasievoller, als sie vermutet hatte. Amanda folgt der Spur der brennenden Kerzen. Flamme für Flamme kommt sie in die Mitte des Raumes. Sie bleibt stehen und sieht sich um. Die Kerzen spiegeln sich im Glas wider und erzeugen einen merkwürdigen Effekt, als würden tausende kleiner Feuer um den Turm herumfliegen.

»Hallo?«, ruft Amanda leise.

Keiner antwortet. Auch die Sterne am Himmel scheinen zu tanzen.

»Hallo?«, fragt sie noch einmal. »Bist du da?«

Wieder nur Stille. Sie ist nervös. Und ein wenig durcheinander. Sie weiß nicht, ob Malcom auf irgendwas wartet, ob sie etwas tun soll.

»Malcom?«

Unvermittelt hat die Stille etwas Beunruhigendes. Ein idyllischer Ort kann innerhalb von Sekunden zum Szenario eines Albtraums werden. Langsam befallen sie Zweifel, ob überhaupt jemand da ist oder ob das Ganze vielleicht nur ein schlechter Scherz ist. Da hört sie hinter sich eine verzerrte Stimme:

»Hallo, Amy.«

Amanda dreht sich um und blickt in die grauen Augen eines

kleinen Jungen, der sie anstarrt, während ein Sabberfaden aus seinem Mundwinkel rinnt.

Bruno sieht. Bruno hört. Bruno lernt.

Bruno kann nicht mitmachen. Er ist in seinem eigenen Körper gefangen, er hat kein Recht einzugreifen, darf nicht einmal seine Meinung sagen. Er bekommt alles mit, jedes Detail, denn es interessiert ihn, was hier vorgeht. Er kann den Schmerz, die Wut und die Rachegelüste des Geistes in ihm spüren. Er erfährt die Gründe, kann in ihre Erinnerungen vordringen und sie konsultieren wie Bücher in der Bibliothek. Das ist nicht gerade wenig. Und Bruno ist ein kluger Junge. Er wird seinen Nutzen aus diesen seltsamen Umständen ziehen.

Bels Erinnerung beginnt mit einem Kuss von Ismael, fünfzehn Sekunden lang, warm, feucht, zärtlich. Am Fuß der Achterbahn, kurz bevor Bel in den Wagen steigt. Er war so intensiv, dass beide hätten wissen müssen, dass es der letzte war.

»Ich werde dir zusehen«, sagte Isma, bevor er sich zu Nando in das Häuschen setzte.

Die beiden Jungen lachten. Die beiden Mädchen stiegen in den grünen Wagen. Nando scherzte:

»Seid ihr bereit für echte Action?«

Sie befestigten die Sicherheitsstange. Amanda wandte sich wie in Zeitlupe ihrer Freundin zu. Dann stellte sie ihr eine merkwürdige Frage:

»Würdest du Ismael aufgeben, wenn ich dir sagen würde, dass ich verrückt nach ihm bin?«

»Bitte?«, fragte Bel, die glaubte, sie hätte sich verhört.

Ihre Freundin wiederholte die Frage mit anderen Worten.

»Nehmen wir mal an, ich wäre in Ismael verliebt. Würdest du ihn aufgeben? Würdest du das für mich tun?«

Bel merkt nicht, dass ihre Freundin es ernst meint.

»Ach, Amy, was hast du nur für Ideen«, erwidert sie lachend. »Er ist mein Freund, wieso solltest du auf ihn abfahren?«

Die Achterbahn nimmt Fahrt auf. Amanda sagt kein Wort. Sie wirkt gedankenverloren. Sie macht keinen Hehl daraus, dass Bels Antwort ein schwerer Schlag für sie war. Die erste Runde verläuft normal, nur Amanda scheint die Fahrt nicht genießen zu können.

Beim zweiten Anstieg fragt Bel:

»Alles okay mit dir?«

Die Freundin gibt ihr keine Antwort. Sie sieht sie weiter mit diesem sonderbaren Blick an, als würde sie sie gar nicht wahrnehmen, als würde sie sie auf einmal hassen. Genau das hat Bel an jenem Tag zum ersten Mal wahrgenommen. Hass. Ein uralter, lange aufgestauter, unverdauter Hass. Einen Hass, den sie Amanda niemals zugetraut hätte. Ein Hass, der kurz vor der Explosion steht.

Bruno sieht es in Bels Erinnerungen. Obwohl er das Gefühl hat, der Hass löse sich mit einem Mal auf, als Amanda zu ihrer Freundin aufgesetzt fröhlich sagt:

»Wenn wir oben sind, heben wir die Arme für das Foto.«

Die Talfahrt nähert sich. Bel merkt nichts. Sie merkt vor allem nicht, dass der Hass noch da ist. Dass er niemals verschwinden wird.

»Ja!«, ruft sie mitten in einem Adrenalinschub.

Dann tut Amanda etwas, womit Bel nicht gerechnet hat. Sie löst die Sicherheitsstange. Es ist ganz einfach. Nur eine kleine, gut koordinierte Bewegung der Zeigefinger. Bel erschrickt und schreit panisch auf. Sie versucht, die Stange wieder zu schließen. Sie erreichen die Kurve im toten Winkel, die einzige, die man von der Steuerungszentrale aus nicht im Blick hat. Amanda ist das sofort klar und sie handelt. Es geht schnell. Sie nutzt die Kurve, die Haltung der Freundin, den freien Fall aus einer Höhe von dreißig Metern ... Sie tut es. Sie stößt ihre Freundin hinunter, mit voller Wucht, ohne zu zögern. Die Überraschung ist ihre beste Verbündete. Wer hätte damit rechnen können? Bel kann sich nicht wehren. Es dauert nur eine Sekunde. Eine Sekunde, die das Leben vom Abgrund des Todes trennt.

Bel fällt auf das untere Gleis. Ihr Kopf schlägt gegen den Querbalken. Das Genick ist gebrochen. Amanda bleibt gerade noch Zeit, einen Blick auf ihren toten Körper zu werfen, der wie eine kaputte Puppe im unteren Teil der Achterbahn hängt. Sie schließt die Sicherheitsstange und schreit, als sei etwas Furchtbares und Unerwartetes passiert.

Ismaels Unfall ereignet sich unmittelbar danach, für alle völlig überraschend. Nando rennt sofort los, um einen Notarzt zu holen, er kann nicht verhindern, dass der Junge seiner Freundin zur Hilfe eilt. Obwohl Ismael spürt, dass für Bel jede Hilfe zu spät kommt. Dennoch klettert er hinauf. Er denkt nicht nach, es ist reiner Instinkt, ein ebenso nachvollziehbarer wie verzweifelter Akt der Liebe. Er klettert weiter nach oben. Er ist so blind, dass er gar nicht bemerkt, dass die Achterbahn weiter in Betrieb ist und die Wagen weiter über die Gleise sausen. Er sieht den Wagen nicht kommen, der ihn unter sich begräbt. Er fällt rücklings zu Boden. Er bricht sich beide Beine und einen Arm. Als sein Rücken auf dem Asphalt aufschlägt, schließt er die Augen. Erst siebenundfünfzig Tage später sollte er sie wieder aufschlagen.

Bruno kann den Schmerz und die Wut des Geistes in ihm verstehen. Wäre er nicht so geschockt, würde er sogar sagen, dass er sie teilt. Er öffnet die Augen und sieht, dass Amanda zwei Meter über dem Boden schwebt. Er hat keine Ahnung, wie Bel das macht, aber er spürt die ungeheure Kraft, die von seinem Hirn ausgeht und die solch außergewöhnliche Dinge offensichtlich möglich macht.

Bruno hört Amandas Schreie. Ihr verzweifeltes Flehen. Auch Bel hört es, aber es rührt sie nicht. Amanda strampelt in der Luft. Er sieht ihr in die Augen und sieht das pure Grauen. Der Miene des Mädchens nach zu urteilen ist sein Anblick erschreckend, also wischt er sich mit dem Pulloverärmel über den Mund.

Er spürt, dass Bel sich bereit macht. Sie sammelt ihre Kräfte, berechnet Entfernungen, wählt den genauen Ort des Abwurfs aus, so wie es ein Stürmer machen würde, bevor er auf das gegnerische Tor zielt. Ein zielsicherer, unaufhaltsamer Wurf mit der Rechten.

Bruno weiß, welches Ziel Bel fokussiert: den kleinen Berg ganz in der Nähe mit den im Dunkeln ruhenden Attraktionen. Dorthin blickt Bel durch seine grauen Augen.

Er hört sie noch ein letztes Mal in sich brüllen. Und eine seltsame Stimme, die sagt:

»Tschüss, Amy. Wir sehen uns auf der anderen Seite.«

Bel wirft.

Amanda prallt mit ungeheurer Wucht gegen eine der Scheiben, die zu Bruch geht. Tausende von Scherben fliegen durch die Luft, es ist wie ein Platzregen aus kaputtem Glas. Der Wind löscht die Kerzen mit einem Hauch aus. Amanda beschreibt eine Parabel in der Luft. Erst wird sie nach oben gewirbelt, doch sogleich folgt der Fall. Bruno beobachtet die Flugbahn und stellt fest, dass Bel sie gut berechnet hat. Auch Amanda bleibt noch Zeit für diesen Gedanken, während sie genau auf die letzten Reste der Achterbahn zufliegt, die darauf warten, abgeholt zu werden.

Auf einem Seitenweg stehen neben ein paar verbogenen Eisenstangen noch zwei Wagen. Einer davon ist grün. Genau in diesem endet Amandas letzte Reise.

Ihr Körper schlägt auf dem Rand auf und zerschellt.

Hätte der Teufel in diesem Moment zugesehen, hätte er den Wurf mit folgenden Worten kommentiert:

»Tadellos gezielt. Nur bedauerlich, dass auf diese Entfernung und bei der Wurfgeschwindigkeit alles derart zerstört wird.«

Bruno hat sich an das kaputte Fenster gestellt, aber er sieht nichts mehr. Er hat das Gefühl, Bel schnurrt in seinem Körper wie eine zufriedene Katze. Er sucht einen Ort, an dem es nicht zieht, legt sich in einer Ecke neben dem Aufzug auf den Boden und rollt sich ein, der Arm dient ihm als Kissen. Bevor er vom Schlaf übermannt wird, hört Bruno eine Stimme in seinem Inneren. Sie ist merkwürdig sanft. So sanft, dass er sie erst nicht erkennt.

›Danke für deine Hilfe, Bruno. Jetzt kann ich wieder ich selbst sein. Und ich verspreche dir, ich bin nicht so, wie du mich kennengelernt hast.‹

Bruno lächelt. Er ist erschöpft. Bald kommt der Schlaf.

Weit weg, unten in der Stadt, hat Ismael das Gefühl, in seinem Kopf habe sich eine Blockade gelöst. Er fragt sich:

›Wo bist du, Bel?‹

»Hier«, sagt eine Stimme, die er gut kennt, »immer an deiner Seite.«

»Ich habe dich vermisst.«

»Ich dich auch. Obwohl wir uns in gewisser Weise näher waren denn je.«

Isma weiß nicht, ob er träumt oder ob das, was er hört, Wirklichkeit ist. Er kann Bel nicht sehen, aber er hört klar und deutlich ihre Stimme. Zumindest glaubt er das, denn auf einmal gehen die Gefühle und sein Dämmerzustand fließend ineinander über.

Bel hingegen kann ihn sehr wohl sehen. Sie geht zu ihm und flüstert ihm zu:

»Streck die Hand aus.«

Ismael macht es. Sie schlingt ihre Finger um seine und streichelt sie, wie sie es so oft in den vergangenen Tagen gemacht hat. Ismael seufzt. Er spürt, dass Bel da ist. Er kann es sich nicht erklären, aber sie ist da.

»Bist du ein Traum?«, fragt er.

»Fast. Ich bin ein Geist«, sagt sie. »Einer, der alles dafür geben würde, um bei dir bleiben zu können.«

Ismael versucht zu begreifen, all das zu verarbeiten.

»Ich habe dich die ganze Zeit singen hören. Das war auch kein Traum, oder?«

»Nein.«

»Du hast dafür gesorgt, dass ich gesund geworden bin. Ohne dich hätte ich nie …«

Ismael hält inne. Bel schweigt. Sie lassen das Schweigen für sich sprechen. Was sie sich zu sagen haben, ist nicht so leicht in Worte zu fassen.

»Ich wusste es, seit ich dich auf den Gleisen der Achterbahn liegen sah. Ich wusste sofort, dass etwas Schreckliches passiert ist … dass du …«, erklärt Ismael, den Tränen nahe. »Als du hier warst und mir die Lieder vorgesungen hast, wusste ich, wir würden uns wiedersehen, nichts habe ich mir mehr gewünscht. Heißt das, ich bin tot?«

»Nein. Du bist dabei, gesund zu werden. Das ist fantastisch.«

»Und dann?«

»Ich bin hier, weil ich mit dir reden will. Es ist unsere letzte Gelegenheit«, sagt Bel.

Ismael ist verwirrt.

»Wieso?«

»Du wirst wieder gesund. Und wenn du wieder wohlauf bist …«

Das Schweigen ist beredeter als jedes Wort. Und trauriger. Das Schweigen enthält alle unausgesprochenen Worte. Keiner von beiden könnte sagen, wie lange sie so still beieinandersaßen. Bel hat sich ins Bett neben den warmen Körper ihres Freundes gelegt. Isma spürt sie.

»Ich will aber nicht ohne dich leben. Ich will bei dir sein. Ganz egal wo.«

»Das darfst du nicht sagen! Ich werde auf dich warten. Egal, wie lange es dauert. Aber du musst mir versprechen, glücklich zu werden.«

»Ich weiß nicht, wie ich …«

»So wie du es immer gemacht hast! Indem du Handball spielst, lernst, Klassenbester bist, dir einen Job suchst, ein anderes Mädchen kennenlernst, dich in sie verliebst, heiratest, vielleicht bekommt ihr sogar Kinder. Es gibt viele Gründe, glücklich zu sein, und ich will, dass du sie alle ausprobierst! Versprich mir das.«

Doch Ismael kann das nicht versprechen. Er will sie nicht gehen lassen. Aber er weiß nicht, wie er sie aufhalten soll.

»Das kann ich nicht«, murmelt er.

»Du musst. Erinnerst du dich an das Lied? Du musst dir sagen: Alles wird gut. Ich werde nicht von deiner Seite weichen, bis du es geschafft hast.«

Zusammen liegen sie in dem schmalen Krankenbett. Beide wissen, es ist das letzte Mal. Sie können sich nicht mehr sehen, aber das müssen sie auch nicht. Was sie füreinander empfinden, geht weit über die Grenzen ihrer Körper hinaus. Jetzt sind die Worte wichtig. Nichts darf ungesagt bleiben.

Es ist noch eine Weile hin bis zum Morgengrauen, als Ismael ihr zuflüstert:

»Bitte mich nicht, dich zu vergessen, Bel, das ist unmöglich.«

»Ich will nicht, dass du mich vergisst, Dummerle. Ich will nur, dass du glücklich bist, bis wir uns wiedersehen«, erwidert Bel.

Ismael lächelt und genießt die letzten Stunden, die sie noch von dem neuen Tag trennen.

EPILOG

SAG DIR NUR:
»I'LL BE OK«

Hyerónimus hört den Zug und geht auf den Bahnsteig hinaus, denn er spürt, dass wichtiger Besuch naht – und diesmal meint er nicht nur Alma. Weil der Parapsychologe nicht über die Gabe verfügt, Geister sehen zu können, tritt Alma als Vermittlerin auf. Aber er kann sehr wohl den Gemütszustand der Geister erspüren. Er freut sich, dass Bel wesentlich ruhiger ist als zu der Zeit, als sie sich kennenlernten.

»Bel will sich verabschieden«, erklärt Alma und fügt dann leise hinzu. »Und auch entschuldigen, glaube ich. Sie bedauert das alles sehr. Nicht nur, wie sie sich dir gegenüber verhalten hat, sondern auch, wie sie Rache geübt hat.«

Da sie in all der Zeit nichts gehört hatten, waren Alma und Hyerónimus davon ausgegangen, dass Bel diese Welt bereits endgültig verlassen hatte. Es freut beide, dass es nicht so ist.

»Ich musste ein letztes Versprechen erfüllen«, sagt Bel, und Hyerónimus fährt sich durch den nicht vorhandenen Bart.

Mit einer galanten Handbewegung bittet er sie herein.

»Es ist mir eine Ehre. Ich würde gern mit Kaffee, was Kaltem zu trinken oder Keksen aufwarten. Aber ich weiß, dass dir nichts daran liegt, also kann ich dir bei diesem letzten Besuch in der Welt der Lebenden nur ein Gespräch anbieten. Gehe ich recht in der Annahme, dass wir nichts mehr von dir hören werden?«

»Ich denke, ich habe alles getan, was ich tun musste. Jetzt bleibt mir nur noch, fortzugehen.«

Hyerónimus überlegt kurz. Dann steht er auf und geht zu seinem Bücherregal. Er nimmt einen Hocker, klettert darauf und streckt den Arm nach einem dicken, rot eingefassten Band ohne Beschriftung aus.

»Mein Vater hat umfangreiche Studien zu Fällen wie deinem gemacht und ist zu einem aufschlussreichen Ergebnis gekommen. Leider wurde sein Buch von der Kirche verboten, und nur wenige Exemplare konnten vor der öffentlichen Verbrennung bewahrt werden. Das hier ist eines davon« – Hyerónimus hält ihr das Buch hin – »ich glaube, es wird dich interessieren.«

Er setzt die goldgefasste Brille auf die Nasenspitze und konsultiert das Inhaltsverzeichnis. Die Seite, die er sucht, befindet sich mehr oder weniger in der Mitte; ein muffiger Geruch breitet sich aus, als er durch die Seiten aus Dünndruckpapier blättert.

»Hier ist es.« Er liest vor: »Es gibt unterschiedliche Meinungen darüber, wie lange die Seelen auf der Erde verweilen. Viele glauben, die Verstorbenen seien an ihr Hab und Gut und an das irdische Leben im Allgemeinen gebunden, bis sie die Umstände ihres Todes herausgefunden haben. Andere hingegen sind der Ansicht, die Geister bleiben für die Zeit, die sie eigentlich noch hätten leben sollen, bei den Lebenden, auch wenn diese sie nicht sehen können. Nachdem ich einige Geister befragt habe, bin ich für mich persönlich zu dem Schluss gekommen, dass sie selbst und ihre Gefühle darüber entscheiden, wie lange sie unter uns weilen. Solange sie einen lebenden Menschen lieben oder ihm noch etwas schuldig sind, weigern sie sich, fortzugehen. Wenn dieses Band schwindet, verabschieden sie sich von denjenigen, die ihnen etwas bedeutet haben, und verlassen diese Welt für immer.«

Hyerónimus hebt den Kopf und wirft einen Blick auf Alma, die Bel beobachtet, auf deren Stirn sich wieder die berühme Falte zeigt.

»Ich habe Ismael versprochen herauszufinden, was passiert ist. Und dann, dass ich an seiner Seite bleiben würde, bis es ihm besser geht und er nicht mehr die ganze Zeit an mich denkt.«

»Und? Hat er aufgehört, an dich zu denken?«, fragt Zas.

»Nein, aber er führt wieder sein normales Leben. Er geht zur Schule, bald kann er auch wieder Sport machen. Der Rest ist eine Frage der Zeit.«

»Bist du immer noch Tag und Nacht bei ihm?«

»Nur noch manchmal, und bald werde ich ganz wegbleiben. Ich muss loslassen, damit er ohne mich weiterleben kann.«

Hyerónimus sieht Alma an, kneift die Augen zusammen und sagt, als wäre Bel gar nicht da:

»Alle Achtung, ich bin beeindruckt. Sie wirkt viel reifer auf mich.«

Alma nickt. Bel lächelt, bevor sie über das Medium sagen lässt:

»Wenn man Fehler begeht, reift man. In diesem Sinne bin ich viel reifer geworden. Und ich bin nicht stolz auf meine Fehler.«

»Meinst du Amanda?«

»Sie war meine beste Freundin. Ich muss die ganze Zeit daran denken, was ich ihr angetan habe.« Sie macht eine Pause. »Ich schäme mich dafür.«

»Du darfst dir nicht die Schuld daran geben«, versucht Alma, sie zu beruhigen. »Du hast dich in einen Poltergeist, ein Ungeheuer verwandelt. Du hattest die Situation nicht unter Kontrolle.«

»Ich frage mich, ob das mit dem Ungeheuer nicht nur eine Ausrede dafür ist, unsere schlechtesten Seiten zutage zu fördern«, denkt Bel laut nach. »Ich habe eigenhändig meine beste Freundin ermordet.«

»Die vorher dich umgebracht hat«, ergänzt Alma.

»Ja, und eigentlich hatte sie dieselben Gründe wie ich. Auch sie war in Ismael verliebt. Auch sie wollte ihn für sich alleine.«

Alma erhebt die Stimme. Im Eifer des Gefechts hat sie vergessen, Zas auch teilhaben zu lassen; der sieht das Medium nur aufgebracht mit einem leeren Stuhl diskutieren.

»Ich werde nicht zulassen, dass du das glaubst! Für Amanda war Ismael nur eine Laune, ein Zeitvertreib, austauschbar! Das solltest du wissen, sonst hättest du ja nicht den falschen Mulatten benutzt, um sie reinzulegen. Aber Isma und du, ihr wart nicht nur Trophäen füreinander. Das war wahre Liebe. Etwas, das

wirklich Bedeutung hat.«

Bel schweigt. Alma mag ja recht haben, trotzdem schämt sie sich dafür, was passiert ist.

»Ach ja«, unterbricht Alma ihre Gedanken, um das Thema zu wechseln. »Ich soll dich von Batiskafo grüßen.«

»Wie geht es ihm?«, will Bel wissen.

»Mit Sicherheit besser als mit dir. Jetzt bewacht er eine Tür. Den Armen hat das Ganze ein wenig abgeschreckt. Aber er hat viel gelernt.«

Bel hat noch eine Menge vor. Es ist Zeit, sich von Alma und Hyerónimus zu verabschieden.

»Wenn du uns brauchst, weißt du ja, in welchem geheimen Versteck du uns findest«, sagt das Medium.

Hyerónimus lächelt. Er ist höchst zufrieden, dass er am Ende doch mit Bel sprechen konnte und dass Alma in der Wir-Form von seinem Schlupfwinkel gesprochen hat.

Bel braucht keinen Zug. Sie huscht einfach durch die dunklen Tunnel, die für sie gar nicht so finster sind, und beobachtet das Treiben der Mäuse und Ratten an den Gleisen, das geheime Leben im Untergrund der Stadt, das zu erleben nur wenigen Privilegierten wie ihr vergönnt ist. Sie ist so fasziniert, dass sie fast die gesamte Stadt unterirdisch durchquert. Auch ohne Plan findet sie sich in diesen Tunneln und Abzweigungen gut zurecht. Als sie irgendwann innehält, ist sie in der Nähe des Friedhofs.

Es ist fast neun Uhr. Sie klettert über die Seitenmauer und geht direkt zu ihrem gewohnten Ort. Sie hatte schon vermutet, dass es eine bewegte Nacht werden würde. Von weitem schon sieht sie die vor ihrem Grab versammelten Freunde. Die Spuren der Zerstörung sind schon seit langem beseitigt, und ihr Name glänzt wieder in silbernen Buchstaben auf dem weißen Marmor. Auch die Vasen mit den frischen Blumen und das Foto befinden sich wieder an ihrem Platz.

Uri, Gato und Abel sitzen halb erfroren im Kreis. Um sie herum flackern ein paar Kerzen. Sie wirken hoch konzentriert. In der Mitte liegen Tüten mit Essen und drei Schlafsäcke. Seit zwei Monaten versammeln sie sich regelmäßig als Wesen der Finsternis verkleidet an diesem Ort, um sie anzurufen. Das Erlebnis im »verlorenen Haus« hat sich nicht wiederholt. Aber sie geben nicht auf.

Bel geht auf die Gruppe zu. Natürlich völlig unbemerkt. Als sie nur noch wenige Meter entfernt ist, stellt sie fest, dass sie wieder Zucker ausgestreut haben. Zum Glück ist sie nicht draufgetreten. Sie will sie nicht erschrecken, aber sie hat auch keine Lust auf die prahlerischen Worte, wenn sie sich einbilden, sie wären zum zweiten Mal der Attacke eines Geistes entkommen.

Nein. Bel erkennt sich in dieser Anderen nicht wieder, es beschämt sie, dass sie das Dach zum Einsturz gebracht und die Bäume angezündet hat, sie ist nur gekommen, weil sie ihre Freunde noch einmal sehen möchte, und vor allem, weil sie sich selbst davon überzeugen will, dass das letzte Mal ein Einzelfall war.

Zur Vorsicht setzt sie sich in einiger Entfernung auf das Mäuerchen und beobachtet sie stillschweigend.

Ihre Verkleidung ist albern. Uri trägt einen schwarzen Umhang und hat sich einen Totenschädel aufs Gesicht gemalt. Abel hat rote Haare und einen roten Streifen am Hals. Und bei Gato haben die eng anliegenden Hosen und die Punk-Piercings mehr mit der Mode zu tun als mit einer Verkleidung. Bel vermag nicht einzuordnen, ob sich sein Geschmack jetzt in diese Richtung entwickelt hat. Die drei flüstern, sehr ernst, als wären sie überzeugt, dass dieser Akt von unvergleichlichem Mut zeugt.

Hin und wieder machen sie eine Bemerkung über sie. Uri blickt auf die Grabnische und fragt:

»Könnt ihr euch vorstellen, dass sie für immer da drin ist? Das ist hart!«

Da sagt Abel auf einmal:

»Glaubt ihr, dass Bel manchmal hierherkommt?«

Bel hört ihnen zu. Es gefällt ihr, dass man über sie redet. Das ist ein gutes Zeichen. Solange es auf der Erde noch einen Menschen gibt, der an dich denkt, bist du nicht ganz gestorben. Und sie weiß, sie wird in der Erinnerung ihrer alten Freunde weiterleben. Sie bleibt noch eine Weile bei ihnen und genießt ihre Gesellschaft, auch wenn die Jungen keinen blassen Schimmer von ihrer Anwesenheit haben. Zu gern würde sie sich von der Gruppe genauso verabschieden wie von Isma und von Alma und Hyerónimus. Doch sie fürchtet, dass das in diesem Fall nicht möglich sein wird. Sie kann sie nur stillschweigend ansehen und denken, wie sehr sie ihre Scherze, ihre Prahlerei und die tolle Zeit vermissen wird, die sie miteinander verbracht haben.

Wenig später geht sie zum Ausgang. Sie macht dabei einen Umweg und bleibt an einem Grab stehen. Immer wieder liest sie den Namen auf dem Stein: *Amanda Rodrigo Codina*.

»Ich konnte dir keine Blumen mitbringen, Amy. Tut mir leid«, sagt sie, obwohl niemand sie hört.

Ruhig betrachtet sie das Grab.

»Ich werde unsere Gespräche vermissen. Und vieles andere. Das wollte ich dir sagen.«

Dann setzt sie ihren Weg fort.

Die nächste Station ist die Wohnung ihrer Eltern. Es ist Sonntag, also wird ihr Vater wohl nicht arbeiten.

Es ist alles genau, wie sie es erwartet hatte. In der Wohnung ist es dunkel und still. Trasto knurrt und fletscht die Zähne, und ihr Vater ist tatsächlich zu Hause. Doch etwas ist schon anders und erfüllt sie mit Freude: Blanca und Carlos teilen wieder das Bett. Und nicht nur das: Er hat einen Arm um ihre Hüften geschlungen und sie hält seine Hand. Das mutet alles noch etwas ungeschickt an, aber Bel ahnt, dass sie auf einem guten Weg sind.

Der Anblick freut sie derart, dass sie eine Weile am Fußende stehen bleibt und sie betrachtet. Ihre Eltern haben es verdient, glücklich zu sein. Nicht nur wegen all dem, was sie seit dem Unfall durchgemacht haben, auch wegen des Glücks, das sie ihr in guten Zeiten geschenkt haben. Bevor sie das Zimmer verlässt, geht Bel zu ihrem Vater und streichelt sein Gesicht. Sie flüstert ihm ins Ohr:

»Ich hab dich sehr lieb, Papa.«

Als sie das bei ihrer Mutter macht, huscht ein Lächeln über deren Gesicht. Bel sagt:

»Du wirst immer ein ganz besonderer Mensch bleiben.«

Als sie an ihrem alten Zimmer vorbeikommt, wirft sie einen Blick hinein. Die Wehmut ist zu groß. In diesen vier Wänden ist so viel Wichtiges passiert, das sie nie vergessen wird, solange ihre Erinnerung sie nicht verlässt. Sie geht hinein.

Sofort fällt ihr in der Mitte des Raumes der große noch verschlossene Farbeimer und die Tüte mit der Rolle und den anderen Sachen auf, die man zum Streichen braucht. An der Wand steht die Kiste mit ihrem alten Computer, natürlich mitsamt der abscheulichen blauen Hülle, die ihre Mutter gemacht hat. Offensichtlich stehen Veränderungen an, und auch das freut Bel.

Bevor sie geht, wirft sie einen Blick ins Wohnzimmer, und ihr Gefühl bestätigt sich. Es steht ein weiteres Foto auf der Konsole neben dem Fernseher. Es macht sich gut zwischen den anderen. Das erste, im Holzrahmen, ist das Hochzeitsfoto ihrer Eltern. Eine gertenschlanke Blanca und ein blutjunger Carlos mit dichtem Haar lächeln Arm in Arm in die Kamera. Das zweite ist von ihr: das Schulfoto aus der Oberstufe, sie mit ernstem Gesicht im Silberrahmen. Aus dem dritten, ebenfalls silbernen Rahmen lächelt die Neuigkeit: ein ungefähr achtjähriger Junge mit grauen Augen und verschmitztem Blick. Bel hält inne, er ist wirklich bildhübsch. Aber er verfügt auch über innere Schönheit, Bel weiß das besser als jeder andere. Deshalb freut sie sich, dass er ein Teil ihrer Familie wird. Sie spürt, dass sie sich gut verstehen werden.

Als sie ihr ehemaliges Zuhause verlässt, diesmal für immer, ist sie ruhig und gelassen. Vor kurzem hätte sie sich das nicht einmal träumen lassen.

Ihr bleibt nur noch eine Station. Die wichtigste. Ismael. Die Liebe ihres Lebens.

Doch erst besucht sie noch ein letztes Mal ihren Lieblingsstrand. Ihr fehlt noch etwas. Sie setzt sich ans Wasser, blickt in den Horizont und gräbt mit den Händen im Sand. Es dauert ein wenig, bis sie gefunden hat, was sie sucht. Es ist eine helle, fast weiße Muschel, perfekt geformt, wunderschön.

In Wahrheit ist es eine verschlüsselte Botschaft: ›Wenn du sie bei dir trägst und an mich denkst, wird es so sein, als ob ich bei dir wäre. So fern ich auch sein mag.‹

Die Muschel wird für sie sprechen. Und Ismael wird die Botschaft verstehen.

Ismael liegt mit geschlossenen Augen auf dem Sofa im Wohnzimmer. Er ist ein wenig erschöpft, aber es geht ihm viel besser. Er hat keine Lust mehr auf die albernen Sendungen im Fernsehen und will ein wenig abschalten. Er kann noch nicht so flüssig denken wie früher, aber auch das bessert sich von Tag zu Tag. Er ist in einen seltsamen Dämmerzustand gefallen. Denn was geschieht, kann nur ein Traum sein.

Eine zärtliche Geste. Eine Hand legt sich auf seine. Ein Geruch steigt ihm in die Nase, den er lange schon nicht mehr gerochen hat.

›Bel, du bist da.‹

Die zarte Haut und der Geruch ihres Körpers. Manches bleibt einem für immer in Erinnerung.

Er wacht auf, gefangen von einem neuen Gefühl. Er hat es ganz deutlich gespürt. Er schließt die Augen wieder, lässt sich treiben.

Lippen legen sich auf seine. Ismael fragt sich, ob er träumt oder ob er wacher ist denn je. Bels Atem berührt seine Wange.

Er öffnet die Augen.

Sein Blick fällt auf die Muschel. Weiß und wunderschön, vollkommen. Sie liegt auf der Sofalehne, in der Nähe seiner Hand.

Er lächelt.

Bel ist gekommen und hat ihm eine Botschaft hinterlassen. Sie ist da. Auch wenn sie gestorben ist. Er weiß, dass sie nicht fort ist. Sie liebt ihn viel zu sehr, um ihn allein zu lassen.

Er nimmt die Muschel in die Hand, schließt die Augen.

Leise singt er, nur für sie:

When you're down and lost
And you need a helping hand
When you're down and lost
Along the way
Just try a little harder
Try your best to make it
Trough the day
Oh just tell yourself
Ah, I'll be OK

Anmerkung der Autorin und Danksagung

Bel: Die Liebe lebt ewig ist ein Roman, das heißt, er ist frei erfunden. Doch natürlich habe ich mich einiger Elemente der Wirklichkeit bedient, die meiner Geschichte zuträglich waren. Der Leser wird auf den Seiten dieses Buches Szenarien und Situationen finden, die ihm vielleicht vertraut sind, und Orte, die man wirklich besuchen kann. Die Bibliothek, in der Bel stöbert, ist die *Biblioteca de Catalunya* in der *Calle Hospital* in Barcelona. Dort entstand der Anfang des Romans im Verlauf des kalten Winters 2008/2009. Die Geisterstation, in der Hyerónimus Zas lebt, ist Teil der Linie IV der U-Bahn von Barcelona und zum Teil von außen sichtbar, aber nur für gute Beobachter. Die Achterbahn, die im Mittelpunkt der Handlung steht, hat es wirklich gegeben. Sie wurde Ende 2008 geschlossen, ohne dass es dort je zu einem tödlichen Unfall gekommen wäre.

Das Lied *I'll be OK* von McFly, das so häufig in der Erinnerung der Protagonisten auftaucht, hat mich während des Schreibens begleitet.

Das Gedicht aus Bels Tagebuch habe ich bei mir selbst ausgeliehen, vierundzwanzig Jahre nachdem ich es geschrieben habe. Es war damals auch Teil eines Tagbuchs: meines eigenen.

Ich möchte einigen Menschen danken, die entscheidend zum Gelingen dieses Buches beigetragen haben.

Den Verlegerinnen Elsa und Montse, weil sie bereits an diese Geschichte geglaubt haben, als sie lediglich in meinem Kopf existierte. Und Berta, Irene, Chus, Dolores und Ana, die erst später, aber dafür mit einer umwerfenden Energie dazustießen.

Paula de la Vega, weil sie ihrer Mutter gesagt hat, was sie tun soll. Und Lines, weil sie auf sie gehört hat.

Den Schülern des *IES Mar de la Frau de Cambrils* (Tarragona), des *IES Amposta* (Tarragona) und des *IES Pont de Suert* (Lleida), die mich in Sachen Musik beraten haben. Und den begeisterten Menschen, die von der Geschichte schon während ihrer Entstehung gehört haben und sie unbedingt lesen wollten.

Dank auch an Francesc Miralles, weil er sich auf den ersten Blick in Bel verliebt hat. Und weil er mir gezeigt hat, dass Friedhöfe der ideale Ort für abenteuerlustige Jugendliche sind.

An Anna Perlasia, dass ich sie befragen durfte.

An María Anglas für ihre Geduld.

An Mònica Montaña, weil sie jeder Wendung der Geschichte die technische Unterstützung gewährt hat, die jede umfangreiche Struktur benötigt.

An Ángeles Escudero, wie immer, doch diesmal mehr denn je.

An Deni Olmedo, weil er mein persönlicher Hyerónimus ist. Der Mensch, mit dem ich sogar unter der Erde leben könnte.

Kann das Leben eigentlich noch schlimmer werden? Und ob!

Sean Stewart / Jordan Weisman
CATHY'S BOOK
Übersetzt von Barbara Lehnerer
192 Seiten
ISBN 978-3-8339-3800-9

Nicht nur, dass die 17-jährige Cathy in der Schule total die Probleme hat und ihre beste Freundin Emma sauer auf sie ist – jetzt macht auch noch ihr Freund Victor mit ihr Schluss! Cathy ist verzweifelt. Doch dann entschließt sie sich, nach den Gründen für Victors Entscheidung zu suchen. Aber anstatt Antworten zu finden, tun sich für Cathy nur noch mehr Fragen auf … eine gefährliche Suche beginnt und Cathy's Welt wird auf den Kopf gestellt …

Baumhaus Verlag

Manchmal denke ich an dich, auch wenn ich nicht bete

Kinder und der liebe Gott

Baumhaus

Wie hat Gott es geschaft
die Erde in nur 7 Tagen
zu erschaffen?

Lena, 10 Jahre

Das ist der Urknall.

Felix, 10 Jahre

Lieber Gott, begrüst du jeden, der in den Himmel kommt? Und wie heist du eigentlich mit Nachnamen?

Greta, 7 Jahre

Hallo!

Lieber GOTT,
ich liebe den Tacker.
DAs war Bisher deine
Beste Erfindung!

Kevin, 10 Jahre

1
2
3

Lieber Gott, kriegt Jesus zu Weihnachten mehr, weil er doch auch Geburtstag hat?

Das wär sonst unfär.

Eva Maria, 8 Jahre

Hast du ein WOUKlo
und Wenn ja wo
landet dein Pipi und
Pupu – auf unserem Kopf
?

Anouk, 7 Jahre

Wenn Gott aus Wasser Wein macht
Warum nicht auch eine Limo?

Fabian, 9 Jahre

Liber Gott
fielendank viir meinen
kleinen Bruder
Ich wollte aber
eigentlich eine
Katze

Bernd, 6 Jahre

Wo im Himmel bist du eigentlich? Wenn du im Weltall wärst würdest du keine Luft mehr bekommen und wenn du im Himmel bei den Wolken wärst könnten wir dich sehen.

Franziska, 9 Jahre

Wohnst du wirklich im Himmel?

Charlotte, 8 Jahre

LIEBER GOTTT,
wenn ich groß bin
will ich so werden
wie mein Papa
nuhr mit mer Hahren
auf dem Kopf

Nathalie, 11 Jahre

Lieber Gott, wie schaffst du das,
alle auf der ganzen
Welt überall zu lieben.
Zuhause sind wir nur vier
und ich krieg es nicht hin.

Anja, 8 Jahre

Lieber Gott,
bitte mach, das Anna
Sitzenbleibt.

Jim, 7 Jahre

Hast du ein Eifon? Dann können wir mit Papas Eifon Telefonieren.

Saioa, 9 Jahre

Wie sieht der liebe Gott eigentlich aus?

Emil, 10 Jahre, und Gustav, 8 Jahre

Werden sich
jemals wieder alle
Menschen vertragen?

Jonas, 11 Jahre

Ich wollte Gott schon immer fragen, warum können manche Menschen nicht laufen???

Heidi, 11 Jahre

WER IST

EIGENTLICH

DEINE MAMA?

Benjamin, 5 Jahre

Gibt es im Himmel Häuser?

Alissa Joanna, 10 Jahre

Lieber Gott, am
Sontag zeig ich dir
meine neuen Schuhe.
Die sind soooooo schön

Romy, 8 Jahre

Lieber Gott,
manchmal wink ich
dir zu aber nur wen
keine Wolken sind,
weil du mich sonst
nich sehen kanst

Anna, 9 Jahre

Was machen die Engel so im Himmel?

Alice, 10 Jahre

Lieber Gott!
Wolltest du wirklich, dass
Giraffen so aussehen oder
hast du da Mist gebaut?

Mathias, 9 Jahre

Wir bedanken uns herzlich bei den Kinderreportern der Bastei Lübbe AG
und allen anderen kreativen Mitarbeitern.

KINDER-
REPORTER

Sie finden die Bastei Lübbe-Kinderreporter unter
www.luebbe.de/kinderreporter

Originalausgabe

Umschlaggestaltung: ZERO Werbeagentur, München
unter Verwendung einer Illustration von Eva Maria Gatz
Innengestaltung: Christina Krutz, Biebesheim am Rhein
Druck und Einband: Buch.Bücher Theiss GmbH

Printed in Austria
ISBN 978-3-8339-4246-4

5 4 3 2 1

Sie finden uns im Internet unter www.baumhaus-verlag.de
Bitte beachten Sie auch www.luebbe.de

Ein verlagsneues Buch kostet in Deutschland und Österreich jeweils überall dasselbe. Damit die kulturelle Vielfalt erhalten und für die Leser bezahlbar bleibt, gibt es die gesetzliche Buchpreisbindung. Ob im Internet, in der Großbuchhandlung, beim lokalen Buchhändler, im Dorf oder in der Großstadt – überall bekommen Sie Ihre verlagsneuen Bücher zum selben Preis.

FSC
www.fsc.org
MIX
Papier aus verantwortungsvollen Quellen
FSC® C012536